Diogenes Taschenbuch 22959

de
te
be

Lieber Joachim,
einer Inspiration folgend
entschied ich mich für
dieses Buch!
(Zumindest das Umschlagbild
läßt hoffen, das Dein Wunsch
getroffen wurde)
Alles Liebe u. Gute noch
zum Geburtstag von
Andrea mit Family

Andrea De Carlo

Arcodamore

Roman

Aus dem Italienischen von
Renate Heimbucher

Diogenes

Titel der 1993
bei Bompiani, Mailand,
erschienenen Originalausgabe:
›Arcodamore‹

Die deutsche Erstausgabe erschien 1995
im Diogenes Verlag
Das Zitat aus *I Ging,* Das Buch der Wandlungen,
herausgegeben von Thomas Cleary,
in der Übersetzung von Ingrid Fischer-Schreiber,
Diogenes Verlag, Zürich 1995
Umschlagillustration: Amedeo Modigliani,
›Nudo sdraiato, con le mani dietro la testa‹,
1917 (Ausschnitt),
Privatbesitz

Für Cecilia

Veröffentlicht als Diogenes Taschenbuch, 1997

150/97/8/1
ISBN 3 257 22959 3

Eins

Mein Cousin hatte zehn Tage vor Weihnachten Geburtstag, und seine Frau wollte eine Überraschungsfete veranstalten, sie rief mich an und sagte, ich müsse unbedingt kommen. Seitdem ich mich von meiner Frau getrennt hatte und allein lebte, meldeten sie sich mindestens zwei-, dreimal im Monat und waren immer bereit, mir mit Rat und Tat zur Seite zu stehen und mich zu mondänen Parties mitzunehmen. Ich tat nichts, um sie zu entmutigen, obwohl wir uns jahrelang kaum gesehen hatten und nie viel gemein gehabt hatten. Ab und zu besuchte ich sie in ihrer schönen Wohnung in der Innenstadt zum Abendessen oder zu einem Drink und hielt sie darüber auf dem laufenden, wie es mir erging. Ich spielte den kleinen Bruder, obwohl wir ungefähr gleich alt waren; ihre scheinbar unverwüstliche Beziehung und ihre hochwertige Wohnzimmereinrichtung machten mir Mut, und die Neugier, die ich in ihren Blicken las, gab mir das Gefühl, daß sich trotz allem etwas tat.

So ließ ich mich am Geburtstag meines Cousins von seiner Frau in ihrem Schlafzimmer verstecken, zusammen mit zwanzig Freunden von ihnen, alles von Kopf bis Fuß durchgestylte junge Mailänder Freiberufler; ich horchte auf ihre Stimmen und beobachtete ihre Gebärden und empfand dabei ein intensives Gefühl der Fremdheit, das so zäh auf mir lastete, als wäre mein Blutkreislauf ins Stocken geraten.

Um neun kam die Frau meines Cousins herein, machte:

»Pssst«, löschte das Licht und schloß dann wieder die Tür; jetzt waren wir im Dunkeln, inmitten von Gekicher und Gehuste und geflüsterten Sätzen und dem Rascheln edler Stoffe und dem Geruch von teuren Parfums und regenfeuchten Schuhen und Körperausdünstungen. Müde war ich auch: Ich hatte den ganzen Tag eine Tischlampen-Kollektion fotografiert, mir brannten die Augen von den grellen Lampen im Studio. Am liebsten hätte ich mich auf das Ehebett meines Vetters gelegt und geschlafen – mich dem Getue seiner Freunde, den starren, geballten Erwartungen entzogen.

Dann ging plötzlich das Licht an, und mein Cousin war schon zwei Schritte im Zimmer, als alle »Herzlichen Glückwunsch!« brüllten, mit dem wohldosierten Sadismus einer Meute eleganter Lynchmörder; ich sah, wie sich sein blasses Gesicht vor Überraschung verzerrte.

Im darauffolgenden Sekundenbruchteil der Stille beobachtete ich ihn gebannt und wartete darauf, daß sich seine Züge zu dem gleichen Lächeln entspannten wie das Lächeln, das ihm von allen Seiten entgegenkam. Aber sein Gesicht blieb viel länger angespannt, als ich erwartet hatte, auch nach dem Aufprall der Woge von Gesten und Gelächter und ausgestreckten Händen und Knüffen und geistreichen Bemerkungen. Endlich lächelte er, umzingelt von forschenden Blicken aus nächster Nähe; lockerte sich den Krawattenknoten und sagte: »Danke.« Dennoch wirkte er, wie er so dastand, angespannt und ratlos.

Auch seine Freunde bemerkten es, während sie ihn von ihrer Vorfreude getrieben weiter umdrängten; sein seltsames Verhalten bremste ihren Schwung, ließ ihn beinahe gefrieren. Seine Frau stand neben ihm, starrte ihn an, als würde sie ihn nicht recht wiedererkennen.

Dann wurden die Bewegungen und Blicke und Stimmen der Gäste wieder lebhafter, rissen meinen Cousin und seine Frau mit und lösten wenigstens teilweise die Spannung zwischen ihnen, breiteten sich in der Wohnung aus, bis sie jeden verfügbaren Winkel ausfüllten. Mein Cousin wurde ins Zentrum kleiner Strudel von Gratulanten und Geschenküberreichern gezerrt; er wickelte Päckchen aus, bedankte sich mit Umarmungen, wiederholte immer wieder die gleichen Worte. Im Wohnzimmer war das Essen eingetroffen, das seine Frau hatte zubereiten lassen, und eins der Kinder, das noch nicht eingeschlafen war, wurde herumgereicht und begrüßt, einer öffnete den Wein und legte eine Platte auf, das Fest brachte weitere Sätze und Gebärden hervor, ohne deshalb fröhlich oder lustig zu werden. Ich kannte diese Mailänder Salonstimmung ohne echte Begeisterung, ohne Ausgelassenheit, nichts als prüfende Blicke und Informationsaustausch und Insiderscherze und Ironie zwischen den Zeilen und die obligaten Anspielungen. Ich ging zwischen den Leuten hindurch von einem Zimmer ins andere und versuchte mich auf das Essen und auf den Wein zu konzentrieren und mich von meinem Cousin und seiner Frau fernzuhalten, aus Angst, daß sie mich jemandem vorstellen wollten; ich wartete nur darauf, mich verdrücken zu können, ohne unhöflich zu wirken.

Gegen halb elf bahnte ich mir durch die mäßig aufgekratzte Menge seiner Freunde einen Weg zu meinem Cousin: »Ich muß weg, noch mal alles Gute.«

Er schaute auf die Uhr, faßte mich am Unterarm und sagte: »Warte, ich komme mit hinunter.«

Es lag eine so sonderbare Dringlichkeit in seinen blauen Augen mit den geweiteten Pupillen, in seinen Fingern, mit denen er meinen Arm allzu fest drückte, daß ich einwilligte, ohne etwas zu begreifen. Ich wollte mich von seiner

Frau verabschieden, die am anderen Ende des Wohnzimmers war, aber er zog mich zur Tür, ich konnte ihr nur von weitem zuwinken. Auch er winkte ihr zu, deutete mit dem Zeigefinger nach unten und bewegte dazu die Lippen, wie um einer Tauben zu sagen: »Ich bringe ihn hinunter.« Sie steckte in einem Schwarm von plaudernden Leuten, nickte nur, und schon waren wir aus dem Zimmer, liefen mit halb angezogenen Mänteln durch den Flur und auf den Treppenabsatz hinaus.

Im Aufzug sah mich mein Cousin noch flehentlicher an als vorher: »Hör zu, Leo, du mußt mir zu einem Alibi verhelfen, nur für zehn Minuten, ich weiß sonst nicht, was ich machen soll.«

Im Neonlicht sah ich ihn aus wenigen Zentimetern Entfernung an, verwundert über die Unruhe in seinem Blick, in seinem hastigen, nach Wein riechenden Atem. Ich war so daran gewöhnt, ihn distanziert und ironisch und vernünftig zu sehen, Herr über sich selbst und über die Dinge bis an die Grenze zur Kälte; ich fragte ihn: »Alibi? Wieso das?«

»Ich muß mich mit einer treffen. Wir waren halb verabredet, ich war auf dieses Überraschungsfest überhaupt nicht gefaßt.« Er zog mich durch den Lichthof auf die kalte und neblige Straße hinaus; fragte: »Wo ist dein Auto?«, sah sich ängstlich um.

Ich brachte ihn zu meinem Auto, startete durch. Mein Cousin gab mir hektische Anweisungen, wohin ich fahren sollte: »Links, links. Nur fünf Minuten, Leo.« Er zeigte nach vorn, hob den Arm vors Gesicht, um zu sehen, wie spät es war, beugte sich zur Windschutzscheibe vor, als ließe sich dadurch der Weg verkürzen.

Ich fuhr rasch über den nassen Asphalt, versuchte durch die beschlagenen Scheiben die Straße zu erkennen, während der Ventilator auf Hochtouren lief und den Motorgeruch ins Wageninnere blies. »Und deine Frau?« fragte ich. »Und die Gäste?«

»Das ist ihr Problem«, sagte mein Cousin vornübergebeugt, ohne mich anzusehen. »Jetzt rechts, fahr weiter, mach schnell.«

»Stop, bleib stehen!« schrie er ein paar Minuten später auf einer verkehrsreichen Allee bei einem schmalen, länglichen Gebäude, einem ehemaligen Schaffnerhäuschen der Straßenbahn zwischen den beiden Fahrbahnen, das vor ein paar Jahren in eine Bar umgewandelt worden war. Ich fuhr ein Stück weiter vorn auf den Gehsteig, und wir rannten durch die dichten Abgasschwaden, die sich im Scheinwerferlicht der Autos fahl über dem Boden abzeichneten.

Am Eingang zur Bar stand eine Gruppe schwarz gekleideter Leute, die sich unterhielten und rauchten und mit den Füßen scharrten und bald die Passanten, bald den zweifachen Verkehrsstrom auf der Allee beobachteten. Sie warteten auf jemanden oder warteten darauf hineinzugehen, scheinbar ohne Eile und ohne erkennbaren Grund. Mein Cousin ging zwischen ihnen hindurch, blickte nach rechts und nach links; trat ein, ich folgte ihm.

Drinnen war die Luft von Rauch und karibischer Musik und Stimmen gesättigt, Leute standen am Tresen oder lehnten an den Fenstern oder saßen weiter hinten an den kleinen Tischen und tranken, junge Kerle in schwarzen Lederjacken und andere in alten schwarzen oder grauen Mänteln, ein paar Mädchen mit Punkfrisuren, Afrikaner, die lachten und im verqualmten Dunkel tanzten. Jedesmal, wenn draußen auf der Allee ein Auto vorüberfuhr, zeichneten sich ihre Silhouetten gegen das Scheinwerferlicht ab. Es schien mir kein Ort zu sein, wo man allein hinging, um

Anschluß zu finden; es herrschte eine Atmosphäre wie in einer festen Clique, ein Einverständnis auf bereits gefestigter Basis.

Mein Cousin bahnte sich einen Weg durch das Getümmel, drehte sein Profil mit der geraden Nase nach rechts und nach links, in seinem schwarzen Mantel mit hochgeschlagenem Kragen, der unter denen der anderen Gäste nicht weiter hervorstach. Dann kam er zu mir zurück, sagte: »Sie ist nicht da«, mit kaum kontrollierter Panik im Blick.

»Nur keine Aufregung«, versuchte ich ihn zu beruhigen. Doch er ließ sich keineswegs beruhigen, er hielt weiter in alle Richtungen Ausschau, und einen Augenblick später schob er sich gegen den Strom der Hereindrängenden zur Tür, legte einem jungen Mädchen die Hand auf den Arm. Sie war hochgewachsen, trug einen Hut; auch sie hatte einen schwarzen Mantel an; sie lächelte, als sie meinen Cousin erblickte, umarmte ihn stürmisch.

Mein Cousin ließ sich von einem plötzlichen Impuls aus dem Gleichgewicht bringen: er stolperte fast, als er sich vorbeugte und sie auf die Wange küßte. Gleich darauf machte er ein paar komische Gebärden, deutete auf seine Füße, sagte etwas, das sie zum Lachen brachte. Er wandte sich nicht zu mir um und stellte sie mir nicht vor; ich war ohnehin zwischen den Leuten viel weiter hinten eingekeilt. Ich sah zu, wie sie einander ins Ohr sprachen und umherschauten und von neuem lachten. Es schien mir unangebracht, mich einzumischen, ich ging hinaus und wartete draußen.

Es war zu kalt und zu feucht, um still dazustehen; die Hände in den Taschen, ging ich die Asphaltinsel entlang, zwischen den beiden Verkehrsströmen, in der vergifteten und von den Motoren vibrierenden Luft. Ich fühlte mich wie ich mich immer fühle, wenn ich merke, daß ich aus irgend etwas ausgegrenzt werde, war teils verzweifelt, teils erfüllte mich eine träge und bittere Genugtuung. Ich atmete die mit Kohlenoxid geschwängerte Feuchtigkeit ein, betrachtete die Autos, das lange, schmale Gebäude, die Bewegungen der Leute drinnen hinter den beschlagenen Fensterscheiben. Es ärgerte mich, daß mich mein Cousin hierher geschleppt hatte, um ein Alibi zu haben, und gleichzeitig war es mir egal. Es kam mir vor, als hätte ich endlos so warten können, draußen vor der Kneipe, ausgeschlossen aus der Musik und den Gesprächen und den Gesten und den Blicken und den Gründen, die die Leute bewogen, sich nachts mit so viel Dringlichkeit zusammenzufinden. Ich folgte den Konturen der asphaltierten Verkehrsinsel und versuchte gar nicht erst herauszufinden, ob ich traurig oder gelangweilt oder neidisch oder müde war; ich schaute nicht mal auf die Uhr, um zu sehen, wie viele Minuten verstrichen waren.

Dann schlenderte ich zur Bar zurück, und da stand mein Cousin mit dem hochgewachsenen Mädchen an der Tür, rief mir entgegen: »Leo! Was machst du da draußen in der Kälte?«

»Ich bin ein bißchen spazierengegangen.«

Mein Cousin stellte mich in einer für die Situation fast zu förmlichen Weise dem Mädchen vor. »Manuela Duini, mein Cousin Leo.«

Wir gaben uns die Hand, auch wir beinahe förmlich, mit einer Art kleiner steifer Verbeugung. Manuela Duini meinte: »Nicht gerade der beste Ort zum Spazierengehen.« Sie hatte ein schönes Gesicht, große, lachende braune Augen, braune Haare mit blonden Strähnen; und sie wirkte sehr beweglich auf ihren langen Beinen in den ausgebleichten Jeans, sie hatte eine schöne Art, das Gewicht von einem Fuß auf den anderen zu verlagern, während sie um sich blickte, die Hände in den Taschen des offenen Mantels vergraben.

Mein Cousin erklärte: »Manuela spielt Harfe, sie ist eine der besten Harfenistinnen der Welt.« Er mußte weiter getrunken haben und schien mit fast draufgängerischem Ungestüm nach den erstbesten Worten zu schnappen, die ihm durch den Kopf schwirrten.

Manuela Duini lächelte, blickte zur Seite. Jemand schlüpfte an ihr vorbei in die Bar, jemand anders kam heraus, sie grüßte mit einer Handbewegung.

»Top class«, sagte mein Cousin. »Eine, wie es sie in jeder Generation nur ein-, zweimal gibt.« Er hatte eine Werbeagentur, das merkte man gleich, wenn man ihn reden hörte; und er war ein paar Zentimeter kleiner als sie, ich spürte seine ständige Anspannung beim Versuch, sich mit Hilfe von Sätzen und Gebärden auf ihre Höhe zu schwingen, ihr ebenbürtig zu sein.

Manuela Duini sagte: »Du lieber Himmel. Vielleicht sollte ich mir langsam Starallüren zulegen.« In ihrer Stimme schwang Ironie mit, aber auch eine tieferliegende Empfindsamkeit und Schüchternheit, die im Widerspruch zu ihren Worten stand.

Mein Cousin zeigte mit dem Finger auf mich. »Leo ist Fotograf. Wir sind also unter lauter Künstlern.« Er lächelte Manuela zu und streifte ihren Arm und schaute zu mir, bemühte sich, das Gespräch in Gang zu halten, zu beleben. Gleichzeitig war er beunruhigt wegen seiner Frau und seinen Freunden und seiner Geburtstagsfeier, von der er sich weggestohlen hatte, trotz dem Alkohol und der freudigen Erregung und den Bemühungen, nicht daran zu denken. Die Unruhe stieg wie ein elektrischer Strom von den Beinen durch den Körper in ihm auf bis in die Arme, wurde noch gesteigert vom Straßenlärm und der karibischen Musik, die jedesmal, wenn jemand hinaus- oder hineinging, in Wellen herausflutete.

»Was für Fotos machst du?« fragte mich Manuela Duini mit ihrer hohen, melodischen Stimme; und sie schien wirklich neugierig zu sein, sie fragte nicht nur, um etwas zu sagen.

»Stilleben. Lampen, Stühle et cetera«, sagte ich, und aus irgendeinem Grund klang es, als müsse ich mich rechtfertigen.

»Leute fotografierst du nie?« fragte Manuela Duini.

»So gut wie nie.«

»Besser so«, meinte sie. »Porträtfotografen sind fast alle widerliche Scheißkerle.« Sie lachte, wippte auf ihren langen Beinen, machte halbe und Viertelschritte aus natürlichem Bewegungsdrang und wegen der Kälte.

»Ich verstehe, was du meinst«, sagte ich; und es stimmte, ihre Art, sich mitzuteilen, war so direkt, daß ich ihr ohne jeden Vorbehalt zulächelte.

»Die haben alle diese besitzergreifende Art«, sagte Manuela Duini. »Sie wollen über dich verfügen und bauschen dich auf oder drücken dich platt, bis sie deine banalsten Seiten aus dir herausgeholt haben und du in eins ihrer vorgefertigten Muster paßt. Dann tragen sie die Negative nach Hause und verkaufen dich, als wärst du wirklich die, die sie aus dir gemacht haben. Die primitiven Völker haben recht, sich nicht fotografieren zu lassen, weil sie nicht wollen, daß ihre Seele gestohlen wird.«

»Ja«, sagte ich, angesteckt von der mühelosen Aufrichtigkeit und der Natürlichkeit und Lebendigkeit in ihrem Blick und in ihrer Stimme. »Stimmt. Deshalb fotografiere ich Gegenstände.«

Mein Cousin hörte zerstreut zu, abgelenkt von Manuelas Mienenspiel und dem Hin und Her am Eingang und von der Uhr, auf die er mit einer raschen Handbewegung immer wieder blickte. Wir waren vor über einer halben Stunde von seinem Geburtstagsfest geflüchtet, und man sah ihm förmlich an, wie die Zeit ihn drängte, seine Bewegungen wurden immer hektischer, sein Blick immer gequälter. Irgendwann tat er, als merke er ganz plötzlich, wie spät es war, sagte zu mir: »Jetzt müssen wir aber schleunigst los, sonst verpaßt du das Flugzeug.«

Ich sah ihn komisch an, und er drückte meinen Arm wieder so nervös und fest wie vorhin, als wir seine Wohnung verlassen hatten.

»Wohin fliegst du?« fragte Manuela Duini.

»Leo fliegt in einer halben Stunde nach Rom, wir müssen uns beeilen. Schade«, sagte mein Cousin, und ich hörte aus seiner Stimme echtes Bedauern heraus, vermischt mit der Lüge und seiner Hast. Er küßte Manuela Duini auf beide Wangen, ließ mir kaum Zeit, ihr die Hand zu geben, und zog mich zum Auto; aus zehn Schritten Entfernung machte er ihr ein Zeichen, um zu sagen: »Ich rufe dich an.«

Sie antwortete mit einer etwas unbestimmteren Geste, selbständig und ungebunden, wie sie war, und kehrte in die Bar zurück.

Auf der Rückfahrt sah mein Cousin in einem fort auf die Uhr. »Tiziana bringt mich um«, sagte er. »Die glaubt mir nie, daß ich die ganze Zeit unten war, um dich zu verabschieden.«

»Denk dir irgendwas anderes aus«, sagte ich. »Du kannst das doch so gut.« Es ärgerte mich, wie er mich seiner Frau und Manuela Duini gegenüber benutzt hatte und wie er mich zum Auto gezerrt hatte; mit welcher Leichtigkeit ihm Lügen über die Lippen kamen. Ich dachte daran, wie wenig ich dazu imstande gewesen war, als ich noch verheiratet war, wie ich es mir dadurch mit meiner Exfrau verdorben hatte.

Ihm schienen bald unangenehme, bald süße Gedanken durch den Kopf zu gehen, die abwechselnd die Oberhand gewannen. Ab und zu lehnte er sich lächelnd zurück, anstatt sich wie auf der Herfahrt ständig angespannt nach vorn zu beugen. »Sie ist nett, findest du nicht?« bemerkte er.

»Wer?« fragte ich; dabei war ganz klar, von wem er sprach. »Ja, sehr nett«, bestätigte ich.

Er schaute hinaus und wieder auf die Uhr. »An dem Abend, als ich sie kennenlernte, waren wir auf einem Fest bei todlangweiligen Leuten, wir sind bis halb drei Uhr morgens geblieben, saßen in einem Zimmer auf dem Boden und haben uns unterhalten, zusammen mit zwei, drei anderen, die sie auch kaum kannte, und trotzdem war sie so unglaublich spontan und natürlich. Sie hat über die Beziehungen zwischen Männern und Frauen und über Träume und über Psychoanalyse und über ihr Leben geredet, und alles so vorbehaltlos, daß sie am Ende alle damit angesteckt hat. Du hättest uns sehen sollen, wie wir dasaßen, mit dem Hintern auf dem kalten Fußboden, aber wir konnten einfach kein Ende finden. Leute, die sonst von nichts als von ihrer Arbeit reden oder von dem, was sie in der Zeitung gelesen oder im Fernsehen gesehen haben. Ich bin noch nie so einer Frau begegnet, unter all diesen affektierten, bei lebendigem Leib einbalsamierten Mumien.«

»Ah ja?« sagte ich, ohne den richtigen anteilnehmenden Ton zu treffen. Ich fand, daß ich mich gegenüber seiner Frau ziemlich unfair verhalten hatte; fand, daß er recht hatte.

Er war ganz aufgewühlt von Manuela Duini und vom Alkohol und von der wilden Fahrt zu ihr und von der

Sorge, nur rechtzeitig wieder nach Hause zu kommen; er packte mich an der Schulter. »Leo, verdammt noch mal, ist dir klar, wie sehr wir uns vom Leben ausschließen, aus Bequemlichkeit und Gewohnheit oder einfach aus Mangel an Gelegenheiten? Wie wir uns in einem Winkel verbarrikadieren und dabei auch noch glauben, daß es uns gutgeht? Mit bequemen Sesseln und Sofakissen und echtem schottischen Whisky und Schlaftabletten, um nicht ins Grübeln zu kommen? Draußen findet derweil das Leben statt, und wir begnügen uns damit, es uns allenfalls vorzustellen oder es ab und zu gefiltert oder als Abklatsch in einem Film oder einem Buch anzusehen. Wir kriegen es nur ganz am Rande mit, und die Zeit läuft davon, während wir in unseren geschmackvoll eingerichteten Wohnzimmern sitzen. Ist dir das klar, Menschenskind, Leo?«

»Natürlich ist mir das klar«, sagte ich, ihm eilig beipflichtend, aber auch weil ich fand, daß er recht hatte. Es machte mich betroffen, ihn so ungewohnte Töne anschlagen zu hören; hinter dem Gesicht und der Stimme, die ich so gut zu kennen glaubte, daß ich keine Überraschungen mehr erwartete, tauchte ein ganz unbekannter Mensch auf.

»Und was machen wir, wenn wir es gemerkt haben?« fragte mein Cousin. »Finden wir uns damit ab? Oder bringen wir den Mut auf, nicht mehr bloß Voyeure zu sein, sondern uns selbst ins Leben zu stürzen?«

»Ich hab's probiert«, sagte ich. »Aber es war eigentlich keine Frage des Muts, ich bin einfach so hineingeschlittert.« Ich sah ihn beim Fahren immer wieder an und konnte nicht genau erkennen, wieviel echte Substanz hinter seinen übererregten Worten steckte, welche Wurzeln seine Stimmung hatte. Ich hatte noch lebhaft die Lichter und Geräusche in der Bar mitten auf der Allee im Kopf und Manuela Duini und ihre Stimme und ihren Hut und ihre Art zu lächeln und sich zu bewegen, das Verhalten meines Cousins ihr gegenüber, die letzten Blicke zurück, während wir auf der vom doppelten Strom des Nachtverkehrs umtosten Asphaltinsel zum Auto gingen.

Die Straße, in der mein Cousin wohnte, kam mir dagegen fast unerträglich leer und ruhig vor, es war, als kehrten wir in eine Zeit zurück, in der die Welt noch völlig unbelebt war. Auch mein Cousin verwandelte sich zurück: kaum hundert Meter weiter war er wieder fast der alte. Ich hielt vor dem Haus, und er warf erneut einen Blick auf die Uhr, ich sah, wie der Selbsterhaltungstrieb sich seiner bemächtigte. »Die haben sicher schon vor einer ganzen Weile die Torte angeschnitten, verdammter Mist. Was soll ich ihnen bloß erzählen?«

»Weiß ich nicht«, sagte ich, ohne mich auch nur mit dem Gedanken zu befassen. Ich bedauerte, daß sich sein Gleichgewicht wieder einpendelte und er beinahe nüchtern und klarsichtig wirkte, nur daß sein Blick träger und seine Stimme schleppender als sonst war.

Er straffte sich mit einem Ruck, wie ein Ringer in den Seilen. »Ich sage ihnen, daß du ein Loch im Reifen hattest und ich dir beim Radwechseln helfen mußte.«

»Aber wir waren eine Dreiviertelstunde weg«, wandte ich ein; ich sah ihn vor mir, wie er unter den Blicken der Gäste und seiner Frau die Wohnung betrat: ihre Gereiztheit und ihre gekränkten Worte, ihr humorloses Lächeln.

»Dann eben zwei platte Reifen«, sagte mein Cousin. Er stieg aus, ging in die Hocke und faßte mit den Händen unter das Auto, rieb sie an der Radnabe. Dann wischte er sich mit den schmierigen schwarzen Fingern über die Stirn und eine Wange. »Danke, Leo. Ich weiß nicht, was ich ohne dich gemacht hätte.«

»Keine Ursache«, sagte ich.

Er ging auf die Haustür zu, mußte nicht einmal lang mit den Schlüsseln herumfingern und verschwand nach drinnen.

Zwei

Ich hatte gerade eine ziemlich ereignislose Lebensphase hinter mir. Seit ich mich vor drei Jahren von meiner Frau getrennt hatte, schwankte ich fortwährend zwischen Schuldgefühlen, vergeblichen Anläufen und immer wiederkehrender Ratlosigkeit. Ich war weder zu meiner neuen Freundin nach Venedig gezogen noch hatte ich ihr vorgeschlagen, zu mir nach Mailand zu ziehen, und ich war auch nicht zu meiner ehemaligen Familie zurückgekehrt. Der brutale Einschnitt der Trennung hatte meine ganze Entscheidungsfähigkeit mit einem Mal aufgezehrt und mich unsicher und unschlüssig zurückgelassen, verloren in den zyklischen Rhythmen meines Tagesablaufs. Ich machte weiter meine Arbeit, ging zweimal wöchentlich in die Sporthalle zum Karate und jeden zweiten Tag in meine frühere Wohnung, um meine Kinder ins Bett zu bringen und ihnen vor dem Einschlafen eine Geschichte vorzulesen, während der Babysitter in der Küche wartete und meine Exfrau sich zum Ausgehen anzog, sich schminkte und mir vom Flur aus ratlose Blicke zuwarf. Ich war hin und her gerissen zwischen gegensätzlichen Impulsen, Gesten und Gedanken, die im Ansatz steckenblieben, Gefühlen, die auf halbem Weg wieder kehrtmachten.

Dann war der letzte Sommer tödlich heiß gewesen, und in der Hitze hatte sich der Leim aufgelöst, der das Aquarium zusammenhielt, in dem ich wie ein zaghafter Fisch umhergeschwommen war; ich trennte mich von dem Mädchen, um dessentwillen ich meine Frau verlassen hatte, blieb allein und fing an, ständig Leute zu treffen. Ich nahm jede Einladung an, nur um ausgehen zu können, unterdrückte meinen Hang, mich zu verkriechen. Ich hatte es geschafft, mehr Mädchen kennenzulernen, als ich seit langem kannte, eine Bekanntschaft ergab sich aus der anderen, wie es manchmal so geht; und ich achtete darauf, verfügbar und zugänglich zu bleiben, mich nicht in den Sog von Ansprüchen und Erwartungen hineinziehen zu lassen. Ich hatte nicht die geringste Lust, irgendwelche Garantien oder Erklärungen oder Versicherungen zu geben; ich hatte keinerlei Absicht, mich von A bis Z erforschen zu lassen, um dann wegen jedem kleinen Charakterfehler angeklagt zu werden. Ich hielt mich von der Last des Lebens fern, machte mich aus dem Staub, sobald ich die leisesten Anzeichen von Gefahr witterte; ich hatte mir die Vorsicht eines Wüstenwanderers angeeignet. Ich suchte nicht einmal mehr nach einer Wohnung, ich schlief in einem Klappbett in meinem Studio inmitten von Scheinwerfern und Stativen und Papierrollen, und es gefiel mir; ich kam mir freier vor, mit einer unbestimmten Zahl offener Möglichkeiten rings um mich herum.

Unter den Mädchen, die ich kennengelernt hatte, war die leichtfertigste eine halbprofessionelle Journalistin namens Antonella Sartori. Sie hatte mich vor einem Monat angerufen und mir vorgeschlagen, für ein neu erschienenes Einrichtungsmagazin die Wohnungen von Schauspielern und Sportlern und anderen Prominenten zu fotografieren. Ihre Stimme klang dünn, ihre Beziehungen zur Redaktion waren hingegen recht solide: Es schien mir eine gute Gelegenheit, aus dem geschlossenen Kreislauf von Lampen und Möbeln und Schreibtischutensilien herauszukommen, die ich tagtäglich in meinem Studio fotografierte.

Obendrein war diese Antonella Sartori erst zweiundzwanzig und blond und ziemlich hübsch, wenn auch mit einem Anflug von Ängstlichkeit, weshalb ihr Blick unstet wirkte und sie sich noch in der harmlosesten Situation wie auf einem Minenfeld bewegte. Sie hatte immer ein kleines Mobiltelefon in ihrer Handtasche und rief in regelmäßigen Abständen zu Hause an, um zu sagen, wo sie gerade war und wie lange sie bleiben und wohin sie danach gehen würde. Sie zog sich zu diesem Zweck zurück, als wolle sie eine Zigarette rauchen oder sonst etwas tun, was den anderen nicht genehm war, hockte sich in irgendeine Ecke oder stellte sich hinter eine Tür, klappte dann das kleine Telefon wieder zu, steckte es in die Handtasche, hustete, sah woandershin, versuchte den Gedanken daran wegzuschieben.

Wir hatten die Wohnungen eines Modeschöpfers und eines Komikers und einer Soubrette und eines Fernsehphilosophen fotografiert und zu einem nicht unangenehmen gemeinsamen Arbeitsstil gefunden. Ich prüfte mit ihr die Einstellungen für die Fotos, die wir von der Wohnungseinrichtung knipsen wollten, dann baute ich die Lampen auf und fotografierte, während sie das Interview machte; ich hörte dabei ihren nervösen Fragen zu, den Antworten und Ansichten ihrer Interviewpartner, ohne diese weiter zu beachten, außer am Ende, wenn sie zwischen ihren Möbeln posierten und ich zwei, drei Fotos von ihnen aufnehmen mußte.

Nachdem wir in der Wohnung des Komikers gewesen waren, hatte ich sie in ein ägyptisches Restaurant zum Essen eingeladen und danach zu einem russischen Film, der fast nur aus Pausen zwischen den Dialogen bestand. Als wir aus dem Kino kamen, sagte sie: »So öde war es gar nicht«, in ihrem spröden, kantigen Sparflammenton. Wir gingen nebeneinanderher zum Auto, sie sah mich immer wieder mit ihren kleinen blauen Augen an, und ich spürte, wie ein Zittern durch ihren dünnen Arm lief. Ich fühlte mich fast verpflichtet, ihr einen Kuß zu geben, tat es aber doch nicht.

Dann hatten wir uns noch einmal beruflich gesehen, und ich hatte sie wieder eingeladen; wir waren uns ganz allmählich immer näher gekommen, vorangetrieben von einer schwachen, aber beständigen Strömung. Ich rief sie nur alle paar Tage an, ohne mir Gedanken zu machen, was sie in der Zwischenzeit tat. Wenn ich sie nicht sah, traf ich mich mit anderen Mädchen und versuchte weitere kennenzulernen, sobald sich die Gelegenheit bot; jedes zweite Wochenende verbrachte ich mit meinen Kindern, dann zog ich zwischen mir und dem Rest der Welt die Brücken hoch. Ich hatte keine Lust, irgend etwas zu überstürzen oder mich anzustrengen oder mich zu exponieren; ich hatte keine Lust, irgend etwas zu entdecken, zu riskieren oder aufs Spiel zu setzen.

Drei

Ich hatte einen Anrufbeantworter und filterte alle Kontakte durch seinen Mechanismus; ich ließ ihn immer eingeschaltet, auch wenn ich zu Hause war, er wirkte wie ein feinmaschiges Netz, das alles abfing, was zu mir durchdringen wollte. Ich ließ es klingeln, die mit meiner Stimme gesprochene Antwort ertönen, dann setzte sich das Aufnahmeband in Bewegung. Nur hin und wieder hörte ich die Anrufe ab; das rote Lämpchen, das mit seinem Blinken die festgehaltenen Botschaften anzeigte, weckte eine seltsame Erregung in mir: zwei Drittel Freude über die Kontakte zur Außenwelt, ein Drittel Panik des Verfolgten.

Mittags um halb eins fand ich eine Nachricht meines Cousins: »Kannst du mich bitte im Büro zurückrufen?«

Ich rief ihn zurück; er fragte: »Hättest du Lust, mit mir irgendwo einen Happen zu essen?« In seiner Stimme war keine Spur mehr von dem beruhigenden, etwas väterlichen Ton, den er mir gegenüber am Telefon monatelang angeschlagen hatte; statt dessen klang sie ängstlich und unsicher, nach Einverständnis heischend.

»Von mir aus«, sagte ich, obwohl ich nicht die geringste Lust hatte, aus dem Haus zu gehen; wir verabredeten uns in einer Bar, die wir beide kannten.

Als ich ankam, stand er schon am Eingang, winkte mir zu, während ich die Straße überquerte. Er umarmte mich, dabei konnte ich mich nicht erinnern, daß wir uns je umarmt hätten, und ich spürte sein Mitteilungsbedürfnis an der Art, wie er mir mit festem Druck die Hände auf die Schultern legte. »Gehen wir rein«, sagte er.

Wir setzten uns an einen Tisch ganz hinten in dem Saal voller Angestellter, die kaltes Fleisch und Sandwiches in sich hineinstopften, bevor sie in ihre Büros zurückeilten; wir bestellten zwei Bier und zwei Teigfladen mit Gemüse. Mein Cousin war anders gekleidet als sonst, mit einer schwarzen Jacke und einem bis oben zugeknöpften grauen Hemd ohne Krawatte; er hatte auch einen neuen Haarschnitt, an den Seiten kurz und oben hochgebürstet, in einem für sein rundes Gesicht fast zu jugendlichen Stil. Wir saßen einander gegenüber und sahen uns an; wir hatten Schwierigkeiten, zu der weinseligen und wirren Vertraulichkeit vom letzten Mal zurückzufinden. Schließlich fragte ich: »Was gibt's?«

Er trank einen großen Schluck von dem Bier, das gerade gekommen war. »Ach nichts. Erinnerst du dich an das Mädchen, das wir neulich getroffen haben?«

»Manuela Duini?« fragte ich. »Die Harfenistin?«

»Ja, die«, sagte mein Cousin, unsicher auf einen Ellbogen gestützt. »Gestern habe ich sie wiedergesehen.« Er schaute mich nur ab und zu an, blickte in dem überfüllten Restaurant umher und durch das Fenster hinaus auf die Straße.

»Schön für dich, oder?« fragte ich. Ich war etwas bestürzt über diesen Rollenwechsel, nachdem ich mir monatelang bei ihm und seiner Frau Ratschläge geholt hatte; es gelang mir nicht, den richtigen Ausdruck in meinen Blick zu legen und den richtigen Ton zu treffen.

»Ja, aber ich fürchte, mich hat's ganz schön erwischt.« Er hatte sein Bier schon fast ausgetrunken, bestellte ein zweites. »Sie gefällt mir, das ist es, verdammt noch mal. Ich glaube, ich hab den Kopf verloren.«

»Nun ja«, antwortete ich. »So was kommt vor. Vielleicht solltest du dir nicht allzu viele Sorgen machen.« Ich lächelte, voll der lauen und zurückhaltenden Männersolidarität, die er sich möglicherweise von mir erwartete; aber ich dachte auch an das Gesicht seiner Frau und an die fürsorgliche Freundlichkeit, mit der sie mich immer behandelt hatte: ich fragte mich, ob ich nicht besser etwas anderes erwidert hätte.

»Es ist nicht so einfach, Leo. Sie ist eine sonderbare Frau.« Er schüttete einen weiteren großen Schluck Bier in sich hinein, sein Blick schweifte immer weniger umher, richtete sich jetzt mehr auf mich.

»Sonderbar in welcher Hinsicht?« fragte ich.

»Eben sonderbar«, sagte mein Cousin. »Sie ist eine Künstlerin, schön und gut, aber ich werde nicht aus ihr schlau. Mal kommt es mir vor, als wären wir uns ganz nah und auf genau derselben Wellenlänge und alles, und das nächste Mal behandelt sie mich wie einen x-beliebigen Bekannten, freundlich, aber distanziert.«

»Ist denn nichts zwischen euch gewesen?« fragte ich. »Körperlich, meine ich.«

Wir redeten jetzt laut, mitten im Geschwatze der Angestellten; der Kellner kam mit den warmen Teigfladen und dem zweiten Bier für meinen Cousin.

»Bis jetzt nur Küßchen auf die Wange. Ich bin ziemlich sicher, daß ich ihr gefalle, mir kommt es jedenfalls so vor, aber ich habe Angst, mich zu weit vorzuwagen. Sie schüchtert mich auch ein. Sie ist so kompliziert, es ist zum Verrücktwerden.«

»Wieso?« fragte ich, während mir die heiße Focaccia fast die Finger verbrannte.

Er rührte seine nicht einmal an, trank nur. »Sie ist ständig unterwegs und hat tausend Dinge zu tun, bereitet Gott weiß was für ein Konzert vor und komponiert Stücke für eine Platte und unterrichtet in einer Musikschule und macht Joga, hat einen Shaolin-Kurs belegt und geht mit irgendwelchen ausgeflippten Afrikanern tanzen. Sie kommt um vier oder fünf Uhr nachts nach Hause, und an ihrem Telefon antworten immer irgendwelche komischen Leute. Außerdem sind mir die ganze Zeit die Hände gebunden mit der Arbeit und der Familie, abends muß ich zu Hause bleiben und kriege beinahe einen Herzanfall. Ich sitze vor dem Fernseher und könnte brüllen wie ein Verrückter.«

»Weiß sie, daß du verheiratet bist?« fragte ich mit vollem Mund. Ich hatte Hunger, ich konnte nichts dagegen machen.

»Natürlich nicht«, sagte er. »Das fehlte noch.« Er griff nach seinem Teigfladen, legte ihn wieder weg. Ich konnte das Gefühl des Gefangenseins spüren, das ihm die Muskeln fesselte, die Unruhe, die sie erzittern ließ. »Ich hab so was einfach noch nie erlebt, seit ich verheiratet bin. Ich hätte nie geglaubt, daß es mir passieren kann. Ich habe mich in meinem Leben ziemlich sicher gefühlt. Man glaubt seine Grenzen genau zu kennen, wenn du weißt, was ich meine. So wie die Maße eines Hauses. Und dann begegne ich dieser Frau, und alles droht in die Binsen zu gehen.«

»Gefällt sie dir so gut?« fragte ich.

»Verdammt gut«, sagte er. »Ich bin verrückt nach ihr. Manchmal schaffe ich es, die Dinge ein bißchen nüchterner zu sehen, und sage mir, Mann, du bist jetzt vierzig und hast deinen Job und mußt an deine Familie denken, du kannst dich nicht wie ein Idiot aufführen. Dann denke ich an sie und flippe wieder total aus.«

Ich nickte.

Er schlug sich mit der flachen Hand an die Stirn, biß

zerstreut in seine Focaccia und legte sie wieder weg. »Schon allein wie sie dasteht! Sie macht Shaolin und Tai-Chi und ich weiß nicht was für Kampfsportarten, du siehst es an der Art, wie sie sich bewegt. Diese Ausgewogenheit und Disziplin. Jemand, der sich so elegant und mit einer solchen Körperbeherrschung bewegt, ist eine Seltenheit. Und trotzdem weiblich, findest du nicht? Wenn du sie in Jeans und Lederjacke siehst, wirkt sie männlich, wie ein Rowdy, und dann zieht sie sich einen Rock und hochhackige Schuhe an, schminkt sich ein bißchen, und wird dermaßen weiblich. Weich und sanft, zehnmal weiblicher als meine Frau mit all ihren Designerkleidern. Du bist überhaupt nicht darauf gefaßt, verstehst du? Du bist jedesmal völlig platt.«

»Toll«, sagte ich. Ich war beeindruckt, wie aufmerksam er sie beobachtet hatte, wie er Einzelheiten registriert und sich immer wieder durch den Kopf hatte gehen lassen und wie er mir davon erzählte, so als wolle er dadurch ihren Wert noch steigern.

»Einmal habe ich sie im Zentrum mit drei von ihren Negerfreunden getroffen, und sie hat mich auf so seltsame Weise gegrüßt, ich weiß nicht, ob sie gekifft hatte oder was, sie lachte in einem fort. Auch die Schwarzen lachten, wie Kinder, die nicht ganz bei Trost sind. Ein bißchen wild auch, im Grunde. Ich weiß nicht, ob sie mit einem von ihnen etwas hat, ich will gar nicht daran denken. Neulich habe ich sie gefragt, ob sie in festen Händen ist, und sie hat es verneint. Aber drei Viertel der Zeit ist sie so schwierig, ich kann ihr nicht viele Fragen stellen. Und dann ist sie auf einmal wieder ganz unkompliziert. Oder es sieht nur so aus, ich weiß nicht. Ich durchschaue sie einfach nicht.«

Ich fixierte ihn, und er sah zu mir herüber, keiner von

uns rührte mehr das Essen an, eine warme Woge der Vertrautheit hatte uns erfaßt.

Mein Cousin begann wieder: »Sie hat es immer schwer gehabt im Leben, mit ihrer Familie und der Arbeit und ihren Liebesaffären. Wenn du auf diesem Niveau Musik machst, bist du immer in einem wahnsinnigen Streß, du kannst es dir nicht vorstellen. Und ihre Familie hat ihr nie geholfen, mit der hat sie immer Probleme gehabt. Und obendrein ist sie immer mit Scheißkerlen zusammengewesen. Der letzte war Mimmo Cerino, dieser Typ mit den Therapiegruppen, du weißt schon.«

»Ach der«, sagte ich. Mir fiel ein Zeitungsartikel von vor ein paar Jahren ein, als er angeklagt war, eine seiner Assistentinnen vergewaltigt und andere, die aus der Gemeinschaft austreten wollten, blutig geprügelt zu haben.

»Ein ganz fieser Typ«, sagte mein Cousin. »Sie ist seinetwegen fast verrückt geworden. Sie haben sich bei einem Benefiz-Konzert in Cuneo kennengelernt, anfangs sah sie in ihm wohl so was wie einen verfolgten Heiligen. Oder sie suchte eine Art Vater, wo ihr eigener immer so wenig für sie dagewesen ist. Oder es war der Reiz des Geheimnisvollen, was weiß ich. Aber er ist ein Scheißsadist, er hat sie beinahe zum Selbstmord getrieben, das Schwein.«

»Die Ärmste«, sagte ich und versuchte mich zu erinnern, ob sie einen leidenden Eindruck auf mich gemacht hatte, als ich sie sah, aber es kam mir nicht so vor. Sie hatte so heiter und lebendig gewirkt, sie sah nicht aus, als würde sie sich irgend jemandem ausliefern.

Mein Cousin hatte ausgetrunken, schaute mich fragend an. »Wie dem auch sei«, sagte er, »ich weiß nicht, was ich machen soll.«

»Ich weiß es auch nicht«, antwortete ich. »Ich hab sie ja nur einmal gesehen. Und ich bin wohl auch nicht sonderlich qualifiziert, Ratschläge in Herzensangelegenheiten zu geben. Bei meinen eigenen habe ich fast immer alles falsch gemacht, was man falsch machen konnte.«

»Ach ja?« meinte er, und mir wurde klar, daß er sich von mir in Wirklichkeit weniger einen Rat als Bestätigung erwartete. Seine einzigen Freunde waren die, die ich neulich abends an seinem Geburtstag kennengelernt hatte; ich war wohl von allen, die er gut kannte, derjenige, der Manuela Duini am nächsten stand. »Zu allem Überfluß hat meine Frau so was wie einen sechsten Sinn. Sie sagt zwar nichts, aber sie durchbohrt mich mit eigenartigen Blicken. Mit dieser Art Laserblick, du weißt schon, der dir durch und durch geht, während sie dir vielleicht eine ganz harmlose Frage stellt.«

»Ich kenne das«, sagte ich. Ich erinnerte mich noch gut an die Laserblicke meiner Frau, die paar Male, als ich versucht hatte, etwas vor ihr zu verbergen: die nackte Panik, die Schauer, die es mir den Rücken hinuntergejagt hatte.

Mein Cousin biß sich auf die Lippen. »Schöner Schlamassel, aber selbst wenn man mich totschlagen würde, ich würde nicht umkehren. Ich habe das Gefühl, als wäre ich bis vor einem Monat in einem Eisklotz eingeschlossen gewesen. Oder unter Beruhigungsmitteln gestanden. Ohne etwas zu fühlen und zu sehen. Verstehst du, was ich meine?«

»Ja«, sagte ich. »Ich dachte ungefähr das gleiche, als ich vor drei Jahren von Marina wegging.«

»Siehst du«, sagte er, ohne mir richtig zugehört zu haben und ohne sich zu erinnern, wie oft er und seine Frau mich angerufen und auf mich eingeredet hatten, ich solle mich wie ein erwachsener Mensch benehmen und zu meiner Familie zurückkehren. »Das Leben lief mir davon, und ich sah und hörte nichts«, sagte er. »Manchmal frage ich mich, wo ich vorher war und wie ich es überhaupt ausgehalten habe.«

»Ich kenne das«, sagte ich; beinahe gerührt, wie sehr die Unruhe sich seiner Stimme und seinen Gesten mitteilte und ihn trieb, mir gegenüber so offen zu sein, ohne den Schutzschild seiner Attitüden und seiner Großspurigkeit, hinter dem er sich verschanzt hatte, seit wir uns kannten.

Dann schaute er auf die Uhr und stand auf. »Ich muß los.«

Draußen auf dem Gehsteig gaben wir uns die Hand; mein Cousin sagte: »Danke, Leo. Ich mußte einfach mit jemandem reden, verdammt. Ich war nah daran, verrückt zu werden.«

»Folge einfach deinem Instinkt«, riet ich ihm. »Tu, was dir gefällt. Das ist letztlich das einzige, glaube ich.«

Er nickte zustimmend; wir gingen auseinander, jeder in eine andere Richtung, mitten im tosenden Lärm einer verkehrsreichen Kreuzung.

Als ich wieder allein in meinem Studio war, fühlte ich mich sonderbar, so als fehle mir die so lebendige und unaufhaltsame Anspannung meines Cousins. Ich schaltete sämtliche Lampen an, schob eine CD in die Stereoanlage, versetzte dem in einer Zimmerecke von der Decke herabhängenden Punchingball ein paar Fausthiebe und Fußtritte, doch das merkwürdige Gefühl blieb. Ich kehrte zu meinen Arbeitslampen und meiner 13 x 18-Kamera zurück, arrangierte die Designer-Feuerzeuge, die ich fotografieren sollte, auf dem farbigen Untergrund; aber es fiel mir schwer, mich zu konzentrieren.

Vier

Ich war mit Antonella Sartori zur Wohnung eines Theater-Regisseurs unterwegs. Während der Fahrt saß sie ziemlich angespannt da, mit ihrem Kassettenrecorder und dem Notizheft in der Hand, noch deutlicher als sonst innerlich zitternd.

»Beruhige dich«, sagte ich, während ich einparkte; ich versuchte zu erkennen, ob es sich bei ihr um Unsicherheit oder Furcht oder um einen beschleunigten Stoffwechsel oder sonstwas handelte.

»Ich bin ganz ruhig«, verteidigte sie sich, mit einer Spur Feindseligkeit in der Stimme.

Wir ließen uns vom Pförtner durch die Gegensprechanlage anmelden, und sie machte sich das Haar zurecht, als habe sie irgendeinen entscheidenden Test zu bestehen. Halblaut sagte ich zu ihr: »Ich bitte dich, wegen diesem alten Schaumschläger.«

Sie blickte mich mit einem kalten Glanz in ihren kleinen blauen Augen an.

Oben machte uns die Haushälterin auf; der Regisseur stand in dem großen, wie ein Museum eingerichteten Wohnzimmer und stieß mit geheuchelter Überraschung ein »Ach« aus, hatte sich aber für den Anlaß zurechtgemacht, mit türkisfarbenem Schimmer im Haar wie eine alte Dame. Als ich anfing, die Lampen aufzubauen, erklärte er mir in herrischem Ton, welches die besten Einstellungen seien, folgte mir in jedes Zimmer und beobachtete alles, was ich tat, aus Angst, ich könnte ihm etwas kaputtmachen. »Vorsicht«, sagte er in einem fort. »Ruinieren Sie mir nicht wieder alles.«

Am Ende setzte er sich für das Interview auf eins der Sofas, in beinahe unerträglicher Weise auf seine Gestik und seine gurrende Stimme konzentriert. Er redete in künstlich liebevollen, schmerzlichen und empörten Tönen über seine Wohnung und über seine Beziehung zu Mailand: »Immer wenn ich daran denke, was sie aus dieser Stadt gemacht haben, fühle ich mich verletzt. Tief verletzt. Als Bürger noch mehr denn als Künstler. Ich hätte gute Lust, für immer ins Ausland zu gehen, und an Gelegenheiten dazu mangelt es mir beileibe nicht, doch dann denke ich, daß mein Platz hier ist. Was wir brauchen, ist eine moralische Wiedergeburt, jetzt, da die ganze Korruption ans Licht gekommen und bezwungen worden ist. Künstler und Intellektuelle müssen ihre Pflicht tun und sich an die Spitze der Erneuerungsbewegung in Mailand stellen.«

Ich hätte ihm gern ein paar Fragen über die Milliarden Lire gestellt, die sein noch immer nicht fertiggestelltes Mausoleum von einem Theater verschlungen hatte; über die weiteren Milliarden, mit denen Jahr für Jahr die von den Kritikern mit Vorschußlorbeeren bedachten Inszenierungen seines aufgeblasenen Ego subventioniert worden waren; über das Gerichtsverfahren wegen Veruntreuung öffentlicher Gelder, das ihm noch bevorstand.

Antonella Sartori hörte ihm zu und nickte zustimmend, lächelte pflichtschuldig, wenn auch immer leicht verspätet, schob ihr kleines Gesäß auf dem Sessel hin und her, überprüfte alle paar Sekunden den Kassettenrecorder, aus Angst, er könne plötzlich nicht mehr funktionieren. Und doch spürte ich hinter ihrer Unschlüssigkeit und Ängstlichkeit immer deutlicher eine dünne, aber beständige Sicherheit heraus: eine gegen alle Zweifel resistente Schicht ähnlich den Fasern in einem leichten Glasfibermaterial. Man merkte es allein schon an der Art, wie sie dem Regisseur zuhörte und ihm dann, ohne weiter auf seine Worte einzugehen, die nächste Frage stellte; oder wie sie sich rasch mit der Hand durch die Haare fuhr. Ich beobachtete sie aus einigen Metern Entfernung, während ich die Kamera auf dem Stativ hin- und herschob, und es war ein eigenartiges Gefühl, sie so aus der Distanz zu betrachten und ihr dabei trotzdem näherzukommen.

Dann war das Interview zu Ende, der Regisseur setzte sich an seinem Arbeitstisch in Pose. Er neigte den Kopf mit einer Bewegung, die er vermutlich eine Ewigkeit einstudiert hatte; behutsam, um die aufgebauschte und mit Lack fixierte Frisur nicht zu zerdrücken, bettete er die Schläfe in eine Hand. »Gehen Sie nicht so nah heran, daß ich wie ein Fisch aussehe«, sagte er. »Passen Sie bloß auf, daß ich auf dem Foto kein Doppelkinn kriege und daß Sie nicht überbelichten, sonst wirken meine Augen zu hell.«

Ich murmelte: »Keine Sorge«, und prüfte die Einstellung, genauso wie ich es bei einem Sessel oder einem schweren Sofa gemacht hätte.

Als wir später im Aufzug nach unten fuhren, meinte Antonella: »Du hättest vielleicht mal ein kleines bißchen freundlicher sein können.«

»Und du könntest dir vielleicht abgewöhnen, ›ein kleines bißchen‹ zu sagen«, antwortete ich, aber dann dachte ich, daß ihre Unart, immer die Verkleinerungsform zu benutzen, vielleicht von ihrem Bedürfnis herrührte, ihre Wahrnehmungen auf Maße zu reduzieren, die klein genug für ihren mageren Körper und ihre dünne Stimme waren.

Sie kam mit ins Entwicklungslabor, und danach holte ich mit ihr in einem Geschäft Kleider ab; als wir bei ihr zu

Hause ankamen, fiel ein feiner Regen, der in der kalten Luft hängenblieb. Sie zögerte, bevor sie ausstieg, fragte mich: »Willst du auf ein Gläschen mit hinaufkommen?«

Ebenfalls zögernd sagte ich: »Hm, vielleicht.« Sie hatte diese neutrale Art, die Dinge darzustellen; mir war nicht klar, inwieweit es Schüchternheit war, die aus jeder Geste die Wärme herausfilterte, und inwieweit echte, tiefere Kälte dahintersteckte.

Sie wohnte in einem Haus ganz aus Bögen und Terrassen und Glasfronten, das wie ein eben gelandetes Raumschiff aus einer Anlage mit kleinen flachen Wohnhäusern herausragte. Ich folgte ihr durch die mit einer gezackten Betonplatte überdachte Panzerglastür, und jedes Detail sah nach einem Verstoß gegen die Baubestimmungen aus, nach einer geheimen Absprache zwischen Bauunternehmern und Behörden, nach kaum bemäntelten Schiebereien in der letzten Phase der sozialistischen Herrschaft über Mailand.

Im Hof gab es eine Tiefgarage mit einer steilen Einfahrtsrampe; im Atrium und im Treppenhaus hing der Geruch nach Lacken, Kleber und noch fabrikneuen Materialien, ausgewählt nach Kriterien von Protz und Prunk. Ohne ein Wort fuhren wir mit dem Aufzug hinauf; Antonella Sartori verfolgte auf dem Flüssigkristall-Display die Nummern der Stockwerke, sie stand sehr aufrecht zwischen den Wänden aus geriffeltem Messing. In der obersten Etage fingerte sie lange an den vielen Schlössern einer gepanzerten Wohnungstür herum und in der Diele hob sie die dünnen Arme zu einer Art Rechtfertigungsgeste.

Ich ging um mehrere Ecken hinter ihr her durch den Flur, in dem eine für Mailand merkwürdige Stille herrschte; der vibrierende Lärm der Stadt wurde durch die schalldichten Doppelglasfenster ausgesperrt.

In einem kleinen, von einem riesigen Fernsehapparat dominierten Wohnzimmer knipste Antonella Sartori die Lichter an, meinte: »Entschuldige mich für ein Momentchen«, und ließ mich allein. Mehrere Telefone klingelten gleichzeitig an verschiedenen Stellen der Wohnung, ich hörte, wie sie »Schon gut« sagte, während sie sich entfernte und schließlich hinter einer Tür verschwand. Ich schaltete den gigantischen Fernseher an: In der Tagesschau ging es um neue Ermittlungsverfahren in hundert italienischen Städten gegen Bürgermeister und Stadträte und Untersekretäre und Geschäftsführer öffentlicher Körperschaften und Minister, wegen Korruption und Erpressung und Nötigung und Verbindungen zur Mafia. Einige von ihnen sah man hinter den Scheiben ihrer auf Hochglanz gewienerten Limousinen davonfahren, andere umringt von Mikrophonen und Fernsehkameras, wieder andere bei schon vor Monaten gefilmten öffentlichen Zeremonien, noch ganz ruhig mit ihren Sphynx- oder Hyänen- oder Marder- oder Schweinsgesichtern.

Ich trat auf den Flur hinaus, probierte alle Türen. Ganz hinten war ein großes Wohnzimmer auf drei Ebenen, das bis auf zwei mit durchsichtiger Plastikfolie abgedeckte Sofas ganz leer war. In der abgestandenen Luft glaubte ich gedämpftes Möbelrücken zu hören; an den Wänden waren die Löcher der Nägel zu sehen, die man entfernt hatte, und hellere Rechtecke, wo früher vermutlich Bilder gehangen waren. Auf einem der Sofas lag ein Zettel mit der in kindlichen Buchstaben gekritzelten Aufschrift *Folie nicht entfernen. Laß die Fenster zu. Benutze nur das Fernsehzimmer. Paß auf, daß die Temperatur in meinem Zimmer nie unter 22 Grad absinkt.* Ich schaute aus einem der großen Fenster: auf die im Dunst versunkenen viel niedrigeren und älteren Häuser ringsum.

Antonella Sartori erschien auf der Türschwelle, mit einem unbehaglichen, angespannten Gesichtsausdruck. Ich sagte zu ihr: »Willst du mir nicht den Rest der Wohnung zeigen?«

Sie hatte nicht die geringste Lust dazu, machte aber trotzdem einen Rundgang mit mir durch Badezimmer und Räume, die genauso leer waren wie das Wohnzimmer. Sie öffnete die Türen nur einen Spaltbreit, ließ mich kaum einen kurzen Blick hineinwerfen.

»Wieso ist alles so leer?« fragte ich sie. Ich blickte auf ihren Po, während ich hinter ihr herging, auf ihre schwarz bestrumpften Beine, die unter dem kurzen Rock hervorsahen.

»Meine Mutter will die Wohnung verkaufen«, sagte sie. »Im Moment ist alles in der Schwebe. Wenn sie die Wohnung hier los wird, kauft sie mir eine in London.« Sie kreuzte abergläubisch Zeige- und Mittelfinger, zog mich weiter, um die Wohnungsbesichtigung so rasch wie möglich hinter sich zu bringen.

Von der Diele aus führte sie mich eine Treppe hinauf in ein Dachgeschoß mit großen Fenstern, das im Gegensatz zum anderen Teil der Wohnung noch möbliert war, mit Teppichen und dekorativen Gegenständen auf den Couchtischen. »Das ist der Bereich meiner Mutter. Ich wohne unten.« Vorsichtig ließ sie mich in das ganz in Weiß gehaltene Schlafzimmer sehen, in ein Bad mit Whirlpool und Regalen voller Schönheitspflegemittel wie die Regale in einer Parfümerie; durch die Glasscheiben zeigte sie mir eine runde Terrasse, auf der ihre Mutter morgens joggte.

»Hast du keine Fotos von deiner Familie?« fragte ich sie.

Sie senkte abwehrend den Kopf; atmete durch ihre

schmalen Nasenlöcher. »Willst du auch noch eine Röntgenaufnahme von mir machen?«

»Ach was«, sagte ich. »Ich bin bloß neugierig. Zeig mir doch ein paar Fotos.« Ich wußte nicht einmal, warum ich sie darum bat; ich wollte vor allem die Leere des Nichtkennens vertreiben, wollte ihr eine vertraute Physiognomie geben.

Sie blies ungeduldig die Luft aus, sagte: »Es sind nur alte da. Meine Eltern leben seit fünf Jahren getrennt.« Sie zog mich wieder in die untere Etage, öffnete widerstrebend die Schubladen einer alten Kommode im Flur und nahm Fotos von einer sehr mageren Frau heraus, sagte: »Meine Mutter.«

Ich sah mir die Fotos von ihrer Mutter an und versuchte darauf die Züge der Tochter aufzuspüren, zum Ursprung ihrer Wesensart zu gelangen.

Antonella Sartori kramte ein altes gebundenes Album hervor, schlug die ersten Seiten auf. Es gab die Hochzeitsfotos ihrer im Stil der sechziger Jahre gekleideten Eltern, er mit langen Koteletten, sie mit Hut und nach amerikanischer Art geschminkt, alle beide mit an den Schultern sehr schmalen Jacken. Dann gab es zwei weitere Porträts ihrer Mutter und zwei Aufnahmen von ihrem Vater, an einem Schreibtisch sitzend, umringt von irgendwelchen Leuten. Auf einem war er mit Bettino Craxi zu sehen, dem früheren sozialistischen Parteisekretär, dem in den letzten Monaten Dutzende von Haftbefehlen wegen der unterschiedlichsten Vergehen zugestellt worden waren, er hatte ihm die Hand auf die Schulter gelegt und lächelte gierig, arrogant.

Ich wandte mich zu Antonella und sah sie an; ihr Gesichtsausdruck war nicht zu deuten. Weiter hinten im Album waren Fotos von ihr als kleinem Mädchen, auf einigen im Ballettröckchen; sie wirkte nervös und blaß und dünn. »Süß«, sagte ich und fand, daß sie nicht glücklich aussah. »Wie mager du warst.«

»Genug jetzt«, sagte sie, nahm mir das Album aus der Hand und legte es in die Schublade zurück, schob sie zu.

Ich ging wieder hinter ihr her durch den verwinkelten Flur. Sie zeigte mir ihr Zimmer, das teils das Zimmer eines Kindes, teils das einer Erwachsenen war, mit einer Jugendenzyklopädie und ein paar Liebesromanen und ein paar Klassikern in Taschenbuchausgabe und einigen amerikanischen Bestsellern auf den Regalen und zwei Pinwänden mit Fotos von ihr und ihrer Familie an verschiedenen Ferienorten. Das breite Bett war mit einem gesteppten Satinüberwurf bedeckt, am Kopfkissen lehnte eine Puppe aus Porzellan und Stoff. »Hübsch«, sagte ich, plötzlich von echter Zärtlichkeit durchströmt.

Sie griff rasch nach der Puppe, setzte sie auf eine Kommode, sagte: »Das Zimmermädchen tut sie immer aufs Bett.«

Ich wollte mir die Fotos an der Wand aus der Nähe ansehen, doch sie meinte: »Hör doch auf, dir alles so genau anzugucken.« Sie strich sich den engen kurzen Rock an den Hüften glatt, ging mit ihren Minenfeld-Schritten, die ich mir noch nicht recht zu erklären wußte, im Zimmer umher. Es waren nicht einfach zögernde Schritte, sondern eher eine Art Alarmiertsein, das von den Füßen in ihr hochstieg bis zu den Augen. Dazu machte sie begleitende oder ausgleichende Bewegungen mit den Armen; schwang sie mit kleinen Rucken hin und her, die bei mir Schauer von Nicht-Verantwortlichkeit hervorriefen, vermischt mit einer merkwürdigen Art von Anziehung.

Auf einigen Fotos sah sie recht gut aus: auf einem war sie halbnackt an einem tropischen Strand, ihr Busen wirkte voller und ihre Hüften erschienen runder, als wenn man sie angezogen sah, die Haare blonder und weniger starr als hier in der Stadt. Auf einem anderen saß sie in Shorts und T-Shirt in einem Jeep, braungebrannt und schlank und knackig wie auf einem Hochglanzprospekt für Karibikreisen; wieder ein anderes zeigte sie zusammen mit einer ihr stark ähnelnden Freundin auf einer amerikanischen Straße; beide trugen die Blusen in der gleichen Weise über dem Nabel geknotet. Dann gab es ein paar ungünstig aufgenommene Porträts von ihr in unterschiedlichen Wachstumsstufen von der Kindheit bis zur Gegenwart; dazu Fotos von Exfreunden oder Freunden, denen man an den Gesichtern ansah, daß sie reich und sportlich waren und nicht viel im Kopf hatten.

Sie saß neben mir, atmete durch ihre kleinen Nasenlöcher; fragte: »Interessiert dich das wirklich so?«

»Ja.« In keinem der Bruchstücke ihrer Vergangenheit vermochte ich irgend etwas Vertrautes zu finden, und dieser Gedanke erfüllte mich mit Schrecken, und zugleich fühlte ich mich noch stärker zu ihr hingezogen. Ich legte ihr die Hand auf die Hüfte, sagte: »Findest du das sonderbar?«

»Ich weiß nicht«, meinte sie. Sie blickte zur Seite; ihr inneres Zittern ging auf mich über, bis ich selbst innerlich vibrierte und mein Blut schneller kreiste. Sie faßte mich am Arm, sagte: »Gehen wir rüber«, schob mich mit leichtem, aber beharrlichem Druck auf den Flur hinaus.

Wir gingen in eine große Küche mit hohen Wandschränken und Regalen und versenkbaren Küchengeräten, alles so blitzblank und ordentlich, als hätte nie jemand darin gekocht. Antonella Sartori deutete mit einer ihrer vagen Gesten zum Kühlschrank: »Willst du irgendwas? Ich hab keinen Hunger.«

Sie wich einen Schritt zurück und kam dann wieder dicht zu mir, unschlüssig, ob sie sich in oder außer Reichweite halten sollte, mit dem Anflug eines Lächelns auf den Lippen, halb provokant, halb ängstlich.

»Und wo ist deine Mutter jetzt?« Ich versuchte, so natürlich und warmherzig zu sprechen wie ich konnte, aber es war nicht leicht, denn in der unnatürlichen Stille warfen die polierten Wände unsere Spannungen auf uns zurück.

»Sie kommt erst in vier Tagen wieder«, sagte sie und verzog ein wenig das Gesicht, als stellte ich ungebührliche Nachforschungen an.

Ich nickte; sah abwechselnd den Kühlschrank und sie an.

Sie stand immer noch fast auf Tuchfühlung und doch distanziert neben mir, auf ihre kraftlose Art angriffsbereit und zugleich in Abwehrhaltung. Ich machte den Kühlschrank auf, aber er war gähnend leer wie eine Stadt bei Morgengrauen, nur eine Flasche Mineralwasser war darin und eine Packung Toastbrot, eine Tube Mayonnaise.

Sie drehte sich um und sah mich an, in einem feinmaschigen Netz von Impulsen und Zweifeln gefangen; ich faßte sie an den Schultern und zog sie an mich, gab ihr einen Kuß, ohne an irgend etwas zu denken.

Wir küßten uns zwischen den weißen Möbeln unter den Halogenlampen, bewegten uns kaum auf dem Marmorfußboden, und ich konzentrierte mich auf die Empfindung ihres Mundes und ihres flachen Bauchs an meinem Bauch, auf ihre schmale Taille und ihre glatten, wohlgeformten Hüften, ihre leichte Gestalt, die ich mühelos hätte hochheben können. Die Distanz zwischen uns, die fehlende Verständigung unmittelbar hinter der Verständigung unserer Körper zog mich an, genauso wie die beinahe automatische Leichtigkeit, mit der wir uns aneinanderdrückten, und die instinktive Schwierigkeit unserer Unterhaltung und die Fotos, die ich gerade von ihr gesehen hatte, und die Leere und Stille im Haus, die für ein zierliches und verwöhntes Mädchen so typischen Kleider, die sie trug, die Form ihres Körpers darunter, die ich mir jetzt genau vorstellen konnte.

Sie küßte mich ohne jeden Widerstand, mit einer flinken, geschmeidigen Zunge; sie hielt meine Hand erst fest, als ich sie ihr unter den Rock schieben wollte. Sie zog mich aus der Küche hinaus, über den verwinkelten Flur in das kleine Wohnzimmer mit dem riesigen Fernseher in der Mitte; schob einen Horrorfilm in den Videorecorder, setzte sich mit mir auf die halbrunde Couch. Ich zog sie wieder an mich, küßte sie von neuem, von der Seite über sie gebeugt. Wir küßten uns und atmeten uns ins Gesicht, zueinander hingezogen und verwirrt, aber immer mit einem Rest Klarsicht; immer mit dem eingeschalteten Bildschirm am Rand unseres Gesichtsfelds. Es war ein sonderbares Gefühl der Regression, lau und dicht und angenehm, es erforderte keinerlei Engagement und keine geistige Anstrengung. Sie ließ sich küssen, ließ zu, daß ich ihr den Busen und den Hals und den Bauch und das Gesäß und die Knie streichelte; hin und wieder löste sie sich von mir und deutete auf eine Szene in dem Horrorfilm, tat entsetzt und drückte sich wieder an mich. Ich sah alles in der gleichen verschwommenen Art, zu nah oder zu weit entfernt, um den Blick auf irgend etwas scharf einzustellen, versunken in die Empfindungen, die ich mit den Lippen und den Fingern in mich aufnahm. Wenn ich meine Hand ein bißchen zu weit in ihren Blusenausschnitt oder unter den Rocksaum schob, hielt sie sie mit ihrer schmalen, aber kräftigen Hand fest, hauchte: »Nicht.« Ich versuchte auch gar nicht, sie zu zwingen oder sie über diese Grenzen hinauszutreiben. Ich versuchte nicht herauszufinden, ob eine Strategie dahintersteckte, daß sie sich wie eine Fünfzehnjährige und nicht wie eine Zwanzigjährige verhielt; ich versuchte nicht herauszufinden, ob es sich um eine Attitüde oder einfach um eine Tatsache handelte; ich kam mir selbst wie ein Fünfzehnjähriger vor und fand es beruhigend: als würde ich mich mit einer Zeitmaschine durch all die Anforderungen und den Druck des Erwachsenenlebens hindurch zurückbewegen. Ich fühlte mich auf Urlaub vom Leben und wäre gern lange Zeit so geblieben.

Fünf

Meine Exfrau hatte eine Nachricht auf dem Anrufbeantworter hinterlassen: »Nichts weiter, ich wollte bloß wissen, wie wir es mit den Weihnachtsgeschenken für die Kinder machen.« Ich spulte das Band ein paarmal zurück, ohne zu erkennen, ob in ihrem Ton mehr Verärgerung oder Bedauern oder Groll oder verhaltene Herzlichkeit oder sonstwas lag. In den zehn Jahren, die wir zusammen verbracht hatten, war es mir nie gelungen, ihre Stimme oder ihren Blick oder ihr Verhalten wirklich zu entschlüsseln; sie war eine so wenig offenherzige Frau, versteckte sich hinter Wohlerzogenheit und Selbstbeherrschung. Als wir noch zusammenlebten, hatte das bei mir Zorn und das Gefühl des Ausgeschlossenseins und Trennungswünsche geweckt, jetzt, wo wir getrennt lebten, regte sich in mir nur noch ein aus Vorsicht und Zuneigung und Fremdheits- und Schuldgefühlen bestehendes Unbehagen. Wenn ich hörte oder sah, daß sie deprimiert oder verärgert war, fühlte ich mich immer noch dafür verantwortlich, und sie nutzte das aus, auf ihre verquere Art, die aus Zwischentönen und bedeutungsvollen Blicken bestand: Sie versuchte mich ständig auf Trab zu halten, benutzte die Kinder als Druckmittel.

Ich rief sie zurück, fragte: »Was gibt's?« in dem halb aggressiven, halb zerstreuten Ton, der ein Selbstschutz war.

»Ach nichts«, sagte sie. »Ich wollte nur wissen, wann du den Kindern die Geschenke bringen willst, wir fahren nämlich schon morgen nachmittag.«

»Na, dann gibt es ja nicht viele Alternativen«, sagte ich, während eine Welle von Ärger in mir hochschlug und meine Schuldgefühle erstickte. Sie wollten nach Marokko fahren, mit ihrem neuen Freund und dessen Sohn, aber wie immer hatte sie mich über die genauen Reisetermine bis zuletzt im ungewissen gelassen. Es gab da diese feine Alchimie aus ausgesprochenen und unausgesprochenen Dingen, Programmänderungen im letzten Moment, widerrufene Beschlüsse, wer die Kinder am Wochenende nehmen sollte; mir war nie klar, was dabei Stategie und was Zufall war, inwieweit es einfach an ihrem Wesen lag.

»Es gab Probleme mit dem Flug«, sagte sie. »Wir gehen etwas früher, um nicht in den großen Reiseverkehr zu geraten.«

»Ich komme heute abend«, sagte ich, von plötzlicher Müdigkeit überwältigt und zugleich aufgebracht.

»Aber bitte vor fünf«, sagte sie. »Wir wollen ein bißchen feiern, und sie legen größten Wert darauf, daß du dabei bist. Morgen müssen wir in aller Frühe aufstehen, wir haben noch tausend Dinge zu tun.«

»Schon gut, schon gut«, sagte ich voller Zorn, und in den Zorn mischte sich Traurigkeit bei dem Gedanken, daß die Kinder ohne mich in aller Frühe aufstehen und so weit wegfliegen würden.

Dann ging ich wieder an die Arbeit. Ich sollte Stühle fotografieren und mußte bis abends fertig sein und hatte kaum die Hälfte erledigt. Ich kam langsam voran, weil das Licht und die Einstellung immer wieder leicht verändert werden mußten; ich hörte mir dabei eine Platte mit E-Gitarren-Blues an. Ich brauchte mir nichts auszudenken, es waren nicht die Art Fotos, mit denen man jemanden verblüffen oder rühren oder amüsieren mußte; ich arbeitete vor mich hin, als würde ich einen Refrain, den ich auswendig kannte, ständig wiederholen, während mir immer die gleichen Gedanken im Kopf kreisten. Ab und zu machte ich ein paar Minuten Pause, schlug mit Fäusten und Füßen gegen den Punchingball. Ich dachte an meine Kinder in Marokko, an Antonella Sartoris großen leeren Kühlschrank, an ihre Beine in den schwarzen Strümpfen, an das changierende Blau ihrer Augen, an den Blick meines Cousins, als er in der Bar mit mir sprach.

Gegen fünf kam eine Art-Director-Assistentin des Stuhlherstellers, eine stämmige kleine Brünette, die auf ihre Art recht attraktiv war, und brachte mir noch einen Hocker zum Fotografieren. Wir sahen uns alle paar Monate aus beruflichen Gründen, einmal hatten wir uns an ihrem Auto beim Verabschieden aus Versehen auf den Mund geküßt. Jetzt trippelte sie um mich herum, während ich weiterarbeitete, rauchte und lachte und fragte mich, was ich an Weihnachten vorhätte; in ihren dunklen Augen und um die Winkel ihrer sinnlichen Lippen bemerkte ich den Anflug eines vielsagenden Lächelns. Vielleicht lag es an der so kontrollierten und infantilen Beziehung mit Antonella Sartori, daß ich dermaßen unter Spannung stand, oder an der Vorstellung, gewissermaßen solo und ungebunden zu sein, während die Feiertage näherrückten, oder einfach an Nadias Blick und an der Art, wie sie sich dicht neben mir bewegte; fest stand, daß sie auf mich eine Anziehung ausübte wie ein Elektromagnet auf ein Stück Eisen. Noch dazu waren die Lampen sehr warm und der Raum dicht vollgestellt mit Gegenständen.

Dann fragte sie mich unvermittelt: »Hast du schon meine Tätowierung gesehen?« Ich verneinte; sie knöpfte zwei Knöpfe ihrer Bluse auf und entblößte den Halsansatz. Dicht neben dem BH-Träger war ein kleiner blauroter Schmetterling eintätowiert: Ich strich mit zwei

Fingern darüber, und ihre Haut war weiß und glatt und warm und bebte bei jedem Atemzug, und Nadia senkte nur einen Augenblick lang den Blick, dann preßte sie sich an mich, Lippen an Lippen, Brust an Brust, prall und elastisch wie Gummi. Und ich erlag ihrer Anziehung, ohne auch nur Zeit zum Nachdenken zu haben; ich packte Nadia am Hals und unter den Achseln und griff ihr in die Bluse und unter den Rock, wir glitten an die Wand und zu Boden. Keiner von beiden sagte etwas; wir rieben uns aneinander, gefangen von rein körperlichen Empfindungen, die sich in uns ausbreiteten und unsere Bewegungen immer wilder werden ließen; wir stießen mit den Knien und Ellenbogen und mit Kopf und Rücken gegen das Linoleum auf dem Fußboden. Ich war mir ihrer kaum bewußt, abgesehen von der Tatsache, daß sie mich an den Haaren zog, mich in die Ohren biß und sich in meine Hüften verkrallte, dort, wo sie entblößt waren; ich konnte ihr Gesicht kaum sehen, bis auf die Lippen und die halb geschlossenen Augen. Es war, als würde ich es mit einer abstrakten Frau treiben, mit der Begierde schlechthin, die nichts zu tun hatte mit der feuchten Wärme zwischen ihren Schenkeln, mit ihrem immer schnelleren Atem.

Am Ende rollten wir uns auf die Seite wie zwei von einem mäßigen Sturm ans Ufer geschwemmte Schiffbrüchige, keuchend und mit roten Gesichtern, und wunderten uns, wie alles beinahe außerhalb unserer Kontrolle geschehen war. Nadia sagte: »Du lieber Himmel, was war denn in dich gefahren?«

»Und in dich?« fragte ich. Ich empfand nichts mehr für sie, jetzt, wo sich mein Herzschlag verlangsamte, und auch sie schien nichts für mich zu empfinden. Wir waren auf kein geheimnisvolles Terrain vorgestoßen, die gegenseitige Nähe hatte keinerlei Reiz mehr. Ich empfand nur ein vages Gefühl der Genugtuung bei dem Gedanken, wie einfach es war, ganz unverbindlichen Sex zu machen, ohne lange zu suchen und sich festzulegen, ohne Erklärungen und ohne eindeutige Entscheidung, nur weil man frei war und Lust hatte. Wir hatten nicht einmal unsere Kleider ausgezogen, wir strichen sie uns glatt und lachten, immer unbehaglicher, je mehr wir wieder bei klarem Verstand waren.

Dann machten wir uns nacheinander in dem kleinen Badezimmer frisch; äußerten uns nicht mehr zu dem Vorgefallenen; wir taten, als sei nichts geschehen. Ich fotografierte die letzten Stühle, auch wenn mir die Knie ein wenig weich waren und es mir Mühe machte, mich auf die richtige Reihenfolge der Handgriffe zu konzentrieren. Nadia saß wenige Schritte von mir entfernt auf einem der bereits fotografierten Stühle, rauchte und sah mir mit ihren glänzenden dunklen Augen bei der Arbeit zu. Ab und zu sah auch ich sie an, und sie schien mir der kompakte und handfeste Beweis eines Mißverständnisses; jeder Atemzug von ihr und jedes Knirschen ihrer Schuhe weckte in mir Unbehagen und ein Gefühl der Leere; ich wünschte mir nur, daß sie verschwinden würde. Schließlich stand sie auf und sagte: »Ich gehe.« Ich sah auf die Uhr; es war schon sieben.

Panik ergriff mich, viel stärker als die Empfindungen von vorhin: Ich dachte an meine Kinder, die auf die Geschenke und den Vater warteten, an die Entfernung zwischen mir und ihnen und an die Zeit, die ich brauchte, um sie zu überwinden, ich sah den Weg von meinem Studio bis zu meiner früheren Wohnung vor mir, abwechselnd verkürzt und verlängert wie durch einen automatischen Zoom.

Ich schob Nadia mit ihrer kreisrunden Handtasche fast

zur Tür hinaus, verabschiedete mich von ihr, während ich schon die Treppen hinunterrannte, durch den Hof und auf die Straße hinaus.

Draußen war der wenige Tage vor Weihnachten um sieben Uhr abends übliche Verkehr, mechanischer Lärm, ich sah die roten und weißen Lichter der Autos, verdichtete Abgase, hastende Leute auf den Bürgersteigen. Durch eine Seitenstraße rannte ich zur nächsten Parallelstraße, rannte dicht an den mit Dingen gefüllten Schaufenstern der Geschäftsstraße entlang, gegen den Strom der mit Päckchen und Paketen beladenen Käufer in ihren dunklen Mänteln und Pelzen, und die Straße schien mir voll scharfer Kanten und kalt und feindlich, ohne Sauerstoff und ohne Spielraum für Gedanken.

Ich sah in die dicht aufeinanderfolgenden Schaufenster, aber ich erinnerte mich nicht mehr, was ich meinen Kindern hatte schenken wollen. Meine Augen wanderten über Puppen und Kleider und Bücher und bunte Schachteln und Regale und Lichter, ohne irgendwo lang genug zu verweilen und ohne daß ich einen Eindruck vom anderen zu unterscheiden vermochte. Am Ende trat ich in ein Hi-Fi-Geschäft, der Zeitdruck saß mir im Nacken, ich kaufte das erste Keyboard und die erste tragbare Stereoanlage, die mir der Verkäufer zeigte, ließ mir zwei große Pappkartons geben, schleppte sie hinaus, schwer und unhandlich, wie sie waren, und lief zum Auto zurück.

Vor meiner früheren Haustür drückte ich auf die Taste der Gegensprechanlage mit dem Namen meiner ehemaligen Frau; sagte: »Ich bin's.« Aber am anderen Ende war die Babysitterin und erkannte meine Stimme nicht, fragte: »Wer ich?« Ich mußte »Leo Cernitori« sagen, ja fast schreien, bevor sie sich endlich entschloß, mir aufzumachen.

Ich trat aus dem Aufzug, und der kleine Terrier, den ich meinen Kindern gekauft hatte, begann hinter der Tür wütend zu kläffen. Als die Babysitterin die Tür öffnete, stürzte er sich auf mich. Mit den großen Geschenkpaketen, die mir fast aus den Händen rutschten, versuchte ich ihn wegzustoßen, sagte: »Scheißköter.« Jetzt erst erkannte er mich und sprang freudig an mir hoch; zu spät, um meine Laune zu bessern.

Auf dem Fußboden in der Diele lagen überall Krümel und Papierschlangen und Pappbecher und zusammengeknüllte Papierservietten herum. Die Babysitterin, ein dickes, blasses Mädchen, sammelte träge die Reste auf, sagte: »Hallo«, ohne mir auch nur ins Gesicht zu sehen; der Hund knabberte an meinem Bein, ich schaffte es, ihm einen Tritt zu geben, ohne die Kontrolle über meine Schachteln zu verlieren. Meine Exfrau stand mit einer anderen jungen Mutter gleichen Typs im Wohnzimmer, sie wandten sich zu mir und blickten mir beide mit den gleichen mißtrauischen Mienen entgegen. Ich ließ die Kartons auf das Sofa gleiten, fühlte mich aber kaum erleichtert. Ich war in Schweiß gebadet, und in der plötzlichen Wärme schwitzte ich noch mehr, zog aber meine Lederjacke trotzdem nicht aus. »Ich hab's einfach nicht eher geschafft«, sagte ich. Ich wußte, daß es ein Fehler war, mich zu rechtfertigen, und brachte trotzdem keinen anderen Tonfall zustande, die Schuldgefühle und die Angst, zu spät gekommen zu sein, ließen mich alle Spontaneität verlieren.

Meine Exfrau sagte nichts, aber anscheinend konnten sie und die andere Frau meine Gedanken lesen, denn auf ihren Gesichtern lag eine sonderbare, gespielt zerstreute Aufmerksamkeit, die mit der gleichen intermittierenden Frequenz wie die Lichter am Weihnachtsbaum, der hinter ihnen stand, ins Zimmer ausstrahlte.

In dieser Atmosphäre ging ich auf sie zu, um sie zu begrüßen, und jeder Schritt und jede Geste waren so mühsam, als würde ich bekleidet in einem See schwimmen; ich gab beiden mit dem gleichen Förmlichkeitsgrad die Hand. Sie musterten mich beide mit einer ähnlichen Mischung aus Distanziertheit und Neugier und Mißtrauen, ohne etwas zu sagen. Immer wenn ich in meine frühere Wohnung zurückkehrte, kam es zu diesem schiefen Austausch, zu diesem verstohlenen Erkunden, um herauszufinden, was sich unter der Oberfläche unserer Verhaltensweisen abspielte.

Dann kam meine Tochter mit einem anderen Kind ins Wohnzimmer gelaufen; als sie mich sah, hielt sie einen Augenblick mitten in der Bewegung inne, unsicher, ob sie weiterrennen oder zu mir kommen sollte. Sie kam zu mir, und eine Woge der Erleichterung stieg in mir auf, vermischt mit Unbehagen und neuen Schuldgefühlen, mit Gefühlen allgemeiner Unzulänglichkeit. Ich hob sie mit Schwung hoch und küßte sie, sagte: »Frohe Weihnachten Frohe Weihnachten Frohe Weihnachten«, in dem übertrieben begeisterten und kindlichen Ton, den ich ihr gegenüber anzuschlagen pflegte. Ich spürte den Blick meiner Exfrau auf mir und den Blick der unbekannten Mutter und die Blicke der Babysitterin und des Freundes meiner Tochter und den meines kleinen Sohns, der in diesem Augenblick hereinkam: Ich nahm mich wahr wie jemanden, den ich von außen beobachtete, ohne Anteilnahme und ohne große Sympathie, nur auf das achtend, was er falsch machte.

Meine Tochter versteifte sich fast sofort auf meinem Arm, sagte: »Laß mich runter«, vermutlich weil ihr Freund zusah. Ich hielt sie noch einen Augenblick lang fest, um ihr Gewicht im Vergleich zum letzten Mal festzustellen, dann ließ ich sie los und nahm den Kleinen auf den Arm. Auch er wollte nicht geknuddelt werden, und mit ihm war ich noch weniger vertraut, er strampelte mit den Beinen, sagte: »Laß mich.« Jedesmal, wenn ich die Kinder sah, auch wenn nur wenige Tage dazwischen lagen, kam es mir vor, als seien sie schon nicht mehr ganz die Menschen, die ich kannte, und jedesmal glaubte ich alle Phasen der Veränderung verpaßt zu haben. Ich ließ auch ihn hinunter, deutete auf die großen Schachteln auf dem Sofa: »Für euch.«

Meine Kinder betrachteten die Pakete, aber sie schienen von ihrer Größe eingeschüchtert, rührten sich nicht vom Fleck.

»Interessiert euch nicht, was es ist?« fragte ich, jetzt voller Wut, von Blicken eingekreist, Stirn, Achselhöhlen und Rücken schweißnaß.

Meine Tochter machte einen zaghaften Versuch, ihr Geschenk auszupacken, aber es war zu gut verpackt und die Schachtel zu unhandlich; sie bat mich: »Mach du auf.«

Also zog ich schließlich doch meine Jacke aus und versuchte die Schachtel zu öffnen, aber der Widerstand des Kartons steigerte meine Wut nur noch mehr; ich kämpfte mit der Schachtel wie mit einem trägen Tier. Voller Zorn riß ich das Paket auf, zerfetzte die Pappe und die Plastikfolie, brach die Styroporteile, die die Ecken schützten, in Stücke.

Nach wenigen Minuten war der Boden ringsum mit Kartonfetzen und weißen Kügelchen bedeckt, ich zerrte das große schwarze Keyboard heraus, stellte es vor meine Tochter auf das Sofa. Meine Exfrau sagte in ihrem förmlichsten Ton: »O wie schön«; und meine Tochter: »Ja, wirklich«, und es klang, als sage sie es vor allem, damit ich zufrieden war.

»Du kannst darauf alle Klänge spielen, die du willst. Geige, Saxophon, was du willst.«

»Ja?« antwortete sie, und als ich ihren Blick sah, wurde mir klar, daß es ein zu erwachsenes Geschenk für sie war, zu kalt und technisch und unpersönlich; mir war, als hätte ich ihr eine Waffe gebracht oder eine aus der Zukunft zurückkatapultierte unverständliche Botschaft.

Ich zerfetzte auch noch den Karton mit der tragbaren Stereoanlage für den Kleinen und hätte darin gern irgend etwas viel Einfacheres und Kindlicheres gefunden, ein Holzspielzeug oder eine Stoffpuppe oder sonst irgend etwas für einen Dreieinhalbjährigen Geeignetes. Statt dessen kam der unförmige Stereorecorder zum Vorschein, und ich gab ihn ihm, und auch dieser wirkte wie eine Waffe japanischer Herkunft, genau wie das Keyboard; ich hatte nicht einmal daran gedacht, auch eine Kassette mitzubringen, die er abspielen konnte, und der Verkäufer hatte mir keine Batterien gegeben; mein Sohn stellte das Ding auf den Boden und sah es an und wußte nichts damit anzufangen.

So schloß ich das Keyboard für meine Tochter ans Stromnetz an. Dutzende von kleinen roten und grünen Lämpchen leuchteten auf, wie im Cockpit eines Raumschiffs. Ich drückte zwei Tasten, produzierte konservierte Klaviertöne, die fast echt und doch nicht echt klangen. Ich drehte den Ton lauter, drückte andere Tasten, lockte synthetische Percussion und Streicher und Bläser hervor. Ich konnte nicht mehr aufhören, es war, als falle ich eine Treppe hinunter, und jede Stufe war steiler und scharfkantiger als die vorherige, jede Geste falscher. Ich drehte den Ton noch lauter, versuchte *Jingle Bells* zu spielen, traf aber die richtigen Noten nicht, ließ mit den Vibrationen der falschen Glocken und der falschen Orgelpfeifen die

Fensterscheiben erzittern. Meine Exfrau sagte: »Dreh leiser!«; und meine Tochter rief »Whow«, aber sie war mehr daran interessiert, noch ein bißchen mit ihrem Freund zu spielen, bevor er gehen mußte. Ich schaltete alles aus, ließ das Ding stehen, ging ins Bad, das ich vor Jahren ganz allein gekachelt hatte, und wusch mir das Gesicht.

Dann gingen der Freund meiner Tochter und seine Mutter; meine Exfrau befahl der Babysitterin, den Kindern die Schlafanzüge anzuziehen. Zu mir sagte sie: »Wir essen nicht mehr zu Abend, wir haben sowieso schon zu viel in uns hineingestopft. Wenn du was willst, der Kühlschrank ist noch voll.«

Ich sagte: »Nein danke«, aber zwei Minuten später holte ich mir doch einen großen Teller voller Minipizzen und Salzgebäck, aß am Tisch, während meine Exfrau das Wohnzimmer aufräumte und im Flur Schranktüren öffnete und wieder schloß.

»Und was hast du vor?« fragte sie, ohne innezuhalten, wie immer ohne offenes Interesse zu zeigen.

»In welcher Hinsicht?« fragte ich, wie immer in Abwehrhaltung.

»An Weihnachten«, sagte meine Exfrau.

»Weiß ich noch nicht«, sagte ich. »Kommt drauf an.«

Sie sagte: »Versuch dich zu amüsieren. Fahr in irgendeine exotische Gegend, du bist ja frei. Nach Brasilien zum Beispiel.« Sie schien mir viel besser in Form zu sein als in der Zeit, als wir noch zusammen waren, eleganter und dynamischer und selbstbewußter; ich hatte den Eindruck, daß unsere Trennung ihr letztlich gutgetan hatte.

»Mal sehen«, sagte ich. »Ich entscheide ganz kurzfristig.« Es ärgerte mich, daß sie mir vorschlagen wollte, was ich tun sollte, noch dazu in so vagem Ton; außerdem fühlte ich mich keineswegs so frei oder ruhig oder gleichgültig, wie ich sie glauben machen wollte. Ich hatte Angst; sobald ich das milchigtrübe Territorium unserer provisorischen Nähe verließ, war es eine permanente Gleichgewichtsübung, mich nicht von einem Schwindelgefühl erfassen zu lassen.

Sie deutete zum Kinderzimmer. »Sie freuen sich wahnsinnig auf die Reise, aber es tut ihnen schrecklich leid, daß sie am Heiligen Abend nicht mit dir zusammensein können.« Sie sprach in diesem lässigen Ton, dabei wußte sie ganz genau, daß sie mir einen empfindlichen Stich versetzte; es war ihre Art, eine gewisse Kontrolle über mich zu bewahren, die Wunden offenzuhalten, das Schwierige schwierig bleiben zu lassen. Sie wußte auch, daß ich immer darauf hereinfiel, daß ich auf dieser Ebene bereit war, mich ohne zeitliche Begrenzung erpressen zu lassen.

Ich schaltete den Fernseher an, einfach damit noch etwas anderes im Zimmer war. Es lief eine Sendung zu den neuesten Enthüllungen über die verbrecherischen Vereinigungen der Politiker. Man sah einige zwischen ihren Anwälten fast im Laufschritt durch die Korridore irgendeines Gerichtsgebäudes eilen, im grellen Licht der Fernsehkameras, aufgeschwemmt und bleich wie sterbende Fische; der Sprecher zählte weitere Verfilzungen von Namen und Rollen auf. Ich aß die kleinen Pizzen und das Salzgebäck ohne echten Hunger; noch aufgewühlt von dem, was mir mit Nadia passiert war, erfaßt von einem Strudel, in dem Genugtuung und Ratlosigkeit durcheinanderwirbelten.

Meine Exfrau beugte sich über den niedrigen Raumteiler zur Küche. »Und bist du jetzt einigermaßen zufrieden?«

»Geht so«, sagte ich. »Ich lasse die Dinge eben auf mich

zukommen. Ich bin gerade in einer Übergangsphase, glaube ich.«

»Bist du nicht immer in einer Übergangsphase gewesen?« fragte sie. Sie lächelte auf die flüchtigste Art, mindestens ebenso distanziert wie ironisch. Ich hatte es auch nie geschafft, ihren Blick wirklich zu verstehen: die Art, wie sie ihn zuerst fest auf mich richtete und ihn dann, wie von plötzlicher Müdigkeit überwältigt, erloschen ins Leere abschweifen ließ. Diese immer wiederkehrenden Verständigungslücken brachten mich noch genauso auf die Palme wie in unserer gemeinsamen Zeit, ich hätte sie am liebsten an den Schultern gepackt, geschüttelt und gefragt: »Woran denkst du?« Aber jetzt waren unsere Gespräche immer nur kurz, wir wußten beide, daß ich in wenigen Minuten durch die Tür am Ende des Flurs hinaus- und die Treppen hinuntergehen würde.

Während wir uns weiter so stockend unterhielten, rief ihr Freund an. Sie antwortete sehr leise, mir war nicht klar, ob meinetwegen oder weil sie sich mit ihm noch weniger ungezwungen verhielt als mir gegenüber: Sie murmelte knappe Sätze in die Muschel, mit gerade soviel Energie, wie nötig war, um den Worten Ton zu geben, ohne dabei Gefühle oder Absichten durchklingen zu lassen. Ich betrachtete meine Bilder, die ich an den Wänden hatte hängen lassen, die Fenster, durch die ich tausendmal hinausgeschaut hatte. Im Fernseher drehte der ehemalige Sekretär der sozialistischen Partei seinen großen Kopf vor einem bedrohlichen Wald von Mikrophonen hin und her, legte seine Gründe dar und stieß obskure Drohungen aus; aber er sprach viel schleppender als noch vor einigen Monaten, und in seinem verschlagenen Blick lag jetzt mehr Angst als Überheblichkeit, das schüttere Haar klebte ihm an den Schläfen.

Meine Exfrau legte auf, sagte: »Was für eine Situation«; ich wußte nicht, ob sie sich auf unser Land oder auf mich bezog. Wir waren schon kilometerweit voneinander entfernt, wir sahen uns nicht einmal mehr in die Augen.

Ich ging zu den Kindern und verabschiedete mich. Ich schüttelte den Kleinen an den Schultern, mimte der Großen gegenüber ein paar spielerische Karateschläge, sagte: »Hol dir keinen Sonnenbrand.«

»Mach dir keine Sorgen«, meinte sie und wirkte viel erwachsener als noch vor ein paar Minuten. Ich sah beide nicht allzu lange an; gab ihnen ein paar Küsse, ging aus dem Zimmer.

Meine Exfrau brachte mich zur Tür. »Sieh zu, daß du schöne Ferien hast.«

»Ich tu, was ich kann«, erwiderte ich und lief rasch die Treppe hinab.

Auf der Straße überkam mich ein Gefühl der Leere wie schon seit langem nicht mehr. Ich betrachtete die rußgeschwärzten und vereisten Autohecks, und es kam mir vor, als gäbe es für mich keinen Ort, an den ich zurückkehren könnte, keinen Anhaltspunkt und keinen Schutz und keine Richtung und keinen Sinn. Ich hatte das Gefühl, in meinem Leben nichts zuwege gebracht zu haben, nur immer anfallsweise irgendwelchen vagen Bildern nachgejagt zu sein, alles, was ich hatte, weggeworfen zu haben, um eines Gefühls willen, das sich bereits erschöpft hatte und das jetzt in der feuchten Kälte, die mir durch die Kleider bis in die Knochen drang, gegenstandslos war.

Sechs

Ich machte die letzten Fotos von den Fläschchen und Flakons für ein neues Parfum, packte alles wieder in die Schachteln, schaltete die Lampen aus, schob die empfindlichen Fotoplatten in die Tasche, um sie ins Labor zu bringen. Ich schaffte es immer, die Termine einzuhalten, die ich den Kunden versprochen hatte, und bekam nicht zuletzt deshalb trotz der allgemeinen Krise stets Arbeit. Doch anstatt mich zu beruhigen, machte mich der Mangel an Überraschungen jetzt nervös, rief eine formlose und richtungslose Unruhe in mir hervor, die mich in der Enge meines Studios auf und ab gehen ließ. Ich hatte das Gefühl, daß ich allzu lange auf der Stelle getreten war, ohne je wirklich etwas zu riskieren, daß ich mich hinter handwerklicher Routine verschanzte und Zuflucht bei Altgewohntem, Vorhersehbarem suchte, um die immer wieder auftauchenden Zweifel und die Angst vor der Leere zu verscheuchen. Ich hatte Lust hinauszulaufen, irgendwohin, nur um etwas zu tun; ich wollte irgendeinen Kontakt mit der Welt herstellen, die erstbeste Gelegenheit ergreifen, um in Bewegung zu kommen.

So rief ich Antonella Sartori an, obwohl ich ihr am Morgen gesagt hatte, daß wir uns nicht sehen konnten, fragte sie, was sie gerade mache. Mein Anruf verwirrte sie, Spontaneität war sie überhaupt nicht gewöhnt; sie sagte: »Ich gehe mit einer Freundin und einem Freund essen. Ich dachte, du hättest zu tun.«

»Ich bin früher fertig geworden«, antwortete ich.

»Kann ich mitkommen?« Es machte mir nichts aus, aufdringlich zu erscheinen, ich überlegte vielmehr bereits, wen ich sonst noch anrufen konnte, falls es ihr nicht recht war.

»Wenn es dir nicht zu langweilig wird.«

»Ach was, keineswegs«, sagte ich, die Augen schon zur Tür gerichtet.

Eine halbe Stunde später stand ich vor ihrem Haus, mit einem Abendjackett unter der Lederjacke. »Wir kommen runter«, erklärte sie durch die Gegensprechanlage; sie lud mich nicht ein, heraufzukommen. Ich ging in der Kälte der engen Straße auf und ab, fragte mich, was ich eigentlich vom Leben erwartete.

Fünf Minuten später kam sie herunter, mit einem Mädchen, das ihr bis auf das rundere Gesicht sehr ähnlich sah und im gleichen betont lässigen Stil reicher Zwanzigjähriger gekleidet war, und in Begleitung eines kräftigen jungen Mannes mit Bürstenhaarschnitt. Sie hauchte mir einen Kuß auf die Wange, stellte uns mit einer kaum angedeuteten Handbewegung vor: »Leo, Beba, Ghigo.« Während wir uns die Hand gaben, dachte ich, daß ich lieber einen längeren Namen als die anderen gehabt hätte.

Wir stiegen in Ghigos Auto, einen flachen, breiten Porsche, der hinten nur zwei Notsitze hatte. Antonella machte sich ganz schmal, um mir nicht zu nah zu kommen, beugte sich zwischen den Vordersitzen vor und redete in einem überschwenglichen Ton mit den beiden, den ich an ihr noch gar nicht kannte. Sie mußte ihnen von mir erzählt haben, denn zwischen ihnen gab es ständig verstohlene Blicke und Gekicher, mit dem automatischen Einvernehmen, das nur entsteht, wenn man die gleiche Art von Eltern und Kleidern, Wohnungen, Ferien und Geschichten und Freunden hat, mit dem gleichen Akzent spricht und die gleichen Schulen besucht hat.

Wir aßen in einer Pizzeria, in der sie Stammgäste waren, ich hörte zu, wie sie über Leute, Autos und Motorräder, Läden, Wassersport und Bergsteigen, Reisen und Verführungsversuche, Probleme mit ihren Familien und vage Pläne sprachen. Ab und zu sah ich mich gleichsam von außen und wunderte mich, wie leicht es mir fiel, mich ihrem Ton anzugleichen und in die Atmosphäre einzutauchen. Ich war hin und her gerissen, bald bei ihnen und bald Lichtjahre von ihnen entfernt, belustigt bei dem Gedanken, hier wie ein dummer Zwanzigjähriger unter dummen Zwanzigjährigen zu sitzen und doch viel mehr Herr meines Lebens zu sein als damals, als ich wirklich zwanzig war; dann wieder von Wellen der Fremdheit weit von ihnen weggetragen. Die Banalität ihrer Gespräche war für mich so erholsam wie ein Urlaub, und gleich darauf erfüllte sie mich mit Schrecken; ich fand ihren Verwöhnte-Kinder-Ton amüsant und gleich darauf verabscheuenswert. Leicht erregt betrachtete ich Antonella und Beba in ihrer Glattheit und Zierlichkeit, sie waren genau an den richtigen Stellen gerundet, ohne Lebensspuren im Gesicht, wie einem Plakat oder einem Fernsehspot entsprungene Reklamebilder; nur hin und wieder überfiel mich ein Gefühl der Leere. Im ganzen gesehen war ich zufrieden, viel zufriedener, als wenn ich allein und von der Welt abgeschnitten auf meine Arbeit und meine sich im Kreis drehenden Gedanken konzentriert gewesen wäre. Ich versuchte mich an oberflächliche Empfindungen zu halten, locker zu bleiben. Ich dachte, daß ich mich schon viel früher auf dieses unbeschwerte und leichtlebige Niveau hätte begeben sollen, anstatt so lange im Kreuzfeuer von Ansprüchen und Vorwürfen, Tränen und Wahrheitsstreben und mühsamen Erklärungsversuchen zu verharren. Ich fand diese Oberflächlichkeit und Ignoranz beruhigend, tausendmal besser, als immer intelligent erscheinen zu wollen und den Geist zu strapazieren. Es war mir angenehm, nicht zu denken, und es gelang mir immer müheloser.

Antonella war mit Ghigo und Beba befreundet, seitdem sie zusammen auf die Mittelschule gegangen waren: Sie wußte bis ins kleinste über das Leben und die Wesensart der beiden Bescheid, machte immer wieder Anspielungen darauf. Die dünne Selbstsicherheit, die hinter ihrer Zaghaftigkeit bisher kaum zu spüren gewesen war, kam jetzt viel deutlicher heraus, ja sogar eine Spur wohltemperierte Boshaftigkeit und gemäßigte Großspurigkeit. Sie wechselte den Tonfall mit ihrer sonst so monotonen Stimme, spielte mit fast unbewegtem Gesicht zwei oder drei Rollen, bohrte ihren Freunden ihren mageren Zeigefinger in die Rippen, stachelte sie zu kurzem Gelächter und knappen Bemerkungen an.

Sie brachte Ghigo dazu, vom letzten Sommer zu erzählen, als er nach Monte Carlo gefahren war, wo seine Eltern ein Haus hatten und wo er zwei Wochen lang am Strand, auf der Straße und in den Diskotheken alle Mädchen, die ihm über den Weg liefen, abgeschleppt und mit ins Bett genommen hatte, um sie am nächsten Morgen unter irgendeinem Vorwand vor die Tür zu setzen. Dann war ihm von einem Tag auf den anderen die Energie ausgegangen, und er hatte sich eingeschlossen, geschlafen und gegessen und wieder geschlafen und keinen Fuß mehr vor die Tür gesetzt und innerhalb zehn Tagen zehn Kilo zugenommen, war zu einer Art Weichtier geworden, das sich vom Bett zum Kühlschrank und wieder zum Bett schleppte. Er erzählte das alles mit farbloser Unbeteiligtheit, gab ganz einfach die Fakten von sich, ohne daß es weiterer Aufforderungen oder Fragen bedurfte, in einem gleichförmigen Tonfall ohne Akzente, wie ein Museumsführer, der mit mechanischen Schritten seinen vorgeschriebenen Rundgang absolviert. Er sagte: »Zum Glück hatten meine Eltern die Küchenschränke mit Konserven und allen möglichen Süßigkeiten vollgestopft. Ich hatte den Hund meiner Mutter in der Wohnung, einen leicht epileptischen Bichon frisé, den habe ich einfach auf die Terrasse kacken und pinkeln lassen, habe an die dreißig Schachteln Schnapspralinen an ihn verfüttern müssen, damit er Ruhe gab.« Er hob nichts von dem, was er sagte, besonders hervor, keine seiner Erinnerungen schien ihn sonderlich zu belustigen; er redete nur, um Antonella und Beba zufriedenzustellen und um Reaktionen hervorzurufen, die er längst kannte. Sie kicherten kopfschüttelnd, spornten ihn weiter an, tauschten Blicke, die mit seinen Worten nicht viel zu tun hatten.

Dann begannen die beiden Mädchen miteinander über Kleider zu sprechen, tauchten in eine andere Wirklichkeit ab, in der es nur um Designernamen und -marken, um Schaufenster, Verkäufer, Reißverschlüsse, Knöpfe, Schnitte und um Preise ging, die an ständig variierenden Skalen gemessen wurden. Ghigo verdrückte seinen zweiten mit Schinken gefüllten Calzone, hin und wieder sah er mich an. Er fragte mich: »Was für Fotos machst du, Mode?«

»Gegenstände.«

»Keine Models?« fragte er, ob enttäuscht oder verwundert oder gleichgültig, konnte ich nicht erkennen.

Irgendwann gingen die beiden Mädchen zur Toilette. Ich und Ghigo warfen uns im Abstand von wenigen Sekunden einen Blick zu; dann sagte er mit vollem Mund, die trägen Augen auf mich gerichtet: »Was ich dich fragen wollte: Ist es dir ernst mit Antonella?«

»Weiß nicht«, sagte ich. »Wir kennen uns erst seit kurzem.«

»Ihr liegt nämlich viel an dir. Sie hat letztes Jahr eine schlimme Enttäuschung erlebt. Und dann die ganze Sache mit ihrem Vater. Ich hoffe, du spielst nicht nur mit ihr.«

»Nein, keine Sorge«, erwiderte ich, verärgert darüber, daß er sich die Sätze vorher zurechtgelegt zu haben schien und trotzdem eine ganz unbeteiligte Miene machte. Ich fragte: »Was ist denn mit ihrem Vater?«

Er schnitt mit einer Handbewegung das Gespräch ab; Antonella und Beba kamen zurück, ganz Lächeln, aufgebauschtes Haar und Sich-auf-dem-Stuhl-Zurechtsetzen, und die Unterhaltung wandte sich wieder den gemeinsamen Freunden und den Eltern der Freunde zu, unbedeutenden, wieder und wieder durchgekauten Details. Ich fühlte mich jetzt noch wohler, seitdem ich wußte, daß Antonella viel an mir lag; ich freute mich, daß ich dazugehörte und meine Rolle zu spielen hatte.

Dann verließen wir das Lokal, quetschten uns in Ghigos niedrigen Porsche und fuhren durch die Gegend, inzwischen alle auf dem gleichen Niveau von Gekicher und leeren Bemerkungen angelangt. Antonella und ihre Freunde wollten tanzen gehen, sagten aber, es sei noch zu früh. Bis Weihnachten waren es nur noch sechs Tage; in allen größeren Straßen hingen Lichtergirlanden in Kometenform, blinkten durch den Nebel. Beba meinte, wir könnten vielleicht eine Diskothek ausprobieren, von der sie gehört hatte, dort seien auch schon vor Mitternacht Leute. Ghigo ließ den Motor auf vollen Touren laufen, um uns zu zeigen, wie schnell der Wagen beschleunigte, bremste dann jäh ab, weil, wie er sagte, die Auswuchtung nicht in Ordnung war, ließ uns vor- und zurückschleudern. Wir fuhren über den äußeren Ring hinaus und an einem der Kanäle entlang durch die südwestliche Peripherie; der Nebel wurde immer dichter, je weiter wir uns vom Zentrum entfernten, wir fanden kaum noch den Weg.

Schließlich kamen wir doch an; in einer grauen und kahlen Vorstadtstraße stiegen wir aus, hinaus aus der Lauheit der Gesprächsthemen und Tonfälle, die uns bisher eingehüllt hatte. Beba besah sich die Leute, die in Grüppchen vor dem Eingang warteten; sagte mit ihrer näselnden Stimme: »Guckt euch diese Bauerntrampel an.«

Drinnen war es voll, teils Halbwüchsige aus den Mailänder Vororten, teils Überlebende aus den siebziger Jahren. Die Musik war afrikanisch, ebenso der Diskjockey, der eine große Brille trug und ab und zu etwas ins Mikrophon brüllte. An der Decke drehte sich eine altmodische Lichtorgel, die Luft dröhnte von den in obsessiven Percussionsrhythmen gehämmerten Baßfrequenzen.

Antonella, Beba und Ghigo sahen sich mit überheblichen Gesichtern und Körperhaltungen um, aber nach ein paar Minuten ging Beba auf die Tanzfläche, und die beiden anderen folgten ihr, sie fingen an zu tanzen. Sie bildeten eine Art Dreieck, das sich schon bei anderen Gelegenheiten bewährt haben mußte; sie schafften es, ihre Bewegungen miteinander in Einklang zu bringen, auch wenn keiner der drei besonderes Geschick oder ein besonderes Gefühl für den Takt bewies.

Ich tanzte mit, und ganz allmählich begann es mir Spaß zu machen. Es war schon eine ganze Weile her, seit ich das letzte Mal getanzt hatte, aber dank Karate war ich in Form geblieben, meine Muskeln gehorchten mir gut. Ich machte mit den flachen Händen ruckhafte Bewegungen, ging in die Knie und schnellte hoch, ließ den Oberkörper kreisen, schwang die Beine, warf sie zur Seite. Die Musik war so eingängig und laut, daß sie zum Improvisieren anregte, trotzdem war ich der einzige, der sich so ungezwungen bewegte; einige beobachteten mich mit gesenktem Kopf in der in Diskotheken üblichen verstohlenen Art und Weise, mein Stil erregte Neugier und leises Lächeln.

Antonella schien alles andere als belustigt: Sie warf mir immer wieder rasche Blicke zu, sah sich mit spöttischen kleinen Grimassen zu ihren zwei Freunden um. Durch den Lärm hindurch rief ich ihr zu: »Ist was nicht in Ordnung?«

»Wie du dich bewegst!« rief sie.

»Wie soll ich mich denn bewegen?« schrie ich, ihr so plötzlich gänzlich fremd, daß ich am liebsten zur Tür gelaufen wäre, um mich nie wieder blicken zu lassen.

»So!« brüllte sie. Nicht einmal, wenn sie laut rief, schaffte sie es, viel Kraft in ihre Stimme zu legen, sie brachte eine Art Kreischen hervor, auf der Kippe wie ihr flackernder Blick. Die Bewegungen, die sie mir vormachte, waren die ihren und die der beiden anderen, sie hüpften wie in einem Sack, mit gesenktem Kopf und aneinandergedrückten Knien, reckten die Arme hoch und ließen sie schlaff hinunterfallen. Ich versuchte sie nachzuahmen; Antonellas Blicke blieben unverändert, sie spiegelten ausschließlich die nicht geäußerte Meinung ihrer zwei Freunde wider.

Irgendwann tanzte ich ein Stück von ihnen entfernt, wieder mit meinen karateähnlichen Bewegungen, ohne daß es mir noch viel Spaß machte, und da spürte ich, wie mir jemand auf die Schulter tippte. Ich drehte mich um; es war Manuela Duini. Mit einem Plastikbecher in der Hand und wirrem blondgesträhntem Haar, groß und grazil auf ihren langen Beinen, in einem kurzen schwarzen Rock, einem schwarzen T-Shirt mit einer goldenen Weste darüber. Sie beugte sich zu mir vor, schrie durch das Hämmern der Baßfrequenzen: »Erinnerst du dich an mich?«

»Natürlich erinnere ich mich!« schrie ich zurück, während eine seltsame Woge gemischter Gefühle in mir aufstieg.

Manuela Duini lächelte, betrunken oder bekifft, mit derselben Natürlichkeit und Offenheit wie an dem Abend, als ich sie mit meinem Cousin gesehen hatte. Sie beugte sich wieder zu mir hinüber, schrie: »Du heißt Leo, stimmt's?«

»Ja«, brüllte ich, geschmeichelt, daß sie sich an meinen Namen erinnerte, und fasziniert von ihrer hohen, melodischen Stimme. In der von vielen sich bewegenden Körpern erwärmten Luft streifte ihr Atem mein Ohr.

Sie blickte um sich, nahm einen Schluck aus ihrem Plastikbecher, bewegte sich im Takt, ohne richtig zu tanzen. Dann faßte sie mich plötzlich an der Schulter und warf sich fast auf mich, ich hörte eine Art Schluchzen und spürte den Druck ihres Körpers gegen meine Hüfte, ihre Haare an meiner Wange. Ich klopfte ihr mit der flachen Hand auf den Rücken, im Lärm und im Getümmel und in der Hitze.

Nach ein paar Sekunden richtete sie sich wieder auf, wischte sich mit zwei Fingern über die Augenwinkel; lächelte und begann sich wieder rhythmisch zu bewegen.

»Alles in Ordnung?« fragte ich, unschlüssig, ob ich sie erneut in den Arm nehmen, ihr vorschlagen sollte, an die frische Luft zu gehen oder lieber so tun sollte, als sei nichts gewesen.

Sie nickte, reichte mir ihren Becher; ich trank einen Schluck Gin Fizz, bewegte mich ebenfalls wieder im Takt. Ich überlegte, was ich sagen sollte, aber mir fiel nichts ein, außer meinem Cousin schien es kein Gesprächsthema zu geben, ich wußte nicht, wie ich sie nach dem Grund für ihre Tränen fragen sollte.

Sie trank weiter, bewegte sich zur Musik. Aber sie war unruhig, aufgewühlt und unsicher; immer wieder blickte sie zu einer Gruppe hochgewachsener Afrikaner hinüber, die mitten in der Menge so etwas wie einen Kreis bildeten und mit aufeinander abgestimmten Bewegungen und Blicken eine Art Show zum besten gaben. »Menschen fotografierst du wirklich nie?« schrie Manuela.

»Warum?« rief ich, angetan von ihrem Blick und dem Klang ihrer Stimme, den Bewegungen ihres Körpers, der dem Rhythmus folgte, ohne wirklich zu tanzen.

»Nur so«, schrie Manuela Duini. »Weil ich Fotos brauche.«

»Wenn du willst, kann ich es versuchen«, schrie ich ihr zu und war nicht sicher, ob sie mich gehört hatte, denn sie nickte, sah aber zur Seite.

Einer der Afrikaner kam und faßte sie am Arm, beugte sich zu ihr und sagte: »Was machst du denn?« mit völlig profilloser Stimme. Er war über zwei Meter groß, hatte aber ein Kindergesicht, einen mageren, glatten und elastischen Körper wie eine Schlange. Er trug einen halbmondförmigen Ring im Ohr, das Haar stand ihm in Büscheln vom Kopf ab.

Manuela Duini rückte ein Stück von ihm ab und hob ihr Glas. »Ich trinke.« Sie deutete auf mich, schrie: »Leo, Tamba.«

Tamba machte eine Kopfbewegung, sah mich aber kaum an, nahm demonstrativ einen Schluck aus ihrem Becher. Er atmete rasch, bewegte sich ruckartig, mit geröteten Augen und geweiteten Nasenlöchern, ein Zittern durchlief ihn, eine chemisch erzeugte Erregung, die ihn keinen Augenblick still stehen ließ. Er legte ihr einen

Arm um die Taille, sagte: »Nun komm schon«, zog sie weg.

Manuela Duini lächelte mir kaum zu, ließ sich wegziehen, belustigt und traurig und unruhig und verschwitzt und verwirrt wie sie war.

»Ruf mich an wegen den Fotos!« rief ich ihr nach. »Ich stehe im Telefonbuch! Leo Cernitori!«

Ein »Danke!« drang noch durch die von Rauch und Lichtern, Wärme und Ausdünstungen und hämmernder Musik geschwängerte Luft, und schon war sie weit weg im Getümmel der auf und ab wogenden, betäubten Menge.

Erst jetzt merkte ich, daß Antonella und ihre zwei Freunde nicht mehr in meiner Nähe tanzten. Ich konnte sie unter all den Leuten nicht mehr entdecken, machte mich auf die Suche nach ihnen. Sie standen an der Bar, sahen einander an und blickten zum Ausgang; kaum war ich bei ihnen, fragte Antonella: »Gehen wir?« ohne große Wärme in der Stimme und in den Augen.

Sieben

Die Frau meines Cousins rief mit ihrer nervösen Stimme bei mir an, fragte: »Leo, bist du da?« Sie wußte, daß ich den Anrufbeantworter immer eingeschaltet ließ, ich hatte es ihr selbst erzählt, aber ich nahm trotzdem nicht ab. Von ihrem Mann hatte ich seit ein paar Tagen nichts mehr gehört, ich hatte Angst, daß sie mir irgendwelche Fangfragen stellen wollte.

Sie sagte: »Rufst du mich bitte zurück, sowie du wieder da bist? Wir wollten dich für heute abend zum Essen einladen.«

Also nahm ich doch den Hörer ab, sagte: »Entschuldige, ich habe gerade gearbeitet«, und nahm die Einladung an, obwohl ich nicht die geringste Lust hatte.

Als ich bei ihnen ankam, spürte ich, daß sie unter der dünnen Schicht ihrer schönen Kleidung, ihrer schönen Manieren und schönen Bemerkungen über das Wetter und über die Situation in unserem Land alle beide wie Tiere auf der Lauer lagen. Wir umkreisten einander, eine Hand in die Seite gestemmt, im Wohnzimmer, wo die Geschenke bereits hübsch verpackt und mit Schleifchen versehen unter dem Weihnachtsbaum lagen; mein Cousin versuchte sich hinter dem jüngsten seiner Kinder zu verstecken, hielt sich außerhalb der Schußlinie.

Dann mußten die Kinder ins Bett, wir gingen zu Tisch, und jede kleinste Geste, jedes Wort kostete ungeheure Anstrengung. An der Gemüsesuppe, von der Frau meines

Cousins gekocht, war fast kein Salz; sie merkte es nach dem ersten Löffel, sagte: »Ohne jedes Salz«, in einem bedauernden Ton, der weit über die Suppe hinausging.

Vielleicht gerade deshalb widersprach mein Cousin: »Stimmt doch gar nicht, schmeckt prima«, und ich fühlte mich verpflichtet, ihm zuzustimmen. »Ausgezeichnet«, sagte ich mit gesenktem Blick.

Also aßen wir die Suppe ohne Salz und vermieden es, uns anzusehen, ich wünschte mich weit fort, egal wohin. Ich bemühte mich, wenigstens das Gespräch möglichst fern von uns selbst zu halten, aber das war nicht einfach: Ich erzählte von einem Film, den ich gesehen hatte, doch dann merkte ich, daß es eine Ehebruchsgeschichte war, und ließ ein Drittel weg. Die Frau meines Vetters fragte mich, wie es mit der Arbeit gehe; ich sagte: »Gut.« Dann fragte sie mich nach meinem Gefühlsleben; ich sagte: »Alles bestens.« Sie lächelte mit zusammengekniffenen Lippen, aufs äußerste angespannt, hörte keinen Augenblick auf, die raschen Blicke zwischen mir und meinem Cousin mit Röntgenaugen zu verfolgen.

Mein Cousin trank immer unkontrollierter Wein, sein Ton wurde immer gereizter und ungehaltener. Er entwarf ein düsteres Bild davon, wie es in einem Jahr in unserem Land aussehen werde, wenn alle Korruptionsverfahren gegen die Politiker bis zur letzten Konsequenz weiterverfolgt würden. Er sagte: »Die Gefängnisse werden nicht ausreichen, es wird nicht genug Gefängnisse geben.«

»Man kann ja neue bauen«, meinte seine Frau.

»Schon, aber wo willst du dann aufhören? Dann müßte man auch meinen Automechaniker in den Knast stecken, weil er mir nie eine Quittung geschrieben hat, verdammt. Und den Zahnarzt, der sich gestern allein für Michelinas Zahnspange drei Millionen Lire schwarz unter den Nagel gerissen hat. Wir sind eben ein unehrliches Land, seit je. Jetzt sieht es so aus, als seien die Politiker eine Piratenbande, die fünfzig Millionen Heilige als Geiseln gefangengehalten hat. Aber was zum Teufel haben die Heiligen denn in all den Jahren gemacht? Was zum Teufel haben sie getan, um sich zu befreien, bevor die Untersuchungsrichter gekommen sind?«

»Ein paar haben es versucht«, sagte ich. »Aber es schien ein so hoffnungsloses Unterfangen. Deren Macht schien so unerschütterlich, schon seit wir in die Grundschule gingen, waren sie im Fernsehen und in den Zeitungen zu sehen mit ihren widerlichen Gesichtern.«

»Das ist keine Entschuldigung«, sagte mein Cousin. »Wir in Italien haben die Korruption einfach im Blut, auch wenn wir das nicht gern hören. Wir sind eben katholisch, lieber Gott. Sündige und beichte und laß dir die Absolution erteilen und sündige von neuem, und alle sind zufrieden. Warum müssen wir uns jetzt unbedingt als Calvinisten gebärden? Wir werden noch merken, wieviel mühsamer es ist, wenn man sich an Regeln halten muß, meine Lieben.«

»Was quatschst du für einen Unsinn daher«, sagte ich, auch wenn es mir schien, als rede er eigentlich nur, um seine Frau hinter ihrem Schutzschild zu attackieren. Trotzdem konnte ich seinen Worten überhaupt nichts abgewinnen und dachte daran, wie ich schon als Kind aus gutem Grund auf Distanz zu ihm gegangen war. Ich mußte an seine englischen Hosen denken und an sein Geschwätz über Segelschulen und Skischulen, an den instinktiven Zorn, den er schon damals in mir weckte.

Seine Frau sagte: »Du redest so, weil die Werbung in einer Krise ist.«

»Wenn die Werbung in einer Krise ist, bist du auch in

einer Krise, Schätzchen«, erklärte mein Cousin. »Wenn sie in der Krise ist, wo nehmen wir dann nächstes Weihnachten das Geld für die Berge von Spielsachen her? Die ihnen am Tag nach Weihnachten sowieso schnurzegal sind?« Er deutete mit dem Messer auf die schleifenverzierten Päckchen unter dem Weihnachtsbaum, seine Hand zitterte vor Unduldsamkeit und Groll und von dem Gefühl, in der Falle zu stecken.

»Hört doch auf«, sagte ich, und kam mir feige vor, weil ich im Plural sprach.

»Siehst du, wie gemein dein Vetter ist?« sagte seine Frau, auch sie zitternd, zu mir gewandt, um ihm nicht ins Gesicht sehen zu müssen.

Dann ging sie in die Küche und brachte einen Braten auf den Tisch, und auch der Braten war mißlungen, trocken und faserig wie ein Stück Leder.

»Deliziös«, sagte mein Cousin mit gepreßter Stimme; sie sah ihn an, als ob sie ihm am liebsten den Teller ins Gesicht geschleudert hätte.

Das Telefon klingelte, und beide sprangen auf; mein Cousin zwang sich, am Tisch stehenzubleiben, bleich, wie ich ihn nie gesehen hatte, seine Frau schoß zum Telefon und packte den Hörer. Es war nur eine Freundin. »Giulia«, sagte die Frau meines Vetters mit einem leisen Seufzer der Erleichterung, ich sah, wie sich ihre Bauchmuskeln unter dem Kleid entspannten. Auch mein Cousin setzte sich wieder, sah mich mit dem Blick eines Ertrinkenden an. Er schaute auf die Uhr, fuhr sich mit der Hand durch die Haare, die er hatte abschneiden lassen, um sich Manuela Duini anzupassen, schenkte sich Wein nach. Seine Frau setzte sich wieder zu uns, nicht weniger steif als vorher, fragte mich, was für Pläne ich für Weihnachten habe.

Ich sagte: »Gar keine.« Ich trank ohne große Lust, ich hatte das Gefühl, im Netz ihrer Spannungen gefangen zu sein; ich wäre gern gegangen und wußte nicht, wie ich es anstellen sollte.

Dann begann eins der Kinder in seinem Zimmer am anderen Ende der Wohnung zu weinen; mein Cousin und seine Frau sahen sich wie bei einer Art geistiger Kraftprobe an, schließlich stand sie auf.

Kaum hatte sie das Wohnzimmer verlassen, sagte mein Cousin: »Du mußt entschuldigen, Leo, aber manchmal hab ich das Gefühl, ich schaffe es nicht mehr. Mit dieser beschissenen Uhr, die immer weitergeht, und ich kann sie nicht anhalten.« Er sprach halblaut, blickte dabei immer wieder zur Tür, mit dem Glas in der Hand. Er sagte: »Es gibt Augenblicke, da würde ich sie und die Kinder am liebsten erwürgen, mit ihren Geschenken und der Fahrt in die Berge und Weihnachten, das vor der Tür steht und alles hinwegfegt wie eine mörderische Lokomotive.«

»Was tut sich mit Manuela Duini?« fragte ich ihn ebenso leise, auch ich halb zur Tür gewandt. Ich überlegte, ob ich ihm von meiner Begegnung mit ihr in der Diskothek erzählen sollte, aber ich hatte keine Lust dazu.

»Nichts«, sagte er. Er schwankte vor und zurück, faßte sich an die Brust, zwischen Magen und Herz. »Es ist ein derartiger Schlamassel. Tagsüber, dank dem Telefon und allem, hat man noch das Gefühl, in Kontakt zu bleiben, auch wenn sie ständig unterwegs ist. Aber am Abend werde ich verrückt. Es ist, als würde man versuchen, mit den Füßen in einem Zementsack zu rennen, verdammte Scheiße. Die ganze Zeit male ich mir aus, was sie macht und wohin sie geht, und kann nichts dagegen tun.«

»Habt ihr euch wiedergesehen?« fragte ich, obwohl ich keine Lust hatte, bei diesem Thema zu bleiben.

Mein Cousin sagte: »Gestern abend eine halbe Stunde lang in einer Bar, dann ist sie irgendwohin tanzen gegangen, ich mußte nach Hause zurück wie ein Häftling. Tantalusqualen sind das, Mann.«

»Konntest du dir denn nicht irgendeinen Vorwand ausdenken?« fragte ich ihn, in der Schwebe zwischen dem geradezu körperlichen Widerwillen, den ich gegen ihn empfand, und den Anklängen an eigene Erfahrungen, an die mich seine Zustände erinnerten. Ich dachte an die Zeit vor ein paar Jahren, als ich mich selbst wie ein Verurteilter fühlte; an die Gier, mit der ich mich damals auf das Leben draußen gestürzt hatte.

»Was für Ausreden soll ich mir ausdenken?« sagte mein Cousin, die Augen auf die Tür geheftet. »Als mir nichts daran lag, fiel es mir ganz leicht, jetzt bringe ich es nicht mehr fertig. Und hast du gesehen, wie meine Frau ist? Wie sie die ganze Zeit jede kleinste Geste und jedes kleinste Wort belauert?«

Er sprang auf und trat an eins der Fenster, ich folgte ihm. Wir standen beide auf die gleiche Weise vornübergeneigt, um die Tür zum Flur im Blick zu behalten, wie zwei Verschwörer in Bedrängnis. Mein Cousin sagte: »Und dann komme ich mir so unzulänglich vor, wenn ich mit Manuela Duini zusammen bin. Ich weiß nicht, woran zum Teufel das liegt. Es ist mir nie passiert, daß ich mich gegenüber einer Frau so unsicher fühle. Vielleicht liegt es an all den Geschichten, die sie hinter sich hat, oder einfach an ihrer Art, ich weiß selber nicht. Neulich abends hat sie fürchterliche Dinge über die Werbung gesagt. Daß wir Schakale sind, die die Gefühle der Menschen ausnützen.«

»Damit hat sie ja recht«, sagte ich und berührte mit der Schläfe die kalte Fensterscheibe.

Mein Cousin antwortete nicht so prompt und scharf, wie er es sonst immer tat. Er sah mich mit einem sonderbar wehrlosen Ausdruck an, nach all seinem zynischen und ärgerlichen Gerede über die Gegenwart und die Zukunft unseres Landes; mit seiner Selbstsicherheit schien es wirklich nicht mehr weit her zu sein.

»Vielleicht solltest du es einfach riskieren«, sagte ich. »Wenn dir so viel daran liegt.«

Ich sah Angst in seinem Blick aufflackern; er sagte: »Ja, vielleicht.« Er ging zum Tisch und nahm sein Glas, die Sohlen seiner englischen Schuhe knirschten über das Parkett. Dann kam er zu mir zurück, trank einen weiteren Schluck Wein und erklärte: »Ich wollte dich etwas fragen.« Aber er sah dabei über den Glasrand hinweg zur Tür, ohne weiterzusprechen.

»Was wolltest du denn wissen?« fragte ich schließlich.

»Ob du mir vielleicht für morgen abend dein Atelier überlassen könntest.« Sein Blick war plötzlich fest und durchdringend, er sah mich herausfordernd an.

»Morgen abend?« fragte ich, mit einem Gefühl von Unbehagen, das sich mir sofort auf den Magen schlug; kalte, grundlose Beunruhigung machte sich in mir breit.

»Ja«, sagte mein Cousin. »Ich hab sie zum Essen eingeladen, aber dann muß ich sehen, daß sich endlich was tut. In drei Tagen ist Weihnachten, Menschenskind. Und ich kann mit ihr doch nicht ins Hotel gehen oder in mein Büro. Dein Atelier ist romantischer, ziemlich *bohémien*, findest du nicht?«

»Aber es ist ein Fotoatelier. Wie willst du ihr das erklären?«

»Ich sage, daß Fotografieren meine heimliche Leidenschaft ist«, antwortete er. »Daß ich dorthin gehe, wenn ich mit meiner Tätigkeit als Schakal fertig bin. Vielleicht macht das einen guten Eindruck auf sie.«

»Und wo soll ich schlafen?« fragte ich. »Wo soll ich hingehen?«

»Mir genügt es, wenn ich bis halb zwei oder zwei bleiben kann«, sagte er. »Spätestens um zwei sind wir auf jeden Fall weg, ich muß ja nach Hause zurück. Kannst du nicht mit einer deiner Freundinnen ausgehen? Geht doch irgendwohin, um zwei räume ich das Feld, ich schwöre es dir. Ich versuche, zeitig da zu sein.«

»Ich weiß nicht«, sagte ich, abgestoßen von der Mischung aus Lüsternheit, Großspurigkeit, Angst und Unsicherheit, Falschheit und vorgefaßten Plänen in seiner Stimme und in seinen Augen; von der Art, wie er mich ansah und zur Tür sah, wie er die Worte lässig und doch kalkuliert vom Stapel ließ.

Dann kam seine Frau ins Wohnzimmer zurück und schöpfte sofort Verdacht, als sie sah, wie wir am Fenster erstarrten. »Störe ich?« fragte sie.

»Was hatte er denn?« fragte mein Cousin, um ihren Verdacht zu zerstreuen, mit einer mißlungenen Geste zum Kinderzimmer.

»Schlecht geträumt«, sagte seine Frau. »Bei all dem Mist, den sie im Fernsehen bringen, ist das noch das Harmloseste, was passieren kann.« Sie blickte scharf zwischen mir und meinem Cousin hin und her, jeden Nerv und jeden Muskel ihres mageren Körpers darauf ausgerichtet, Eindrücke aufzunehmen.

Dann räumte sie den Tisch ab, und ich half ihr dabei. Mein Cousin blieb im Wohnzimmer; als ich die Gläser holen kam, stand er wie ein Angeklagter in Erwartung des Urteilsspruchs neben dem Sofa und fragte mich flüsternd: »Also, was ist?«

»Du kannst morgen bei mir vorbeikommen und den Schlüssel holen«, antwortete ich, kaum die Lippen bewegend, aus Angst, daß seine Frau mich hören könnte.

»Du rettest mir das Leben, Mann«, sagte er mit einer Art Seufzer. Innerhalb von Sekunden gewann er seine Unbefangenheit zurück, zwinkerte mir zu, als seine Frau gerade ins Wohnzimmer kam.

Ich blieb noch fünf Minuten, dann bedankte ich mich für das Essen und verließ ihre elegante und komfortable Wohnung, die durch das, was jetzt mit ihnen geschah, so ungemütlich geworden war, rannte fast durch die neblige Kälte zum Auto. Doch als ich dann im Auto saß, wartete ich ein paar Minuten, bevor ich den Motor anließ: Die Unruhe meines Cousins hatte in mir eine sonderbare Erregung erzeugt, eine Mischung aus Leere und Fülle, ähnlich dem Nachhall und dem Sog, den man am Bahnsteig spürt, wenn gerade ein Zug vorbeigerast ist.

An einer Telefonzelle machte ich halt, rief Antonella Sartori an und fragte sie: »Soll ich dich besuchen kommen?«

Sie überlegte einen Augenblick. »Heute bin ich völlig erledigt. Aber ich lade dich für morgen abend zum Essen ein.«

»Bei dir zu Hause?« fragte ich.

»Ja. Wenn es dir recht ist«, sagte sie mit einer leichten Aufgeregtheit in der Stimme, die ich bei ihr noch nie gehört hatte.

Acht

Um eins kam mein Cousin und holte die Schlüssel zu meinem Studio ab; im Schutz seines dicken schwarzen Wintermantels mit hochgeschlagenem Kragen sah er sich um, als habe er den Raum gemietet. Er schien verdrossen über meine fast den ganzen Raum einnehmende Fotoausstattung, stand ratlos vor dem in die Wand integrierten Klappbett. »Wie kriegt man das Ding raus?« fragte er.

Ich erklärte es ihm ziemlich unwirsch; dann sagte ich: »Entschuldige, ich muß jetzt weiterarbeiten.«

Draußen im Treppenhaus verkündete er mit einem Einverständnis und Anteilnahme heischenden Lächeln: »Ich komme gegen zehn, halb elf mit ihr, um zwei sind wir wieder weg.«

»Schon gut, schon gut«, sagte ich und schob ihn fast hinaus.

Gegen vier Uhr nachmittags, ich fotografierte gerade eine Gläserserie mit Kristallkaraffen, schnarrte die Gegensprechanlage, eine Stimme sagte: »Manuela.«

Mit dem Hörer in der Hand stand ich verdutzt an der Tür und fragte mich, ob es sich um eine Programmänderung meines Cousins oder ein Mißverständnis oder sonst etwas handelte.

»Manuela Duini«, wiederholte sie.

»Komm herauf«, sagte ich, den Blick auf die Gläser gerichtet, die unter den Fotolampen auf dem schwarzen Stoff arrangiert waren.

Einen Augenblick später war sie schon da, vom Hof aus waren es nur anderthalb Treppen. Mit strahlenden Augen und lächelnd stand sie an der Tür und sagte: »Ciao.« Sie hatte eine alte Männerjacke aus schwarzem Leder und ausgebleichte Jeans an, in denen sie noch rowdyhafter wirkte als die letzten beiden Male, die ich sie gesehen hatte. Sie umarmte mich stürmisch, fragte: »Störe ich?«

»Überhaupt nicht«, sagte ich und wußte nicht recht, wie ich mich verhalten sollte. Ich fragte mich, ob mein Cousin draußen im Auto wartete oder ob er sich erst später mit ihr verabredet hatte oder ob sie noch gar nichts wußte. Manuela Duini sah sich halb zerstreut, halb neugierig zwischen den Lampen und Stativen, den Filmrollen und Kartons um. Auch ich sah mich um, versuchte herauszufinden, was für einen Eindruck mein Atelier wohl auf sie machte.

»Würdest du wirklich ein paar Fotos von mir machen?«

»Ja«, sagte ich. »Ich kann es versuchen.« Ich hatte dabei ein seltsames Gefühl der Erleichterung und der inneren Wärme, des grundlosen Vertrauens, ich spürte mein Blut pulsieren.

»Wann?« fragte sie und musterte dabei gleichermaßen interessiert mich und den Raum.

»Wann du willst.«

»Auch jetzt gleich?« fragte sie. Sie wirkte unruhig, wie kaum zu halten; und doch war ihr Blick mitteilsam, sie verschanzte sich nicht hinter Allüren der Selbstdarstellung.

»Gut«, sagte ich verdutzt.

Sie zeigte zur Tür. »Dann gehe ich runter und hole die Harfe. Sie ist im Auto, ich war im Tonstudio, wegen einer Einspielung.«

Wir gingen zusammen hinunter; ein alter Kombi stand

mitten in der Einfahrt und versperrte den Weg. Manuela Duini öffnete die Hecktür, sagte: »Da ist sie.«

Ich hatte noch nie eine Harfe aus der Nähe gesehen: ich war beeindruckt von ihrer merkwürdigen Gondelform aus schwarzem und hellem Holz, ihren Messingbeschlägen, und von ihrem Gewicht, als wir sie aus dem Auto zogen.

Manuela Duini gab mir Anweisungen, wie ich die Harfe hochheben sollte, was nicht leicht war, weil mir die rote Satteldecke, mit der das Instrument zugedeckt war, und das polierte Holz aus den Händen glitten, ich wußte nicht, wie ich sie sicher anpacken sollte. Sie lachte: »Manchmal hasse ich ihn, diesen Katafalk.« Aber sie verstand damit umzugehen, mit einer Mischung aus Kraft und Zärtlichkeit, Ungeduld und Besorgtheit, die sie jedesmal, wenn ich mit dem Instrument an das Metall des Autos zu stoßen drohte, in schrillem Ton »Obacht« rufen ließ.

Wir bekamen die Harfe heraus und luden sie auf ein Rollbrett, beförderten sie durch den Hof und die Treppe hinauf in mein Atelier, schoben sie vor die Kulisse. Dann ging Manuela nochmal hinunter, um das Auto wegzubringen, ich stellte inzwischen die Lampen auf. Ich war aufgeregt bei der Vorstellung, Porträtfotos zu machen, noch dazu so unvorbereitet und ausgerechnet von ihr, in dem Studio, wohin ein paar Stunden später mein Cousin mit ihr kommen würde: Ich schwitzte an den Händen, lief hin und her und fand nicht, was ich suchte.

Zehn Minuten später kam Manuela Duini mit einer Segeltuchtasche zurück. Sie sagte: »Ich hab ein paar Klamotten mitgebracht, für alle Fälle«, und stellte die Tasche in eine Ecke. Sie hatte auch eine Papiertüte dabei, aus der sie zwei Brioches zog; sie gab mir eine davon und biß selbst in die andere, während sie mit ihren langen Beinen hin und her lief, in ihrer verwegenen schwarzen Lederjacke. Sie zerzauste mit der Hand ihr Haar, stäubte es dabei mit Puderzucker ein, ebenso wie den schwarzen Pullover, den sie unter der Jacke trug. Dann machte sie die Reisetasche auf, wühlte mit nachlassendem Interesse zwischen Jacken und Blusen. »Ich weiß nicht, was ich nehmen soll«, sagte sie. »Ich hab keine Lust, mich umzuziehen.«

»Dann bleib, wie du bist«, sagte ich. Ich bedauerte es zwar etwas, denn der Gedanke, daß sie sich in meinem Atelier aus- und anzog, erzeugte rasche, dicht aufeinanderfolgende Wellen in mir; aber ich konnte mir nicht vorstellen, daß sie noch besser aussehen oder sich selbst noch ähnlicher sein könnte.

Sie zog die Lederjacke aus, warf sie in eine Ecke, zündete sich eine Zigarette an und sah zu mir.

»Stell dich neben die Harfe«, sagte ich.

Sie ging zur Harfe, lehnte sich zwischen dem gebogenen und dem geraden Holzteil an die Saiten.

»Sie sieht wie ein Bogen aus«, sagte ich, während ich eine Lampe verschob, um den Lichteinfall zu verändern. »Wie eine Art ritueller Bogen mit vielen Sehnen.«

»Ursprünglich war es auch ein Bogen«, sagte sie. »Ein Bogen mit einer einzigen schwingenden Saite, dann kamen allmählich weitere hinzu und ein Resonanzboden und alles andere.«

Ich verschob erneut die Lampen, rückte den Hintergrund zurecht, schob die 13 x 18-Kamera auf ihrem Stativ an den richtigen Platz. Ich machte alles sehr langsam, jede Ortsveränderung, jedes Einstellen nahm Minuten in Anspruch. Ich sagte: »Entschuldige, es dauert ein bißchen.« Ich versuchte heiter und gelassen zu bleiben, ohne Hast zu sprechen.

Manuela Duini deutete auf die 13 x 18, dann auf den

großen Metallkasten mit dem Balg und dem schwarzen Tuch und fragte lächelnd: »Wieso benutzt du so ein altmodisches Ding?«

»Sie gefällt mir besser. Man kann sie von Hand einstellen, wie in der Anfangszeit der Fotografie, alles arrangieren wie bei einem Gemälde. Es geht langsamer, aber es lohnt sich.« Doch während ich es sagte, war ich nicht mehr so davon überzeugt; es kam mir plötzlich wie Prahlerei vor und war außerdem ziemlich mühsam.

»Aha«, sagte sie, mit dünnerer Stimme als vorher und mit gesenktem Blick. Unter der Oberfläche von Überschwenglichkeit und Mitteilsamkeit war sie in Wirklichkeit eher schüchtern. Ich sah sie umgekehrt widergespiegelt auf dem Raster des Fotoapparats, und es beeindruckte mich, daß sie dort stand und so unerwartet diszipliniert auf meine Anweisungen wartete.

»Leg eine Hand auf das gebogene Teil«, sagte ich. Es war Jahre her, seit ich zuletzt Porträtfotos gemacht hatte, abgesehen von den zwischen ihren Möbeln posierenden Prominenten für Antonellas Zeitschrift; ich konnte mich nicht hinter den Schutzschild der Professionalität zurückziehen, mir blieb nur das schwarze Tuch der Kamera.

»Auf den Hals?« sagte sie und legte eine Hand auf das gebogene Holzteil, aus dem die Saiten kamen, verlagerte das Körpergewicht, nahm einen weicheren Ausdruck an.

»Hals?« fragte ich unter dem schwarzen Tuch hervor.

»Ja, so heißt es«, sagte sie lachend.

Ich knipste ein Foto, wechselte die Platte aus. Dann blickte ich erneut durch die Linse, mit Weitwinkel, um die Harfe ganz auf das Bild zu bekommen. Ich versuchte, Manuelas Wesen zu erkennen und die Harfe in ihrer zugleich primitiven und klassischen, wuchtigen und zeitlosen Form zu verstehen, die dicht neben ihr stand und doch weit entfernt war von ihrem unruhigen, wachen Geist, von der Epoche, in der ich sie fotografierte.

Ich fotografierte Manuela stehend aus anderen Winkeln, dann bat ich sie, sich zu setzen, als ob sie spielen würde. Sie sagte: »Na schön«, und ich holte ihr einen Drehhocker. Sie stellte ihn auf die richtige Höhe ein, setzte sich und zog mit einer ganz und gar natürlichen Bewegung die Harfe an sich, ließ die Finger über die Saiten gleiten. Ein sanfter, brillanter Ton erklang, fließend und funkelnd wie ein Quell. Sie hörte gleich wieder auf, sah mich erwartungsvoll an.

»Irre, dieser Klang«, sagte ich. Meine Stimme kam mir dagegen rauh und faserig wie Sackleinen vor, ich hätte gern eine andere gehabt.

»Gefällt es dir?« fragte sie mit einem teils schüchternen, teils bewußten Lächeln. »Aber sie ist völlig verstimmt.« Sie stand auf und nahm einen Schlüssel und begann die Saiten zu spannen, selbst vom ausgestreckten Arm bis in die Zehenspitzen angespannt wie ein Bogenschütze. Sie trat auf die Pedale, um den Ton zu verändern, drehte mit einer Hand an den Wirbeln und zupfte mit der anderen die Saiten, bis sie die richtige Stimmung erreicht hatte. Sie war völlig eins mit ihrer Harfe, aber bei aller scheinbaren Leichtigkeit ging sie doch mit der Vorsicht einer Bärenbändigerin damit um, so als erwarte sie von einem Augenblick auf den anderen irgendeine gefährliche Reaktion.

Ich machte auch hierbei ein paar Aufnahmen von ihr, eingeschränkt wie ich war durch das Gewicht und die Langsamkeit der 13x18. Ich ging schrittweise dichter an Manuela heran, mußte dabei die Kamera auf dem Stativ hinter mir herziehen, die Lampen verschieben, das schwarze Tuch hochheben und wieder darunterschlüpfen, die richtige Einstellung suchen, warten, bis die Kamera zum Knipsen bereit war. Dann rief ich: »Stillhalten«, wechselte die Platte aus; und dabei hatte ich immer das Gefühl, bei jedem Gesichtsausdruck und jeder Geste von ihr, die ich festhalten wollte, zu spät dran zu sein.

»Es ist auch ein sehr weibliches Instrument«, sagte ich in so schwärmerischem Ton, als meine ich eher sie als ihre Harfe. Aber wir waren schließlich nur anderthalb Meter voneinander entfernt, und immer, wenn ich noch näher an sie heranging, spürte ich ein warmes Kribbeln in meinem Körper. Ich sagte zu ihr: »Mit dieser Art Bauch aus Fichtenholz, das im Licht diesen warmen Farbton angenommen hat. Und mit diesen weichen Rundungen, findest du nicht?«

»Aber auch schwer zu spielen«, sagte sie. »Wenn du keine Kraft in den Armen und Händen hast, kriegst du keinen Ton aus ihr heraus. Sie ist nur scheinbar ein sanftes Instrument. Um richtig drauf zu spielen, mußt du ein Kraftmensch sein. Sieh dir doch all diese blutleeren Zimperliesen an, die schaffen höchstens ein paar Glissandi und dekorative Arabesken.«

Sie setzte sich wieder, strich mit den Fingern über die Saiten und ließ aus der Harfe Kaskaden und Bäche und Spritzer von Tönen sprudeln, die sich über Stufen ergossen und einander in Strudeln und rieselnden Tropfen nachjagten. Ihre Hände bewegten sich wie bei einem chinesischen Spiel, schienen die Saiten mehr zu streicheln als zu zupfen, Finger und Handflächen und Unterarme in harmonischen, stilisierten Gesten aufeinander abgestimmt. Vielleicht wollte sie mir eine dekorative Arabeske vorführen, aber ihre Musikalität war stärker als diese Absicht, sie war in die Klänge hineingeglitten, so wie man ins Wasser eines Sees oder in einen Traum hineingleiten kann.

Dann hielt sie inne, lachte und sagte: »Das ist Harfenmusik, wie du sie dir vorstellst, stimmt's?«

»Mag sein«, sagte ich. »So gespielt ist sie aber auch schön.«

»Salonmusik«, sagte sie und sah mich dabei mit zur Seite geneigtem Kopf und hochgestelltem Knie an.

»Bleib, wie du bist«, sagte ich und machte eine Aufnahme. Aber ich fühlte mich nicht in meinem Element. Ich kam mir plump und schwerfällig vor, am Boden festgenagelt durch das Gewicht meiner Ausrüstung, wahrhaftig wie in der Anfangszeit der Fotografie. Am liebsten hätte ich mein Gerede von vorhin über die 13 x 18, mit der man Fotos wie Gemälde komponieren könne, zurückgenommen, das ganze Zeug weggestellt und die 6x6 oder auch eine 35-Millimeter-Kamera genommen, ja sogar irgendeine billige Automatik-Taschenkamera, sofern sie nur schnell genug gewesen wäre, genau den Sekundenbruchteil festzuhalten, auf den es mir ankam.

Sie war kein einfaches Objekt, denn in ihr steckten verschiedene, widersprüchliche Wesen, die je nach der Beleuchtung und dem Winkel und dem Augenblick zum Vorschein kamen. Aus bestimmten Blickwinkeln sah sie wie eine nüchterne und brave Orchestermusikerin aus, aus anderen wirkte sie wie ein sehr sinnliches junges Mädchen, aus wieder anderen scheu und widerspenstig wie eine Wilde; mal sah sie wie eine Räuberbraut und mal wie eine bürgerliche junge Dame aus. In einem Augenblick war sie schüchtern, im nächsten aggressiv; in einem Licht war sie sehr schön, im anderen fast ein wenig häßlich. Ihr Gesicht war für ihr Alter auch schon ziemlich gezeichnet, und mehrere Zähne waren ohne große ästhetische Rücksicht mit Amalgam gefüllt. Im ganzen wirkten diese Mängel aber eher vorteilhaft, sie gaben ihrer Attraktivität etwas Lebendiges. Ich rückte immer näher zu ihr, war immer faszinierter, immer weniger professionell.

Unter meinem schwarzen Tuch versteckt, fragte ich sie: »Kennst du meinen Cousin schon lange?« Ich verstand nicht, was für Gemeinsamkeiten sie haben konnten; oder ob sie sich gerade deshalb voneinander angezogen fühlten, weil sie nichts gemeinsam hatten.

Sie sagte: »Nein«, zündete sich eine Zigarette an, blies den bläulichen Rauch ins grelle Licht, sah zu mir.

»Seit wann?« fragte ich. Ich war in Schweiß gebadet, die Zentralheizung war zu hoch eingestellt, und ich trug ein dickes Flanellhemd und eine Lederweste.

»Seit ungefähr einem Monat«, sagte sie.

Ich kroch unter dem Tuch hervor, um Luft zu holen und weil ich nicht weiter wie durch einen Filter mit ihr sprechen wollte; aber kaum war ich draußen, verflüchtigte sich meine Sicherheit zusammen mit den Gesprächsthemen, ich mußte an einer Lampe herumfingern.

Manuela Duini beobachtete mich, und ich hätte gern gewußt, was sie dachte. Sie sagte: »Und du, siehst du ihn oft?«

»Ach wo«, wehrte ich allzu hastig ab, allzu begierig, mich von ihm zu distanzieren. »Wir kennen uns eben seit unserer Kindheit. Es ist diese Art automatischer Vertrautheit, wenn du weißt, was ich meine. Es gibt keine echte Freundschaft und auch kein wirkliches Vertrauen zwischen uns, man setzt einfach voraus, daß man etwas gemeinsam hat.«

Sie nickte, ihre Aufmerksamkeit galt in wechselnden Anteilen meinen Worten und der Tatsache, daß sie vor meiner Kamera stand. »Ich hatte auch zwei Vettern, aber der eine hat sich mit neunzehn aus dem Fenster gestürzt, der andere spielt Klavier. Er war der erste Junge, den ich geküßt habe. Um es auszuprobieren, du weißt schon, was man eben mit zehn oder elf so macht. Er war drei, vier Jahre älter als ich. Ein paar Tage später haben wir uns dann geohrfeigt, ebenfalls im Haus meines Onkels und meiner Tante in den Bergen. Wir haben uns gegenseitig mit Ohrfeigen traktiert und dabei wie zwei Hysteriker gelacht, am Ende hatten wir beide geschwollene Backen.«

»Und jetzt?« fragte ich sie, hingerissen von der Natürlichkeit, mit der sie mir von diesen Dingen erzählte, so als wären wir seit eh und je enge Freunde.

»Nichts«, sagte sie. »Wir sehen uns so gut wie nie. So ist meine Familie eben. Wir sind fast alle Musiker, aber jeder für sich. Jedem seine eigene Karriere, so lautet das Familienmotto. Keiner aus dieser Scheißfamilie hat je einen Finger für mich gerührt. Die Leute denken, ich hätte wer weiß was für Unterstützung bekommen, dabei hat jeder in der Familie immer nur an sich selbst gedacht.«

»Was für ein Instrument spielt dein Vater?« fragte ich.

»Er ist Dirigent«, sagte sie. »Meine Mutter hat sich immer hauptsächlich um ihn gekümmert, wir Kinder kamen erst an zweiter Stelle. Mein Bruder hat alle Verbindungen zu ihnen abgebrochen; wenn sie ihm schreiben, schickt er die Briefe ungeöffnet zurück.«

»Was spielt er?«

»Geige«, sagte Manuela. »Vielleicht hast du ihn schon mal gehört. Arturo Duini, er soll zu den vier, fünf besten Geigern der Welt gehören. Auch zu ihm habe ich fast keinen Kontakt mehr, er ist dermaßen auf sich und seine Karriere konzentriert. Ich bin eine Art Waisenkind. Na ja, was soll's.« Sie lächelte, blies den letzten Rauch hinaus, drückte die Zigarette an der Schuhsohle aus.

Ich hatte aufgehört, eine Einstellung zu suchen, ich stand zwei Meter vor ihr und sah sie an, und jedes Wort und jede Bewegung von ihr ließ in mir ein dichtes Gewirr aus Staunen und Neugier und Anziehung und Sehnsucht entstehen. »Muß schwer sein, klassische Musik zu spielen«, sagte ich. »Ich frage mich immer, wie ihr euch alle Noten merken könnt, sie stets abrufbereit habt.«

»Es gibt doch Partituren«, widersprach sie, fast grob. »Außerdem kriegst du durch das viele Üben die Noten in den Kopf, das ist genauso wie bei anderen Dingen.«

Dann begann sie richtig zu spielen, eine nervöse, ebenso harmonische wie kraftvolle Musik, jede Note geschmeidig und voller Spannung und präzis wie ein kleiner Pfeil, der hinter anderen Pfeilen herschnellt und von immer weiteren durch die Luft schnellenden Pfeilen verfolgt wird. Sie blickte durch die Saiten hindurch auf einen unbestimmten Punkt an der Wand; die Harfe schwang in ihren Händen und zwischen ihren Knien vor und zurück, folgte dem Rhythmus ihrer Bewegungen und ihres Atems. Ihre breiten Fingerkuppen berührten die Saiten mit kaum wahrnehmbarer Schnelligkeit, die Handflächen dämpften ab und zu den Ton und zogen sich wieder zurück, die Unterarme bewegten sich mit präzis bemessener Kraft vor und zurück. Und in ihrem Blick lag teils Vergnügen, teils Verdruß, so als jage sie der Musik nach, die sie im Kopf hatte, und schaffte es auch, sie einzuholen, um dann wieder den Kontakt zu ihr zu verlieren und zurückzubleiben, bis es ihr erneut gelang, sie zu fassen und sich auf sie zu schwingen und sich von ihr tragen zu lassen, ohne aus dem Gleichgewicht zu geraten oder die Zügel schießen zu lassen.

Ich schob die 13 x 18 in eine Ecke und holte die Hasselblad, legte so schnell ich konnte einen Film ein und probierte die Einstellung aus. Ich ging viel näher heran, holte Manuela Duinis Gesicht und ihre Hände auf der Harfe in den Sucher, und jetzt fühlte ich mich viel freier, glaubte alles mit viel größerer Klarheit zu erkennen als vorher. Ich konnte die elastische Spannung sehen, die durch ihren Körper in die Arme emporstieg und bis in ihre Fingerspitzen floß; den exakten Moment, in dem die Finger mit einem kleinen Schlag oder einem rasch abgedämpften Zupfen die Saiten anschlugen und den Rhythmus, die Melodie und die Klangfarbe hervorströmen ließen, die in ihr waren und mit soviel Präzision und Leichtigkeit herauskamen. Ich knipste nicht drauflos, wie ich es mit einer schnelleren Kamera hätte tun können, trotzdem hatte ich das Gefühl zu fliegen: Ich näherte mich und entfernte mich wieder, umkreiste sie, ging in die Knie und schnellte wieder hoch. Es war immer noch mühsam und schweißtreibend, und mir war klar, daß nur ein kleiner Teil von dem, was ich sah und empfand, auf die Gelatine des Films gelangen würde, die zwar empfänglich für Licht und Farbe war, aber ganz unempfänglich für den Klang und die Temperatur und für alle anderen raschen und nicht erfaßbaren Eindrücke, die mich durchfluteten. Aber ich versuchte, dem Rhythmus der Musik zu folgen und die Spannung, die Kraft, das Staunen und auch den Zorn wiederzugeben, welche über Manuela Duinis Finger in die Musik einflossen, die sie spielte. Ich versuchte, die Stimmungen einzufangen, die ihren Blick immer wieder leicht veränderten: Vergnügen und Mißbilligung und athletische Konzentration, gedankenverlorene Losgelöstheit eines Wanderers durch Klanglandschaften.

Dann verspielte sie sich bei einer Passage und sprang mit gerötetem Gesicht auf, rief: »Genug.«

»Was war das?« fragte ich sie, aufgewühlt von ihrer Art zu spielen und von der Musik, die mein staubiges, mit Arbeitsgerät vollgestopftes Zimmer mit Bildern und Stimmungen erfüllt hatte, die immer noch in der Luft widerhallten.

»Händel«, sagte sie. »Das ist mein ideales Tempo, aber kein Dirigent hat es mich auch nur einmal so spielen lassen. Immer haben sie diese langsamen, feierlichen Barock-Tempi von mir verlangt, als ob Händel nie in seinem Leben fröhlich oder lebendig gewesen wäre. Alle sind so von sich selbst und von ihren philologischen Erwägungen eingenommen, sie bremsen sich immer selbst und ertragen es nicht, wenn eine frei sein und etwas Neues machen will.«

»Wie dumm von ihnen«, sagte ich, fasziniert von der Leidenschaft, die ihre Stimme und ihren Blick und ihre Gesten beseelte.

Dann änderte sich ihre Stimmung erneut; sie setzte sich wieder, spielte ein paar Arpeggios aus einem anderen Stück, als suche sie etwas. Wieder stand sie auf, sagte: »Ich bin schrecklich aus der Übung. In drei Wochen muß ich in Ferrara Rossini spielen, ich weiß nicht, wie ich das schaffen soll.« Plötzlich durchströmten sie Aufregung und Unsicherheit, ließen sie rascher atmen und ihre Augen unruhig flackern. Sie trug weder eine Uhr noch Armbänder oder Ringe; sie packte mein Handgelenk, um auf meine Uhr zu sehen, sagte: »Ich muß schleunigst los.«

So gab es keine Zwischenphase zwischen der konzentrierten Nähe während des Fotografierens und der ganz gewöhnlichen Herzlichkeit bei ihrer Ankunft. Ich stand vor ihr, immer noch mit der Hasselblad in der Hand, und wußte nicht, was ich tun sollte. Ich wollte ihr etwas zu trinken anbieten oder ein neues Gesprächsthema anschneiden oder ihr ein paar von meinen Arbeiten zeigen, aber ich hatte nur Mineralwasser im Kühlschrank, mir fiel nichts ein, worüber ich mit ihr reden konnte, und meine Arbeiten waren nur Fotos von Gegenständen. So sagte ich: »Ich hab auch noch zu tun. Ich muß bis heute abend die Gläser dort fertig fotografieren, sonst bringt mich mein Auftraggeber um.«

Ich half ihr, die Harfe wieder auf das Rollbrett zu laden und in den Hof und auf die Straße zu transportieren, sie vorsichtig ins Auto zu schieben. Diese mühsame Arbeit mit ihr gemeinsam zu machen, gab mir noch einmal die Vorstellung von Vertrautheit, und das Gefühl der Nähe, das ich gehabt hatte, als ich sie fotografierte, kehrte schubweise zurück und verschwand wieder. Es waren nur blitzartige, zwischen einem Blick und einer Geste rasch verfliegende Empfindungen; im übrigen hatte ich das Gefühl, daß meine Muskeln steifer waren, als ich wollte, ich bewegte mich befangen.

Sie schlug die Tür des alten Kombi zu; sagte: »Tut mir leid, daß du auch noch den Gepäckträger machen mußtest.« Ich war hingerissen von der Art, wie sie den Kopf bewegte, wie sie mir in die Augen blickte und dann mit einer eleganten kleinen Drehung wieder zur Seite sah.

Ich sagte: »Ich bin es gewöhnt, Sachen hinauf- und hinunterzuschleppen.« Es war inzwischen dunkel und kalt geworden, aber meine Wangen glühten.

Manuela Duini betrachtete den Strom von Autos, die mit eingeschalteten Scheinwerfern vorbeifuhren; sie umarmte mich zum Abschied, sagte: »Danke für die Fotos.« Sie lächelte offen und natürlich wie eine alte Freundin.

»Ich ruf dich an, sobald ich sie habe«, sagte ich zu ihr.

»Ich stehe auch im Telefonbuch«, sagte sie. Dann setzte sie sich ans Steuer, ließ den Motor an. Ich sah zu, wie sie ohne jede Rücksicht auf die Stoßdämpfer über die Bordsteinkante fuhr und sich in den dichten Abendverkehr einfädelte, und es kam mir unmöglich vor, daß mein Cousin sie in ein paar Stunden hierherbringen würde. Es kam mir unmöglich vor, daß irgend jemand sie irgendwohin bringen konnte, autonom und frei und ungeduldig, wie sie war. Ich blieb auf dem Bürgersteig stehen, bis ich im schwefelsauren Nebel jede Spur von ihren Rücklichtern zwischen all den anderen aus den Augen verloren hatte und die Kälte in mir hochkroch, durchsetzt mit konturlosen Gefühlen.

Neun

Um Viertel nach sieben machte ich rasch ein bißchen Ordnung im Studio, räumte ein paar Kabel weg und schob die Kartons mit den Gläsern und Karaffen, die ich fotografiert hatte, an die Wand. Ich machte nur das Allernötigste, ich versuchte gar nicht erst, meinem Cousin ein gemütliches Nest zu hinterlassen. Ich ließ meinen Blick durch den Raum wandern und stellte mir vor, wie mein Cousin mit Manuela Duini hereinkommen würde, alle beide betrunken oder zumindest angeheitert nach dem Abendessen; ich stellte mir die Gesten ihrer möglichen Annäherung vor. Ich überlegte, ob ich ihm hätte sagen sollen, daß sie am Nachmittag zu mir ins Studio gekommen war, ob das seine Strategien in irgendeiner Weise beeinflußt hätte; aber ich hatte weder Lust noch Zeit dazu, ich knipste das Licht aus, schloß die Tür hinter mir ab.

Beim Karatetraining war ich unkonzentriert, schwankte zwischen Abwesenheitszuständen und Anwandlungen von Aggressivität. Der Lehrer wurde ärgerlich, weil ich einen Sichelschlag im falschen Winkel anbrachte; gleich darauf traf ich einen anderen Schüler unglücklich mit dem Handgelenk am Hals; er wurde von dem Schock fast weiß im Gesicht. Die Stimmen und Geräusche wurden von den Matten auf dem Fußboden und den gepolsterten Säulen in der Halle gedämpft, sie erschienen mir wie eine akustische Wiedergabe meines Gemütszustands. In manchen Augenblicken gelang es mir, mich nur auf meine Bewegungen zu konzentrieren; dann sah ich wieder den Blick meines

Cousins vor mir, als er mich um den Schlüssel für mein Studio bat, den Blick von Manuela Duini beim Spielen auf der Harfe, die Blicke meiner inzwischen abgereisten Kinder, hörte die Stimme von Antonella Sartori am Telefon, als sie mich zum Abendessen einlud. Jeder Schlag, den ich führte oder parierte oder dem ich auswich, nahm die Form eines dieser Gedanken an, ich spannte die Muskeln angesichts dieser Bilder, die mich mit der gleichen Wucht trafen wie ein physischer Schlag.

Als die Karatestunde um war, ging ich sofort duschen und zog mich an, rannte mit einem Blick auf meine Armbanduhr hinaus. Die Turnhalle war nicht weit von Antonellas Wohnung entfernt, und nach der samstäglichen Einkaufsorgie waren jetzt kaum noch Autos unterwegs, ich brauchte keine zehn Minuten bis zu ihr.

Im Kofferraum meines Autos hatte ich einen riesigen Strauß roter Rosen, die ich tags zuvor für Fotos von Silberzeug verwendet hatte; sie waren schon ein wenig welk und zum Teil von den Studiolampen leicht angeschmort, aber im kalten Licht der Gegensprechanlage machten sie immer noch einen tollen Eindruck. Die Art-Direktorin der Silberwarenfirma hatte sie mir gebracht, sie hatte sie wie eine Flagge oder sonst irgendeinen bedrohlich symbolträchtigen Gegenstand vor sich hergetragen; nachdem ich mit den Fotos fertig war, hatte ich sie ins Bad gestellt, weil mir bei ihrem Anblick unbehaglich zumute wurde.

Als Antonella Sartori sämtliche Schlösser an ihrer gepanzerten Wohnungstür hatte aufschnappen lassen und auf den Treppenabsatz heraustrat, streckte ich ihr sofort den Blumenstrauß entgegen. Sie bedankte sich in ihrer farblosen Art, aber so wie sie sich bewegte, schien sie eher erschrocken als erfreut, nahm mir den Strauß nicht einmal ab. Es waren gigantische Rosen mit mindestens einen Meter langen Stielen; in meinem ganzen Leben hatte ich solche noch keiner Frau mitgebracht, ich hatte mir gar nicht überlegt, welche Wirkung sie hervorrufen könnten. Ich folgte ihr, immer noch mit dem Strauß in der Hand, linkisch wie ein Gepäckträger; sie deutete nach oben, sagte: »Meine Mutter ist zurückgekommen.«

Ihre Mutter kam die Treppe vom Obergeschoß hinunter, braungebrannt, vertrocknet, mager und noch backfischhafter gekleidet als ihre Tochter. Von der vorletzten Treppenstufe aus gab sie mir mit schwachem Druck die Hand. »Wie geht's?« Sie sah zwischen mir und dem gewaltigen Rosenstrauß hin und her, auch sie schien bestürzt.

Ich sagte: »Danke, gut«, und versuchte Antonella die Rosen in die Hand zu drücken, aber sie nahm sie mir immer noch nicht ab. Mir blieb nichts anderes übrig als zu sagen: »Kannst du sie nicht irgendwohin stellen?« Antonella griff widerstrebend danach, verschwand fast hinter den langen Stielen, trug den Strauß in eins der Zimmer.

Die Mutter musterte mich von ihrer Treppenstufe aus, sie versuchte vermutlich herauszufinden, wer ich war und was für Absichten ich ihrer Tochter gegenüber hatte, bei so einem Rosenstrauß.

Ich sah von unten zu ihr hinauf, stand in der Diele, die ebenso leergeräumt war wie das übrige Haus; fragte sie: »Wie war die Reise?«

So stieg sie noch die letzten beiden Stufen herab, gleichzeitig kam ihre Tochter zurück, und ich mußte mit ihnen ins Fernsehzimmer gehen und mir anhören, was die Mutter über ihren Urlaub in Santo Domingo erzählte. »Ein Paradies auf Erden«, sagte sie. »Meer und Sonne märchenhaft, und Bungalows direkt am Strand.« Sie mußte um die Fünfzig sein, aber sie hatte sich die Haut im Gesicht so sehr liften lassen, daß es völlig ausdruckslos wirkte; sie sprach mit einem neutralen Akzent und skandierte die Worte; mir war nicht klar, ob es an ihrem gestrafften Gesicht lag oder ob sie eine Sprechschulung absolviert hatte.

Die Tochter hörte zu, nervös, ja mißtrauisch auf der Sofakante sitzend; sie beobachtete mich und ihre Mutter, unsere jeweiligen Reaktionen. Zwischen ihnen schien eine subtile Rivalität zu herrschen; sie belauerten sich gegenseitig aus nächster Nähe, jede scheinbar das Vorbild der anderen.

Die Mutter sagte: »Schwimmen, Gymnastik, Sonnenbaden. Die Küche vorzüglich, der Koch war Italiener. Und abends tanzt man unter dieser immensen Sternenkuppel, die Sterne sind dort doppelt so groß wie bei uns.« Sie rauchte verbissen, sog den Rauch tief in die Lungen ein, schlug die Beine in den Jungmädchen-Jeans übereinander. Sie schien nicht von Haus aus reich zu sein, jedenfalls sprach aus ihren Erzählungen immer ein Rest Ungläubigkeit oder Besorgnis und der Wunsch, Staunen zu erregen.

»Wie schön«, sagte ich und dachte dabei an das Gesicht ihres Exmannes, versuchte mir vorzustellen, wo er sich gerade aufhielt.

»Ja«, sagte sie. »Aber nach der ersten Woche sind zu meinem höchsten Unglück hundertzwanzig italienische Feinkosthändler angekommen. Sie hatten den ersten Preis beim Verkaufswettbewerb einer Schinkenfabrik gewonnen.«

Sie fixierte mich und ich lachte, ihr zugewandt auf dem halbkreisförmigen Sofa.

Aber weder Mutter noch Tochter lachten mit: Antonella saß steif auf ihrem Platz, schaltete mit der Fernbedienung den riesigen Fernseher ein, zappte durch sämtliche Programme. Die Mutter sagte in dramatischem Ton: »Sie machen sich keine Vorstellung, was hundertzwanzig Feinkosthändler an so einem Ort anrichten können.«

»Ich kann's mir vorstellen«, sagte ich, obwohl sie selbst die Frau eines reichen Feinkosthändlers hätte sein können, wenn man sie so sah, mit ihrer an der Spitze abgeflachten Nase und ihren Bewegungen, während sie sich eine Zigarette nach der anderen anzündete, vielleicht um den Hunger fernzuhalten und ebenso mager zu sein wie ihre Tochter.

»Warum machst du das Ding nicht aus?« wandte sie sich an Antonella. Ab und zu brach hinter ihrer gekünstelten Stimme ein ordinär und derb klingender Voralpen-Akzent hervor.

»Das hast du mir doch alles schon erzählt, Mama«, sagte Antonella und drehte nur den Ton leise.

Auf dem riesigen Bildschirm lief jetzt fast stumm eine Reportage: wieder Bilder von Gerichtsgebäuden, Richter, die ein und aus gingen, Unternehmer, die in Begleitung ihrer Anwälte davoneilten, Politiker, die vor den Fernsehkameras immer noch versuchten, sich zu rechtfertigen und ihre zynischen Sprüche zu machen, allerdings ohne Erfolg. Antonellas Mutter sagte: »Das grenzt allmählich an Lynchjustiz.«

Ich versuchte, eine möglichst unbeteiligte Miene aufzusetzen, machte nur eine schwache Kopfbewegung ohne Nachdruck und Bedeutung.

Sie sagte: »Wissen Sie, mein Mann und ich sind seit fünf Jahren getrennt, ich will ihn wirklich nicht verteidigen. Aber man kann nicht die ganze Schuld den Politikern in die Schuhe schieben. Jemand hat sie schließlich gewählt, oder nicht?«

»Es gab vielleicht keine großen Alternativen«, sagte ich

und blickte dabei auf die Bilder, die über den fast stummen Bildschirm flimmerten. Antonella war gespannt wie eine Feder, ein kleines nervöses Vibrieren durchlief sie und ließ ihre Knie zittern.

»Und diese Untersuchungsrichter spielen sich auf, als wären sie die Hauptpersonen«, sagte ihre Mutter, als hätte sie mir gar nicht zugehört. »Die Presse bejubelt sie, und die Leute jubeln mit und sehen nicht, daß wir auf diese Weise dem Ruin entgegengehen.« Immer wenn sie das Kinn senkte, schlug ihre gebräunte Haut am Hals Falten, verriet ihr Alter und ihre Mentalität noch mehr als ihre runzligen Handrücken.

Ich hatte keine Lust, mit ihr zu diskutieren, ich sah zu Boden und dachte an die Fassade ihres Hauses und an die Gesichter der Ganoven im Fernsehen, die überzeugt waren, immer noch Bedingungen aushandeln zu können, um wenigstens ihre Beute zu retten. Ich dachte an mein Leben in Mailand und an das meiner Freunde und meiner Kinder und an das Gefühl, in besetztem Gebiet zu leben, das mich nie losgelassen hatte, solange ihr Mann und seine Kumpane die Herren der Welt gewesen waren. Ich sagte: »Schlimmer als vorher kann es kaum werden.«

Sie mußte sich in den letzten Monaten jedoch eine Art Elefantenhaut zugelegt haben, denn sie weitete nur die Nasenlöcher, um den Rauch hinauszublasen, und sagte: »Jetzt zeigen alle mit den Fingern auf sie. Mein Mann kann nicht mal mehr ins Restaurant gehen, denn dann stehen die Leute an den anderen Tischen auf, als ob er die Pest hätte. Bis vor zwei Monaten standen sie Schlange, um ihn fünf Minuten sprechen zu können, boten ihm alles mögliche an, damit er ein gutes Wort für ihren Neffen einlegte, weil dessen Versetzung in der Schule gefährdet war. Zu Weihnachten haben sie uns so viele Flaschen Champagner und

Pralinenschachteln geschickt, daß wir nicht mehr wußten, wohin damit. Jetzt will ihn keiner mehr kennen, alle tun, als wären sie die Opfer. Sehr einfach.«

Antonella räusperte sich, strich sich übers Knie; sie schien nahe daran, etwas zu sagen, aber sie schwieg.

Ihre Mutter inhalierte nervös weiter den Rauch in tiefen Zügen, hager und trocken wie ein Salzhering. »Ich lasse euch allein. Ich gehe schlafen«, sagte sie, stand auf und gab mir die Hand mit einer freundlichen und gekränkten Geste, die sie genauso einstudiert und geübt haben mußte wie ihre Aussprache.

Kaum war sie draußen, deutete ich zur Tür und sagte zu Antonella: »Gehen wir?«

Zwischen zusammengepreßten Lippen sagte sie: »Ich habe dich zum Essen eingeladen. Hast du es vergessen?«

»Und deine Mutter?« fragte ich. Ich wollte nur weg aus diesem Haus, ich hätte lieber woanders gegessen.

»Meine Mutter bleibt oben«, sagte Antonella. »Sie ist todmüde, auch wenn sie so aufgedreht wirkt.« Sie sprach noch leiser und angespannter als sonst, aber in ihren Augen sah ich die gleiche Aufgeregtheit, die ich am Abend zuvor in ihrer Stimme gehört hatte.

»Ißt sie nichts?« fragte ich, während ich ihr zur Küche folgte.

»Nein«, sagte sie. Sie berührte mich an der Hüfte, beugte sich mit einem nervösen kleinen Ruck vor und gab mir einen Kuß auf die Lippen.

In der Küche nahm ich ein Sägemesser und kürzte die Stiele der Riesenrosen um die Hälfte, steckte sie in eine Vase und füllte Wasser hinein. Antonella trippelte mit unbeteiligter Miene umher, sie bot mir nicht einmal an, mir zu helfen. Sie trug einen kurzen Rock, der nach unten hin weiter wurde und wie eine Glocke aussah, eine weiße

Bluse mit Puffärmeln; sie mußte auch auf der Sonnenbank gelegen haben, denn sie war viel gebräunter als vor zwei Tagen, eine dichte, unnatürliche Bräune. Aber ich fühlte mich von ihr angezogen: von ihrer dünnen Taille und der scheinbaren Zerbrechlichkeit ihrer Gesten, von der Art, wie sie durch die halbgeöffneten Lippen atmete, so als erwarte sie sich von einem Augenblick auf den anderen eine möglicherweise auch böse Überraschung.

Ich versuchte, mich von dieser Welle der Anziehung forttragen zu lassen und auf Antonellas Gesten einzugehen, ohne in die Leere abzustürzen, aus der sie kamen.

Sie machte den riesigen Kühlschrank auf, zeigte mir einige Päckchen aus dem Schnellimbiß und zwei Flaschen Südtiroler Weißwein und sagte: »Ich hab uns ein paar Häppchen geholt, nichts Besonderes.« Sie sah mich mit ihrem flackernden Blick an, und ich wußte, daß es bei ihr keine echte Schüchternheit und erst recht nicht Bescheidenheit war, sondern eher ein konstanter kleiner Vorbehalt, ein Filter aus Vorsicht und Unbehagen und vielleicht auch Berechnung gegenüber der Welt. Die dünne Kompaktheit der Päckchen im Kühlschrank weckte in mir eine Mischung aus Ratlosigkeit und Rührung. Zum Ausgleich faßte ich sie um die Taille und küßte sie kräftig, mein Herz fing an zu stolpern.

Sie drückte mir die Hand gegen den Bauch, sagte: »Warte.«

Ich lockerte sofort die Umklammerung, sah ihr in die kleinen blauen Augen, die nicht recht wußten, wohin sie blicken sollten. Sie hatte eine seltsame Art zu atmen, als müsse sie immer gegen einen leichten, aber stetigen inneren Widerstand ankämpfen oder als schaffe sie es nicht, mit jedem Atemzug genug Sauerstoff aufzunehmen, und meine Küsse schienen ihr dabei nicht gerade zu helfen.

Sie öffnete erneut den Kühlschrank, holte eine Flasche Wein heraus, sagte: »Mach du sie auf.«

Ich entkorkte die Flasche, während sie ihren Blick mit kleinen ruckartigen Kopfbewegungen hin und her wandern ließ, zögernd und doch zugleich Herrin des Terrains. Wir tranken wortlos, in der viel zu großen und scheinbar nie benutzten Küche, und ich war froh, daß ich ein Paar Cowboystiefel mit harter Sohle und eine schwarze Jacke und schwarze Hosen trug und meine Muskeln nach dem Karate noch angespannt waren. Ich fühlte mich imstande, die Lage zu meistern, ich verspürte keinerlei Unsicherheit oder Zweifel hinsichtlich meines Verhaltens. Ich dachte an Antonellas Mutter eine Etage über uns, in ihrem Zimmer, in dem die Temperatur nie unter zweiundzwanzig Grad absinken durfte; vom Rest des Hauses drang kein Laut zu uns.

Antonella öffnete die zwei Päckchen aus dem Schnellimbiß: Das eine enthielt ein einziges Stück Pizza, das andere ein paar Scheiben Räucherlachs. Sie legte die Pizza auf den Rost eines großen Elektroherds, hantierte an Schaltern und Knöpfen und kam zu mir zurück, um zu trinken. Wir sagten immer noch kein Wort, und es schien mir auch nichts zu geben, worüber wir sprechen konnten; wir standen nur da, auf Tuchfühlung, und tranken ein Glas Wein nach dem anderen, schauten uns an und blickten in der Küche umher, horchten auf das Quietschen unserer Sohlen auf dem polierten Marmorfußboden. Mein Magen war leer, ich hatte so gut wie nichts zu Mittag gegessen: Der kalte, trockene, aromatische Weißwein stieg mir mit jedem Schluck mehr zu Kopf, rief in mir eine sonderbare oberflächliche Selbstgefälligkeit angesichts meiner eigenen Bewegungen hervor. Antonella trank in raschen kleinen Schlucken, was ich bei ihr bisher noch nie gesehen hatte; ganz allmählich wurden ihre Bewegungen schneller und lebhafter, sie rückte noch näher an mich heran, ließ sich erneut umarmen, um sich mit einem schiefen kleinen Lächeln wieder zu befreien.

Aber ich hatte Hunger; ich fragte: »Wie weit ist die Pizza?«

Sie spähte durch die dunkle Glasscheibe, die wie ein hochwertiger Fernseher aussah, in den großen elektrischen Backofen; sagte: »Noch ein Minütchen.« Sie strich sich mit der Hand über die Hüfte, machte mit einem fast zu raschen Blick eine halbe Drehung auf dem Absatz.

Ich schnappte sie mir erneut und küßte sie und ließ sie wieder los, schenkte mir noch mehr von dem eiskalten Wein ein, trank und blickte immer wieder zum Ofen. Ich hatte meine Gestik und das Timing bestens im Griff und war von Vorfreude erfüllt wie ein Raubtier in der Höhle seiner Beute, und da fuhren mir plötzlich zwei, drei Bilder von Manuela Duini durch den Kopf. Ich dachte an einen gewissen Blick und ein gewisses Lächeln von ihr, an die Art, wie sie den Kopf drehte. Es dauerte nur einen Augenblick, wie eine Störung im Radio, viel kürzer als vorhin in der Sporthalle. Gleich darauf war ich wieder ganz in der blitzblanken Küche, zwei Schritte von Antonella Sartori entfernt, angezogen von ihrer schlanken, zierlichen Figur.

Sie sagte: »Ich bin noch unschlüssig, ob ich nach Rajasthan fahren soll oder ob ich lieber ein paar ruhige Tage bei Ghigo in Monte Carlo verbringe. Ein Freund von mir ist Reiseleiter, er hält mir den Platz bis morgen frei.«

Ich trank einen weiteren Schluck Wein, versuchte herauszufinden, ob es eine Aufforderung sein sollte mitzukommen oder was. »Rajasthan in Indien?« fragte ich, und dabei kam mir wieder Manuela Duini in den Sinn, wie sie die Autotür zuschlug und mir zuwinkte; ich dachte an ihre optimistische Rastlosigkeit, an das aufrichtige und offene und lustige Blitzen in ihren Augen.

»In Indien, wo sonst«, sagte Antonella Sartori. Sie hatte den Ton einer kleinen Spötterin, backfischhaft und maliziös. »Du bist wohl nicht viel rumgekommen, wie?«

»Ich habe in erster Linie gearbeitet.« Ich bemühte mich um einen reifen Ton, den eines Vierzigjährigen, der mit einem jungen Mädchen spricht, aber meine Sicherheit von vorhin war angeknackst, das Gefühl, alles unter Kontrolle zu haben, verflogen. Ich dachte an Manuela Duinis Art zu sprechen, an ihr Mienenspiel, als sie mir von ihrer Familie erzählte, und die sonderbare Sehnsucht, die ich gespürt hatte, als ich sie fotografierte, begann sich wieder in mir zu regen.

»Ich reise unheimlich viel«, sagte Antonella Sartori. »Schon seit meinem fünften Lebensjahr. Ich bin überall gewesen, mit meiner Mutter oder allein.« Das hatte sie mir schon öfter gesagt, sie hatte mir alle Gegenden aufgezählt, die sie gesehen hatte. Sie war vom Wein beschwipst und bewegte sich ein Stückchen außerhalb ihres kleinen, wohlkontrollierten Umkreises: ihre Arme gingen ruckhafter als sonst, sie drehte sich auf den Absätzen, stachelte mich mit ihren Blicken an.

»Was ist mit der Pizza?« fragte ich. Ich bewegte mich wie auf einem Drahtseil oder auf einem Schwebebalken; sobald ich auch nur einen Augenblick aufhörte, Antonella ernst zu nehmen, hatte ich das Gefühl, ins Leere abzustürzen. Sie machte erneut den Backofen auf, schüttelte verneinend den Kopf. Aber es war ungefähr eine halbe Stunde vergangen, seit wir die Pizza hineingeschoben hatten, ich sah selbst nach, die Pizza war kalt, der Ofen nicht eingeschaltet.

»Der Ofen ist kalt«, sagte ich, während ein Schwindelgefühl in mir aufstieg.

Sie versteifte sich, als hätte man ihr einen schlimmen Vorwurf gemacht, straffte die Schultern zu einer Art Drohgebärde.

»Ißt denn hier nie jemand?« fragte ich. »Willst du so werden wie deine Mutter?«

»Was hat meine Mutter damit zu tun?« fragte Antonella mit einem kalten Blick, fast wie eine Feindin.

»Nimm's doch nicht gleich krumm, ich hab bloß Spaß gemacht.« Ich rang mir ein Lächeln ab, versuchte mich nicht von Panik erfassen zu lassen. Ich legte ihr eine Hand auf die Schulter, gab ihr einen Kuß auf die Wange, auf die Lippen. Ich griff mir die Pizza, so kalt wie sie war. »Ich esse sie so. Kein Problem.«

Sie folgte mir zum Tisch, immer noch mißtrauisch, setzte sich und sah mir beim Essen zu. Ich fragte sie, ob sie nicht auch etwas wolle; aufrecht auf der Stuhlkante sitzend verneinte sie, als ob Nahrungsaufnahme mit ihrem Leben nicht das geringste zu tun hätte.

Ich erzählte ihr von einer Japanreise, die ich mit einem verrückten Möbelhändler gemacht hatte, und schilderte alles so drastisch, daß ich sie zum Lachen brachte und sie ihr Mißtrauen ablegte. Immer wieder füllte ich mein Glas und das ihre, sobald der Weinpegel auf drei Finger unter dem Rand sank, trank hastig und versuchte, meine Gedanken in Schach zu halten, sie nicht über die Grenzen meiner unmittelbaren Empfindungen ausbrechen zu lassen.

Wir öffneten die zweite Flasche, und Antonella servierte den Räucherlachs, verteilte ihn in ungleichen Portionen auf zwei Teller. Wir sprachen über ihre Freunde Beba und Ghigo und über Kleider und Ferienorte, und erneut amüsierte mich die Unbeschwertheit der Situation, das gänzliche Fehlen jeder Anstrengung. Es war, als würde man mit einer Automatikschaltung eine leicht abschüssige, kurvige Straße hinabfahren, es gab nichts zu überlegen, nichts zu entscheiden, die Worte und Gesten folgten wie von selbst aufeinander. Antonella sprach aus wenigen Zentimetern Entfernung, strich sich die blonden Haare zurück, stocherte in dem Lachs auf ihrem Teller herum. Ihr Blick war immer weniger unstet, ab und zu erschien darin ein einladendes und leicht provokantes Funkeln.

Ich spielte mit, auf der gleichen Ebene wie sie, distanz- und urteilslos; nur hin und wieder störte etwas den Fluß meiner Empfindungen: mir fiel mein Cousin ein, der jetzt mit Manuela Duini im Restaurant saß, die Hand auf ihrem Arm. Einen Augenblick lang schnappte ich nach Luft, dann drehte ich den Kopf oder sprach lauter oder machte irgendeine Geste, und das genügte schon, um wieder zu dem Annäherungsspiel mit Antonella zurückzukehren.

Als wir den Lachs gegessen hatten, waren wir beide völlig betrunken, wir brachten kein deutliches Wort und keine klare Geste mehr zustande. Wir standen auf, und ich preßte sie erneut an mich, drückte meine Hände auf ihren Po, ließ sie bis zum Rocksaum hinabgleiten. »Gehen wir rüber«, sagte sie und schlüpfte zur Tür hinaus.

Als wir an dem fast leeren Wohnzimmer vorbeikamen, schob ich sie hinein, während meine Lippen ihr Ohr zwischen den feinen blonden Haaren streiften. Ich fragte: »Wo ist denn dein Vater?«, dachte dabei aber an meinen Cousin und an Manuela Duini und fragte mich, was sie wohl gerade machten.

»Keine Ahnung«, sagte sie, erneut in der Defensive, obwohl der Wein ihr fast den Gleichgewichtssinn geraubt hatte.

»Sei doch nicht immer so angespannt, sobald man von deinem Vater spricht. Du kannst ja nichts dafür«, erklärte ich und küßte sie auf den Hals und auf den Nacken.

»Eben. Also vergiß es.«

Ich merkte, daß die Art, wie ich sie über ihr Leben ausforschte, etwas Krankhaftes hatte, aber ich wollte so gut es ging bei der Sache bleiben, ich versuchte mich schwer zu machen wie ein Taucher, um nicht an die Oberfläche hinaufgetrieben zu werden. Ich dachte an die Fotos von der Hochzeit ihrer Eltern, an die Fotos von ihrem Vater, als er ein vielversprechender junger Beamter war und doch schon ein Dieb, an ihren Vater in irgendeiner Tagesschau, mit fast weißem Gesicht unter den Studiolampen. Aber zwischen diesen Bildern sah ich immer auch meinen Cousin und Manuela Duini, wie sie aus dem Restaurant kamen, er einen halben Schritt voraus, um ihr mit einem Blick, in dem Vorfreude glänzte, die Autotür zu öffnen, und es kam mir entsetzlich vor, daß ich ihm mein Studio als Liebesnest zur Verfügung gestellt hatte. Ich dachte an die hingebungsvolle und feurige Art, in der Manuela vor ein paar Stunden gespielt hatte, an ihre widersprüchlichen Wesenszüge, die nach und nach zum Vorschein gekommen waren, als ich sie auf der Suche nach der richtigen Einstellung umkreiste; an die Art, wie sie mit mir gesprochen hatte, so als würden wir uns seit je kennen. Es kam mir absurd vor, einfach so hingenommen zu haben, daß mein Cousin Absichten ihr gegenüber hatte, ihm, ohne darüber nachzudenken, sozusagen den Vortritt gelassen zu haben.

Antonella wedelte mit der Hand vor meinen Augen hin und her: »Hej, bist du überhaupt da?«

»Ja, natürlich«, sagte ich und schwankte wie auf einer Schiffsbrücke. »Ich bin nur ein bißchen in Sorge wegen meinem Cousin. Es geht ihm in letzter Zeit nicht besonders. Er ist in der Werbebranche.«

Sie schien keinen großen Anteil an meinen Sorgen zu nehmen; sie beugte sich über mich und gab mir einen Kuß, drückte meinen Arm. »Toller Bizeps, für einen Fotografen.« Beinahe dreist ließ sie ihren Blick über mich wandern, sagte erneut: »Gehen wir rüber.«

Wir gingen durch den blank gewienerten, leeren und stillen Flur; ich betrachtete ihren Po und ihre Beine und atmete ihr Parfum ein und spürte ihre schweißfeuchte Hand, blickte auf die helleren Vierecke an der Wand, wo die Bilder abgehängt worden waren.

Dann kamen wir in ihr Zimmer, das halb ein Kinderzimmer, halb ein Erwachsenenzimmer war, mit dem breiten Bett und dem rosa Satinüberwurf und der Puppe aus Stoff und Porzellan auf dem Kopfkissen, jeder kleinste Gegenstand in perfekter Ordnung wie in einer reglos in der Zeit schwebenden Luftblase.

Der Wein verlangsamte meine Wahrnehmungen, die Luft erschien mir zäh wie Honig, jede Bewegung hinterließ eine Spur; ich konnte kaum noch auf meinen Beinen stehen, ohne mich an Antonella festzuhalten.

Ich küßte sie heftig, wir fielen auf die Satindecke. Ich roch an ihrem Haar, das nach Balsam duftete, an den Ohrläppchen und am Hals, auf den sie sich ein paar Tropfen von ihrem teuren, aber synthetischen Parfum getupft hatte, das auf einer Konsole über dem Bett stand; mit den Fingerkuppen nahm ich die Konsistenz ihres Körpers unter den Kleidern in mich auf. Seit Jahren hatte ich nach einem solchen Körper gesucht, seit ich über die unterschiedliche Körperbeschaffenheit der Frauen je nach ihrem Alter und ihrer natürlichen Statur und ihrer Tätigkeit nachdachte. Seit Jahren hatte ich meine Vergleiche angestellt und immer das Gefühl gehabt, es müsse einen noch glatteren oder noch wohlgeformteren oder noch frischeren Körper geben, den ich begehren konnte. Ich zerrte ihr die Musketierstiefelchen von den Füßen, knöpfte die Puffärmelbluse auf, zog sie ihr sehr langsam aus, jede Handbewegung noch gebremst vom Spiel der Selbstkontrolle, das ich mit ihr bis jetzt gespielt hatte. Ich strich mit den Fingern am Rand ihrer empfindsamen Zonen entlang, schob die Hand nur ein kleines Stück unter ihren BH und an den Strümpfen empor; zog sie gleich wieder zurück und begann von neuem.

Sie dagegen hatte nicht mehr die geringste Absicht, irgendwelche Grenzen zu wahren: In ihrem Atem und ihren Bewegungen, in der Art, wie sie mir das Hemd aufknöpfte und es mir mit kleinen Rucken auszog, wie sie sich mit halb geöffneten Beinen und Lippen zurückbog, war so etwas wie eine schwache, aber beständige Flamme. Ich streifte ihr auch noch den Rock ab, fuhr mit den Händen ihre Schenkel hinauf bis zum Rand der Strümpfe, unter das winzige Höschen aus glatter weißer Seide. Ihr Bauch war fest und flach wie die Bäuche in der Kosmetikwerbung in Frauenzeitschriften, die zarten hellen Härchen waren zu einem für jeden modischen Badeanzug mit hohem Beinausschnitt passenden Dreieck rasiert. Ich leckte über die Innenseite eines Schenkels, leckte ihren Nabel und ihre unter der weißen Haut vorstehenden Rippen, leckte ihren Busen unter der Seide des Büstenhalters, leckte ihren Hals.

Ich fuhr mit den Händen und mit der Zunge über ihren leichten Körper und dachte, daß es im Grunde genau das war, was ich gewollt hatte, als ich vor der Last des Lebens und seinen vielfältigen Anforderungen geflüchtet war: glatte, fein modellierte Formen, die noch frei von den

Zeichen und den Spuren des Lebens waren. Dazu das auf dem Altersunterschied und auf der unterschiedlichen Erfahrung und Perspektive beruhende Gefühl, alles im Griff zu haben, mit ungleichen Waffen spielen zu können und dabei nicht viel aufs Spiel zu setzen, außer mich selbst. Ich dachte an all die schwierigen Frauen meines Alters mit ihren gezeichneten Gesichtern und hennagetönten Haaren, die ich auf Parties oder vor der Schule meiner Tochter sah, an die Frauen meines Alters, die ausdrücklich oder stillschweigend Verpflichtungen und Verfügungen und Veränderungen von mir gefordert und erwartet hatten und am Ende doch enttäuscht waren und mich ihre Enttäuschung und ihre nicht erfüllten Erwartungen und in der Zwischenzeit neu herangereiften Forderungen hatten spüren lassen. Nicht daß ich bewußt daran dachte: es war eher wie ein Hinterland ungedachter Gedanken, die meinen Tastsinn und meine visuellen Empfindungen erst recht vorantrieben, mich in meinem Tun bestärkten.

Extrem langsam zog ich ihr den Büstenhalter und das Höschen aus, ganz auf die Berührung und den Geruch, auf die Wärme und den Schlag der Herzen konzentriert, auf die Empfindungen, die wir bei unserer langsamen Annäherung unterdrückt hatten. Vom Wein betört und verwirrt wie ich war, fühlte ich mich wieder völlig Herr der Lage; mir gefiel die Vorstellung, noch in Hosen auf ihr zu liegen, während sie nackt war, jede Geste und die Wirkung, die sie hervorrief, unter Kontrolle zu haben. Ich kam mir wie ein lebendes Handbuch der Sexualtechniken vor, wie ein Pianist, der mit einer unbegrenzten Fingerfertigkeit auf Frauen spielte, und dieser Gedanke versetzte mich in eine Erregung, wie es mir nur selten im Leben passiert war. Ich küßte Antonellas rosige Brustwarzen und die enthaarten Achselhöhlen, knabberte an ihren zarten

Ohrläppchen und an ihren Lippen, sog ihren leise keuchenden Atem ein und nahm das Zittern auf, das durch ihren Körper ging. Das Gefühl, alles unter Kontrolle zu haben, machte mich so übermütig, daß ich plötzlich an meinen Gürtel griff und zu ihr sagte: »Wenn du willst, schnalle ich ihn nicht auf.« Ich hätte es wirklich fertiggebracht: so nah war ich und doch so fern, ganz in meinen Empfindungen drinnen und doch außerhalb.

Antonella wollte keineswegs, daß ich ihn nicht aufschnallte; sie richtete sich auf und machte es selbst, zog mir die Hosen hinunter und zog mich an sich, weiß und rosig, wie sie war. Und als ich mich nunmehr unaufhaltsam auf sie zu bewegte, kam mir wieder Manuela Duini in den Sinn, mit viel konzentrierterer Heftigkeit als bis zu diesem Augenblick. Die Bilder überlagerten sich, eine Schwarzweißfotografie schob sich an die Stelle einer zerrissenen Farbfotografie: ich sah Manuela Duini an der Stelle von Antonella und meinen Cousin an meiner Stelle, und sie machten genau dasselbe.

Ich lag zwischen Antonellas Beinen und Armen, schon beinahe versunken in die Konsistenz und die Temperatur ihres Körpers, konzentriert auf jedes durch meine Erregung vergrößerte Detail von ihr, und der Gedanke an Manuela Duini fuhr mir wie eine Klinge durch Herz und Gehirn, ließ mich mit dem Stöhnen eines Schwerkranken zur Seite sinken.

Antonella drehte den Kopf und sah mich mit einem unsicheren Lächeln auf den Lippen an. Auch ich versuchte zu lächeln, zu Atem zu kommen, meinen Blick wieder auf ihr Gesicht und ihre Gestalt einzustellen. Ich drehte sie auf den Bauch, und sie ließ sich ohne weiteres umdrehen, ich fuhr ihr mit der Zunge über den Rücken und das Gesäß und zwischen die Beine, die Wirbelsäule hoch, während ich sie mit meinen Fingern kitzelte, wo sie feucht war. Aber der Gedanke an Manuela Duini und meinen Cousin in meinem Studio kam wieder, ich verspürte Sehnsucht und Bedauern wie einen unerträglichen Schmerz. Es war die Art Sehnsucht, die man nach einer Stimme in der Ferne oder nach einem unerreichbaren Lächeln empfinden kann; und anstatt nachzulassen, wurde sie immer heftiger, verschlug mir fast den Atem.

Ich ließ erneut von Antonella ab, setzte mich auf. Antonella drehte sich um, fragte: »Was ist?«

»Ach, ich mache mir Sorgen um meinen Cousin«, sagte ich. »Er ist verliebt, aber es ist ein Schlamassel.«

Sie sah mich mit geweiteten Pupillen leise keuchend an, versuchte zu erkennen, ob ich Scherze machte oder was. »Wie alt ist denn dein Cousin?«

»Ungefähr so alt wie ich«, sagte ich, und es erleichterte mich überhaupt nicht, über ihn zu sprechen, meine Unruhe wuchs von Sekunde zu Sekunde. »Er ist sehr sensibel. Er war heute abend mit ihr verabredet, aber ich weiß nicht, ob sie ihn auch liebt, ich möchte nicht, daß er den Kopf verliert und irgendeine Dummheit macht.«

Mein Ton und der Blick, den ich haben mußte, ließen sie wieder so werden, wie ich sie kannte: Ich spürte, wie ihr Körper steif und widerspenstig wurde, wie er seine Wärme und Weichheit verlor. Sie zeigte zu dem Telefon auf dem Nachttisch: »Ruf ihn doch an. Weißt du nicht, wo er ist?«

Ich blickte auf ihren Busen, der sich bei jedem Atemzug hob und senkte, es war ein heller, schön geformter Busen, und ich beugte mich hinab und küßte ihn; ich wußte nicht, was ich tun sollte. Mir schien, daß ich mit einer kleinen Konzentrationsanstrengung wieder rückhaltlos in die vorherige Situation hätte eintauchen können, aber sobald ich es versuchte, fuhren Bedauern und Sehnsucht erneut durch mich hindurch wie eine Klinge. Ich stellte mir meinen Cousin vor, der Manuela Duini immer aufdringlicher umkreiste, ihre angeborene Neugier und ihre Verfügbarkeit gegenüber der Welt ausnützte, um ihr immer dichter zu Leibe zu rücken, und hätte schreien können vor Wut und Verzweiflung.

Also griff ich nach dem Telefon auf Antonellas Nachttisch, wählte die Nummer meines Studios. Ich wußte nicht, was ich sagen sollte, falls mein Cousin antworten würde, mir fiel kein Vorwand ein. Ich wollte nur seine Verführungsspiele unterbrechen, ihn auffordern, sofort zu gehen und Manuela Duini in Ruhe zu lassen. Mein Cousin antwortete nicht: Ich hörte nur meine eigene Stimme vom automatischen Anrufbeantworter, mit der blödsinnigen Dixieland-Hintergrundmusik, die ich aufgenommen hatte, damit es lockerer klang. Ich probierte es trotzdem, sagte: »Hier Leo. Bist du da? Hallo?«, ohne Erfolg. Ich sah ihn deutlich vor mir, auf meinem Klappbett in den Armen von Manuela Duini, mit Musik aus meiner voll aufgedrehten Stereoanlage. Ich konnte jeden Blick und jede Geste sehen, ich hörte die Atemzüge und das Rascheln der Laken und glaubte verrückt zu werden.

Ich legte auf. Antonella Sartori fragte: »Nichts?« Sie war unter die Steppdecke geschlüpft und hatte die Knie angewinkelt, biß sich auf die Lippen.

»Er antwortet nicht.« Ich streichelte ihre Schulter, aber ich kam mir wie ein Gefangener vor. Ich küßte sie und wäre am liebsten hinausgerannt, nackt wie ich war, ins Auto gesprungen und wie ein Verrückter zu meinem Studio gerast.

Sie sagte: »Mach dir keine Sorgen, er ist eben irgendwohin gegangen.« Sie schlug die Bettdecke zurück, um mich hineinzulassen, zog mich an sich mit sanftem Verlangen, das ihre Züge weicher machte und trotzdem noch Spielraum für einen eventuellen neuen Rückzug ließ.

Aber ich brachte es nicht fertig, mit ihr zu schlafen, es war nichts zu machen. Sekundenlang folgten meine Gedanken ihrem Körper, dann kehrten sie zu Manuela Duini zurück, mit einer mir unbegreiflichen Macht und Geschwindigkeit. Ich fühlte mich auf eine so natürliche Art zu ihr hingezogen, wie ich es mir bisher nicht einmal hätte vorstellen können, und ich hatte mir diese Gelegenheit mit der Trägheit eines Opiumsüchtigen entgehen lassen. Der Gedanke an meinen Cousin mit ihr im Bett wurde mir immer unerträglicher, ich kam mir vor wie jemand, der von weitem einen Mord oder die Zerstörung eines Kunstwerks beobachtet und nicht eingreift.

Ich sprang auf: »Hör zu, ich kann nicht länger bleiben, ich muß nach ihm sehen. Tut mir leid.«

»Jetzt?« fragte Antonella: Argwohn und Kränkung und andere kalte Gefühle blitzten in ihren kleinen blauen Augen auf.

»Ja«, sagte ich, schon auf den Füßen, meine Hosen in der Hand. »Tut mir wirklich leid.« Aber ich wußte, daß es nicht viel nützte: »Ich mache mir zu große Sorgen.«

Sie kam mit und öffnete mir die vielen Türschlösser, in einem an der Taille enganliegenden Morgenrock aus weißer Seide. »Ich rufe dich an«, sagte ich. Sie erwiderte nichts, sah mich mit einer Hand auf der Hüfte an, als ich hinausging, und schloß die Tür sofort hinter mir.

Draußen rannte ich wie ein Irrer zum Auto, mit offenem Hemd unter der Jacke und in der kalten Luft gefrierendem Schweiß. Ich ließ mich auf den Sitz fallen und startete den Motor, preschte auf der leeren Straße los. Es war kein Mensch unterwegs, alle hatten sich in ihre Wohnungen zurückgezogen, um Kräfte für Weihnachten zu sammeln. Die Lichtergirlanden machten mich schaudern, wenn ich darunter hindurchfuhr, jede Leuchtschrift oder Dekoration, jeder Weihnachtsbaum vor den vergitterten Schaufenstern verstärkte das Schrillen, das ich in mir spürte. Es kam mir vor wie ein Wettlauf gegen die Zeit, gegen die Strömung in einem Fluß unaufhaltsamer Tatsachen. Ich fuhr so schnell ich konnte, und meine Angst stieg bei jeder Kreuzung in Zacken und steilen Linien an; ich jagte den Motor über seine natürlichen Grenzen hinaus hoch, mit der Nadel des Drehzahlanzeigers ständig im roten Bereich.

Dann kam ich an, und der Geländewagen meines Cousins war genau vor meiner Einfahrt geparkt; mir blieb fast das Herz stehen. Bis jetzt hatte ich gehofft, daß er es nicht geschafft hatte, daß Manuela Duini ihm entwischt war oder ihm gesagt hatte, er sei für sie nur ein Freund und sie wolle lieber mit ihm ins Kino oder tanzen gehen.

Ich stieg aus, aber nach der ganzen Aufregung während der Fahrt wußte ich jetzt nicht mehr, was ich tun sollte. Ich betrachtete den glänzendschwarzen Geländewagen meines Cousins, der einem schlafenden Raubtier glich und mir wie ein Symbol seiner dumpfen Arroganz, der primitiven, aber doch zielgerichteten Gefühle erschien, die ihn getrieben hatten, meine Hilfe in Anspruch zu nehmen, um eine Frau zu verführen, die so viel komplizierter und interessanter war als er. Ich trat näher und blickte in den Wagen hinein und glaubte noch eine Spur von Manuela Duinis Anwesenheit zu bemerken; ich glaubte sie sogar durch die dicken grauen Mauern des Hauses hindurch in meinem Studio zu spüren, das auf den Innenhof ging. Ich stemmte mich gegen die Hauswand und trat mit dem Fuß eins der Fenster des Geländewagens ein, mit der ganzen verzweifelten Kraft, die ich im Leib hatte; ich spürte, wie der harte Absatz meines Stiefels gegen die Scheibe schlug, das Glas überzog sich mit spinnwebförmigen Sprüngen, wurde weiß und splitterte. Die Sirene der Alarmanlage ging jaulend los, aber ich versuchte nicht einmal, mich zu verstecken, ich hoffte, daß mein Cousin sie vom Studio aus hörte und aus dem Bett sprang, um nachzusehen. Er kam nicht, und nach etwa zwanzig Sekunden verstummte die Alarmanlage; der Geländewagen stand still und stumm neben der Einfahrt, mit dem blinden Fenster, das ihn noch mehr wie ein grausames Tier aussehen ließ.

Es war beinahe ein Uhr nachts, die Luft war mit kalter, saurer Feuchtigkeit getränkt, nur alle fünf Minuten schlich ein Auto vorbei, als müsse es gegen einen starken Widerstand ankämpfen. Ich ging auf dem Trottoir auf und ab, ich spürte mein Herz dumpf in der Kehle pochen und wußte nicht, ob ich draußen warten sollte, bis mein Cousin und Manuela Duini herauskamen, oder ob ich aus dem Innenhof irgend etwas hinaufbrüllen oder hinaufgehen und gegen die Tür hämmern und sie aufbrechen sollte, falls sie nicht öffneten; oder ob ich lieber zu Antonella zurückfahren, sie um Verzeihung bitten und mich wieder in ihr Bett aufnehmen lassen sollte. Aber es schien mir für alles zu spät zu sein, mir schien, daß in keiner Richtung mehr irgend etwas zu retten war.

Trotzdem ging ich in den Hof: Die zwei Fenster meines Studios waren erleuchtet. So von unten hinaufzuschauen war eine Art Folter; ich wußte auch gar nicht mehr, warum ich es tat, auf Grund welcher Tatsachen ich so wild hierhergerast war. Im Grunde war zwischen mir und Manuela Duini außer einer instinktiven Sympathie überhaupt nichts gewesen: keine Geste und kein Satz, kein einziges Wort, das zu irgendwelchen Vermutungen oder

Hoffnungen berechtigte. Trotzdem stand ich da und schaute schwer atmend und mit vergiftetem Blut und schmerzenden Muskeln nach oben, durchdrungen von dem Gefühl eines unwiederbringlichen Versäumnisses, und dieses Gefühl war so stark, daß es weh tat.

Ich ging in den ersten Stock hinauf, schlich leise bis zu meiner Studiotür. Ich stützte mich mit den Händen dagegen, legte fast ohne zu atmen ein Ohr an die Tür. Von drinnen kam leise Musik, elektrische Blues-Gitarre in einem gedehnten Rhythmus; ich hörte die Platte oft beim Fotografieren. Jetzt kam mir diese fließende Musik mit ihren geschmeidigen Läufen und jähen Sprüngen schrecklich bedeutungsvoll vor. Ich dachte, daß ich vor dem Weggehen wenigstens den Stecker des Plattenspielers hätte herausziehen sollen, um meinem Cousin für seine unwürdigen Eroberungsstrategien ein Element weniger zur Verfügung zu stellen.

Während ich wie gelähmt lauschte und eigentlich gar nichts mehr hören wollte, verstummte die Musik plötzlich, ich hörte Schritte, der Schlüssel drehte sich im Schloß. Ich sprang zur Seite, aber zu spät, die Tür ging auf, mein Cousin kam heraus und rief: »Was zum Teufel tust du hier?«

Ich gab ihm keine Antwort, ich schaute hinein, um Manuela Duini zu sehen.

Er hatte den Mantel an, doppelte und dreifache Ringe um die Augen. »Du hast gewußt, daß es schiefgeht, stimmt's?«

»Nein, wieso?« fragte ich, während eine süße Welle der Erleichterung in mir aufstieg und meinen Herzschlag verlangsamte, bis mich Schwindel erfaßte.

»Du hast mir nicht einmal gesagt, daß sie heute hiergewesen ist«, sagte mein Cousin. Er war wütend, aber mehr auf die Welt im allgemeinen als auf mich; es war eine wie ein Fragezeichen in sich gekrümmte Wut.

Ich fragte ihn: »Ist sie nicht da?« und zeigte dabei nach drinnen, um die Bestätigung zu erhalten.

»Nein, sie ist nicht da.«

Ich sagte: »Komm doch einen Augenblick mit rein, laß uns reden.« Ich war plötzlich ganz Freundlichkeit und Großzügigkeit, verfügbar und liebevoll wie ein wahrer Cousin, bereit, Bekenntnisse anzuhören und Ratschläge zu geben.

Er hatte nicht die geringste Lust, wieder mit hereinzukommen, drückte mir die Schlüssel in die Hand. »Was zum Teufel gibt es da zu reden, ich fahre nach Hause.«

Ich ging hinter ihm die Treppen hinunter, er konnte nicht mehr richtig gehen, er mußte mindestens genausoviel getrunken haben wie ich und war aufgewühlt und niedergeschlagen wie nach einem Autounfall. »Was ist denn passiert?« fragte ich teilnahmsvoll, dabei hätte ich ihn noch vor drei Minuten am liebsten erwürgt.

»Was passiert ist? Sie hat laut herausgelacht, als wir hier hereingekommen sind. Und mich gefragt, wo du bist, da sie ja ein paar Stunden vorher hier war, um sich fotografieren zu lassen.«

»Ich wollte es dir noch sagen, aber ich bin nicht mehr dazugekommen. Für mich war es auch eine Überraschung. Sie ist einfach ohne Voranmeldung hereingeschneit. Du weißt ja, wie sie ist, oder?« Jetzt, da ich versuchte, einen klaren Kopf zu bekommen, konnte ich meine Stimme und meine Bewegungen kaum noch kontrollieren: Meine Sätze und Gesten neigten dazu, sich ineinanderzuschieben, ich sprach übermäßig betont.

»Anscheinend nicht so gut wie du«, entgegnete mein Cousin. »Trotzdem vielen Dank.«

Wir traten auf den Hof hinaus, und das Ganze kam mir vor wie eine sentimentale Komödie aus dem neunzehnten Jahrhundert: Ich meinte den Bühnenstaub zu riechen und die Pappkulissen zu sehen. Jetzt, da sich meine Angst gelöst hatte und die Trunkenheit mich wieder in ihren lauen Nebel hüllte, kam mir alles eher lächerlich vor; es kostete mich Mühe, gegenüber meinem Cousin ernst zu bleiben: »Und dann ist sie gleich wieder gegangen?« fragte ich ihn.

»Sie ist vielleicht eine halbe Stunde geblieben«, sagte er. »Sie war nett und freundlich und geistreich, aber als ich ihr einen Kuß geben wollte, fragte sie mich, was das solle, und schaute mich an, als ob ich vom Mond käme. Sie sagte, sie hätte mich immer als Freund betrachtet, wir sollten uns nicht alles mit anderen Gefühlen verderben, und außerdem sei sie müde und wolle nach Hause. Ich fühlte mich so beschissen, daß ich sie nicht einmal heimfahren konnte, ich habe ihr ein Taxi gerufen.«

»Dann lag es also nicht an mir«, sagte ich und versuchte herauszufinden, inwieweit es doch an mir lag: ob sie genausoviel an mich gedacht hatte wie ich an sie oder ob ich ihr überhaupt nicht in den Sinn gekommen war.

»Was weiß ich«, sagte mein Cousin. »Bei den Frauen sind das doch alles nur Worte. Wahrscheinlich bumst sie mit einem ihrer blöden Negerfreunde oder mit sonst jemand, woher soll ich das wissen.«

Wir gingen auf die Straße hinaus, beide mit den Händen in den Taschen, auseinanderstrebenden Gedankenlinien mit dem gleichen Ursprung folgend. Dann sah mein Cousin den Geländewagen mit der eingeschlagenen Scheibe und die wie Autotränen auf dem Asphalt verstreuten Kristallsplitter. »Ver-damm-te Schei-ße«, sagte er.

Er schloß den Wagen auf, und auch drinnen lagen überall winzige Glassplitter, die im Licht der Straßenlaternen glitzerten. Ich stand kopfschüttelnd neben ihm, während er mit der Hand die Splitter vom Fahrersitz wischte. Alles schien verlangsamt vor sich zu gehen, ich glaube, keiner von uns beiden hatte noch ein genaues und verläßliches Zeitgefühl. An den japanischen Geländewagen gelehnt, der auf der kalten und feuchten Straße nach Plastik roch, standen wir da und machten Bewegungen wie in Zeitlupe.

Dann schnitt sich mein Cousin an einem Splitter; er sagte: »Herrgott noch mal, was für eine verdammte Scheißnacht.« Er saugte an seinem blutenden Finger, dann setzte er sich ans Steuer: »Ich fahre nach Hause und gehe schlafen.«

Ich hob grüßend die Hand, sah ihm nach, wie er langsam mit zwischen den Häusermauern röhrendem Motor davonfuhr, und kam mir ihm gegenüber nicht im geringsten schuldig oder unfair vor. Dann ging ich wieder in mein Studio hinauf und sah mir die Spuren der Unordnung überall im Zimmer an: eine fast leere Wodkaflasche, Zigarettenstummel auf einer Untertasse, Schallplatten, die ohne ihre Hülle auf dem Boden lagen. Ich schnupperte, um zu riechen, wo Manuela Duini den Raum durchschritten hatte, musterte die Sessel, um herauszufinden, wo sie gesessen hatte. Ich versuchte zu erraten, aus welchem der beiden Gläser sie getrunken hatte, es mußte das noch halbvolle auf dem Regal sein; ich trank den lauwarmen Wodka aus, und mir schien, daß auch eine Spur vom Geschmack ihrer Lippen darin war. Ich schenkte mir aus der Flasche nach, um den Unterschied zu schmecken; der starke Alkohol vermischte sich mit dem, den ich bereits in mir hatte, dehnte und verwirrte meine Wahrnehmung noch mehr.

Ich zog mir die Schuhe aus und klappte das Bett heraus,

ließ mich rücklings darauf fallen und streckte Arme und Beine von mir. Mein Kopf und mein Körper schienen zu schwanken, als läge ich auf der schaukelnden Oberfläche eines Sees, meine Gedanken formten sich zu zitternden Bildern, schienen sich von der Decke zu lösen und wieder in den Wänden zu verschwinden. Ich wollte wach bleiben, aber ich schaffte es nicht: die kleinen Wellen des Sees um mich herum, die sich in konzentrischen Kreisen entfernten und immer wieder zu ihrem Ausgangspunkt zurückstrebten, blendeten mich; die Zeit erzitterte wie die Fläche, auf der ich lag.

Zehn

Als ich aufwachte, war ich nicht viel nüchterner als am Abend zuvor, mein Kopf war umnebelt, als befände ich mich in einem Zimmer voll flimmerndem Staub. Es war kein unangenehmes Gefühl: Meine Bewegungen kosteten mich so wenig Mühe wie die Gedanken, hinterließen ebenso verschwommene Spuren von Ungewißheit und Sehnsucht und Ratlosigkeit.

Ich suchte im Telefonbuch Manuela Duinis Nummer – und sie stand wirklich drin, ich war verblüfft, sie so ohne weiteres gefunden zu haben, und zugleich kam es mir selbstverständlich vor. Ich rief sofort an, ging nur mit Boxershorts bekleidet und die Telefonschnur hinter mir herziehend barfuß auf und ab. Wenn meine Wahrnehmungen klarer gewesen wären, hätte ich es wohl nicht getan, hätte lang überlegt, und mir wären Zweifel gekommen, ich hätte Skrupel wegen meines Cousins gehabt und hätte beschlossen abzuwarten, bis sie wegen der Fotos bei mir anrufen würde. Ich neigte immer dazu, nichts zu erzwingen, die Dinge von selbst geschehen zu lassen, wenn sie geschehen mußten; ich war nie besonders fix gewesen, wenn es darum ging, eine Gelegenheit zu ergreifen oder ein Ereignis zu arrangieren oder Kontakte zu knüpfen. Manchmal ließ ich den richtigen Augenblick und die günstigen Umstände vorübergehen, nur um nichts zu überstürzen, sah dann nicht ohne Genugtuung und mit leiser Enttäuschung träge zu, wie sie am Horizont entschwanden.

Aber es war später Vormittag, und in meinem Kopf

flimmerte es noch vom Alkohol und von den wirren Gefühlen der vergangenen Nacht, und so wählte ich Manuela Duinis Nummer, als sei es das Einfachste von der Welt.

Doch nicht sie selbst antwortete, sondern eine weich und fremdartig klingende Männerstimme: »Wer ist am Apparat?«

Einen Augenblick lang wollte ich wieder auflegen, aber meine Reflexe waren noch zu langsam; ich sagte: »Leo Cernitori. Ist Manuela da, bitte?«

»Weiß nicht«, sagte die eintönige Männerstimme träge und mit einem Anflug von Feindseligkeit. Der Hörer wurde gegen eine Handfläche geschlagen, dann auf ein Möbelstück gelegt, und die Männerstimme rief: »Cennitor am Telefon.« Es mußte der hochgewachsene Afrikaner sein, mit dem ich sie in der Diskothek gesehen hatte, und ich dachte, daß mein Cousin recht hatte; die Enttäuschung legte sich mir kalt auf den Magen.

Dann kam Manuela Duini ans Telefon, rief: »Leo!« und die Herzlichkeit und Wärme in ihrer Stimme löste meine Enttäuschung auf, ohne sie ganz zum Verschwinden zu bringen, ließ sie in flüssigem Zustand in mir kreisen, zusammen mit anderen Gefühlen.

Ich sagte: »Deine Fotos sind fertig, ich dachte, du möchtest sie vielleicht sehen. Ich fahre jetzt ins Labor und hole sie ab.« Ich hatte mir vorgestellt, viel geruhsamer mit ihr zu sprechen, ohne ein bestimmtes Ziel, umherschweifend wie die Gedanken in meinem Kopf, aber die Vorstellung, daß ein Mann bei ihr war, ließ mich schneller reden, trieb mich, meinen Worten eine Richtung zu geben.

»Natürlich will ich sie sehen«, sagte sie in dem halb neugierigen, halb zerstreuten Ton, den ich schon an ihr kannte.

Ich versuchte sie mir vorzustellen, während sie redete:

ob sie angezogen war und wie, wohin sie blickte, und wie das Zimmer war, in dem sie sprach, wo sich der Afrikaner befand, ob sie Blicke wechselten oder sich Zeichen machten.

»Wann kann ich sie mir ansehen?« fragte sie.

»Wann du willst«, antwortete ich, und meine Stimme zitterte vor Unsicherheit. Mir war nicht klar, ob sie die Fotos wirklich interessierten oder ob sie vielmehr bis zu diesem Augenblick gar nicht mehr daran gedacht hatte. Ich wußte nicht, was sie momentan beschäftigte, ob es ein Fehler gewesen war, sie anzurufen.

Sie sagte: »Ich wollte gerade los, heute nachmittag habe ich zu tun, und morgen fahre ich weg. Könntest du nicht zu mir kommen, so gegen Mittag?«

»Das müßte gehen«, sagte ich, nicht sonderlich begeistert, denn jetzt kam es mir vor, als hätte ich sie um etwas gebeten, und die Enttäuschung kreiste weiter in mir, vermischt mit Verlegenheit und mit dem Wunsch, Manuela zu sehen, und mit ihrer Anziehung und meiner alkoholbedingten Unbekümmertheit.

Doch sie wirkte nicht, als wolle sie sich rar machen oder auf Distanz gehen; sie fügte hinzu: »Nur wenn es dir paßt. Sonst schlag du was vor.«

»Nein, nein, ich komme zu dir«, sagte ich und ließ mir ihre Adresse geben, obwohl ich sie schon aus dem Telefonbuch abgeschrieben hatte.

Um zwölf stand ich vor ihrem Haus, in der Hand den Umschlag mit den Fotos, die ich im Labor kurz durchgesehen hatte. Um mich herum wütete der Stadtverkehr; die Ohren dröhnten mir, ich war noch empfindlicher für den Lärm und die abrupten Bewegungen der Autos als sonst. Neben dem alten Haustor war eine Gegensprechanlage, ich drückte die Taste, auf der »Duini« stand. Breite Wellen von Autos und Lastwagen durchfluteten die Straße, und neben einer Reihe kahler Platanen ratterte die Straßenbahn. »Oberste Etage«, tönte sehr lebhaft Manuela Duinis Stimme aus der Sprechanlage.

Ich ging die fünf Stockwerke hinauf, immer zwei Stufen auf einmal, aber trotzdem langsam, betrachtete dabei die Namensschilder an den Wohnungstüren und den teilweise abblätternden gelben Putz an den Wänden, kostete den Raum und die Zeit aus, die mich noch von meinem Ziel trennten. Die letzte Treppe war schmäler und steiler als die anderen, und oben stand schon Manuela Duini und sah wieder ganz anders aus als die anderen drei Male, die ich sie gesehen hatte. Sie umarmte mich auf ihre überschwengliche Art und küßte mich auf die Wangen. »Nett, daß du gekommen bist, danke.«

Sie war barfuß, trug ihre üblichen ausgebleichten Jeans und einen dicken grauen Wollpullover. Sie bat mich herein und fragte lächelnd: »Wie geht's?«

»Na ja. Ich hab gestern abend ein bißchen viel getrunken, aber sonst geht's mir gut.« Ich folgte ihr und überlegte, ob ich näher auf den gestrigen Abend und die Sache mit meinem Studio und meinem Cousin eingehen sollte, sagte aber nichts. Ich atmete die Luft in der schmalen, hohen, lichtdurchfluteten Diele ein, registrierte die Gegenstände, an denen ich vorbeiging: ein transparentes Plastiktelefon in Form eines Autos, ein paar kleine Grünpflanzen auf einer Glaskonsole, ein alter Spiegel mit Goldrahmen, vier, fünf Hüte unterschiedlicher Größe, die an den Wänden hingen.

Manuela Duini ging mir voraus durch eine Tür, machte halb lässig, halb verlegen eine einladende Handbewegung. Ihre Mansarde, die wie eine Art asymmetrisches Zelt aus

Holz oder wie eine hohe und luftige Hütte wirkte, hatte etwas Mystisches, die schräge, mit Lärchenholzbrettern verkleidete Decke reichte an einer Seite bis zum Fußboden, der mit moosgrünem Spannteppich bedeckt war. Durch zwei große Oberlichter sah man den milchigweißen Dezemberhimmel und das Dach eines hohen Gebäudes. An einer der Wände stand die Harfe, die wir für die Fotos in mein Studio hinaufgeschleppt hatten, in einer Ecke eine andere, ältere, mit Gold verzierte Harfe. Es gab einen runden Tisch und zwei verschiedene Sessel und ein niedriges Sofa, eine Fernsehkamera auf einem Stativ, einen kleinen Fernseher auf einem Rolltischchen mit Glasplatte, eine Stereoanlage mit zwei großen Boxen, einen alten grünen Koffer, ein kleines Schränkchen aus Wurzelholz. Auf einem Regal standen Bücher, und an der Wand hing ein modernes Gemälde mit einer schwungvoll hingepinselten gelben Landschaft sowie ein kleineres Bild im neoklassizistischen Stil, auf dem ein Mädchen Wasser aus einem Brunnen schöpfte.

Aufmerksam und in aller Ruhe sah ich mich um, fasziniert von dem Raum und von den Gegenständen, die darin enthalten waren – wie Gedanken in einem Kopf, in den man hineinsehen konnte. Es war erstaunlich, wie all diese ihrer Herkunft, ihrem Stil und ihrer Qualität nach ganz unterschiedlichen Dinge als Ganzes betrachtet doch eine einheitliche Stimmung und Wesensart widerspiegelten, und wie wenig sie den Raum ausfüllten, wieviel Platz sie denen ließen, die sich darin bewegten. Ich suchte auch Spuren der Anwesenheit des Afrikaners, aber ich fand keine; außer ihr schien nie jemand hiergewesen zu sein.

»Schön, die Wohnung. Recht ungewöhnlich.« Ich sprach leise, denn ich hatte das Gefühl, daß es hier ein Gleichgewicht gab, das nicht gestört werden durfte.

»Es war schon fast alles so, als ich sie übernommen habe. Ich mußte nicht viel machen.« Sie blickte um sich, erfreut und stolz auf ihre Wohnung. Die Wohnung konnte unmöglich so gewesen sein, bevor sie einzog, aber es lag nicht in ihrer Art, sich aufzuspielen oder sich besondere Verdienste zuzuschreiben, sie lächelte mit einem Anflug von Schüchternheit und deutete irgendwohin zwischen Wand und Fußboden. »Setz dich, wohin du willst.«

Ohne lang zu überlegen zog ich mir ebenfalls die Schuhe aus und setzte mich auf den Boden, mit dem Rücken gegen das niedrige Sofa gelehnt.

Sie lief geschmeidig umher, füllte Wasser in eine kleine Emailschale und stellte sie auf ein Terracotta-Stövchen, zündete die kleine Kerze darin an und gab aus einem Flakon ein paar Tropfen in das Wasser. Auf dem Boden sitzend, sah ich ihr dabei zu, registrierte alles, was sie tat, voller Staunen, noch der kleinsten Bewegung von ihr große Bedeutung beimessend. »Was ist das?« fragte ich.

»Neroliöl«, sagte sie leichthin. Sie entfernte sich von der kleinen Aromalampe, setzte sich aber noch nicht.

»Woher kommt das denn?« fragte ich wie absichtslos weiter.

Sie nahm ein schmales Buch mit weißem Umschlag aus dem Regal und blätterte darin. »Wird aus den Blüten des Bitterorangenbaums gewonnen. Um einen einzigen Liter zu destillieren, benötigt man tausend bis tausendfünfhundert Kilogramm Blüten. Hilft gegen unbewußte Ängste, Verzweiflungszustände, Gereiztheit, vermag alte innere Verletzungen zu heilen, stärkt die Aura und wird als Hautschutzöl verwendet.« Sie las schnell, als leiere sie einen Kinderreim herunter.

»Und weiter?« fragte ich lachend, wie gebannt von ihrem Tonfall und von ihrer Art, sich auf den nackten

Füßen zu wiegen, während sie sprach. Jedes Wort von ihr schien in mir widerzuhallen und ich wußte nicht recht, ob es am Zauber des Augenblicks oder an der besonderen Akustik des Raumes lag.

»Nichts weiter«, antwortete sie. »Ich mag den Geruch.« Der Duft begann sich bereits im Zimmer auszubreiten wie das leise Echo ihrer Worte, warm und mild, mit einem leicht bitteren Nachgeschmack.

»Ich auch«, sagte ich und spürte, wie mein Blut mich warm durchströmte.

Sie stellte das Buch an seinen Platz zurück, setzte sich mir gegenüber und winkelte die Beine an.

Ich nahm ihren Anblick ebenso intensiv in mich auf wie den zarten Duft des ätherischen Öls. »Eigenartig«, sagte ich.

»Was?« fragte sie. Wir saßen einander wie auf dem Läufer in einem orientalischen Zelt gegenüber, und jedes Wort erzeugte einen mehrfachen Widerhall.

»Alles«, sagte ich. »Du und diese Wohnung und alles, was du tust. Und diese Art Widerhall, wenn wir etwas sagen.«

Sie lachte mit blitzenden Augen, stand auf, ging zu einem Mikrophon neben einer der Harfen und machte »Buh!« Ihre Stimme hallte vervielfältigt zurück, in einer raschen Folge leiser werdender Echos. Immer noch lachend, schaltete sie einen Verstärker auf einem kleinen Tisch an der Wand aus.

Auch ich lachte, aber meine Bewunderung für sie war nicht geringer geworden. »Wenn du mir gesagt hättest, daß es am Zimmer liegt, hätte ich es genauso geglaubt. Oder wenn du gesagt hättest, daß es Schwingungen in der Luft sind. Trotzdem ist alles irgendwie sonderbar.«

Sie setzte sich wieder mir gegenüber, im Schneidersitz,

ungezwungen und doch mit Würde, als bewege sie sich auf einer kleinen Privatbühne, keine Geste blieb sich selbst überlassen.

Ich zog die Farbdias aus dem Umschlag und versuchte dabei, mich genauso harmonisch zu bewegen wie sie. Manuela schaltete die Stehlampe ein, betrachtete über meine Schulter hinweg die Bilder, die ich gegen das Licht hielt. Ich befand mich in einem seltsamen Zustand, unbeschwert und doch besorgt, stolz auf meine Fotos und doch unsicher, ob sie gut geworden waren. Ich hatte sie im Labor nur rasch auf dem Leuchtpult durchgesehen, mit den Gedanken schon bei Manuela, ich hatte keine Ahnung, ob sie ihr gefielen und wie sie sich auf ihre Meinung über mich auswirken würden.

Ich war nicht einmal mehr sicher, ob ich gut daran getan hatte, mich auf den Boden anstatt an den Tisch zu setzen, gleichzeitig aber fühlte ich mich vollkommen wohl, wo ich war; ich hatte meine Bewegungen unter Kontrolle und bewegte mich trotzdem locker und mühelos. Ich nahm die Dias eins nach dem andern aus dem Umschlag, hielt sie gegen das Licht und betrachtete Manuela Duini, so wie ich sie tags zuvor auf die empfindliche Gelatine gebannt hatte, und gleichzeitig spürte ich sie wenige Zentimeter neben mir atmen, nahm ihren Geruch wahr und die Konsistenz ihres Pullovers und ihrer Haare und ihrer nackten Unterarme, auch wenn wir uns nur ganz selten und eher zufällig streiften. Die Fotos waren nicht schlecht, vor allem die kleinformatigen: Ich war zufrieden mit dem Licht und der Bildkomposition und mit der Art und Weise, wie ich Blicke und Haltungen eingefangen hatte, von denen ich im Studio dachte, sie ließen sich nicht festhalten. Diese Fotos mit ihr zu betrachten, gab mir ein Gefühl der Vertrautheit und der Zusammengehörigkeit, das noch gesteigert wurde durch die lebhafte Neugier, mit der sie mir, dicht an meinem Ohr atmend, die Bilder aus der Hand riß.

»Schön«, sagte sie leise, als wir alle angesehen hatten. Einige legte sie beiseite. »Darauf sehe ich schrecklich aus.«

»Das ist nicht wahr«, widersprach ich, obwohl sie darauf wirklich zu steif wirkte und sich selbst nicht sehr ähnlich sah.

Sie machte ein Gesicht, als bereiteten sie ihr regelrecht körperliches Unbehagen. »Meinst du, ich soll sie zerreißen?«

»Tu das ruhig, wenn sie dir nicht gefallen«, antwortete ich.

Mit ihren kräftigen und sensiblen Musikerhänden versuchte sie die 13x18-Diapositive zu zerreißen, aber es ging nicht, sie zerdrückte sie nur und warf sie in eine Ecke. Die anderen gefielen ihr wirklich; sie stand auf und betrachtete sie ein zweites Mal unter dem Oberlicht, setzte sich dann wieder zu mir. Sie zündete sich eine Zigarette an und meinte: »Du kannst was. Es sind die ersten Fotos, auf denen ich mich wiedererkenne. Sonst frage ich mich immer: Wer zum Teufel ist denn das? Ein Glück, daß ich zu dir gekommen bin, ich hatte es mir gedacht.«

»Ja«, sagte ich mit einem Lächeln, das mir schier auf den Lippen zerschmolz, und einem heißen Gefühl in den Fingerspitzen und im Bauch. Von draußen drang das Rattern einer Straßenbahn herauf, Gehupe aus der Stadt, deren Getriebe man auch hier oben noch beben und kreischen und knirschen hörte, nur weiter entfernt. »Du hast sicher schon viele Fotos von dir, oder?« fragte ich.

»Ein paar«, sagte sie und betrachtete mich aus nächster Nähe mit einem rückhaltlosen Lächeln. Ihre Augen waren noch größer und ausdrucksvoller, als ich sie in Erinnerung hatte. »Willst du sie sehen? Ich weiß nicht, ob ich sie finde.«

»O ja, gern«, antwortete ich.

Sie stand mit einer einzigen fließenden Bewegung auf, ohne sich mit den Händen am Boden abzustützen, öffnete den alten grünen Koffer, der unter der schrägen Decke stand, kramte darin herum und zog schließlich einen alten gelben Ordner hervor.

Er enthielt Fotos von ihr in verschiedenen Situationen und verschiedenen Lebensabschnitten. Eins der Bilder, die sie vor mir ausbreitete, war eine farbige Seite aus einer Zeitschrift: sie schön gekleidet und schön frisiert, mit ernster Miene. In eine Ecke hatte sie das Datum geschrieben, das Bild war vier Jahre alt. Der Text dazu war kurz: *Manuela Duini, 26, Harfenistin aus Mailand.* Manuela deutete auf zwei dünne Linien um die Mundwinkel. »Über diese Falten habe ich mich furchtbar geärgert.«

Sie lachte, ohne zu versuchen, tiefgründig oder intelligent zu wirken; es gefiel mir, daß sie sich manchmal einfältig gab und einfach abschaltete, wenn ihr danach war.

Unter den Fotos war auch ein Schwarzweißbild von ihr als Teenager in einem Herrenfrack, mager und verträumt stand sie vor einem großen Spiegel.

»Das hat meine Schwester gemacht«, erklärte Manuela.

Einige der Fotos stammten aus ihrer Künstlermappe: sie an der Harfe in der Pose der klassischen Musikerin. Mit einem »Ihh« riß sie mir diese aus der Hand. Dann gab es eine Reihe 6x6-Aufnahmen aus einem Fotostudio, auf denen sie in Pullover und Radlerhosen zu sehen war, gegen die Harfe gelehnt auf dem Boden sitzend, die Hände an den Saiten. »Eine schreckliche Zeit war das, todlangweilig. Guck mal, wie fett ich war.« Das stimmte nicht, vielmehr sah sie wohlgeformt und sinnlich aus, und diese schmachtende, schlummernde und leicht melancholische Sinnlichkeit löste in mir eine neue Welle von Sehnsucht aus. Sie sagte: »Die Fotos hat eine Frau gemacht, ich hab sie nie verwendet, es war mir peinlich.«

Ich sah mir auch die anderen Fotos an; es waren nicht viele, aber ich war verblüfft, wie sehr sie immer wieder anders wirkte. Ich hätte gern die Phasen rekonstruiert, die sie durchlebt hatte, bis sie zu der wurde, die sie war, aber ich vermochte die Entwicklung nicht nachzuvollziehen. »Unglaublich, wie anders du jedesmal aussiehst«, sagte ich.

»Ich bin schon immer eine Art Chamäleon gewesen, habe verschiedene Phasen durchgemacht. Und dann die hohen Wangenknochen, das macht sich gut, oder findest du nicht?«

»Ja«, sagte ich. Ich streckte die Hand aus und streifte ihre Wange, und die Wärme ihrer Haut teilte sich meinen Fingern, meinem Arm mit, während mich gleichzeitig ihr Blick traf und die Luft ringsum mir immer wärmer und dichter erschien. Ich glitt auf sie zu, überließ mich dem Strom meiner Empfindungen, küßte sie auf die Wange, auf den Hals, auf die Stirn. Ich hörte sie schlucken und spürte ihren Atem noch näher, spürte, wie die Körperwärme durch den Halsausschnitt des dicken Pullovers nach oben stieg, ich hörte sie lachen, wußte ihr Lachen aber nicht zu deuten. Ich zog mich zurück, lehnte mich mit dem Rücken gegen das Sofa, beinahe ohne Kraft.

Sie sah mich mit zur Seite geneigtem Kopf und wirrem Haar an, und ich wußte nicht, ob sie einen erneuten Vorstoß von mir oder Worte oder sonst etwas erwartete. Vielleicht zögerte ich zu lange, jedenfalls stand sie auf und fragte: »Hast du keinen Hunger?«

Ihr Tonfall und ihr Blick schienen mir nicht distanzierter als kurz zuvor, aber dicht unter der Oberfläche unserer Kommunikation floß jetzt Unsicherheit in beide Richtungen, die den Raum zwischen uns wieder leer und klar, jede Geste und jedes Wort tausendmal schwieriger zu mahen drohte.

»Doch, und wie«, sagte ich, obwohl ich mir nicht sicher war; ich folgte ihr in die Kochnische im Flur zwischen Wohnzimmer und Eingangstür. Sie füllte Wasser in einen Topf und stellte ihn auf den Herd, goß aus einer schon offenen Flasche in zwei Gläser Rotwein ein. Wir tranken im Stehen, jeder an eine andere Wand gelehnt. »Deine Wohnung würde ich viel lieber fotografieren als die, die ich für eine Zeitschrift fotografieren muß«, erklärte ich.

»Wirklich?« sagte sie, und mir war nicht klar, ob sie unsicher oder zerstreut war; ich wußte nicht einmal, ob sie meine Worte überhaupt aufgenommen hatte. Sie nahm eine Schachtel Zigaretten von einem Wandbrett, beugte sich vor, um sich eine an der Gasflamme des Herds anzuzünden, aber bevor sie dazu kam, hielt ich ihren Arm fest und zog sie an mich. Sie stieß einen überraschten kleinen Schrei aus und ließ die Zigarette fallen; ihr Herz klopfte. Wir küßten uns eng umschlungen, während das Besteck auf der Spüle hinter uns leise klirrte. Ich atmete tief ihren Atem ein, der ein wenig nach Wein und Rauch roch, hingegeben an die Empfindungen, die mich in Wellen durchfluteten. Ich streichelte ihr das Haar, den Rücken, das Gesäß, streichelte ihr die Achselhöhlen durch die Wolle des Pullovers, sie waren warm und feucht wie ihre Hände, und ein seltsamer Schauer überlief mich, als ich es bemerkte, so als wäre es ein Beweis für ihre Gefühle hinter der Ungezwungenheit ihrer Bewegungen.

Dann kochte das Wasser, und wir lösten uns voneinander; Manuela warf die Nudeln hinein, trank einen Schluck aus ihrem Glas. Auch ich trank und nahm dabei jede ihrer Gesten in mich auf, die Form ihrer Beine in den ausgewaschenen Jeans, die ihres Hinterns, als sie sich umdrehte, und mir war, als würde ich mich wie durch eine Zeitschicht hindurch an sie erinnern. Sie drückte ihren Bauch an meinen, wir umarmten und streichelten und küßten uns erneut. Ich hielt sie fest in den Armen; meine Gedanken kamen und gingen, verschwommen und gleich darauf wieder ganz klar. Ich dachte an die Distanz, die zwischen uns bestanden hatte und dann plötzlich geschwunden war, an den Afrikaner, der am Vormittag am Telefon geantwortet hatte, an meinen Cousin und an Antonella Sartori in der Nacht zuvor. Es waren eher Bilder als richtige Gedanken, mentale Fotografien, die sich dehnten, bis sie ihre Form verloren, sich wieder zusammenzogen und wie kleine elektrische Impulse in den hintersten Winkel meines Gehirns drangen.

Manuela löste sich erneut von mir, um nach den Nudeln zu sehen. Ich fragte sie: »Kommt es dir auch vor, als hätten wir uns schon gekannt, bevor wir uns begegnet sind?« Das Reden fiel mir leicht, und der Rotwein hatte die Stimmung wieder verdichtet; ich überließ mich dem Strom meiner Empfindungen, ohne auch nur den Versuch zu unternehmen, sie zu filtern oder zu deuten, zu sortieren oder zu bewerten.

Sie drehte sich um und sah mich an, und auch ihr Blick war mir vertraut. Sie sagte: »Das gleiche habe ich auch gedacht, an dem Abend, als ich dich mit deinem Cousin gesehen habe.«

Ich trat dicht zu ihr und legte meine Stirn an ihre Schläfe, atmete in ihr Haar. »Ist das nicht sonderbar?«

»Doch«, sagte sie und entschlüpfte mir, und mir gefielen ihre lebhaften Augen und der Eindruck von Beweglichkeit, den ihre Gestalt vermittelte, die Art, wie sie dicht zu mir kam und sich wieder entfernte.

Dann goß sie die Nudeln ab. Eine Dampfwolke stieg aus der Spüle auf und erfüllte die Kochnische bis hinauf zu den Lärchenbrettern an der Decke.

Wir aßen im Wohnzimmer an dem runden Tisch unter einem der Oberlichter, durch die jetzt von dem grauen Himmel nur noch wenig Helligkeit einfiel. Es war nicht einfach, die unbestimmte, weiche, warme Atmosphäre von vorhin festzuhalten, eine Tonschwankung oder ein Blick genügten, um die Vertrautheit zwischen uns zu unterminieren; wir schwankten auf und ab, und der Raum schwankte zwischen Leere und Fülle. Manuela erzählte mir von der Oper, in der sie am fünfzehnten Januar in Ferrara mitspielen sollte. Sie sagte, sie sei aus der Übung und müsse eigentlich Tag und Nacht proben, habe aber keine Zeit dazu, weil sie zu viele andere Dinge zu tun habe. Sie sagte, klassische Musik beängstige sie; sie gab Konzerte, seit sie sechzehn war, und hatte sich nie an die Anspannung gewöhnen können. »Es ist wie ein Balanceakt auf dem Seil, ohne Netz. Alle sitzen da und verfolgen jede Bewegung, die du machst, und sind fasziniert, wie du immer weitergehst, aber insgeheim hoffen sie, daß du das Gleichgewicht verlierst und vor ihren Augen abstürzt. Mir krampft sich der Magen zusammen, wenn ich nur daran denke. Jedesmal schwöre ich mir, daß es das letzte Mal war, und am Ende lasse ich mich doch wieder breitschlagen. Aber ich hasse diesen Job.«

»Was würdest du denn statt dessen gern tun?« fragte ich, während ich die etwas verkochten Nudeln aß, die sie zubereitet hatte. Hin und wieder hatte ich das Gefühl, mich zu steif zu benehmen, allzu bewußt auf den Klang meiner Worte zu achten; ich hätte mich lieber wieder ganz ungezwungen neben sie auf den Boden gesetzt, Fragen gestellt und ihr zugehört.

»Meine eigenen Sachen spielen oder Rockmusik«, antwortete sie. »Oder nach Irland oder Amerika fahren. Andere Musiker kennenlernen, die innerlich freier sind. Oder ganz mit dem Spielen aufhören. Seit meiner Kindheit sitze ich ständig an diesem Instrument.« Sie blickte in das große Zimmer hinüber, wo die geheimnisvollen, altertümlichen Formen ihrer beiden Harfen zu erkennen waren, die jetzt auch etwas Bedrohliches an sich zu haben schienen. »Manchmal würde ich sie am liebsten verbrennen.«

»Kann ich mir denken«, sagte ich. Aber eigentlich konnte ich mir ihre Arbeit nur schwer vorstellen: die ständigen Proben, die ungeheure Konzentration, die Fingerübungen, der Fleiß und die Mühe, bis sie die brillante und geschmeidige Leichtigkeit erreichte, mit der ich sie in meinem Studio hatte spielen hören.

»Man sitzt den ganzen Tag da und verbeißt sich in die Feinheiten, versucht eine bestimmte Nuance zu treffen und einzuüben. Und man schafft es doch nie ganz, denn es ist eher etwas Atmosphärisches, einen Augenblick lang kriegt man es hin, und gleich darauf ist es wieder weg. Man braucht nur für einen Tag die Konzentration zu verlieren oder sich gehenzulassen, und alles war vergeblich. Wie wenn du ein Bild malst, dessen Farben verbleichen, sobald du fertig bist, und du mußt immer wieder jeden einzelnen Pinselstrich nachziehen, wenn du es jemandem zeigen willst.«

»Wie bist du eigentlich dazu gekommen?« fragte ich und versuchte ihre Gedanken zu durchdringen und sie wiederzuerkennen, wie vorher in der Kochnische. »Wieso spielst du ausgerechnet Harfe?«

»Ich hab irgendwann eine gesehen, und der Klang gefiel

mir. Bei uns zu Hause waren alle Musiker, mein Bruder spielt Geige und galt damals schon als Wunderkind. Ich hatte keine große Wahl. Ich hatte es im Blut oder zumindest im Kopf.«

Ich aß nicht weiter, hörte ihr nur noch zu, fasziniert von ihrer Stimme, von der eindringlichen, lebendigen Art, mit der sie mir von sich erzählte. Jedes ihrer Worte ließ mein Bild von ihr über das Vage der Anziehung hinaus klarer und deutlicher werden. Ich hatte das Gefühl, nichts über sie zu wissen und doch viel mehr als über mich selbst, ich wollte sie weiter fragen und doch nichts fragen, mir alle Einzelheiten ihres Lebens erzählen lassen und was sie mir schon erzählt hatte wieder vergessen, alle ihre Fotos sehen und keins gesehen haben.

»Und du, wie bist du auf die Idee gekommen, Gegenstände zu fotografieren?« fragte sie.

»Es hat sich mehr oder weniger zufällig so ergeben. Vorher hatte ich fünf Jahre lang Mode fotografiert, aber zum Schluß konnte ich die Direktoren der Zeitschriften, die Modeschöpfer, die Redakteure, die Damen fürs Makeup und all die Typen einfach nicht mehr sehen. Und von den Models wurde mir geradezu schlecht. Mit ihrem künstlichen Lächeln, das sie die ganze Zeit aufsetzen müssen, wie Gazellen unter Hypnose, und immer an der Grenze zum Hungertod.«

Manuela lachte, und weil ich sie noch mehr zum Lachen bringen wollte, fuhr ich fort: »Der Anblick ihrer mageren Arme und ihrer dünnen langen Beine machte mich ganz krank. Bis in den Schlaf haben sie mich verfolgt, diese knochigen Wesen.«

»Mir ist es mit den Musikern so ergangen, wenn ich viel im Orchester spielen mußte. Mich haben die Marotten der Geiger verfolgt, die Art, wie sie die Geige aus dem Kasten nehmen, oder der Speichel, der aus den Blasinstrumenten tropft, oder die heimlichen Zeichen, die sich die Musiker geben, wenn es der Dirigent nicht sehen kann. Du weißt schon, die kleinen, unbedeutenden Details, die dich traurig stimmen und anöden, wie früher in der Schule.« Sie blickte mich mit ihren großen, in verschiedenen Farbtönen changierenden Augen an. »Und was hast du dann gemacht?« fragte sie.

»Ich hab mich auf Porträts verlegt. Am Anfang hatte ich den Eindruck, daß man dabei viel freier und kreativer sein kann. Aber es ist genau so, wie du gesagt hast, man schleicht sich in das Leben der andern ein und stellt es verzerrt dar und nimmt immer Stücke davon mit. Man deformiert die Leute und stiehlt ihnen etwas.«

»Kommt drauf an«, sagte sie. »Es kann auch interessant sein, du kannst Seiten ans Licht bringen, die man sonst nicht sieht.«

»Schon möglich«, räumte ich ein. »Aber letztlich war es doch nicht das, was ich wollte. Man hat es immer mit den Attitüden der Leute zu tun, die man fotografiert, und nimmt beim Fotografieren selbst auch Attitüden an und ebenso, wenn man die Fotos verkauft oder auch nur darüber spricht. Am Ende wußte ich vor lauter Attitüden nicht mehr, wer ich war.«

Sie lachte abermals, griff sich in die Haare. »Also hast du sie alle zum Teufel geschickt und angefangen, Dinge zu fotografieren?«

Ihr Blick und ihr Ton waren mir so verblüffend vertraut, ich glaubte in meinem ganzen Leben noch nie mit jemandem gesprochen zu haben, der mir so ähnlich war. »Ja«, sagte ich. »Stühle haben wenigstens keine Attitüden. Und Stuhlhersteller normalerweise auch nicht. Es ist nicht sehr aufregend und man erntet kaum Ruhm dabei, dafür geht mir niemand auf die Nerven oder sagt mir, wie ich zu sein habe. Ich mache meine Arbeit, mache sie gut und basta.«

»Du bist prima«, sagte sie, den Blick auf meinen Lippen.

Mir wurde bewußt, daß ich von meiner Arbeit wie von einer Lebensauffassung sprach, und vielleicht war sie das auch; ich hätte jedes Argument benutzt, um Manuelas Sympathie für mich zu nähren, sie so nahe zu fühlen wie jetzt. »*Du* bist prima. So wie du bist. Wirklich.« Ich faßte sie am Handgelenk und näherte mich ihr, mir war, als würde ich schwimmen, ich glitt vom Stuhl, kniete mich neben sie und umarmte sie von der Seite.

Doch in diesem Augenblick klingelte das Telefon; sie machte eine unwillige Geste, ging aber trotzdem an den Apparat. »Nein«, »Ja«, »Wann?« hörte ich sie halblaut vom anderen Ende des Zimmers, hart, aber höflich, geduldig und aufgebracht, es war leicht zu erraten, daß sie mit einem Mann sprach.

Ich setzte mich wieder, beobachtete sie aus dem Augenwinkel, und der Raum ringsum wurde wieder kalt und öde, meine Gesten verloren so sehr ihren Halt, daß es mir schwerfiel, ruhig auf dem Stuhl sitzen zu bleiben, ohne seitlich wegzukippen. Ich stand auf und schaute in die kleine Wurzelholzvitrine, die ein paar alte Füllfederhalter enthielt, ein Polaroidfoto von Manuela, lachend vor ihrer Haustür, zwei militärische Rangabzeichen, Hefte, Fläschchen mit farbiger Tinte. Auf dem Tisch an der Wand lagen schon die Weihnachtsgeschenke für den nächsten Tag bereit, der Form der Päckchen nach zu urteilen Schallplatten und Bücher, mit den Namen der Empfänger auf gelben Haftetiketten. Ich vertiefte mich in den Anblick dieser Dinge: in die Formen und Oberflächen, die Intensität der Farben im schwindenden Licht, und jede Einzelheit erzeugte in mir ein seltsames Gemisch aus Traurigkeit und Erleichterung. Ich dachte, daß ich Manuela Duinis Wohnung jetzt noch mit der gleichen Leichtigkeit verlassen konnte, mit der sie sich aus meiner Umarmung gelöst hatte; daß jetzt gewiß nicht der richtige Zeitpunkt in meinem Leben war, einer Seelenverwandtschaft nachzujagen wie in einem Liebesroman des neunzehnten Jahrhunderts. Ich dachte, daß ich den Lauf meines Lebens endlich unter Kontrolle hatte, die Dinge mit einem Minimum an Distanz und Objektivität sehen und Entscheidungen treffen konnte, ohne mich von konturlosen Gefühlen verwirren und vom Weg abbringen zu lassen.

Manuela Duini legte auf und kam zu mir zurück und entschuldigte sich. Sie sah verlegen aus, blickte auf das Telefon, als ob es etwas Lebendiges wäre.

»Macht doch nichts«, sagte ich und merkte, wie gezwungen meine Stimme klang.

Sie machte eine vage Geste. »Ein Freund von mir aus dem Senegal. Es geht ihm nicht gut, er hat geweint. Er wollte mit mir reden.«

»Ist es der, den ich damals in der Diskothek gesehen habe?« fragte ich, mit falscher Munterkeit und betont lässig.

»Ja«, sagte sie, zwischen widersprüchlichen Gefühlen hin und her gerissen. »Ich hab ihm gesagt, daß er in einer halben Stunde kommen kann.«

»Natürlich. Ich muß sowieso weg. Ich hab noch einen Haufen Arbeit.« Ich hob das Handgelenk, um auf die Uhr zu sehen; ich versuchte die Seelenverwandtschaft zu vergessen, die Verbindung abzubrechen, wich ihrem Blick aus.

Sie sah mich mit einem dünnen Lächeln an, vielleicht ein wenig überrascht oder betrübt, ich war mir dessen nicht sicher; sie sagte: »Willst du einfach so gehen? Trink doch wenigstens noch eine Tasse Kaffee.«

»Nein danke, ich muß bis heute abend unbedingt noch Fotos fertigmachen«, sagte ich, kühler als beabsichtigt. »Ich muß jetzt wirklich los. Morgen ist Weihnachten. Ich hab gar nicht gemerkt, daß es schon so spät ist.«

Wir hielten nur einen Meter voneinander entfernt inne, jeder versuchte den Gesichtsausdruck des anderen zu entziffern. Es wäre ein leichtes gewesen, sie wenigstens zu fragen, wie die Dinge standen, ein Lächeln oder ein Wort hätten genügt, die Verbindung wiederherzustellen und uns vielleicht wieder nahezukommen; doch das Gemisch aus Traurigkeit und Erleichterung lähmte mich wie zäher, giftiger Honig. Ich nahm meine Lederjacke: »Bis bald, hoffentlich.«

»Hoffentlich«, erwiderte sie bestürzt und gekränkt. Zögernd folgte sie mir zur Tür. »Was schulde ich dir für die Fotos?«

»Nichts«, sagte ich, bereits im Korridor. »Ich schenke sie dir. Es hat mir Spaß gemacht, dich zu fotografieren. Wirklich.«

Mein Ton klang jetzt lächerlich, wie in einer drittklassigen Bühnenkomödie, ich hörte mir zu wie ein Außenstehender und war wütend auf mich.

Sie öffnete mir die Tür, und einen Augenblick lang sahen wir uns nochmals aus nächster Nähe an, gaben uns einen flüchtigen Kuß. Ich spürte kaum ihre Lippen und löste mich mit einem törichten und verlegenen Lächeln gleich wieder von ihr, sagte »Ciao« und lief, ohne mich umzusehen, so schnell ich konnte die Treppen hinunter.

Und ich war eher erleichtert als traurig bei dem Gedanken, daß es mit dem Reiz, den sie auf mich ausübte, schon wieder vorbei war, schneller und entschiedener, als sie ihre

Tür hinter mir geschlossen hatte; erleichtert bei dem Gedanken, daß ich, wenngleich ich mich auf gefährlichem Terrain bewegt hatte, noch einmal davongekommen war, ohne Verletzungen davonzutragen und ohne mich verteidigen zu müssen. Ich rannte fast die Treppen hinunter, durchquerte den Hof und trat auf die Straße hinaus, und Enttäuschung breitete sich in mir aus, süß und bitter und stark wie ein echter körperlicher Genuß.

Elf

An Weihnachten fuhr ich mit Antonella Sartori, ihrem Freund Ghigo und einem angehenden deutschen Model, das er vor zwei Tagen in einer Bar aufgegabelt hatte, nach Monte Carlo. Antonella Sartori war mir nicht mehr böse, daß ich mitten in der Nacht aus ihrem Bett geflüchtet war. Sie hatte mich angerufen und erklärt: »Schwamm drüber, reden wir nicht mehr davon.«

Ich wußte sowieso nicht, was ich mit mir anfangen sollte, verzweifelt und träge bis zur Selbstauflösung hing ich in einem Sessel, als das Telefon klingelte. Also fuhr ich am ersten Weihnachtsfeiertag gegen halb zwölf durch die stillen Straßen zu ihr, wartete vor dem Haus auf sie, um ihre Mutter nicht begrüßen zu müssen. Zehn Minuten später kam Ghigo mit seinem Porsche und dem angehenden Fotomodell, das wie ein Weihnachtsbaum aufgeputzt war, mit Bändern und Schleifchen im blonden Haar. Wir fuhren schweigend in Richtung Autobahn, und ich dachte an meine Kinder, die jetzt mit meiner Exfrau und dem Freund meiner Exfrau in den Ferien waren, an unsere vorverlegte Weihnachtsbescherung, bei der alles, was ich gesagt und getan hatte, vor lauter Wiedergutmachungsbestreben falsch und übertrieben gewesen war. Ich dachte an Manuela Duini in ihrer eigenartigen Wohnung, an unsere Umarmungen und Küsse, bevor alles so jäh unterbrochen worden war; an ihren Blick, bevor ich die Treppe hinunterlief. Aber ich wollte nicht mehr daran denken, ich wollte nur weg von Mailand, stumm und schläfrig saß ich gegen Antonella Sartori gequetscht auf dem Notsitz im Porsche ihres blöden Freundes, mit einer schwachsinnigen italienischen Rap-Kassette in der Stereoanlage.

Ghigo fuhr ruckweise, beschleunigte wie ein Irrer, um seiner deutschen Freundin zu imponieren, bremste dann plötzlich ab und erklärte, der Motor müsse repariert werden, fuhr lange Strecken mit hundertzehn, um ihn nicht zu strapazieren. Antonella saß so dicht neben mir, daß sie mich kaum ansehen konnte; ab und zu beugte sie sich vor, um eine neue Kassette einzulegen, dann breitete sich in dem niedrigen Auto der Geruch ihres französischen Parfums aus, mit dem sie sich vor der Abfahrt besprüht hatte. Mir war nicht klar, weshalb sie trotz allem beschlossen hatte, die Weihnachtsferien mit mir zu verbringen, aus Trägheit oder Gleichgültigkeit oder weil es das einfachste war oder weil sie von ihrem Vater nichts anderes gewohnt war, als in peinliche Situationen zu geraten und im Stich gelassen zu werden. Vorn im Auto quasselte Ghigo über sein Leben und seine Zukunftspläne und bat Antonella immer wieder um Bestätigung. Die Deutsche, die er damit beeindrucken wollte, hieß Astrid, sie gab kaum ein Wort von sich, sagte immer nur »Si« oder »Ah«, mit stimmhaftem »s« und gehauchtem »h«.

Als wir uns der Küste näherten, brach die Sonne durch, während wir die kurvenreiche Straße nach Monte Carlo hinunterfuhren.

Die Wohnung von Ghigos Eltern lag in einem modernen Hochhaus; von den Fenstern aus sah man ähnliche Bauten, die sich auf dem schmalen Küstenstreifen drängten, und dahinter einen kleinen Zipfel graues Meer. Die Zimmer waren vollgestopft mit Schachteln, Kartons, Paketen und Koffern, Möbeln, Bildern und Porzellangeschirr, das

Ghigos Vater, der Klinikdirektor und Steuerhinterzieher war, im Lauf der Jahre angehäuft und in Erwartung unsicherer Zeiten hier untergestellt hatte. Ghigo achtete unentwegt darauf, daß alle Wasserhähne und elektrischen Heizkörper aufgedreht und alle Lampen angeschaltet waren, und daß Fernseher und Radio auf voller Lautstärke liefen, weil den Behörden von Monte Carlo am Jahresende bewiesen werden mußte, daß seine Eltern hier wirklich ihren Wohnsitz hatten. Jedesmal, wenn Astrid oder ich aus Versehen das Wasser abdrehten oder eine Lampe ausschalteten, hörte man Ghigo durch den allgemeinen Lärm und das Wasserrauschen brüllen: »Dreh auf! Mach wieder an! Die Zähler müssen laufen, es geht nicht anders!«

Nachts schlief ich mit Antonella, während wir durch die teuren Pappwände die Stimmen und Laute von Ghigo und Astrid hörten. »Lieber Himmel, hörst du sie?« flüsterte Antonella; sie fand es jedoch nicht störend, sondern eher beruhigend, wie bei einem gemeinsamen Unternehmen mit Klassenkameraden am Samstag nachmittag. Auch ich war froh, andere um mich zu haben, die durch ihre Anwesenheit und durch das, was sie taten, einen Rahmen bildeten, der meine latente Niedergeschlagenheit eindämmte. Innerhalb dieses Rahmens ließ Antonella sich gehen, die Zeiten, in denen sie sich sträubte und meine Hand schon am Rocksaum festhielt, waren so fern, daß ich glaubte, nur davon geträumt zu haben. Wenn es mir gelang, auf der niedrigen Ebene der bloßen Körperempfindungen zu bleiben, gefiel mir Antonella. Mühelos drehte und wendete ich sie, entfaltete meine ganze Kunstfertigkeit, spielte mich als erfahrener, mit allen Wassern gewaschener Liebhaber auf, fuhr ihr in unterschiedlichen Winkeln zwischen ihre dünnen, weißen, gymnastikgestählten Schenkel.

Morgens schliefen wir lange, dann bummelten wir durch die häßliche Stadt oder fuhren mit dem Auto spazieren; Astrid geriet angesichts der vielen Rolls-Royce in Begeisterung, Antonella und Ghigo taten, als ließe sie das völlig kalt. Ihre Freunde waren alle weg, in den Bergen oder an exotischeren Urlaubsorten, man konnte sich nur ins Café setzen oder zu Hause bleiben, Zeitungen und Zeitschriften lesen und leere Gespräche führen. Ich tröstete mich damit, daß es eine Erfahrung wie jede andere war, besser jedenfalls, als trübselig und allein in meinem Studio in Mailand zu sitzen und Dingen nachzutrauern, die nicht zu ändern waren.

Zwölf

An Neujahr hörte ich wie fast jeden Tag, seit ich weggefahren war, per Fernabfrage meinen Anrufbeantworter ab, und es war eine merkwürdig aufgeregt und ratlos klingende Nachricht von Manuela Duini darauf. »Hier Manuela, wo bist du nur?« Und eine zweite, in einem Ton, der mir durch und durch ging: »Du Scheißkerl, ich weiß, daß du mich mit einer andern betrügst, während ich hier verzweifle und dringend mit dir reden muß.«

Ich saß gerade allein im Wohnzimmer, halb auf dem Sofa zurückgelehnt, umgeben von scheußlichen Möbeln und Schachteln voll rechtmäßig erworbenem Diebesgut; ich sprang auf, mit aufs Doppelte beschleunigtem Herzschlag, dröhnenden Ohren und zitternden Beinen. Ich verstand nicht, wieso Manuela Duini mit mir wie mit einem untreuen Verlobten sprach, und was dieser jähe Stimmungsumschwung von einem Anruf zum anderen zu bedeuten hatte; weshalb sie so dringend mit mir reden mußte. Ich rief bei ihr an, drückte die Nummerntasten, so schnell ich konnte, aber es antwortete niemand. Ich legte auf, und das Gefühl, hier in der Falle zu sitzen, so weit von Manuela entfernt zu sein und sie nicht zu erreichen, raubte mir fast den Verstand.

Antonella, Ghigo und Astrid waren in den Schlafzimmern, um sich von der langen Nacht und der Leere des Nachmittags zu erholen, versunken in ihre Welt der sinnlosen Blicke und Gesten und Worte. Mein erster Impuls war, mit Antonella zu reden, aber ich wußte nicht, was ich ihr sagen sollte, und es schien mir auch nicht viel Sinn zu haben; ich ging vor der breiten Terrassentür auf und ab wie ein Tier im Käfig. Ich dachte an Manuela Duinis Stimme auf dem Band des Anrufbeantworters, an die unverhüllten Gefühle, die daraus sprachen; an die Zeit, die ich brauchen würde, um mich aus der Situation mit Antonella und ihren Freunden zu befreien und mit dem Zug nach Mailand zurückzufahren.

Aber ich hatte keine Zeit für lange Worte und keine Lust, mich aufhalten zu lassen; ich wollte nur so schnell wie möglich nach Mailand und zu Manuela Duini, mir erklären lassen, was in sie gefahren war und was für eine unkontrollierbare chemische Reaktion zwischen uns in Gang gekommen war. Ich dachte nicht einmal daran, meinen Koffer zu packen; ich schlüpfte in meine Lederjacke, nahm Gighos Porscheschlüssel, der im Vorraum hing, und lief wie ein Dieb Hals über Kopf davon.

In den niedrigen Porschesitz zurückgelehnt, raste ich über die Autobahn; die Nadel des Kilometerzählers zeigte so gut wie nie weniger als hundertachtzig, hinter mir dröhnte der reparaturbedürftige Motor. Nur einmal machte ich halt, um zu tanken; von einer Telefonzelle aus versuchte ich Manuela anzurufen, aber sie antwortete nicht. Ich fragte mich, wohin sie gefahren sein mochte, ob sie sich an irgendeinem weit entfernten Ort aufhielt, ob sie krank war oder beschlossen hatte, die Verbindung endgültig abzubrechen, nachdem sie mich nicht erreicht hatte. Ich fragte mich, was mich an ihr so anzog, daß alles andere nicht mehr zählte, und was mich bewogen hatte, niedergeschlagen und doch erleichtert aus ihrer Wohnung fortzulaufen, ohne ihr irgendwelche Fragen zu stellen. Ich trat das Gaspedal die ganze Zeit bis zum Anschlag durch, umklammerte das Lenkrad; ich hoffte nur, daß mich die Polizei nicht anhielt und der Motor nicht heißlief.

Endlich erreichte ich Mailand, die Stadt war dunkel, neblig und leer, noch schlimmer als bei meiner Abfahrt. Die Leute waren noch verreist oder in ihren Wohnungen, um sich von der Silvesternacht auszuruhen. Ich hielt neben einer Telefonzelle und rief bei Manuela Duini an, aber auch diesmal nahm niemand ab. Ich ließ es gut fünf Minuten lang klingeln, während die wenigen Autos auf der Straße in blinder Wut an mir vorbei durch den Nebel rasten. Mein Herz schlug sehr langsam und laut; wenn es nicht so kalt gewesen wäre, hätte ich vor Verzweiflung geschrien.

Ich fuhr zu ihrem Haus und klingelte, in der Hoffnung, daß sie inzwischen zurückgekommen war, aber die Gegensprechanlage blieb stumm. Ich wartete vielleicht eine Stunde, ging auf dem Bürgersteig auf und ab, starrte auf ihre verschlossene Haustür, auf die Autos, die durch die Allee näher kamen; ich hoffte, darunter das ihre zu erkennen. Inzwischen war es dunkel und der Nebel so dicht, daß ich die Motorhauben erst im letzten Augenblick sah, alles nur fremde Autos, die wie Gespenster in Abständen von einigen Minuten auftauchten. Schließlich gab ich auf, stieg wieder in den häßlichen Porsche, der jetzt einen unerträglichen Lärm machte.

Ich fuhr zu der Bar, in der ich mit meinem Cousin am Abend seines Geburtstags gewesen war: Sie war dunkel, geschlossen und sah wieder wie das lange, schmale Schaffnerhäuschen aus, das sie früher gewesen war. Trotzdem machte ich zu Fuß eine Runde um das Gebäude, eine Art verzweifelte kleine Pilgerwanderung. Es schien mir unvorstellbar, daß ein so finsterer und verlassener Ort auch nur für wenige Stunden einen Menschen wie Manuela Duini beherbergt hatte, daß sich die Lichter und die Musik, das Gewimmel und das aufgekratzte Lachen der Leute in Nichts aufgelöst haben konnte. Ich hatte den Eindruck, mich außerhalb der Zeit und des Raums in eine Sackgasse hineinmanövriert zu haben, zu träge oder zu dumm gewesen zu sein, um je wieder ins Leben zurückfinden zu können. Ich setzte mich in den gewissermaßen gestohlenen Porsche und fuhr langsam zu meinem Studio.

Und als ich dort ankam, stand Manuela Duinis alter weißer Kombi halb auf dem Gehsteig geparkt genau neben meiner Haustür: Mir stockte das Herz, als ich ihn sah. Ich ließ den Porsche mitten auf der Straße stehen, stieg aus, klopfte an ihre Fensterscheibe und vermochte immer noch nicht zu glauben, daß sie es sein konnte. Aber sie war es, und sie fuhr erschrocken vom Sitz hoch, weil sie mich nicht gleich erkannte. Sie stieg aus, mit müdem Gesicht und wirrem Haar, und fragte: »Wie kommst du denn zu diesem Zuhälterschlitten?«

»Ich hab ihn geklaut«, sagte ich und umarmte sie, während mich ein tiefer Schauer durchlief.

Als ich sie wieder losließ, musterte sie mich mit zur Seite geneigtem Kopf, und ich spürte ihr Mißtrauen. »Wo bist du gewesen?« fragte sie.

»An einem schrecklichen Ort. Ich hab die ganze Zeit an dich gedacht.« Meine Stimme zitterte vor Schuldbewußtsein und vor Erleichterung. Wir hatten noch nie in diesem Ton miteinander gesprochen, in Wirklichkeit war unsere Beziehung gar nicht so eng.

»Wieso bist du weggefahren?« fragte sie und fixierte mich weiter im Licht der Straßenlaterne, mit einem Blick, dem ich nur schwer standhalten konnte.

»Laß uns erst mal reingehen«, bat ich sie. Ich schloß die

Haustür auf, zog sie hinein, weg von der feuchten Kälte der Nacht, weg von ihren Fragen.

Im Studio war die Luft zum Glück warm, auch wenn sie abgestanden war, und es herrschte ein großes Durcheinander. Es kam mir seltsam vor, Manuela wieder zwischen meinen Sachen umhergehen zu sehen, nachdem ich sie fotografiert hatte und mein Cousin mit ihr hiergewesen war; aber ich dachte nicht weiter darüber nach, ich sah sie nur an. »Es ist nichts zu essen und zu trinken da«, stellte ich fest.

»Ich möchte nichts«, antwortete sie und ging auf und ab, als sei ihr kalt.

Ich setzte Wasser auf, holte die Dose mit den Kamillenblüten und das fast leere Honigglas heraus, um mit Vertrautem die feindselige, uferlose Kälte und Verzweiflung zu vertreiben, die mich erfüllt hatte, als ich glaubte, ich würde Manuela nicht wiederfinden.

Manuela sagte: »Heute früh, als ich weg war, sind Diebe in meiner Wohnung gewesen oder sonst jemand.« Ihr Gesicht war sehr blaß, als ich sie jetzt im Licht sah, sie hatte Angst.

»Was heißt sonst jemand?« fragte ich, während sich ein leiser Verdacht in mir regte.

»Sie haben alles durcheinandergeworfen, aber nichts gestohlen. Scheint jedenfalls so. Ich hab nicht so genau nachgesehen. Ich hab nur ein paar Sachen in einen Koffer gepackt und bin die Treppen hinuntergerannt. Ich wußte nicht, wem ich es sagen sollte, ich bin stundenlang mit dem Auto rumgefahren. Ich hab ungefähr zehnmal bei dir angerufen, aber du warst nie da. Immer nur dieser widerliche Anrufbeantworter, ich habe dich gehaßt.«

»Sprich nicht so, bitte. Als ich heute nachmittag deine Nachricht gehört habe, bin ich sofort nach Mailand gerast.« Ich näherte mich ihr, als könnte ich die Zeit rückgängig machen, in der sie angsterfüllt und mit dem Bedürfnis, mich zu sehen, durch die Stadt gefahren war.

Sie wich zurück. »Wo bist du gewesen?«

»In Monte Carlo.« Ich bemühte mich, unbefangen zu klingen, aber es gelang mir nicht; ich hatte das Gefühl, daß sie durch mich hindurchsah, als sei ich aus Glas. Ich faßte sie am Arm, aber auch das nützte nichts, ich spürte, wie sie die Muskeln anspannte.

Sie sah mich mit einem bitteren kleinen Lächeln an. »Du warst bei einer anderen, stimmt's?«

Ich überlegte nur einen Augenblick, in dem mir zwei, drei mögliche Ausreden durch den Kopf gingen; dann bejahte ich. Ich hielt ihrem Blick stand; bei dem Gedanken, wenigstens die Wahrheit gesagt zu haben, fühlte ich eine Art Genugtuung, wie sie jemand empfinden mag, der sich mit Benzin übergießt und sich selbst anzündet, oder sich um einer guten Sache willen vom Dachsims stürzt.

Manuela befreite sich aus meinem Griff. »Du verdammter Scheißkerl, ich hab's gewußt, daß man dir nicht trauen kann. Ich hab's gewußt, daß du ein Miststück bist mit deinem freundlichen und scheinheiligen Getue.«

»Bitte sprich nicht so«, sagte ich wieder. »Ich hab dauernd nur an dich gedacht. Und als ich deine Nachricht gehört habe, bin ich sofort gekommen. Ich bin losgerast wie ein Verrückter, ohne jemandem Bescheid zu sagen. Ich hab sogar ein Auto geklaut, um schneller bei dir zu sein.« Meine Stimme klang immer kläglicher, je mehr ich meine selbstzerstörerische Ehrlichkeit mit Erklärungen zu untermauern suchte; die Worte blieben mir im Hals stecken, als ob ich der schlimmste Lügner, Feigling und Heuchler wäre.

»Laß mich«, fuhr sie mich, die Hände in den Taschen

ihrer schwarzen Jacke, mit schriller Stimme an, als ich sie erneut berühren wollte.

Aber ich ließ nicht von ihr ab, magnetisch angezogen von ihrem Blick und ihrer Art, mich mit Vorwürfen zu überschütten, als hätten wir etwas miteinander; von den Tränen, die ich in ihren Augen sah. »Ich dachte, du bist mit dem Typ aus Senegal zusammen«, rechtfertigte ich mich. »Ich hab mich hundeelend gefühlt, als ich mit den Fotos bei dir war und du gesagt hast, daß er zu dir kommt.«

»Hättest du mich nicht fragen können?« sagte sie, immer noch außer Reichweite, aber schon in einem anderen Ton. »Er ist nur noch ein Freund für mich. Es ging ihm schlecht.«

»Aber vorher seid ihr zusammen gewesen, stimmt's?« fragte ich und versuchte ihren Blick zu ergründen.

»Es war nur eine kleine Affäre, nichts von Bedeutung. Ich habe ihn mit seiner Clique in einer Diskothek kennengelernt, als ich mit einer Freundin dort war. Sie sind alle miteinander verwandt. Sie kamen mir einfach amüsanter vor als all die steifen Mailänder in meinem Bekanntenkreis.«

»Und deswegen bist du mit ihm gegangen?« fragte ich. Wir umkreisten einander, sahen uns immer nur kurz in die Augen.

»Ich bin nicht mit ihm gegangen«, widerprach sie, jetzt in einem beinahe defensiven Ton. »Es war ganz harmlos, wie unter Kindern.«

»Ja, ein zwei Meter großes Kind«, sagte ich, und hinter jedem Wort kam meine Eifersucht hervor.

Sie lächelte nervös, ging weiter im Zimmer umher. »Ich hab eine Weile mit ihm geflirtet. Ich hatte den ganzen Sommer und den ganzen September gearbeitet und Harfe gespielt, ich hatte es einfach satt, immer so brav zu sein.«

»Schön«, sagte ich und merkte, daß auch ich mit ihr sprach, als ob wir etwas miteinander hätten, aber ich konnte nichts dagegen tun. Das Wasser auf dem Herd war fast verdampft; ich schaltete aus, ließ den Kamillentee bleiben.

»Ach, jetzt hör auf«, sagte sie. Beide sandten wir Laserstrahlen der Eifersucht aus, die bei beiden gleichermaßen heftig und unbegründet war, und bald gewann der eine, bald der andere die Oberhand. »Das Sexuelle war dabei ganz nebensächlich«, fuhr Manuela fort. »Wir haben in erster Linie getanzt, die ganze Nacht. Tagsüber haben wir geschlafen und gekifft. Sie haben alle jede Menge Stoff und sind ständig high.«

»Und dann?« fragte ich, mit der Hand auf ein Stativ gestützt, noch tiefer im zähen und bitteren Gefühlshonig versinkend als damals bei ihr zu Hause.

»Dann hab ich mich in dich verliebt«, sagte sie.

Sie stand dicht vor mir und sah mir in die Augen, ich kam auf sie zu, ohne noch an irgend etwas zu denken, und wir küßten uns auf den Mund; ein intensiver Kuß mit langem Atem, es war, als seien wir nach endloser Zeit unter Wasser wieder zur Oberfläche aufgetaucht. Wir hielten uns fest umklammert, innerlich aufgewühlt von der Wärme unserer Körper, die sich nachgiebig und doch fest anfühlten, und von der Distanz, die uns getrennt hatte, und der Kälte draußen und der hektischen Fahrerei, und der verbitternden Angst, einander nicht zu finden, und der Stille und Geborgenheit in meinem Studio.

Manuela zog sich die Jacke aus, warf sie achtlos über einen Stuhl, von wo sie zu Boden fiel. Jetzt sah sie ganz verändert aus und fühlte sich auch anders an, weiblicher und anschmiegsamer mit ihrem langen hellen Hals und den unter dem leichten schwarzen Wollpullover bebenden

Brüsten. Ich drückte sie erneut an mich und nahm jeden Atemzug von ihr in mich auf, und ihr Atem war ein unermeßlicher Trost verglichen mit Antonellas kurzen Atemzügen nur wenige Stunden vorher, mir war, als hätte ich nicht nur zu ihr, sondern mehr noch zu mir selbst zurückgefunden.

Dann klappte ich das Klappbett heraus. Ich hätte gern ein besseres Bett gehabt und ein richtiges Zimmer anstelle des vollgestopften Studios; aber auch so war es gut, wir ließen uns auf das Bett fallen, und es kam mir viel bequemer vor, als ich es in Erinnerung hatte. Und wir hatten keine Eile und kein bestimmtes Ziel, wir küßten und streichelten uns und sahen uns aus nächster Nähe an, als sei jede Geste allein durch sich selbst gerechtfertigt und in sich selbst vollendet. Ich streifte ihr die Hosen und den Pullover ab, sie zog sich selbst den Rest aus, und ich betrachtete sie im warmen Licht der einzigen Lampe, die ich angelassen hatte, hingerissen von ihrem Bauch. Es war ein Bauch, wie ich noch keinen gesehen hatte, außer vielleicht auf einem Gemälde oder an einer Statue: ein richtiger, üppiger und runder Bauch, eine Art Lustgarten der Liebe, Lichtjahre entfernt von dem straffen und flachen Bauch von Antonella Sartori. Ich sah ihn an und wußte nicht, was ich sagen sollte, ich streichelte ihn nur mit kreisenden Bewegungen, ließ meinen Blick darüber wandern, und dachte, wie überraschend dieser Bauch war im Vergleich zu dem harten und schroffen Eindruck, den Manuela vermitteln konnte, wenn sie angezogen war. Ich dachte, was für ein wohlgehütetes Geheimnis dieser Bauch war, und fragte mich, was sie sonst noch alles verbergen mochte.

Ich glitt hinab und küßte ihren Nabel, küßte ihre Leistenbeuge und die zarten Härchen, öffnete ihre Schenkel und ließ auch dort meinen Blick schweifen. Sie beobachtete mich, während ich sie so selbstvergessen betrachtete, und sagte mit einem verlegenen Lächeln und halb geschlossenen Augen: »Ich bin es nicht gewöhnt, mich so anschauen zu lassen«, schloß aber die Beine nicht.

Ich ließ meinen Blick weiter über sie gleiten, strich mit leichter Hand über ihre Haut. Ich war fasziniert von ihren wahrhaft weiblichen Formen, nach all den Mädchen, mit denen ich in letzter Zeit zu tun gehabt hatte, und zugleich wußte ich nicht recht, wie ich mich verhalten sollte. Der Gedanke an den Afrikaner, mit dem sie zusammengewesen war, löste Beunruhigung in mir aus, und ein kaum erklärliches Mißtrauen legte sich wie ein Farbfilter zwischen uns und hinderte mich, ihr so unbefangen nahezukommen, wie ich gewollt hätte.

Ich näherte mich trotzdem, aber sie sagte: »Nein, laß uns irgendwas nehmen«, und das wirbelte meine ohnehin schon wirren Gefühle noch mehr durcheinander. Eifersucht und Mißtrauen und Anziehung und Angst, in etwas Unkontrollierbares hineingezogen zu werden, Verantwortungsbewußtsein und das Gefühl der Unvermeidlichkeit versuchten sich in einem fort den Rang streitig zu machen. Ich hatte auch nicht genau verstanden, ob sie mit ›irgendwas‹ ein Präservativ oder etwas anderes gemeint hatte, es gelang mir nicht einmal, an die nötigen Handgriffe zu denken; ich drang mit der gleichen selbstvergessenen Behutsamkeit in sie ein, mit der ich ihren Bauch betrachtet hatte. Auch sie war ruhig, von der Überschwenglichkeit, mit der sie redete und lachte und ihren Gesichtsausdruck wechselte und herausfordernde und trotzige Worte sagte, war nicht mehr viel zu erkennen. Beinahe hingebungsvoll lag sie da, abwartend und beobachtend, offen für mich und zugleich in sich selbst zurückgezogen. Aber wir waren uns nah, viel näher, als ich mir hätte erhoffen können; ihre Wärme und ihr Atem gingen mir in Wellen ins Blut über und verlangsamten meine Wahrnehmungen und meine Gedanken, ließen sie verschwimmen. Ich hatte den Eindruck, einen ersten Schritt auf einem Terrain gewagt zu haben, das früher Schaden genommen hatte und doch zart und voller Wärme war, und ich ahnte schon, bevor ich es wußte, daß ich nicht so leicht wieder herausfinden würde, und drang trotzdem weiter vor, immer tiefer, immer rückhaltloser.

Wir liebten uns in dieser Stimmung, ohne Hast und wilde Leidenschaft und ohne den Versuch, einen guten Eindruck aufeinander zu machen oder einer bestimmten Rolle gerecht zu werden. Wir hielten inne und begannen von neuem, schneller und wieder langsamer, sahen uns minutenlang nur an, überließen uns einer fast unmerklichen Schwingung; wir glitten ineinander, die Gesichter so nah, daß wir nichts mehr deutlich sahen, und ließen uns treiben bis zu einem Punkt, der schwer zu erreichen und schwer zu verlassen war.

Am Ende schliefen wir zwischen den zerwühlten Laken erschöpft und benommen ein, genau wie ich es mir, ohne daran zu glauben, gewünscht hatte, als ich über die Autobahn raste. Ich hielt ihr Handgelenk fest und wünschte ihr gute Nacht, und obwohl ich so gut wie nichts von ihr wußte, hatte ich wirklich das Gefühl, sie schon seit je zu kennen, mit ihr aufgewachsen zu sein, mich an jede noch so kleine Nuance hinter ihren Bewegungen und Atemzügen zu erinnern.

Dreizehn

Wir schliefen lange, und als ich die Augen öffnete, war Manuela schon auf und hantierte, nur mit ihrem Pullover bekleidet, zwischen Herd und Küchenschrank. »Ciao«, sagte ich und versuchte aus der Wärme und Benommenheit des Schlafs herauszufinden, mich an den Gedanken zu gewöhnen, sie wenige Schritte vor mir in meinem Studio zu sehen.

Sie beachtete mich kaum, sagte nur »Hi«. Sie bewegte sich munter und behende auf ihren langen hellen Beinen. »Ich finde den Kaffee nicht.«

»Es ist keiner da«, antwortete ich und sprang verschlafen aus dem Bett, zog mir Hemd und Hose über und gab ihr einen Kuß, legte ihr die Hand auf die Hüfte.

Aber sie war angespannt, sagte: »Es ist gleich zwölf. Ich muß bald weg.«

»Wohin?« fragte ich, und ein Gefühl der Verlassenheit überkam mich.

»Nach Ferrara«, sagte sie. »Heute abend beginnen die Proben, und ich kann noch nichts.«

»Und wie lange bleibst du weg?« Ich versuchte, meiner Stimme einen festen Klang zu geben, mich nicht gleich aus der Fassung bringen zu lassen, weil wir uns trennen mußten. Es schien mir auch zu gelingen, und sie kannte mich zu wenig, um zu merken, welchen Zwang ich mir antat, aber das erschreckte mich erst recht, anstatt mich zu beruhigen.

»Zwei Wochen«, sagte sie. Sie hob ihre Hosen vom

Boden auf und zog sie an, streifte den Pullover ab, und während sie in ihre Bluse schlüpfte, sah ich ihre Brüste, wie ich sie von der Nacht her in Erinnerung hatte.

Wir standen in meinem unaufgeräumten Studio, und ich hatte das Gefühl, der Raum zwischen uns könne sich von einem Augenblick zum andern wieder in einen Abgrund verwandeln. »Und das Durcheinander in deiner Wohnung?« fragte ich.

»Was soll ich denn machen? Ich hab den Vertrag mit Ferrara schon unterschrieben. Im Hotel bin ich bestimmt sicherer als hier.« Sie versuchte in ihre Stiefeletten zu schlüpfen, ohne sich zu bücken, zwängte die Ferse hinein.

»Wieso sicherer?« fragte ich beunruhigt. »Wonach haben die gesucht? Was hat das alles zu bedeuten?«

»Ach nichts.« Sie lächelte, aber es war kein überzeugendes Lächeln. »Mach dir keine Sorgen. Offensichtlich haben sie Gold oder wertvollen Schmuck gesucht und nichts gefunden.« Sie zog ihre Jacke an.

Auch ich schlüpfte in meine Schuhe und in meine Jacke. »Ich helfe dir wenigstens noch, die Harfe ins Auto zu schaffen.« Mein Magen und meine Armmuskeln hatten sich verkrampft, ich wollte Manuela nicht wegfahren lassen.

»Die ist schon im Auto«, sagte sie. Ihre schwarze Lederjacke gab ihr wieder etwas Hartes, sie schien kaum auf Hilfe oder Schutz angewiesen. »Aber wenn du willst, können wir noch zusammen Kaffee trinken.«

Wir gingen hinunter. Nach der Lähmung der Festtage hatte sich die Stadt lärmend wieder in Bewegung gesetzt, das Licht war grell, obwohl es aus einem vollkommen grauen Himmel kam. Ein Abschleppwagen der Polizei war gerade dabei, Ghigos Porsche aufzuladen, den ich auf dem Gehsteig vor der Haustür stehenlassen hatte; Manuela deutete hinüber, und ich sagte: »Tu so, als ob nichts wäre«, hakte sie unter, und wir gingen vorbei. Wir waren noch nie eingehakt oder sonst irgendwie nebeneinanderher gegangen: Ich wußte nicht, ob es ihr gefiel. Ich versuchte, mich ihrem Schritt anzupassen, und auch damit hatte ich Schwierigkeiten, ich sah sie von der Seite an, um zu prüfen, was für ein Gesicht sie machte.

Wir gingen in eine Bar an der Ecke, bestellten zwei Cappuccinos und zwei Brioches und setzten uns an einen Tisch. Sie schien daran gewöhnt zu sein, in der Bar und nicht zu Hause zu frühstücken, ihre Bewegungen zeugten von einer lang erprobten Selbständigkeit, die mich verwirrte. Nach all der instinktiven Vertrautheit der Nacht waren wir jetzt fast wie zwei Fremde, wir hatten noch keine automatische Verständigungsform entwickelt. Ich fragte sie nach der Oper in Ferrara, und sie sagte, Rossini mache ihr Spaß, der Dirigent und die Sänger seien Weltklasse, aber die Vorstellung, in einer Oper mitzuspielen, rege sie schrecklich auf. »Es ist eine Art Puppentheater, außerhalb der Zeit und außerhalb der Welt. Und das Opernpublikum besteht aus lauter Fanatikern. Sie hören sich vorher jede Passage x-mal von der Platte an und vergleichen, und versuchen dich dann bei einem Schnitzer zu ertappen. Die Sänger haben eine Heidenangst vor jeder Premiere, du machst dir keine Vorstellung.«

»Ich habe in meinem Leben noch nicht viele Opern gehört«, sagte ich. »Vielleicht eine im Opernhaus und eine im Kino und ein paar Ausschnitte im Radio. Nach ein paar Minuten langweile ich mich zu Tode, außerdem verstehe ich den Text nie. Für mich ist Oper heutzutage eine karikaturistische Ausdrucksform.« Sie hatte mich angesteckt mit ihrer Aufrichtigkeit, ich tat nicht, als sei ich ein Musikliebhaber, und versuchte nicht, mich zu verstellen.

Sie lächelte. »Es gibt doch sehr schöne Opern. Manche habe ich mir als Kind fünf-, sechsmal hintereinander angehört, wenn mein Vater dirigierte. Ich saß ganz allein in einer Loge und verfolgte die Geschichte von *La Bohème* oder was eben gespielt wurde; ich war vielleicht acht, neun Jahre alt und weinte wie ein Schloßhund, wenn jemand starb oder zwei Liebende sich trennen mußten.«

»Wenn man dich so sieht, hält man das nicht für möglich«, sagte ich. »Man kann es sich kaum vorstellen.« Ich wußte, daß ich nicht genügend Anhaltspunkte hatte, um das zu sagen; als ich sie fotografierte, hatte ich ja gesehen, wie viele verschiedene Wesenszüge in ihr steckten.

»Doch, das waren prägende Erlebnisse für mich«, sagte sie. »Ich hab ein ziemlich melodramatisches Naturell, das kommt von den vielen Opern.«

»Du wirkst aber alles andere als melodramatisch«, sagte ich und versuchte herauszufinden, inwiefern sie wohl melodramatisch war und was ich sonst noch alles nicht von ihr wußte.

»Einmal hat mich mein Vater *Cavalleria rusticana* und den *Bajazzo* vom Soufflierkasten aus anhören lassen«, fuhr sie fort. »Ich saß auf einer kleinen Holzbank neben dem Souffleur mit seiner Partitur und sah alles von unten, es war ein irres Gefühl. Hinter mir war das Orchester, die Schallwellen kamen durch die Holzbretter auf mich zu wie ein Erdbeben, und vor mir waren die Sänger und Komparsen, die mir sozusagen auf dem Kopf herumtrampelten und hinunterspähten und auf ihr Stichwort warteten, sie sangen so laut und so nah, daß mir das Zwerchfell vibrierte, als ob ich selbst gesungen hätte.«

»Und seit damals hast du den Wunsch, Musikerin zu werden?« fragte ich und versuchte mir vorzustellen, wie sie damals war.

»Weiß nicht«, sagte sie. »Damals wollte ich Schauspielerin werden, obwohl ich Musik studierte.« Sie aß mit großen Bissen ihr Brioche, trank ihren Cappuccino aus. In Gedanken war sie schon woanders, ich sah es an ihren Augen. Sie sagte: »Mir wird schlecht, wenn ich daran denke, wie die Musiker heute abend alle einsatzbereit auf ihren Stühlen sitzen. Es ist ein Alptraum, mein Gott. Ich hatte mir geschworen, nicht mehr im Orchester zu spielen, aber ich habe mich doch wieder breitschlagen lassen. Und von irgendwas muß ich auch leben, ich habe seit Monaten kein Konzert mehr gegeben.«

»Was beunruhigt dich denn so?« fragte ich, sogar von ihrer Nervosität bezaubert, von der Sensibilität und Zerbrechlichkeit, die sie jetzt zu erkennen gab.

»Die bloße Vorstellung mitzumachen«, erklärte sie. »Bei diesem beschissenen Sado-Maso-Spiel dabeizusein. Du solltest sie sehen, die Orchestermusiker. Du kannst dir nicht vorstellen, was für Jammergestalten das sind, ohne Kontakt zum wirklichen Leben, von Kindheit an aus der Welt ausgeschlossen. Und sie hassen die Solisten, besonders die von außerhalb, weil sie meinen, daß die anders und freier sind als sie selbst. Ich weiß jetzt schon, wie sie mich anglotzen werden, wie ein ungewöhnliches Tier.«

»Du bist ja auch ein ungewöhnliches Tier«, sagte ich; und so, wie sie in ihrer schwarzen Lederjacke und den schwarzen Jeans und den schwarzen Rockerstiefeln und den blondgesträhnten Haaren vor mir saß, kam es mir wirklich komisch vor, daß sie in einer Rossini-Oper Harfe spielte.

Sie wandte sich mir zu und sah mir in die Augen. »Findest du?« Wir küßten uns, am Ecktisch in der fast leeren Bar, und in jeder Geste und jedem Blick, den wir tauschten, lag ein sonderbares Gefühl der Erwartung, etwas nicht Ausgesprochenes, nicht Verlangtes, vertraut und fremd, unbeschwert und angestrengt, sicher und ungewiß.

Dann stand sie auf: »Ich muß fahren.«

Wir gingen zurück bis vor meine Haustür. Ghigos Porsche war nicht mehr da, der Abschleppwagen hatte ihn schon fortgeschafft. Ich fragte mich, ob Ghigo mich wegen Diebstahl angezeigt hatte und wie Antonella Sartori auf mein Verschwinden reagiert haben mochte.

Manuela klappte die Hecktür ihres Kombis hoch, kramte in einer Mappe mit Partituren, um nachzusehen, ob sie alles hatte. Die Harfe lag in die rote Satteldecke eingehüllt im Fond und zwischen den Vordersitzen, mit ein paar Sofakissen darunter, um eventuelle Stöße zu dämpfen.

Wir standen auf dem Bürgersteig und sahen uns an, im grauen Licht dem Blick des andern beinah allzusehr ausgesetzt, müde und übernächtigt wie wir waren, und ich hatte plötzlich das Gefühl, am Ufer zurückzubleiben, während das einzige Boot der Welt ablegte. Obendrein machte ich mir Sorgen um sie, ohne recht zu wissen warum, und auch in ihren Augen und in der Art, wie sie sich bewegte, meinte ich eine leise Angst zu erkennen. »Könnte ich nicht nachkommen?« fragte ich. »Und bei den Proben zuhören? Wenn du nicht arbeiten mußt, können wir zusammen essen oder was unternehmen.«

»Das wäre schön«, sagte sie. Sie legte es nicht darauf an, sich rar zu machen, damit man ihr nachlaufen mußte, sie versuchte nicht, mich auf die Folter zu spannen. »Ich rufe dich aus Ferrara an.«

Wir umarmten uns, und sie setzte sich ans Steuer, kurbelte die vom Smog grau beschlagene Scheibe herunter und sagte: »Könntest du vielleicht zu meiner Wohnung fahren und das Türschloß auswechseln?«

»Du hast es doch nicht etwa so gelassen?« fragte ich. Es kam mir absurd vor, daß ich nicht eher daran gedacht hatte, obwohl sich alle meine Gedanken und Überlegungen nur um sie gedreht hatten; jetzt krampfte sich mir der Magen zusammen, weil ich so viele Stunden hatte verstreichen lassen, ohne mich um die Angelegenheit zu kümmern.

»Was hätte ich denn tun sollen?« sagte sie. »Das Schloß war nicht aufgebrochen, sie haben aufgesperrt und wieder abgeschlossen, ohne etwas kaputtzumachen.«

»Aber verdammt noch mal«, rief ich, jetzt erst recht alarmiert, die Unruhe breitete sich richtungslos immer weiter in mir aus. »Das hättest du mir sagen müssen. Wir hätten die Polizei rufen müssen.«

»Ach, du kennst doch die Polizei«, sagte Manuela mit einem schwachen Lächeln, den Blick von mir weg zur Straße gerichtet. »Die unternehmen sowieso nichts.« Sie gab mir einen langen Schlüssel an einem Schlüsselbund. »Also, wechselst du mir das Schloß aus?«

Kaum hatte ich ja gesagt, hatte sie bereits den Motor angelassen und das Fenster hochgekurbelt, winkte mir kurz zu, und schon war ihr Kombi auf der Fahrbahn und am Ende der Straße und um die Ecke verschwunden.

Ich ging gar nicht erst ins Studio zurück, stieg sofort in mein Auto und fuhr auf demselben Weg zu Manuelas Wohnung, den ich an jenem Nachmittag genommen hatte, als ich ihr die Fotos brachte.

Der Pförtner hielt mich nicht einmal an, als ich an seiner verglasten Kabine vorbeiging; ich machte von mir aus kehrt und fragte ihn, ob er tags zuvor in Manuelas Wohnung irgend etwas gehört oder gesehen hätte. »Nein«, erwiderte er. »Die junge Frau hat mich auch schon gefragt.«

Ich fragte, ob ihm in den letzten Tagen vielleicht etwas Verdächtiges aufgefallen sei, und er verneinte abermals, setzte jedoch hinzu: »Aber bis vor drei Wochen sind hier ständig die komischsten Leute aus und ein gegangen, Schwarze und andere, die Nachbarn haben sich hundertmal über die laute Musik beschwert.«

Ich bedankte mich; ich hatte keine Lust, mir weiter seine Ansichten über Manuelas Privatleben anzuhören.

Ich ging die Treppen hinauf, und es war so völlig anders als beim ersten Mal, als sie mich oben erwartete und ich noch nicht wußte, wie sie mich aufnehmen und was zwischen uns passieren würde. Damals suchte ich ihre geheimnisumwobene Gegenwart, die mich magnetisch anzog und mich zwei Stufen auf einmal nehmen ließ. Jetzt dagegen stieg ich Stufe um Stufe zu der Leere ihrer Wohnung hinauf, mit zusammengekrampftem Magen und einem allumfassenden Gefühl inneren Schmerzes, und wäre auf jeder Stufe am liebsten umgekehrt, zu meinem Auto gelaufen und ihr nach Ferrara gefolgt.

Manuelas Wohnungstür war abgeschlossen, und wie sie mir gesagt hatte, gab es keine Zeichen von Gewaltanwendung. Mit dem Schlüssel, den sie mir gegeben hatte, schloß ich auf und trat ein: Die Schränke in der Diele waren offen, Jacken und Mäntel und Haushaltsutensilien auf dem Fußboden verstreut. Nur mit Mühe erkannte ich den ehedem so harmonischen Ort wieder, an dem ich sie das erste Mal besucht hatte, aber es war nicht die Unordnung, die ihn so veränderte, sondern Manuelas fast greifbare Abwesenheit, die die Luft unnatürlich leer und still wirken ließ.

Im Wohnzimmer mit den schrägen Wänden herrschte ein unglaubliches Chaos von Papieren, Fotos und Gegenständen, die über den Boden und auf den Tischen und Stühlen verstreut waren. Alle Schubladen waren herausgezogen, einige lagen umgekippt auf dem Boden, auch die Tür der kleinen Vitrine stand offen, die Fächer waren herausgerissen worden und eine Glasscheibe zerbrochen; der Raum war noch voll der Wut und Hast, mit der alles auf den Kopf gestellt worden war. Ich stellte mir Manuelas Schreck vor, als sie allein nach Hause gekommen war: das Gefühl der Schändung, das sie erfaßt haben mußte. Jetzt kam es mir noch schlimmer und unverzeihlicher vor, fern von ihr gewesen zu sein.

Auch im Schlafzimmer war alles durcheinander: die Schranktüren hatte man aufgerissen, die Schubkästen unter dem Bett hervorgezogen, Kleider, Gürtel, Schuhe wütend herausgezerrt, die Bücher aus den Regalen geworfen, die Papiere aus den Ordnern gefetzt und zwischen den Kleidern und persönlichen Gegenständen verstreut. Ebenso rabiat waren die Badezimmerschränkchen durchwühlt worden, Parfumflakons, Arzneidöschen und Schminkutensilien lagen auf dem Boden herum. Überall in der Wohnung sah ich die Spuren bestialischer Wut; ich vermeinte noch das Keuchen des Eindringlings zu hören, das Getrampel seiner schweren Schritte, das Krachen und Klirren, das Zerreißen von Papier, während er hin und her lief, um etwas Bestimmtes zu finden oder einfach die Harmonie, die er vorgefunden hatte, zu zerstören.

Ich ging in Manuelas ohne sie so leeren Wohnung umher, inmitten der Unordnung und der Bruchstücke und Details aus ihrem Leben, von dem ich kaum etwas wußte. Es war ein seltsames und beunruhigendes Gefühl, das meinen Herzschlag bei jedem Schritt verlangsamte und wieder beschleunigte und mir fast den Atem benahm.

Mit einem Meterstab, den ich auf dem Boden fand, maß ich das Schloß aus, notierte die Maße mit einem der vielen herumliegenden Bleistifte auf einem der herumliegenden

Notizblöcke und verließ die Wohnung, um ein Eisenwarengeschäft zu suchen. Auf der Straße war ich angespannt, als ich mit dem neuen Schloß zurückkehrte, und während ich über den Hof ging und die Treppen hinaufstieg und die Tür öffnete, hielt ich nach verdächtigen Anzeichen oder Gestalten Ausschau. Aber es war niemand zu sehen, die Unordnung und der schmerzliche Eindruck von Leere waren unverändert. Während ich das alte Schloß abschraubte, stellte ich mir vor, wie oft und mit wem Manuela es aufgesperrt hatte, wie sie die Tür eilig hinter sich zugeschlagen hatte, um zu einer Verabredung zu gehen; wie sie spätnachts mit jemand nach Hause gekommen war, welche Blicke und Gesten sie auf dem Treppenabsatz und dann in der Wohnung getauscht hatten. Ich montierte sorgfältig das neue Schloß, zog die Schrauben so gründlich an, als gelte es, eine Barriere zwischen mir und der Vergangenheit zu errichten.

Dann überlegte ich, ob ich aufräumen sollte oder nicht; Manuela hatte mich nicht darum gebeten, und ich hatte keine Ahnung, wie die ursprüngliche Ordnung ausgesehen hatte. Ich stellte nur ein paar umgekippte Stühle wieder hin, räumte den Staubsauger und das Bügeleisen, die im Flur den Weg versperrten, in den Schrank, sammelte die Scherben der Vitrinentür in eine Plastiktüte. Aber je länger ich zwischen den Papieren und Fotos herumlief, um so unwiderstehlicher fühlte ich mich davon angezogen. Ich beäugte sie zuerst von oben, dann kniete ich mich nieder, berührte sie mit der Hand, sah sie mir genauer an und begann zu lesen. Es kam mir verwerflich vor, aber ich wußte so wenig über Manuela und wollte herausfinden, wonach die Eindringlinge gesucht hatten und welche Gründe sie hatten. Ich lief zur Tür, fest entschlossen zu gehen und hinter mir abzuschließen; statt dessen machte ich wieder kehrt, hockte mich im Schlafzimmer auf den Boden und sah mich mit pochendem Herzen um.

Mein Blick fiel auf einige Bände einer Musikenzyklopädie, ein paar Jahrbücher der italienischen Musiker; aufgeschlagene Ordner mit Etiketten, auf denen *Wohnung, Auto, Steuerberater, Zeitungsartikel* stand. Die Papiere, die sie enthalten hatten, lagen verstreut zwischen Partituren, die aus Aktendeckeln mit der Aufschrift *Kammermusik, Solokonzerte, Orchester* gezerrt worden waren. Ich sah mir alles genau an, registrierte jedes Detail mit konzentrierter Aufmerksamkeit: die Spuren von Manuelas Berufsleben und die Spuren ihres Alltags, ihrer Vergangenheit allein und mit anderen, bevor wir uns begegneten. Vor dem Kleiderschrank lagen ein paar zerlesene Bücher: *I Ging* und *Tarock* und Gedichtsammlungen von Baudelaire und Verlaine, ein Buch über das Tantra, das *Philosophische Wörterbuch* von Voltaire, ein italienisches Wörterbuch, ein paar Romane, ein alter amerikanischer Sexualratgeber. Sie stammten ganz eindeutig aus ihrer Mädchenzeit, als sie auf der Suche nach Erklärungen für ihr eigenes Ich und die Welt war: ich glaubte zu sehen, wie sie die Seiten umblätterte und welchen Blick sie dabei hatte, ich konnte mir ihr Gesicht und ihren Körper vorstellen, während sie las.

Der Untertitel des Buchs über Tantra, *Joga und Geschlechtsleben,* war mit einem im Lauf der Zeit verblichenen dunkelblauen Filzstift übermalt: Sie mußte ihn durchgestrichen haben, um das Buch vor ihren Eltern unverdächtig erscheinen zu lassen. Innen waren ganze Absätze unterstrichen oder angekreuzt, vor allem solche, in denen es um die Atemtechnik und um die positive und negative Polarität und die unterschiedlichen Grade von Männlichkeit und Weiblichkeit ging, die alle Dinge in der

Welt im Gleichgewicht halten. Einige Stellen, die ihr unklar erschienen waren, hatte sie mit Fragezeichen versehen, andere mit Ausrufezeichen. Zwischen den Seiten steckte ein aus einem Rechenheft herausgerissenes Blatt Papier, auf das sie *Neunzehn Jahre?!* geschrieben hatte.

Aus einem Ordner mit dem Etikett *Presse* waren Zeitungsausschnitte herausgefallen, mit ihrem Namen oder dem Wort »Harfe« in der Titelzeile, viele mit Fotos von ihr auf der Bühne, allein oder mit anderen Musikern. Ich las jeweils das Datum und die Adjektive, versuchte durch die Zeit hindurch die Eindrücke aufzuspüren, die andere von ihr aufgenommen hatten. Einer der Artikel aus einer Bergamasker Zeitung bestand fast ausschließlich aus Betrachtungen über die Sinnlichkeit, die das Spiel der Harfenistin und ihr Instrument ausstrahlten. Ich stellte mir Manuela auf der Bühne des Theaters von Bergamo vor und den Reporter, einen Voyeur mittleren Alters, der sie aus der ersten Reihe anstarrte; ich spürte förmlich Manuelas Aufregung, während sie spielte, und die Stimmung, in der sie war, als sie nachts nach Hause fuhr, mit der Harfe hinten im Auto, wie so oft, seit sie zu spielen angefangen hatte.

Es tat mir gar nicht gut, in ihrer leeren Wohnung die Bruchstücke ihres Lebens zu entziffern; es tat mir nicht gut, so jäh in ihre Vergangenheit einzudringen und die Spuren zu erforschen, die davon geblieben waren, Wege zu verfolgen, die sich vielleicht, ohne daß ich es wußte, mit meinen gekreuzt hatten. Es löste in mir ein Gefühl des Verlusts anstatt der Bereicherung aus; je mehr Kenntnisse ich über sie sammelte, desto ärmer fühlte ich mich, ausgeschlossen aus einer langen Reihe vergangener Tage und Monate und Jahre.

Ich verließ ihr Schlafzimmer, jetzt wirklich entschlossen, nichts mehr zu lesen; aber ich stieß mit dem Fuß an ein blaues Spiralheft, ich hob es auf, und es war ein Tagebuch. Ich konnte der Versuchung nicht widerstehen, darin zu blättern. Auf der ersten Seite, die ich aufschlug, stand: *Ersten Satz des Mozartkonzerts geübt (immer noch). War fast mit mir zufrieden. Dann wieder die Qualen der Liebe, meine Abhängigkeit. Er ruft nicht an. Heute um zwölf dann doch, mit unsicherer Stimme. Sieht nach Seitensprung und Schuldgefühlen aus. Soll ich ihm Fragen stellen? Wütend werden? Aggressiv sein? Ihn eifersüchtig machen? Mich verweigern? Oder Schluß machen? Was für eine Liebe ist das, wenn er immer nur mit mir spielt? Aber vielleicht liebt er mich doch. Ich brauche nur seine Stimme zu hören, und schon verzeihe ich ihm alles. Bin ich schon wieder an ein Kind geraten? Wo sind die reifen Männer??? Wer liebt mich wirklich???*

Die Fragezeichen waren so groß, daß sie die ganze Seite beherrschten. Auf der nächsten las ich: *Wie soll ich mich verhalten?* Darunter die Linien des *I Ging*.

42. = Die Mehrung	2. = Das Empfangende!
9 –0–	– –
9 –0–	– –
8 – –	– –
8 – –	– –
8 – –	– –
9 –0–	– –

Auch auf anderen Seiten standen Fragestellungen von Manuela, Zeichen, Zahlen und Sätze aus dem *I Ging*, und ihre jeweiligen Interpretationen. Mein Blick glitt rasch über ihre runde Handschrift, ich überflog Seite um Seite mit pochendem Herzen und feuchten Handflächen und mit dem Gefühl, mir noch mehr zu schaden als vorher. Das Datum, das sie jeweils oben oder rechts auf die Seiten geschrieben hatte, war nie vollständig, ebensowenig wie die Namen, ich wußte nicht, um welche Zeit und um wen es ging, aber es war auch so schlimm genug für mich, und trotzdem konnte ich nicht aufhören.

Es lagen noch mehr solche Hefte auf dem Fußboden, alle mit ihrer Handschrift gefüllt. Manche, die einzigen, die genau datiert waren, enthielten nur Schilderungen von Träumen, andere waren richtige Tagebücher wie das erste. Ich blätterte alle durch und kam mir wie ein Eindringling und ein Dieb vor, und doch fühlte ich mich unwiderstehlich angezogen von der lauen, pulsierenden, gefährlichen Wärme in den unterirdischen Gängen ihres Lebens. Ich folgte Seite um Seite, Satz um Satz, Buchstaben um Buchstaben dem Sog ihrer Handschrift; und ich las weiter, obwohl mir das Herz immer mehr weh tat.

Auf einer Seite hieß es:

Konzert im Park. Schreckliches Lampenfieber. Die Musik verschmolz mit der Natur ringsum, es war, als ob die Harfe ganz von selbst spielte. Ich bin noch wie unter Schock. Die Töne stecken immer noch in mir.

Und auf einer anderen:

Ich schlafe nicht und rauche nicht. Ich esse, schreibe, denke nach. Wir haben uns so wenig gesagt, es ist so wenig geschehen. Und doch diese Natürlichkeit, diese Neugier. Bilde ich mir vielleicht alles nur ein und forme die Wirklichkeit nach meinen Wünschen? Früher habe ich mich immer dermaßen engagiert, jetzt bin ich irgendwie distanzierter, wahrscheinlich nicht mehr so leichtgläubig… Wird zum ersten Mal ein Traum für mich wahr, eine große Sehnsucht endlich erfüllt? Nach all den Leiden? Aber wie soll ich all mein Mißtrauen, meinen Argwohn und meine Ängste bezwingen und unbeschwert diesem Weg folgen, ohne zurückzublicken? Die Vergangenheit auslöschen, mich von ihrer Last befreien. Und dann doch wieder Zweifel... Ist er wirklich der Richtige? Bin ich nicht wieder nur geblendet? Aber was für innige Augenblicke und Empfindungen. Es kommt mir dumm vor, jetzt davon zu schreiben. Ist er der Mann, der mich ergänzt? Ich glaube es. Ich habe ganz deutlich gespürt, daß er es ist. Aber er ist so ernst und fast zu höflich und aufmerksam. Manchmal wirkt er auch traurig, in seinem Blick ist irgend etwas. Manuela, worauf läßt du dich ein?

Dann die Frage: *Ist er es?* und darunter die Linien des *I Ging.*

In der Deutung hieß es: *Der große Besitz. Die angemessenen Tugenden sind feste Stärke und geschulte Verstandeskraft; jedes Handeln steht im Einklang mit dem Himmel und folgt der Natur; dies ist die Grundlage für großen Erfolg.*

Yang auf viertem Platz: Weist du in untadeliger Art zurück, was unausgeglichen und unehrenhaft ist, heißt dies, daß du vernünftig unterscheidest und prüfst. Yang auf sechstem Platz: Das Glück, das der Hilfe durch den Himmel entspringt, kann allen zuträglich sein.

Während ich diese Sätze las, wünschte ich mir, daß sie sich auf mich bezogen, fürchtete jedoch, daß ein anderer gemeint war, vor Jahren oder Monaten. Ich wollte auch gar keine Gewißheit, ich hatte nicht den Mut, auf den Seiten vorher oder nachher nach einem Datum, nach einer Bestätigung zu suchen. Es erstaunte mich, wie einfach ihre Fragen waren und wie naiv ihre private Sprache, wie sehr sie innerlich litt und welche Unausgeglichenheit hinter ihrem scheinbar so unbefangenen Auftreten steckte. Ich fand, daß ich dagegen immer recht leidenschaftslos gewesen war; mein Leben war in festen Bahnen verlaufen, aus denen ich nur manchmal kurz ausgebrochen war, um nicht vor Bedauern umzukommen, aber sobald es gefährlich wurde, hatte ich den Rückzug angetreten. Jetzt kam es mir vor, als hätte ich immer alles von fern und durch einen Filter der Vernunft betrachtet und auf diese Weise nie die wahren Farben der Dinge sehen, nie eine Frau wirklich leidenschaftlich und rückhaltlos lieben können. Ich hatte es nicht einmal ernsthaft versucht, mir immer nur das Problem gestellt, wie ich die Leidenschaftlichkeit und Distanzlosigkeit der anderen abwehren sollte.

Ich blätterte eine Seite nach der anderen um, las ein Heft nach dem anderen, so wie man über ein Minenfeld rennt, im Bewußtsein, jederzeit verwundet werden zu können. Vom Steilhang eines gefährlichen Satzes rettete ich mich mit einem Sprung auf eine Seite voller Reflexionen, genoß Sekunden der Sicherheit, wagte mich wieder hervor und eilte weiter, bis mich ein spitzer Wortpfeil in die Seite traf, verweilte fast verblutend bei einem Adjektiv, hastete dann mit großen Sprüngen immer aufgewühlter weiter und konnte trotz der schrecklichen Gefahr nicht haltmachen, mich nicht in Sicherheit bringen.

Auf einer Seite hieß es:

1 Uhr 39. Warum ist er einfach so weggegangen? Aus Eifersucht? Um mich zu erpressen? Oder ist er wirklich oberflächlich? Ist er überhaupt ernst zu nehmen?

Darunter die *I Ging*-Linien, dann:

Meine Liebe für dich ist am Verdorren. Welch ein Jammer.

Auf einer anderen Seite stand:

Es geht mir gut. Gleichgewicht und Ruhe. Tai-Chi hilft mir. Ich will keinen mehr um irgendwas bitten, ich brauche niemanden. Ich habe meine Arbeit, sie macht mir Spaß, ich kann mich darin verwirklichen. Meine Freunde mögen mich. Auf einen Mann kann ich verzichten, wenn er nicht meinen Vorstellungen entspricht.

In einem dieser Hefte war ihre Schrift vor Wut und Verzweiflung groß und krakelig:
Du Scheißkerl, du Schweinehund, wo bist du? Bei wem bist du? Warum lasse ich mich immer wieder verschaukeln? Warum falle ich immer wieder darauf herein? SCHEISSKERL! *Und ich rufe wie eine Blöde immer wieder bei dir an. Dabei habe ich geglaubt, mit dir sei alles einfach und natürlich, obwohl wir nie richtig miteinander geredet haben. Aber es ist wieder einmal nur von mir ausgegangen.*

Diese Seite las ich mehrmals, denn sie konnte sich sehr gut auf mich vor zwei Tagen beziehen, aber auch auf jeden anderen an jedem anderen Tag, den wir in unserem Leben nicht gemeinsam verbracht hatten. Ich fand es nicht heraus und wollte es auch gar nicht wissen. Mein Blick glitt über die von ihren erregten Gefühlen erfüllten Sätze, ich war bestürzt, wie reizbar und leicht zu erschüttern sie war, von ihrer scharfen und sensiblen Wahrnehmung, ihrer Art und Weise, aus ganz unscheinbaren Gesten und Untertönen Indizien abzuleiten. Ihr Tagebuch zu lesen war für mich, als blicke ich über eine flimmernde Wasserfläche: ich sah die Facetten der Wellen, das immer wieder anders zurückgeworfene Licht, die millionenfachen, winzigen Bewegungen, durch die sich alle paar Sekunden die Farbe änderte.

Auf einer anderen Seite in einem anderen Tagebuch las ich:
Liebesnacht mit C., wild wie immer. Er kann nicht anders lieben, für ihn ist es immer ein mentales Machtspiel und körperliche Gewalt. Er gefällt sich darin, eine Künstlerin als Sklavin zu behandeln, das ist seine Rache an den Frauen. Er hat Angst vor ihnen und muß sie deshalb unterdrücken. Aber warum mache ich das mit?

Und etwa zwanzig Seiten weiter:
C. erpreßt mich. Er sagt, wenn ich kein Kind von ihm will, stehen ihm vierhundert andere Frauen dafür zur Verfügung. Er nützt meine Abhängigkeit schändlich aus. Er hat mich aus meinem Leben und aus meiner Arbeit herausgerissen, jetzt versucht er mich zu benützen, wie es ihm paßt. Manchmal hasse und verachte ich ihn. Auch körperlich stößt er mich ab, aber ich habe nicht die Kraft, von ihm wegzugehen, genauso wie die armen ehemaligen Drogensüchtigen in seiner Therapiegemeinschaft.

Weiterzulesen erschien mir zu masochistisch und zu niederträchtig gegenüber Manuela; ich hörte auf. Ich klappte das letzte Tagebuch zu, legte es auf den Boden zurück, sagte: »Genug, genug, genug«, das Blut kochte mir in den Adern.

Es lagen auch Dutzende von Fotos herum, kleine, verblichene Farbabzüge und Negative in den Plastikstreifen des Fotolabors. Nachdem ich ihre Tagebücher gelesen hatte, war es schwierig, die Bilder nicht anzusehen: Da war sie, mager und mit Brille wie eine junge Intellektuelle, zusammen mit einem Jungen, der ihr ähnlich sah, sie am Strand mit einem anderen Jungen in großer Pose, sie mit einer Gruppe, vermutlich Musikern, auf einer Straße in einer mittelalterlichen Stadt. Sie mal so, mal so gekleidet, die Haare mal kürzer, mal länger, im Lauf der letzten fünfzehn Jahre, mit den Blicken und Gebärden, die ich aus der Wirklichkeit von ihr kannte.

Ich sah die Fotos auf dem Fußboden nur rasch durch, ohne sie aufzuheben oder eins davon genauer zu betrachten. Auch sie waren durcheinandergeworfen und aus der Ordnung gerissen, um die Manuela sich bemüht hatte. Ich versuchte einzelne Bilder mit den Gedanken in Zusammenhang zu bringen, die sie in ihren Tagebüchern festgehalten hatte, mit ihrer Begeisterungsfähigkeit und ihren Enttäuschungen und ihren penibel und aufrichtig registrierten Gefühlen, und es kam mir vor, als seien all die Menschen, mit denen sie im Leben zu tun gehabt hatte, und alle ihre Gemütszustände immer noch gegenwärtig, um mich zu bedrängen und zu verwirren mit so schrillen Tönen, daß ich ihnen nicht zuhören konnte.

Das Telefon klingelte, ich sprang auf, riß den Hörer von der Gabel, rief: »Hallo?« Am anderen Ende der Leitung antwortete niemand. »Wer zum Teufel ist am Apparat?« schrie ich in die Muschel, verwirrt und bedrängt, wie ich mich fühlte. Es kam keine Antwort, ich hörte nur das Klicken, als aufgelegt wurde, und dann den Dauerton in der Leitung.

Ich ließ die Fotos und alles andere liegen und ging hinaus, drehte den Schlüssel in dem neuen Schloß viermal um, lief die Treppen hinunter und fuhr in mein Studio zurück.

Später fiel mir ein Absatz aus Manuelas Tagebuch wieder ein:

Ich möchte wissen, wo du heute nacht bist. Es ist schon vier, und ich kann nicht einschlafen. Ich möchte wissen, was du gerade tust und was für ein Gesicht du hast, ob ich dich schon gesehen habe, oder ob wir nur aneinander vorbeigegangen sind oder ob wir uns immer fern gewesen sind, ohne einen Berührungspunkt. Ich möchte wissen, ob wir uns je begegnen werden und wann. Ob wir uns begegnen, wenn es zu spät ist, oder gerade noch rechtzeitig, oder ob wir uns begegnen, ohne zu erkennen, daß wir es sind und wie wichtig wir füreinander sind. Ich glaube, ich würde dich sofort erkennen, ich bin mir sogar ganz sicher. Ich bräuchte dir nur einen Augenblick lang in die Augen zu sehen, um zu erkennen, ob du es bist, ich bräuchte nur zu sehen, wie du in ein Zimmer trittst. Eine Sekunde würde mir genügen, oder auch weniger. Wo aber bist du jetzt? Jetzt, wo ich allein und traurig und ohne Hoffnung bin, nach all den Feiglingen, all den kaltblütigen, unselbständigen, gleichgültigen, sadistischen oder einfach nicht zu mir passenden Männern? Wo bist du? Gibt es dich überhaupt?

Vierzehn

Spätnachts rief Manuela an. »Entschuldige die späte Stunde, aber ich war mit den Orchesterleuten essen.«

»Ihr eßt aber früh«, sagte ich, denn es war kurz vor zwei. Nachdem ich in ihrer Wohnung gewesen war, gelang es mir nicht mehr, mich heiter oder locker zu geben. »Wie war die Probe?«

»Wir waren bis Mitternacht im Opernhaus, es war ein einziges Chaos.« In ihrer Stimme verflochten sich zehn verschiedene Stränge, Müdigkeit und Zärtlichkeit und Zerstreutheit und Angeregtheit und Langeweile, Aufgeregtheit wegen ihrer Arbeit. »Und du, was hast du gemacht?« fragte sie mich.

»Ich war in deiner Wohnung. Ich hab dir das Schloß ausgewechselt. Bestialisch, wie sie alles auf den Kopf gestellt haben. Hast du wirklich keine Ahnung, wer es gewesen sein kann? Oder was er gesucht hat?« Obwohl ich halb schlief, sah ich die auf dem Boden verstreuten Fotos von ihr und die Sätze über C. in ihren Tagebüchern scharf und deutlich vor mir, und fragte mich, ob sie es sich denken konnte.

»Nein«, sagte sie. »Wie soll ich das wissen?« Sie wollte nicht darüber sprechen, ihre Stimme klang ausweichend.

»Und wie geht es in Ferrara?« fragte ich.

»Na ja«, sagte sie. »In sechs Tagen ist Premiere, und alles hängt noch in der Luft.«

»Wann sehen wir uns?« fragte ich. »Ich würde gern zu dir kommen.«

»Wann du willst«, erwiderte sie, nannte aber keinen Tag; wir hatten Mühe, über die Entfernung hinweg wieder zu Vertrautheit zu finden. Wir kannten uns noch nicht gut genug und hatten uns von Anfang an nicht so sehr auf bloße Worte gestützt.

»Ich rufe dich in den nächsten Tagen wieder an«, sagte ich, und wir verabschiedeten uns.

Dann versuchte ich wieder einzuschlafen, aber es gelang mir nicht. Ich wälzte mich im Bett herum, in dem ich nur vierundzwanzig Stunden vorher Manuela umarmt hatte, und es schien mir das unbequemste Bett der Welt zu sein, hart und wacklig und knarrend, mir war unbegreiflich, wie ich es so lange darin hatte aushalten können. Ich fühlte mich einsam und machte mir Sorgen. Und seltsamerweise war ich auch eifersüchtig, was mir vorher nie passiert war, selbst wenn ich gute Gründe gehabt hätte. Oft hatte man mich sogar der Gleichgültigkeit bezichtigt, weil ich keine Eifersucht kannte, und manche Frauen hatten mich auf die Probe gestellt, um zu sehen, wie weit sie gehen konnten, und sie konnten sehr weit gehen, so daß ich neue Enttäuschungen hervorgerufen und mir neue Vorwürfe eingehandelt hatte. Jetzt hingegen dachte ich an Manuela Duini und an die Art, wie sie das Rückgrat leicht durchbog, wenn sie an einem Spiegel vorbeiging, mit einem langen Blick, als wolle sie den Eindruck auffangen, den sie in diesem Augenblick hinterließ. Der Gedanke, daß schon vor mir jemand sie dabei beobachtet hatte oder sie in diesem Augenblick dabei beobachtete, erfüllte mich mit Wut und Bitterkeit. Ich versuchte mir ihre Musikerkollegen vorzustellen, den Dirigenten, den Bühnenbildner und den Regisseur und die Sänger und all die anderen, die an einer Operninszenierung beteiligt waren; ich versuchte mir vorzustellen, wer den Schlüssel zu ihrer Wohnung besaß und dort alles durcheinandergeworfen hatte. Sie hatte mir kaum Garantien gegeben, und ich hatte auch keine von ihr verlangt, und ich traute der Entfernung zwischen uns nicht, traute nicht der Nacht und Operninszenierungen und Zimmern von Provinzhotels.

Während ich mich von solchen Gedanken gequält im Bett hin und her warf, hörte ich, wie sich jemand an meiner Tür zu schaffen machte. Ich erstarrte und hielt den Atem an. Vom Eingang her kam ein schabendes Geräusch wie von Metall auf Metall: Jemand hatte etwas ins Schloß gesteckt und versuchte dieses zu öffnen.

Ich schlüpfte aus dem Bett, schlich so leise ich konnte zur Tür, alle Muskeln angespannt, die Ohren auf das leiseste Geräusch konzentriert. Die Eifersucht, die mich bis jetzt beschäftigt hatte, war in so etwas wie einen kalten und klaren Mordinstinkt umgeschlagen, der mich trieb, durch das stockdunkle Zimmer zu schleichen, anstatt Licht zu machen, mich mit geballten Fäusten der Tür zu nähern, anstatt laut zu rufen.

Aber ich sah nichts, und überall im Zimmer stand Arbeitsgerät herum, ich stolperte über einen Lampenfuß, die Lampe fiel krachend um, und ich flog auf den Boden.

Ich stand sofort wieder auf, knipste das Licht an und griff nach einem Stativ, riß die Tür auf, bereit, mit der ganzen Kraft meines Arms zuzuschlagen, aber es war niemand mehr da. Weiter unten hörte ich Schritte auf der Treppe, dann schlug die Tür zum Hof zu. Nackt, wie ich war, rannte ich hinunter, rannte wieder zurück, um mir Hosen und Schuhe und Jacke anzuziehen, und wußte doch schon, daß es zu spät war. Ich zog mich trotzdem an, mit rasendem Herzklopfen und zitternden Händen, lief wie ein Verrückter hinaus, die Treppe hinunter und über den Hof.

Auf der Straße blickte ich nach rechts und nach links, aber weit und breit war kein Mensch zu sehen, kein davonfahrendes Auto. Ich rannte aufs Geratewohl los bis zur Straßenecke, machte kehrt, rannte in die andere Richtung, vergebens. Voller Wut versetzte ich der Mauer einen Fußtritt, ebenso einem der Müllsäcke, die sich auf dem Gehsteig türmten, seit der Bürgermeister zurücktreten mußte und der halbe Stadtrat wegen Korruption angeklagt war und die Stadt sich selbst überlassen war wie ein heruntergekommener alter Motor, der von allein weiterläuft.

Fünfzehn

Ich fuhr mit den Aufnahmen von einem Stuhl zum Labor und blieb unterwegs im Verkehr stecken. Die Mailänder waren fast alle aus den Ferien zurück und hatten sich in ihre privaten Aktivitäten gestürzt, als wollten sie dadurch die Unsicherheit im öffentlichen Leben ausgleichen. Ich dachte an Manuelas verwüstete Wohnung, an den Einbruchsversuch bei mir letzte Nacht. Ich fragte mich, ob ein Zusammenhang zwischen den beiden Ereignissen bestand, ob Manuela irgendwie in Gefahr war, wie viele beunruhigende Seiten ihr Leben hatte. Ich fragte mich auch, wo meine Kinder wohl gerade waren, wie es ihnen mit der neuen Familie meiner Exfrau in Marokko erging; ob sie dadurch, daß sie die meiste Zeit ohne mich aufwuchsen, zu anderen Menschen wurden, als ich es mir wünschte, oder ob es ihnen im Gegenteil guttat, daß ich nicht mehr da war.

Der Verkehr stand nahezu still, die Ampeln waren außer Betrieb, und die Verkehrspolizisten verschlimmerten die Situation noch, man kam nur ein paar Meter in der Minute voran. Ich steckte mit meinem Auto fest, und meine Gedanken steckten genauso fest, liefen leer wie all die Motoren ringsum. Mir fielen wieder Manuelas über den Boden verstreute Hefte ein, die leidenschaftlichen Sätze, die ich darin gelesen hatte; die barbarische Verbissenheit, mit der das Gleichgewicht zerstört worden war, das mich bei meinem ersten Besuch bei ihr so beeindruckt hatte. Ich hätte gern gewußt, was hinter der Sache steckte, aber ich hatte keine Grundlage, nicht einmal ein Indiz oder einen Ausgangspunkt.

Ich bremste und kuppelte und gab Gas wie ein Besessener, während die Sorge um Manuela immer mehr von mir Besitz ergriff. Ich sah jemanden sie verfolgen und in ein Auto stoßen oder mit der Pistole bedrohen, sah, wie jemand ihr Hotelzimmer verwüstete und das Telefonkabel herausriß.

Ich malte mir aus, daß sie erpreßt und verfolgt und belagert wurde, wehrlos und angsterfüllt, während ich zweihundert Kilometer von ihr entfernt war, und diese Vorstellung wurde mit jeder Minute unerträglicher, am liebsten hätte ich das Auto stehengelassen und wäre zu Fuß weitergelaufen.

Als ich endlich in meinem Studio war, wählte ich die Nummer des Hotels in Ferrara, die sie mir gegeben hatte, aber eine unbeteiligte Stimme an der Rezeption antwortete: »Sie ist nicht in ihrem Zimmer.« Ich hinterließ eine Nachricht, aber als ich aufgelegt hatte, klopfte mein Herz noch schneller, die Angst um Manuela und die Eifersucht auf ihre Vergangenheit begannen sich erneut in mir zu drehen wie ein Kaleidoskop aus tausend mit Ängsten und Mißtrauen und Ungewißheit gefärbten Glassplittern, die sich unerträglich schnell bewegten.

Um mich abzulenken, räumte ich meine Schränke auf und las zwei oder drei stümperhaft ins Italienische übersetzte Gedichte von Shelley, blätterte in einem Katalog für Fotoausstattungen, aber es half alles nichts. Ich putzte mir die Zähne und lief auf und ab, aber ich sah immer nur Gebärden und Blicke von Manuela vor mir, wie Fotos, die ich nicht gemacht hatte, als sie hier bei mir gewesen war. Erst jetzt glaubte ich mich zu erinnern, daß ihr Blick beim Abschied voller Angst gewesen war; und ich hatte nichts von dem getan, was ich hätte tun können, ich hatte mich von der Unabhängigkeit und Selbstsicherheit täuschen lassen, mit der sie gegenüber der Welt auftrat.

Ich versetzte dem von der Decke baumelnden Punchingball Fausthiebe und Fußtritte und stellte mir dabei vor, denjenigen zu verdreschen, der in Manuelas Wohnung eingedrungen war, aber auch das nützte nichts. Ich nahm die Schere und schnitt mir vor dem Spiegel die Haare ab, ich schnipselte wild drauflos, ohne den geringsten Anspruch auf Symmetrie oder Ebenmaß. Ich ließ sie so, wie sie waren, in unregelmäßigen Büscheln vom Kopf abstehend, als käme ich gerade von einer Schlägerei, und machte ein paar Polaroidfotos von mir, warf sie nebeneinander auf den Tisch, um zu sehen, was für ein Gesicht meine Gemütsverfassung hatte.

Dann lief ich aus dem Haus und eilte durch den Verkehrslärm zu Fuß in Manuelas Wohnung.

Das Durcheinander in der Wohnung war schlimmer, als ich es in Erinnerung hatte, und es verstärkte noch mein Gefühl von Verlust und Bedrohung. Ich suchte nach irgendeinem Hinweis, aber ich wußte nicht, wo ich anfangen sollte, und hatte nicht die geringste Lust, erneut in den Tagebüchern zu lesen oder Fotos zu betrachten, ich hatte keine Übung als Privatdetektiv. Ich ließ meinen Blick über den Raum wandern, um herauszufinden, ob in der Verwüstung nicht wenigstens irgendein System zu erkennen war, ob ihr Zweck Einschüchterung war oder die Suche nach irgend etwas und wieviele Hände daran beteiligt gewesen waren. Der Himmel draußen war bleiern und unbewegt, ließ kaum Helligkeit durch die Oberlichter sickern, aber ich machte keine Lampe an; ich ging auf und ab im grauen Licht, das wie künstliches Nachtlicht wirkte, und versuchte meine Gedanken zu ordnen.

Dann hörte ich im Korridor ein Geräusch, und mir fiel ein, daß ich nicht einmal die Tür abgeschlossen hatte.

Ich drückte mich an die Wand, das Gefühl von Verlust und Gefahr gefror zu purem Aggressionstrieb, schlimmer noch als letzte Nacht in meinem Studio; ich hob ein schweres Tischtuch vom Boden auf und ging zur Tür.

Aus dem Korridor ertönten Schritte, eine Männerstimme sagte »Hallo?«, jetzt schon sehr nahe.

Ich machte einen Satz hinter der Ecke hervor und warf das Tischtuch über die kräftige Gestalt, die mir entgegenkam, versetzte ihr mit aller Kraft einen Fußtritt zwischen die Beine und einen Schlag mit dem Handballen auf den Kopf.

Die kräftige Gestalt ging mit einem durch das Tuch gedämpften Aufschrei zu Boden und blieb langgestreckt liegen. Ich trat weiter auf den Kerl ein, so wie ich es immer mit meinem Punchingball machte, aber er hielt sich nur schützend die Arme über den Kopf und rollte auf die Seite, während ihm das Tuch vom Kopf rutschte und meine Wut mit einemmal nachließ, als ich sah, daß es mein Cousin war.

»Was willst du denn hier?« fragte ich ihn, zu aufgeregt, um etwas anderes zu sagen oder mich über ihn zu beugen und zu fragen, wie es ihm gehe.

»Und du, was zum Teufel tust du hier?« entgegnete er mit einer Art Röcheln. Er stützte sich auf den Ellenbogen, weiß im Gesicht wie ein Blatt Papier; Blut rann ihm aus der Nase, und er drückte sich die Hand zwischen die Beine. »Was fällt dir ein, verdammte Scheiße, du hast mich halb totgeschlagen.«

Ich beugte mich über ihn und besah ihn näher, zum Glück hatte ich ihn nicht halb totgeschlagen, sein schwarzer Mantel und das dicke Tischtuch hatten die

Schläge abgefangen. »Ich wollte mir dieses Chaos noch einmal anschauen«, erklärte ich. »Bist du das gewesen?«

»Spinnst du?« sagte mein Cousin mit belegter Stimme. Er setzte sich mühsam auf, betastete mit einer Hand seine Nase, ohne die andere zwischen den Beinen wegzunehmen.

»Und gestern nacht an meiner Studiotür, das warst du auch nicht?«

Mir zitterten noch die Hände von dem Gewaltausbruch, zu dem man mich getrieben hatte.

»Was für einen Quatsch redest du da?« sagte mein Cousin. »Du hast wohl wirklich nicht mehr alle Tassen im Schrank, Mann.«

Mit meiner Meinung nach übertrieben schmerzverzerrtem Gesicht rappelte er sich vollends hoch und lehnte sich gegen die Wand. »Du mit deinem Scheißkarate, krimineller Spinner.«

»Tut mir leid«, sagte ich. Ich hob eine Serviette vom Boden auf, machte sie unter dem Wasserhahn in der Kochnische naß und gab sie ihm, damit er sich die Nase abwischen konnte. »Als ich dich hereinkommen hörte, war ich sicher, daß es der Schweinehund ist, der das Chaos hier angerichtet hat.«

»Und was hast du damit zu tun?« fragte mein Cousin und nahm mir widerstrebend die Serviette aus der Hand. »Was soll das alles? Ist zwischen dir und der Harfenistin die große Liebe entflammt? Hinter meinem Rücken?« Er sah mich nur ab und zu an, sonst betrachtete er das Durcheinander und preßte sich das feuchte Tuch an die Nase.

»Wir sind zusammen«, sagte ich; aber während ich es sagte, fragte ich mich, ob es überhaupt stimmte, ob ich nicht etwas voreilig war und die Dinge vereinfachte.

»Na wunderbar«, sagte mein Cousin mit gedämpfter

Stimme unter der Serviette hervor. »Der liebe Verwandte, wie er im Buch steht, was? Ohne mit der Wimper zu zucken.«

»Es mußte so kommen«, sagte ich. »Es ist eine von diesen unvermeidlichen Geschichten, es schlummert vielleicht schon seit Jahren in dir und wartet nur darauf, zum Leben zu erwachen. Ich kann nichts dagegen machen. Tut mir leid. Mit euch beiden hätte es sowieso nicht geklappt.«

»Besten Dank«, meinte er. Mit gekrümmtem Oberkörper, ein Bein nachziehend, schlurfte er an mir vorbei ins Wohnzimmer und besah sich das Durcheinander. »Du lieber Himmel, wie sieht es denn hier aus. Ist viel gestohlen worden?«

»Nichts, wie es scheint. Das ist ja das Komische.«

Er setzte sich auf einen der Stühle, die ich wieder um den runden Tisch gestellt hatte, drückte sich weiter das Tuch auf die Nase und betrachtete es ab und zu prüfend, um zu sehen, wie stark er blutete. »Hast du sie gebumst?« fragte er.

»Wir sind zusammen«, sagte ich zum zweiten Mal, meiner Sache noch weniger sicher als beim ersten Mal. »Mußt du so roh und vulgär sein?«

»Du dagegen bist sanft und feinfühlend«, sagte mein Cousin und nahm sich theatralisch das Tuch von der Nase, aber er blutete schon nicht mehr, die Nase war nur ein wenig rot und geschwollen.

Ich setzte mich auf eine Sessellehne, drei, vier Meter von ihm entfernt. Wir sahen uns mit sekundenlangen Pausen an, über das Drunter und Drüber im Zimmer hinweg, in dem vorher eine so beseelte Ordnung geherrscht hatte; wir sprachen nicht, versuchten, uns von dem Schreck zu erholen. Schließlich fragte ich ihn: »Wie waren eure Weihnachtsferien in den Bergen?«

»Eine Qual«, antwortete mein Cousin. »Vor den Kindern, Nachbarn und Freunden habe ich den braven Ehemann gemimt. Gemeinsames Frühstück, den ganzen Tag Ski fahren, Abendessen, die heile Familie. Und abends lagen wir stocksteif in den Betten und platzten fast vor unterdrückten Aggressionen.

»Kenne ich«, sagte ich; es war das einzige Gebiet, auf dem wir uns verständigen konnten.

»Aber das ist aus und vorbei«, fuhr mein Cousin fort. »Wir haben uns getrennt. Vor drei Tagen. Wir waren beide schon im Schlafanzug. Ich habe ihr gesagt, daß es keinen Sinn mehr hat, so zu tun, als ob alles in Ordnung wäre, das glaubt uns sowieso keiner mehr.«

»Und sie?« Ich fragte mich, ob Manuela noch durch die in ihrer Wohnung verstreuten Spuren ihres Lebens Einfluß auf uns ausübte.

Mein Cousin legte die Serviette auf den runden Tisch, tastete seine Nase ab. »Zuerst hat sie mich angestarrt, als hätte ich ihr auf den Kopf geschlagen, aber dann hat sie gebrüllt, daß sie einverstanden ist und es selbst auch schon lange nicht mehr aushält, daß ich der feigste und scheinheiligste Mann der Welt bin und ihr Leben zerstört habe und daß sie mich haßt. Sie hat mich angeschrien, ich solle verschwinden, sonst werfe sie mich hinaus. Von einem Augenblick auf den anderen. Einfach so.«

»Donnerwetter«, sagte ich, ziemlich betroffen über die Ratlosigkeit, die sich schubweise seiner Stimme bemächtigte. »Und was hast du gemacht?«

»Ich hab mir ein Appartement-Hotel gesucht«, sagte er, während er sich mit zumindest teilweise übertrieben verzerrtem Gesicht die Leistengegend rieb. »Und jetzt wollte ich bei der Duini vorbeischauen, da sie ja alles ins Rollen gebracht hat und nie ans Telefon geht.«

»Sie ist nicht in Mailand«, erklärte ich. Ich wollte ihm nicht verraten, wo sie war; es störte mich, daß er sie »die Duini« nannte, es störte mich, daß er bei ihr hatte vorbeischauen wollen. Die Zentralheizung war ausgeschaltet, und es war kalt, aber ich merkte es erst jetzt.

»Ach ja, die Oper in Ferrara, stimmt's?« sagte mein Cousin, sichtlich stolz, daß er davon wußte und daß er Manuela einen Monat früher kennengelernt hatte als ich.

»Ja«, bestätigte ich. Ich hätte ihn am liebsten aus Manuelas Wohnung gewiesen, es tat mir gar nicht mehr so leid, daß ich ihn aus Versehen verdroschen hatte.

Er betastete mit den Fingerspitzen weiter seine Nase, sah sich dabei im Zimmer um und fragte: »Und diese Sauerei hier?«

»Keine Ahnung«, sagte ich. Ich war unschlüssig, wie ich mich verhalten sollte, denn ich hätte ihn gern gefragt, ob er irgend etwas wußte, andererseits wollte ich, daß er sich heraushielt: Ich war hin und her gerissen, und man sah es mir wohl auch an.

Mein Cousin schniefte, legte den Kopf in den Nacken. »Vielleicht waren es die Schwarzen. Tamba und seine Kumpels. Die sahen ziemlich ausgeflippt aus, ich weiß nicht, ob du sie mal gesehen hast. Vielleicht waren sie sauer wegen eurer Love-Story.«

»Kann sein«, sagte ich, aber die Verwüstung ringsum sah mir nicht nach einer Eifersuchtsaktion aus, dazu war sie zu gefühllos und systematisch.

»Oder Cerino«, sagte mein Cousin. »Das ist der Typ, der so was macht.«

Und plötzlich fiel mir wieder ein, was Manuela über »C.« in ihrem Tagebuch geschrieben hatte; meine Gedanken kreisten immer schneller, die Bilder in meinem Kopf glitten eins über das andere. »Mimmo Cerino?« fragte ich.

»Ja, der«, antwortete mein Cousin. »Er wird ein paar von seinen ehemaligen Drogensüchtigen aus der Therapiegemeinschaft hergeschickt haben, an Handlangern mangelt es ihm bestimmt nicht.«

»Scheißkerl«, sagte ich. »Und was wollte er?«

»Woher zum Teufel soll ich das wissen?« sagte mein Cousin. Er stand auf, anscheinend hatte er kaum noch Bewegungsschwierigkeiten, und beugte sich über die auf dem Boden verstreuten Briefe und Tagebücher, Buntstifte, Zeitungsausschnitte und Fotos.

Ich stand ebenfalls auf, immer noch hin und her gerissen zwischen dem Trieb, mein Revier zu verteidigen, und dem Wunsch, etwas zu erfahren. »Das sind Manuelas Sachen, ich möchte nicht, daß du sie anguckst«, sagte ich.

Mein Cousin kramte drei, vier von den Farbfotos auf dem Fußboden heraus und reichte sie mir. »Da hast du ihn.«

Auf den ersten beiden 10x15-Abzügen war ein etwa fünfundvierzigjähriger Mann auf dem Deck eines kleinen Segelboots zu sehen, der in einem Buch las. Er hatte einen plumpen, schwerfälligen Körper und einen geradezu unverschämt prallen Bauch, graue Haare und eine Brille mit Horngestell; seine Arme und der breite Hals strahlten eine dumpfe und animalische Kraft aus, die sich in seinem Blick widerzuspiegeln schien. Auf die Ellenbogen gestützt, saß er zurückgelehnt auf dem Bug und blickte mit lässiger Arroganz ins Kameraobjektiv, ohne sich darum zu kümmern, wie er auf dem Foto aussehen würde. Das Buch, das er las, war ein Wälzer von mindestens fünfhundert Seiten, der Titel war so winzig gedruckt, daß Manuelas Pocket-Kamera ihn nicht hatte entziffern können; er hielt es in der Hand, so wie ein Jäger den Fuß auf den Kopf eines erlegten Hirschs setzt.

Auf den anderen Fotos sah man Manuela auf dem Deck desselben Boots liegen. Ihr Busen war entblößt und ihr wunderbarer Bauch braungebrannt, vermutlich von Cerino fotografiert. Aber ich wollte die Fotos gar nicht anschauen und ich wollte erst recht nicht, daß mein Cousin sie sah, ich sagte: »Interessiert mich nicht, das sind Manuelas Sachen«, und legte sie wieder zu den anderen Sachen auf den Fußboden.

»Jedenfalls hast du ihn gesehen, den werten Herrn Doktor Domenico Cerino«, sagte mein Cousin. »Vielleicht will er sie erpressen. Vielleicht weiß sie etwas, was sie nicht wissen soll.«

»Interessiert mich nicht«, erklärte ich erneut. Aber das stimmte nicht, die Bilder, die ich gesehen hatte, gingen mir durch den Kopf, zusammen mit anderen, die ich mir nur vorstellen konnte: Manuela, wie sie Cerino auf dem kleinen Segelboot fotografierte, Cerino, wie er sie fotografierte, die beiden allein auf dem Meer, Cerino, der sie mit aggressiven Gesten herumzukriegen suchte. Ich sah sogar Details: Cerinos plumpe Hände und breite Handgelenke, seinen aus den geblümten Bermuda-Shorts ragenden Bauch, die Falten um seine Reptilienaugen, und Manuelas sensible Hände, ihre geschmeidigen Unterarme, ihren warmen Blick. Ich hatte jetzt nicht mehr den leisesten Zweifel, daß er ihre Wohnung verwüstet hatte, nachdem er sie erpreßt hatte, wie sie in ihren Tagebüchern schrieb; ich spürte, wie ich innerlich bebte vor Wut, wie sie mir im Reinzustand in den Adern pulsierte.

Mein Cousin sagte: »Nach zwei Jahren mit so einem muß man ja ein bißchen sonderbar werden. Das ist das mindeste.«

Er ging immer noch mit zu Boden gerichtetem Blick zwischen Manuelas Sachen hin und her, und ich konnte seinen Ton und die Bilder, die mir durch den Kopf schwirrten, nicht länger ertragen. »Ich muß jetzt fort. Ich muß abschließen«, sagte ich und schob ihn fast zur Tür. Er betrachtete im Vorbeigehen sein Gesicht im Flurspiegel, schniefte. »Gehen wir?« fragte ich, mit den Schlüsseln in der Hand, ungeduldig, die Treppe hinunterlaufen zu können.

Sechzehn

Ich fuhr so schnell ich konnte nach Ferrara, mit einer alten englischen Rockblues-Platte in der Stereoanlage, den Blick starr nach vorn gerichtet, zwischen den zwei Betonmauern, die einen zum Himmel hin offenen Tunnel durch die winterlich kahle, graue Po-Ebene bildeten. Ich hätte gern das Auto von Ghigo gehabt, um noch schneller fahren, den Vorstellungsbildern zuvorkommen zu können, die sich immer wieder meiner Gedanken bemächtigten.

Ich brauchte auch so nur zwei Stunden, obwohl der Nebel auf dem letzten Stück so dicht war, daß ich fast nichts mehr sah; endlich hielt ich vor Manuelas Hotel auf dem Bahnhofsplatz. Das Mädchen an der Rezeption sagte mir, daß Manuela nicht da sei, und blickte mich dabei hinter der Theke in der anonymen Halle des häßlich modernen Gebäudes aus gleichgültigen kleinen Augen an. Ich ließ mir sagen, wo das Opernhaus war, und stieg wieder ins Auto, fuhr im Nebel durch die wild wuchernden Häuserringe, die die Innenstädte umhüllen wie die Schalen verdorbener Zwiebeln, von denen nur der innerste Kern erhalten ist.

Das Opernhaus war mitten im Zentrum, in dem keine Autos fahren durften und wo unter den Bogengängen zwischen den alten Häusern nur Fußgänger zu sehen waren. Es war kälter als in Mailand, die Luft war weniger verpestet, aber noch feuchter und dichter. Die Leute bummelten unter den Arkaden mit der selbstgefälligen Gemächlichkeit, die typisch ist für die in sich selbst ruhenden, von

Bars und Konditoreien und Schaufenstern mit Schuhen und Silberwaren und Edelmöbeln erleuchteten norditalienischen Provinzstädte.

Ich betrat das Opernhaus durch den Künstlereingang, stieg eine Treppe nach oben. Bühnenarbeiter liefen mit Lampen, Kabeln und Brettern hierhin und dorthin, Kostümbildner, Schneiderinnen und Chorsänger schwatzten miteinander in Probenzimmern, auf Gängen und Treppen. Nach der feuchten Kälte draußen war es heiß wie in einer Turnhalle, es roch nach Staub und Schweiß und aufdringlichen, langanhaltenden Parfums. Fast alle drehten sich nach mir um, als ich vorbeiging, ohne ihr Gespräch zu unterbrechen, mit einer automatischen, unbeteiligten Neugier, geschützt und gesichert durch ihre Rollen.

Ich fragte ein junges Mädchen nach Manuela Duini. Sie mußte Regieassistentin oder Choreographieassistentin sein, sie hatte ein Heft in der Hand und fragte mich mit strengem Blick: »Sie sind?«

»Leo Cernitori«, sagte ich. Sie ging ohne Eile bis zu der Stelle, wo der gemauerte Fußboden des Korridors an den Holzboden der Hinterbühne grenzte, aus der Hammerschläge und das Quietschen von Seilzügen tönten. Hier wartete ich, nervös auf und ab gehend, horchte auf die Geräusche aus dem Requisitenraum, die Triller eines Tenors und eines Soprans aus irgendeinem Zimmer, ein sich ständig wiederholendes Trompetenmotiv, Flötenklänge, Gesprächsfetzen. Dann und wann stolzierte ein Sänger oder eine Sängerin in noch unvollständigem Bühnenkostüm an mir vorbei, wie Hähne oder Hennen mit fetten Hühnerbeinen und raschelnden Federn; sie blickten um sich oder geradeaus, spielten ihre Rolle auch außerhalb der Bühne weiter. Die Chorsänger und Statisten warfen ihnen lange, faszinierte oder gehässige Blicke nach, die

Techniker betrachteten sie spöttisch oder unduldsam. Es herrschte eine Atmosphäre wie in einer vom normalen Leben abgeschotteten Parallelwelt; es hatte nicht den Anschein, als würden Luft oder Licht oder Gerüche oder Laute von außen hereindringen.

Nach ein paar Minuten kam Manuela: Ich sah sie aus den Kulissen treten, sie lächelte mir von weitem entgegen. Ich hatte befürchtet, sie könnte verärgert sein, daß ich so unangemeldet in den Bereich ihrer Arbeit eindrang, statt dessen rief sie freudig überrascht: »Hej, was machst du denn hier?« umarmte mich und küßte mich auf den Mund, ohne sich um die Blicke der Leute ringsum zu kümmern. Sie fuhr mir mit der Hand durch die geschorenen Haare, fragte: »Was hast du mit deinem Kopf angestellt?«

Auch hier drinnen wich sie von der Norm ab, fiel sie völlig aus dem Rahmen, sie hatte nichts gemein mit den Gesichtern, den Kleidern, der Gestik und der Redeweise der Leute, die ich herumlaufen sah. »Schön, daß du da bist«, sagte sie mit vor Freude glänzenden Augen. »Was für eine tolle Überraschung.«

»Ich habe es ohne dich einfach nicht mehr ausgehalten«, sagte ich. Ich drückte sie an mich und spürte, wie mich Wärme, Ruhe und reinste Zufriedenheit durchströmten.

»Willst du sehen, wo ich übe?« fragte sie. Sie war voller Energie, belustigt über die Blicke, die uns beobachteten. Sie nahm mich bei der Hand, führte mich durch den Korridor und einen engen Durchgang auf die schräge Hinterbühne, wo Bühnenarbeiter in den Kulissen hämmerten und Seile spannten. Ich folgte ihr wie in einem irdischen Traum, weit fort von der Leere, die ich in Mailand empfunden hatte, und von dem einförmigen Tunnel während der rasenden Fahrt nach Ferrara, und es schien mir nichts Schöneres auf der Welt zu geben, als an einem unbekannten Ort anzukommen und die Frau zu finden, die man gesucht hat, und festzustellen, daß sie von den gleichen Gefühlen erfüllt ist wie man selbst. Von der Bühne aus zeigte sie mir den großen, vom vergoldeten Rund der stuckverzierten Logen eingefaßten Zuschauerraum, das Parkett mit seinen scharlachroten Samtsesseln, die in konvergierenden Linien einem Fluchtpunkt im Hintergrund zuzustreben schienen, den von der Decke herabhängenden Kronleuchter aus Kristalltropfen. Der Widerschein der erwartungsvollen Erregung in ihrem Blick ging durch Augen, Haut und Atem auf mich über.

Ich folgte ihr in ein kleines Zimmer hinter den Kulissen, in dem ihre Harfe die Hälfte des verfügbaren Raums ausfüllte. Es gab ein Notenpult mit den Partituren, über einem Stuhl hing ihre schwarze Lederjacke. »Schau dir diesen winzigen Probenraum an«, sagte sie und deutete auf ihre Harfe wie auf einen vertrauten Menschen, der ihr mittlerweile etwas lästig geworden war.

»Aber mit der Arbeit geht es gut?« fragte ich sie. In all der Betriebsamkeit und dem Gewirr von Geräuschen und Stimmen vor der Tür kam ich mir wie ein Eindringling vor, was mich zugleich freute und verunsicherte.

»So lala«, sagte Manuela. »Ich kann meinen Part immer noch nicht auswendig. Mit der Sängerin habe ich erst zweimal geprobt und einmal mit dem Orchester, ziemlich schwierig alles.« Sie setzte sich an die Harfe, strich mit den Fingern über die Saiten und spielte mir ihren Part vor, sah dabei ab und zu in die Partitur auf dem Notenpult, lächelte, machte ein spöttisches Gesicht. Aber sie war voller Leben, die Anspannung, die das Theater bis in den letzten Winkel erfüllte, die Energie, die die vielen Menschen gleichzeitig in den Raum strömen ließen, hatten sich ihrem sensiblen Gemüt mitgeteilt. Ich fragte mich, ob ich mich wohl je so von meiner Arbeit packen lassen, mich auf einer so schnellen und intensiven Frequenz mitreißen lassen würde, anstatt mich immer hinter genau vorhersehbaren Rhythmen zu verschanzen.

Sie verlangsamte das Tempo ihres Arpeggios, und die Töne, die sie spielte, nahmen einen romantisch weichen und warmen Klang an. »Weißt du, Sänger sind in gewisser Weise wie Rennpferde«, erklärte sie. »Sie scheuen vor jedem Schatten, du solltest sie sehen. Auch die kleine Dicke, die ich begleiten muß. Sie möchte, daß ich langsamer und schneller werde, wie es ihr paßt, doch der Dirigent ist ganz anderer Meinung, ich sitze zwischen zwei Stühlen.«

Sie lächelte, und mir war unbegreiflich, wie sich eine moderne und ruhelose Frau wie sie überhaupt mit den aufgeplusterten Hennen und Hähnen verständigen konnte, die ich auf dem Gang vorbeikommen sah.

Sie stand auf und nahm ihre Lederjacke. »Gehen wir? Für heute habe ich es satt.« Wir kehrten über die Hinterbühne und den schräg abfallenden Gang ins Erdgeschoß zurück, das noch voller Leute war. Manuela verabschiedete sich von den anderen, und sie grüßten zurück, und doch schien sie in ihrer Rowdy-Lederjacke nichts mit den weißgekleideten Ballerinen und den Sängern in ihren halbfertigen Kostümen zu tun zu haben. »Hast du sie gesehen?« flüsterte sie mir zu. Wir lachten gemeinsam; es war wunderbar, sie so nah zu spüren, obwohl sie zur Szenerie gehörte und ich nicht.

Sie durfte das Theater nicht einfach so verlassen, sondern mußte sich in einem Büro abmelden wie eine Schülerin, die Rechenschaft über ihr Tun ablegen muß, wie lästig auch immer ihr die Schule sein mag. Man sah ihren

Bewegungen diesen Konflikt zwischen Unabhängigkeitsstreben und Abhängigkeit an, ich beobachtete fasziniert, wie sie zwischen Spontaneität und Vernunft, zwischen Musikerdisziplin und Temperamentsausbrüchen hin und her gerissen die Grenzen erkundete.

Wir traten unter die Arkaden hinaus, und ihre Stimmung war schon umgeschlagen, sie wirkte nachdenklich und in sich gekehrt. Sie sagte: »Gestern habe ich eine halbe Stunde lang wie besessen geübt, und als ich aus dem Zimmer kam, stand der Dirigent vor der Tür. Er hatte gelauscht, ohne daß ich es bemerkte. Ich bin fast in Ohnmacht gefallen, ich wäre am liebsten in den Erdboden versunken.«

»Wieso das?« fragte ich; betroffen, wie unergründlich sie in ihrer Sensibilität war, empfindlich und zart, und welch verschlungenen Wegen voll jäher Höhen und Tiefen ihre Empfindungen folgten.

»Weil er heimlich zugehört hat«, erklärte sie. »Ich bin mir vorgekommen, als hätte er mich nackt gesehen.«

Ihr Ton bezauberte mich und beunruhigte mich zugleich, Verletzlichkeit schwang darin und Schüchternheit, in die sich wie Unterwasserströmungen die Lust an der Selbstdarstellung mischte, die Lust, nackt gesehen zu werden.

»Und was hat der Dirigent gesagt?« fragte ich sie. Es fiel mir immer noch schwer, das ihren Schritten angemessene Tempo zu finden, wir waren nur einmal nebeneinanderher gelaufen, damals an dem Morgen, als sie nach Ferrara gefahren war; ich sah sie immer wieder von der Seite an, spürte ihre Hüfte an meiner, als wir den in Nebel gehüllten Platz überquerten.

»Nichts«, sagte Manuela. »Er hat bloß gelächelt.« Sie ging schnell, als ob ihre Gedanken sie vorwärts trieben.

Ich fragte: »Hast du Hunger? Sollen wir etwas essen gehen?«

»Ja«, sagte sie. »Hier in der Nähe gibt es ein Restaurant, dorthin gehen die vom Orchester.« Sie zeigte über den großen Platz in eine andere Richtung, und wir gingen eine Weile schweigend weiter.

Dann sagte sie: »Mein Vater hat mir auch immer beim Üben zugehört. Sein Zimmer lag neben meinem. Auch er hat nie ein Wort dazu gesagt, mich nie ermutigt, nichts. Vielleicht, weil er selbst zuerst Pianist war, aber Angst hatte, vor Publikum zu spielen, und deshalb Dirigent geworden ist. Vielleicht machte es ihm zu schaffen, Kinder wie mich und meinen Bruder zu haben. Ich weiß nicht.«

Ihre melodische Stimme klang fast atemlos, als falle es ihr immer noch schwer, darüber zu sprechen, obwohl sie immer wieder darüber nachgedacht hatte. Mir kam es seltsam vor, daß sie überhaupt je einen Vater und eine Familie gehabt hatte; in meinen Augen war sie vor allem die Tochter von sich selbst, war sie so geworden wie sie war, ohne jemandem irgend etwas zu verdanken.

»Natürlich liegt es hauptsächlich an ihm, daß ich so viele Probleme mit dem Männlichen in mir hatte. An ihm und meinem Bruder. Das hat sich bei der Analyse ganz klar herausgestellt.«

»Wieso, wie war denn dein Bruder?«

»Er hat mich jahrelang wie ein Spielzeug behandelt, mich ständig gereizt und gequält. Mir die Arme nach hinten verdreht und mir befohlen: ›Auf die Knie vor dem König‹, er war ein regelrechter Sadist. Aber er war mein Idol. Er war sieben Jahre älter als ich und ein Wunderknabe, er spielte schon göttlich Geige, als ich noch in den Kindergarten ging. Die ganze Zeit waren Journalisten im Haus, um ihn zu interviewen und zu fotografieren, manchmal ließ er sich auch mit mir fotografieren. Bei seinen Konzerten saß ich in der ersten Reihe, ich war so stolz auf ihn. Mit achtzehn hat er dann ganz plötzlich geheiratet und ist weggegangen, aus meinem Leben verschwunden. Er konnte die Familie nicht mehr ertragen und hat alle Beziehungen zu ihr abgebrochen.«

Ich merkte ihr an, wie schwierig das alles für sie gewesen war; ich fragte: »Was für eine Analyse machst du?«

»Ich bin drei Jahre lang zu einer Jungianerin gegangen. Vor ein paar Monaten habe ich aufgehört, ich fand, daß ich ihr nichts mehr zu sagen hatte. Wir drehten uns im Kreis, bei den letzten Sitzungen. Auch so was geht einmal zu Ende, genau wie eine Liebesgeschichte, oder?«

»Kann ich mir vorstellen«, sagte ich und dachte daran, wie sie »das Männliche in mir« gesagt hatte. Ich hätte gern gewußt, was von ihrer Fähigkeit, so offen über sich zu sprechen, auf ihre Analyse zurückzuführen war und was auf ihr Naturell, inwieweit beides vermischt war. Ich sagte: »Ich habe nie viel von Psychoanalyse gehalten. Vor allem mag ich fertige Formeln nicht und die Vorstellung, daß alle Erklärungen schon in irgendeinem Buch stehen, das vielleicht vor hundert Jahren geschrieben worden ist.«

»Bücher mit fertigen Formeln haben mich auch nicht interessiert«, sagte sie. »Ich wollte wissen, was in mir ist. Das sollte dich auch interessieren. Jeder intelligente Mensch, der in sich selbst etwas sucht, sollte den Mut haben, sich in Frage zu stellen.«

»Klar«, stimmte ich ihr zu. »Aber braucht man dazu einen Analytiker? Jemanden, der einen aushorcht, weil es sein Beruf ist, und der sich dafür bezahlen läßt und alles, was man ihm erzählt, in eine der Schubladen in seinem Kopf steckt und dir am Ende erklärt, was in dir drin ist?«

»Wie simpel du denkst«, sagte sie kampfbereit. »Für

mich war es wichtig. Vor der Analyse war ich drauf und dran, verrückt zu werden. Ich spielte unentwegt Harfe und steckte in einer halbtoten Beziehung und hätte um ein Haar durchgedreht.«

»Und durch die Analyse hat sich das von heute auf morgen geändert?« Mein Ton klang herausfordernd und hart, ich wußte selbst nicht weshalb, aber ich mußte an das häßliche Gesicht von Mimmo Cerino und an seine lässige Arroganz denken und wußte, daß da irgendein Zusammenhang bestand.

»Ja«, sagte sie. »Es war wie eine Reise. Eine Abenteuerreise ohne Rückkehr. Das ist das Leben übrigens auch.«

»Gegen Reisen habe ich nichts«, sagte ich. »Ich habe nur was dagegen, sie mir von einer Reiseagentur organisieren zu lassen. Von einem, der behauptet, daß er alle Orte kennt und weiß, wie man hinkommt, und dich führt und dir alles erklären will.« Wieder hatte ich Mimmo Cerino vor Augen; ich stellte mir vor, wie er sich ihr als Guru und Reiseführer angedient hatte, wie er sie mit seinem angelesenen Wissen und der Übermacht seines Alters und mit seinen Theorien als militanter Drogentherapeut unter Druck gesetzt und eingeschüchtert hatte.

»Du denkst zu simpel«, warf mir Manuela erneut vor. »Du redest, ohne etwas von der Sache zu verstehen.«

Ich betrachtete sie von der Seite, und mein Arm lag immer noch um ihre Taille, ich spürte bei jedem Schritt die Bewegung ihrer Hüften und hatte keine Lust, mit ihr zu streiten; ich sagte: »Du brauchst nicht immer gleich das Schwert zu zücken. Ich bin doch nicht dein Feind.«

»Wie soll ich das wissen?« entgegnete sie, mit dem Anflug eines Lächelns. Wir gingen durch eine schmale Straße mit Kopfsteinpflaster, rechts und links die Mauern der alten Häuser. Sie hielt nach dem Restaurant Ausschau, in das wir gehen wollten, sagte: »Hoffentlich sind wir hier richtig.« Sie kannte sich in Ferrara nicht gut aus, aber sie wußte sich zu orientieren, sie war es gewöhnt, unterwegs zu sein und sich allein zurechtzufinden; sie machte nicht den Eindruck, als ob sie sich vor allem auf Reiseagenturen verließ.

»Bist du immer so viel auf Achse gewesen?« fragte ich.

»Mehr oder weniger. Ungefähr seit meinem sechzehnten Lebensjahr. Seitdem ich in der Öffentlichkeit spiele. Bis vor drei Jahren war ich dauernd unterwegs, manchmal hatte ich zwei oder drei Konzerte in der Woche, jedes in einer anderen Stadt. Und wenn ich nicht gespielt habe, bin ich im Auto gesessen. Ich fuhr morgens mit der Harfe los und nachts nach dem Konzert wieder nach Mailand zurück. Das Leben eines Konzertmusikers ist eben so. Du legst gewaltige Strecken zurück und nimmst den Applaus entgegen und das Geld, das sie dir schulden, dann schlingst du irgendeine Mahlzeit hinunter und schläfst in einem häßlichen Hotel oder fährst gleich wieder nach Hause zurück.«

»Du Ärmste«, sagte ich und konnte mir gut vorstellen, wie sie in ihrem alten Kombi durch die Nacht fuhr.

»So ist es nun mal. Jahrelang habe ich nicht weiter drüber nachgedacht, zeitweise hat es mir sogar Spaß gemacht. Ich bin durch halb Europa gekommen und war ganz allein auf Tourneen in China und Südamerika. Aber dann hatte ich es plötzlich schrecklich satt.«

Wir kamen auf einen Platz mit einer kleinen Grünanlage in der Mitte und sahen das erleuchtete Restaurantschild. Wir traten in die Wärme, das Licht und das Stimmengewirr, in einen großen rustikalen Saal voller Leute und Zigarettenqualm. An einem Tisch saß eine Gruppe Deutscher, die tranken und kehlig lachten, sie grüßten Manuela, als wir zu einem der Ecktische gingen. »Das sind die Orchesterleute«, sagte sie unbefangen und doch auf der Hut, während uns die Blicke der Musiker folgten.

Wir bestellten Rotwein und etwas zu essen, begannen sofort zu trinken, als der Wein gebracht wurde. Wir sahen uns im warmen Licht aus nächster Nähe an, und die Kommunikation war jetzt ganz anders als vorher, als wir durch die Dunkelheit liefen und uns nur von der Seite sahen. Ich drückte ihr Handgelenk, versuchte, die deutschen Stimmen und das Gelächter am Tisch der Musiker nicht zu beachten; mir war, als schwanke ich zwischen Einfachheit und Kompliziertheit, zwischen Zufriedenheit und Besorgnis hin und her wie auf einer Schiffbrücke.

»Du siehst gut aus, so kurzgeschoren. Fast wie ein Fremdenlegionär«, sagte Manuela. Aber sie war nicht gänzlich auf mich konzentriert, und mir wurde klar, daß sie sich fragte, ob wir uns nicht lieber zu den anderen Musikern hätten setzen sollen.

»Es hat mich einfach so überkommen. Ich war nervös und habe die ganze Zeit darüber nachgedacht, wer wohl deine Wohnung verwüstet hat. Ich hatte eine schreckliche Wut im Bauch.«

Sie sah mich an, und ich glaubte in ihrem Blick lesen zu können, was ihr durch den Kopf ging. Ihr ging es vermutlich ebenso, denn sie sagte: »Du denkst, ich weiß, wer es war, stimmt's?«

»Hhm«, sagte ich. »Jedenfalls hat er den Schlüssel. Er brauchte das Schloß nicht aufzubrechen, um hineinzukommen.«

Sie sah mir offen in die Augen und schien voll widersprüchlicher Gefühle, dann begann sie zu weinen: Ihre Augen füllten sich plötzlich mit Tränen, wie damals vor Weihnachten, als ich sie in der Diskothek traf.

Diesmal aber ging es mir zehnmal näher, denn jetzt war

mir, als stecke ich in ihren Gefühlen und amourösen Angelegenheiten mit drin, und der Gedanke, daß sie mich ausgrenzte, wenn es ihr schlecht ging, war mir unerträglich. Ich faßte sie an der Schulter und fragte: »Was hast du, Manuela? Willst du es mir nicht sagen? Bitte!«

»Nichts«, sagte sie, immer noch weinend, mit gesenktem Kopf, das Kinn in die Hand gebettet.

»Sag mir, was los ist«, bat ich sie weiter. Die Blicke von den anderen Tischen waren mir egal, ich wollte nur eine Verbindung herstellen, sie zum Sprechen bewegen.

»Nichts«, hauchte sie wieder, mit einer Stimme wie ein kleines Mädchen. »Weißt du, ich habe auch Anrufe erhalten.«

»Was für Anrufe?« fragte ich; und meine Muskeln, mein Fühlen, mein Denken waren nur noch von dem einen Wunsch beherrscht: sie zu beschützen.

Eine Kellnerin kam mit den Tortellini, die wir bestellt hatten, und setzte mit einem langen, neugierigen Blick die Teller vor uns ab.

Ich packte Manuela am Arm und schüttelte sie. »Wer hat dich angerufen? Heraus mit der Sprache. War es etwa Cerino?«

Sie hob den Blick, überrascht und vielleicht auch erleichtert, daß ich von selbst darauf gekommen war. »Was weißt du davon?«

»Ich weiß Bescheid«, sagte ich. Das Gelächter und die kehligen Stimmen der deutschen Musiker dröhnten mir fast unerträglich in den Ohren, ich wäre am liebsten aufgestanden und hätte sie angebrüllt, still zu sein.

»Hast du in meiner Wohnung und in meinen Sachen herumgeschnüffelt?« fragte Manuela, jetzt wieder in ihrem abwehrenden Ton, der wie eine Trennwand zwischen mir und ihr stand.

»Ich weiß es von meinem Cousin«, sagte ich, ohne auf ihre Frage einzugehen. Ich sah immer noch die Fotos von Cerino vor mir, die mein Cousin vom Boden aufgehoben hatte: sein falsches Erpresserlächeln, Manuela halbnackt, von ihm fotografiert. »Und was wollte der widerliche Bastard?«

Sie starrte auf die Tortellini auf ihrem Teller, rührte mit der Gabel darin herum. »Nichts weiter. Er hat gesagt, daß er mich sehen und mit mir reden will.«

»Über was reden? Über was zum Teufel will er mit dir reden?«

Manuela blickte auf und schien immer noch nicht sicher, ob sie mich als Feind betrachten sollte oder nicht; schließlich sagte sie: »Vielleicht über ein Schweizer Konto, das er auf meinen Namen eröffnet hat. Oder über sonst irgendwas, keine Ahnung.«

»Ein Nummernkonto?« fragte ich, und mein Ton klang kälter, seitdem wir auf dieses unerfreuliche Gebiet vorgestoßen waren.

Sie nickte, sah ängstlich zu den anderen Tischen hinüber, ob man uns hören konnte. »Ich weiß nicht einmal, wieviel drauf ist, ich habe bloß unterschrieben. Er hat alles allein gemacht. Kann sein, daß er jetzt das Geld braucht, nachdem durch die Ermittlungsverfahren seine Finanzkanäle blockiert sind.«

»Und wieso hast du dich für die Sache mit dem Konto hergegeben?« fragte ich, obwohl ich sie eigentlich fragen wollte, wie sie sich mit einem wie Cerino hatte einlassen können.

»Das ist zwei Jahre her«, rechtfertigte sie sich. »Wir waren zusammen, und er hat mich um einen Gefallen gebeten. Er sagte, er wolle Geld für seine Altersversorgung anlegen, aber es sollte niemand erfahren, daß er dahintersteckte. Und es war ja kein gestohlenes Geld.«

»Aber nein«, sagte ich. Es beängstigte mich beinahe, daß sie hinter ihrer Selbständigkeit im Grunde so naiv war; daß sie sich einem so nichtswürdigen Menschen anvertraut und ihm Glauben geschenkt und zu ihm gehalten hatte.

»Hör zu«, sagte sie. »Ich weiß nichts Genaues und will es auch nicht wissen. Ich bin für immer mit ihm fertig. Am Telefon habe ich ihm gesagt, daß er mich nie wieder anrufen soll. Ich habe beide Male den Hörer auf die Gabel geknallt.«

»Und dafür hat er dir deine Wohnung verwüstet«, sagte ich. »Der Schweinehund.«

Ohne es zu merken, hatten wir beide zu essen begonnen. Wir waren ausgehungert und von den verschiedenartigsten Spannungen erfüllt, wir redeten und aßen dabei mit hastigen Gabelbewegungen, schütteten den Rotwein in uns hinein und sprachen immer lauter und erregter, unsere Gefühle wurden immer verschwommener.

»Vielleicht war er es gar nicht«, sagte Manuela. »Vielleicht waren es geschickte Einbrecher, die wieder gegangen sind, weil sie nichts Wertvolles gefunden haben.« Sie schien selbst nicht sehr an diese Möglichkeit zu glauben; sie starrte auf ihren Teller, sah mich nur hin und wieder an.

Ich fragte: »Was hat dieses Schwein denn gesucht? Quittungen? Und wieso hat er dich vorher nicht gefragt?«

»Wir reden seit einem Jahr nicht mehr miteinander.« Sie versuchte immer noch, sich hart und autonom zu geben, aber in ihren Augen flackerte Angst, ihre Stimme war nicht mehr so fest. »Wir sind im bösen auseinandergegangen, und er ist so ein Feigling, er hat nie gewagt, sich bei mir zu melden. Er hat mich immer nur aus der Ferne belauert. Jedesmal, wenn ich irgendeinen gemeinsamen Freund treffe, stellt sich später heraus, daß Cerino ihn ausgefragt hat, was ich mache und mit wem ich zusammen bin und so weiter. Aber er hat mich bis jetzt immer in Ruhe gelassen.«

Daß sie ihn beim Nachnamen nannte, machte die Tatsache, daß sie ihm zwei Jahre lang zu Willen gewesen war und sich, wie mein Cousin sagte und ich in ihren Tagebüchern gelesen hatte, von ihm fast hatte kaputtmachen lassen, für mich noch schlimmer und unwiderruflicher. »Dieser niederträchtige Bastard und Hurensohn«, sagte ich.

Dann kam vom Tisch der Deutschen ein großgewachsener junger Mann mit halblangem blondem Haar und fragte Manuela auf englisch, ob sie Lust hätte, morgen nach der Orchesterprobe ein Stück aus der Oper mit ihm zu üben. Sie sagte zu, stellte uns vor, winkte zu den anderen Musikern hinüber: ihre Stimmung war erneut umgeschlagen, sie war wieder kommunikativ und voll positiver Energie, die Angst war fast vergessen.

Wir aßen und tranken weiter, ließen Mimmo Cerino und seine Anrufe und das Chaos in Manuelas Wohnung in den Hintergrund rücken; es gab zu viele Gedanken, die sich ganz von selbst in den Vordergrund schoben, wir waren uns zu nahe und zu sehr von der gegenseitigen Nähe angetan. Wir redeten über ihre und meine Arbeit, über Karate und Tai-Chi, über Zen und indische Musik, über Reisen und Daheimbleiben, über Tanz, Gefühle und Liebesgeschichten, über die Mailänder, über Paare und Familien, über Italien und die Welt, über Akzente und Hotels und die Gesetze der Anziehung, über Langeweile und Spaß und über die Langsamkeit oder Schnelligkeit, mit der die Zeit vergeht. Noch nie im Leben hatte ich mich mit jemandem so gern unterhalten; ich glaubte noch nie eine Frau mit einem so witzigen und unabhängigen und wachen Geist und einem so gut zu diesem Geist passenden und so lebendigen Körper gesehen zu haben. Je mehr sie mir über sich erzählte und je mehr ich erkannte, wie nah sie mir war, um so mehr staunte ich über ihre Suche jenseits der Grenzen des Vorhersehbaren und Gesicherten, über das, was sie von sich aus unternommen hatte, während andere Mädchen ihres Alters noch in der Obhut ihrer Mütter standen. Alles, was sie erzählte, erschien im Licht ihrer jeweiligen Stimmungen und Beweggründe, abwechselnd klar durchschaubar und dunkel, lustig und besorgniserregend, je nachdem, welche Seiten von ihr sich zeigten. Ich versuchte mitzuhalten, mein Leben von der interessantesten oder lustigsten Seite darzustellen, bot all meinen Witz und Scharfsinn auf und machte einen möglichst großen Bogen um Gemeinplätze und abgedroschene Phrasen. Es fiel mir auch nicht schwer, keiner von beiden bemühte sich, seine Intelligenz oder Originalität unter Beweis zu stellen: Wir waren natürlich und konzentriert, wie es nur höchst selten vorkommt, unsere Aufmerksamkeit war auf das gerichtet, was wir sagten und was wir fühlten, auf unsere Blicke und den Klang unserer Stimmen, auf jede kleine Geste und Veränderung des Gesichtsausdrucks.

Dann schlug Manuela vor zu gehen; sie schien plötzlich unruhig, nicht mehr zu halten, und auch ich hatte keine Lust, noch länger sitzen zu bleiben. Ich bezahlte an der Kasse, um keine Zeit zu verlieren, wir verabschiedeten uns von den Orchesterleuten, die immer noch eifrig tranken und debattierten, traten auf die Straße.

Die Stadt war menschenleer, der Nebel noch kälter und dichter als vorher. Arm in Arm gingen wir ohne ein Wort rasch über das alte Kopfsteinpflaster. Wir pusteten in die kalte Luft, um zu sehen, wie unser Atem kondensierte, und ich hatte das Gefühl, einen Menschen an mich zu drücken, der vielschichtiger war, als ich in Mailand geglaubt hatte, mir noch näher und zugleich ferner.

»Laß uns heute nacht in einem schönen Hotel schlafen«, sagte ich, als wir unter dem erleuchteten Schild eines vornehmen alten Gebäudes vorbeikamen, das zu einem Hotel umgebaut worden war.

»Das ist zu teuer«, sagte Manuela, »außerdem habe ich schon ein Zimmer.«

»Bitte, laß uns hier schlafen.« Ich zog sie zu der Glastür mit den Plaketten der Kreditkarten, und wir traten in die Empfangshalle, die aus gemauerten Bogen bestand.

Es gab ein freies Doppelzimmer; ich hielt dem Portier meine Kreditkarte und meinen Personalausweis hin. Ich konnte kaum glauben, daß der Wunsch, zusammenzusein und ein Dach über dem Kopf zu haben, so leicht zu erfüllen war, daß man nur ein Stück plastifizierte Pappe hinzulegen brauchte, um einen so simplen und komplexen Raum wie ein Schlafzimmer zu erhalten. Der Angestellte an der Rezeption wunderte sich nicht einmal, daß wir kein Gepäck hatten, er gab uns den Schlüssel und deutete mit einer Bewegung, die sich ins Unendliche zu verlängern schien, zur Treppe, die nach oben führte.

Wir gingen die mit einem dicken Teppich belegten Stufen zu unserem Zimmer hinauf, wie zwei Diebe oder zwei aufgeregt träumende Kinder. Das Zimmer, das man ohne großes Stilbewußtsein aus zwei Räumen des ursprünglichen Gebäudes gewonnen hatte, war groß und protzig, mit zwei breiten Fenstern zum erleuchteten Hof. Wir zogen uns die Schuhe aus, und zugleich verlor sich unser Gefühl der Vertrautheit im Raum; wir bewegten uns meterweit voneinander entfernt. Manuela war nach den Proben in der Oper und den Spannungen mit dem Dirigenten und dem Gespräch über Cerino und dem Abendessen und dem Heimweg noch aufgekratzt, sie ging unruhig auf und ab, sah aus den Fenstern, wippte auf den Füßen, schaltete den Fernseher an und aus, ging ins Bad und kam wieder heraus, öffnete und schloß die Schränke, nur um sich von mir fernzuhalten. Mir war kalt, obwohl das Zimmer geheizt war; ich machte ein paar Lockerungsübungen, aber es half nichts.

Mit großer Willensanstrengung ging ich auf Manuela zu, als müsse ich gegen ein umgekehrtes Magnetfeld ankämpfen; wir sahen uns aus einem halben Meter Abstand mit leicht geöffneten Lippen an, in unserem Blick vermischten sich Anziehung und Mißtrauen, Eifersucht und Ungewißheit, Bitterkeit und Süße. Dann packte ich sie an beiden Handgelenken und drückte sie an die Wand, schob meine Hand unter ihren Rock, fuhr mit wütenden Fingern ihre Schenkel hinauf. Ich verspürte eine seltsame Besitzgier, die von ihrem Blick und ihrem Atem angefacht wurde wie Feuer von Sauerstoff. Ich preßte mich an sie, und mir war, als lösten sich durch den Druck der Berührung all die vielfältigen Spannungen in uns; wir glitten auf den Boden, ich knöpfte ihr die Bluse auf und küßte sie und leckte ihre Ohren und ihren Hals mit einer Art unaufhaltsamer Raubgier. Sie atmete tief und ließ sich nach hinten sinken, sie machte keine Anstalten, sich zu wehren. Ich hielt ihre Hände am Boden fest, preßte mich mit meinem ganzen Gewicht und dem Einsatz aller Muskeln auf sie und fuhr in wilder Erregung mit den Händen und mit dem Blick in jeden Winkel ihres Körpers. Ich betrachtete ihre Augen, die auf einen unbestimmten Punkt blickten, wie wenn sie Harfe spielte, betrachtete ihre schön geformten, halb offenen Lippen, den kleinen Busen und die

Achselhöhlen und die Unterarme und den wie für die Liebe geschaffenen Bauch, den Nabel und die Knie und die langen, kräftigen, glatten Schenkel, die sich für mich öffneten. Ich spürte ihren Körper und hatte das Gefühl, sie wahrhaft zu besitzen, ich spürte ihre warme, feuchte Weiblichkeit; ich spürte sie von innen und von außen, und je inniger ich sie spürte, desto mehr wallte mir das Blut in den Adern, schwer von zähen, dunklen Gefühlen, die Gedanken verschwammen mir mit meinen übererregten Empfindungen.

Ich drehte Manuela um, und nun lag sie vor mir auf dem Bauch, in einer Art sehnsüchtiger Ergebenheit, und ihre Haut war noch weißer, als sie mir bisher erschienen war, und ich faßte ihr zwischen die Schenkel und drückte meine Hände auf ihr Gesäß und leckte sie zwischen den Beinen. Mit sanft schwingenden Armbewegungen schob ich sie vor und zurück, und mit der Nase fuhr ich in ihrer Vagina auf und ab, mit der Zungenspitze kitzelte ich die zarte Spitze ihrer Klitoris an der Stelle, wo die kleinen Schamlippen sich vereinigen, die sich jedesmal öffneten, wenn ich mit der Nase immer tiefer und rascher und erregter hineinstieß. Ich spürte von innen, wie sie im Rhythmus meiner Bewegungen atmete, ich spürte ihre innere Wärme und ihren leicht salzigen und süßen Geschmack, und mir war, als würde ich mit geschmeidiger Kraft in der Dichte ihres Körpers und ihrer Empfindungen schwimmen, mir war, als habe uns ein und dieselbe Woge erfaßt, die sich hob und senkte und uns mit sich forttrug. Sie war für mich nun ihrerseits wie ein Musikinstrument, ein Instrument, auf dem ich immer meisterhafter zu spielen verstand, und sie war zugleich aktiv und passiv, wie es ein Musikinstrument sein kann, sie folgte meinen Bewegungen und erwiderte sie und trieb mich an mit dem Rhythmus ihres Atems und unartikulierten kleinen Lauten ihrer hohen Stimme.

Dann spürte ich, wie die Woge weiter stieg und sich in einem höheren und längeren und bebenderen Laut brach, in einer Art vibrierender Atemmodulation, die durch Manuelas Körper und ihre Gedanken und ihre Stimme lief; und ich spürte sie unter mich gleiten und glitt auf sie und drang in sie ein und stieß im gleichen Rhythmus wie vorher, immer heftiger von ihr angezogen, immer verwirrter und überwältigter, bis auch ich kam, und wir schweißnaß und keuchend auf die Seite rollten.

Dann lachten wir und schnappten nach Luft und schauten vom Boden aus zur Zimmerdecke hinauf und schauten uns in die Augen und fuhren uns gegenseitig mit den Händen über die Arme und Hüften und in die Haare, überrascht und aufgewühlt und froh wie nach einem Bergrutsch oder einem gut überstandenen Sturz mit dem Motorrad.

Bis tief in die Nacht lagen wir auf dem Rücken oder auf der Seite mit einander zugewandten Gesichtern in den leicht rauhen Bettlaken und redeten im gelben Licht eines Lampenschirms und dann in dichtester Finsternis.

Im Hotel und von draußen war kein Laut zu hören, wir waren eingetaucht in das pure Vergnügen an unseren Stimmen, in die Nähe unserer Körper und die Wärme, die sie aufeinander übertrugen, in das innige Gefühl der Anziehung und Verbundenheit, das jedes Wort in uns weckte.

Siebzehn

Wir hatten nicht einmal die Fensterläden geschlossen, und als wir aufwachten, war das Zimmer bereits von milchigweißem Licht durchströmt. Ich hatte das Gefühl, überhaupt nicht geschlafen zu haben oder immer noch zu schlafen; ich war von den gleichen wirren und konturlosen Empfindungen erfüllt wie in der Nacht. Manuela beugte sich in dem breiten Bett über mich, um auf meine Armbanduhr zu sehen, die auf dem Nachttisch lag, sie sagte: »Ich muß gehen. In einer Stunde habe ich Probe.« Ich sah, wie die Außenwelt sich in ihre Gedanken einmischte und in die der Zeit enthobene Gebanntheit vordrang, die uns bis zu diesem Augenblick umgeben hatte. Sie küßte mich; schlüpfte aus meiner Umarmung und aus dem Bett, lief nackt ins Bad.

Ihren langen, federnden Schritten mit dem Blick folgend, blieb ich auf der Seite liegen; dann brach die Außenwelt auch in meine Gedanken ein, ich sprang aus dem Bett, zog mich rasch an. Mit der Fernabfrage hörte ich meinen Anrufbeantworter in Mailand ab; es war eine Nachricht von meiner Exfrau darauf, die wissen wollte, um wieviel Uhr ich die Kinder für das Wochenende abholen würde, und eine von Ghigo: »Ich schicke dir die Schadensrechnung für das Auto, sobald ich es zurückbekomme, du kannst froh sein, daß ich auf eine Anzeige verzichte, weil ich Antonella nicht in Verlegenheit bringen will«; eine weitere vom Art-Director einer Firma für Fernsehzubehör, der wissen wollte, wann sie mir die Ware ins Studio bringen konnten. Dann fiel mir wieder das Chaos in Manuelas Wohnung ein, die Visage von Mimmo Cerino auf dem Segelboot, ich stellte mir seine drohende Stimme am Telefon vor. Ich zog mir die Schuhe an und fühlte mich von der Welt belagert.

Wir gingen hinunter und frühstückten inmitten von leeren Tischen in einem Saal mit Gewölbe; wir mußten die Augen zukneifen, obwohl nur spärliches Licht durch die Fenster fiel. Wir waren noch in der Stimmung der Nacht und doch trieb es uns schon fort, in jeder Geste und jedem Blick war der Widerhall anderer Gesten und anderer Blicke.

»Ist es nicht schön, wenn man vom andern fast nichts weiß? Und der andere fast nichts von dir weiß?« fragte Manuela.

»Ja«, sagte ich und betrachtete sie, meinen Zwieback in der Hand.

»Wenn der andere für dich noch voll dunkler Seiten und möglicher Überraschungen ist? Und du es in seinen Augen auch zu sein glaubst?«

Ich nickte; wir kannten uns wirklich so wenig. Ich sagte: »Man fühlt sich frei, anders zu sein, als man vorher war. Ohne daß einer immer nur darauf wartet, daß man sich so verhält wie immer.« Ich berührte ihren Arm, ihre Haare, und ein Schauer überlief mich bei dem beängstigenden Gedanken, sie nicht zu kennen und so gut wie keine Kontrolle über sie zu haben. »Ich hab in deiner Wohnung die Bruchstücke aus deinem Leben herumliegen sehen«, sagte ich. »Es hat mich auch erschreckt. Die Vorstellung, was du alles ohne mich gemacht hast. All die Gedanken und Empfindungen, die in dir gewesen sind.«

»Du hast doch nicht etwa meine Tagebücher gelesen?« fragte Manuela, angespannt und abwehrbereit.

»Es lag alles auf dem Boden herum«, rechtfertigte ich mich. »Ich konnte nicht anders.«

»Aber das sind meine ganz privaten Sachen«, sagte sie, eher betrübt als wütend. »Ich schreibe das bloß für mich selbst auf, es ist nicht zum Lesen gedacht.«

»Weiß ich. Ich wollte nur etwas über dich erfahren. Ich habe es mit der größten Zuneigung getan.« Ich lächelte und legte so viel Wärme in meine Stimme, wie ich konnte; ich hoffte, ihr Blick würde wieder sanft werden.

»Das hättest du nicht tun sollen«, sagte sie, ohne daß ich am Klang ihrer Stimme erkannte, was sie empfand. »Meine Mutter hat auch immer heimlich meine Tagebücher gelesen. So hat sie entdeckt, daß ich nicht mehr Jungfrau bin, und mir eine schreckliche Szene gemacht. Von da an hat sie sich verhalten, als wäre eine Mauer zwischen uns, und hat mich innerhalb von ein paar Jahren praktisch aus dem Haus getrieben.« Ihr Verhältnis zu ihrer Vergangenheit war so lebendig, man hätte meinen können, es gehe um Dinge, die gerade erst passiert waren. Sie sah auf meine Uhr. »Ich muß in die Oper.« Wir standen auf, und ich drückte ihren Arm, sie lächelte mich an, aber ich war mir des Abstands zwischen uns nicht sicher und wußte nicht, wie ich unsere Gesten deuten und bewerten sollte.

Ich begleitete Manuela durch das wieder mit Geräuschen und Bewegung erfüllte Stadtzentrum zum Theater. Sie sah geradeaus und machte noch größere Schritte als sonst, ich versuchte erst gar nicht, mich bei ihr einzuhaken.

»Dieser Mistkerl wird dich doch hoffentlich nicht bis hierher verfolgen?« Ich fühlte mich machtlos, ich sah, wie sie von mir wegstrebte, und hätte sie doch so gern ganz nah bei mir gehabt.

»Ach was«, sagte sie.

»Das Konto in der Schweiz vergißt er sicher nicht«, wandte ich ein. »Er gibt bestimmt nicht auf, nachdem er bei dir alles durcheinandergeworfen hat.« Ich spürte, wie mir das Blut aus dem Herzen in die Armmuskeln und wieder zurück floß; in jedem, der uns entgegenkam, sah ich einen potentiellen Feind.

»Er weiß nicht mal, wo ich bin«, beruhigte mich Manuela. »Solange ich in Ferrara bin, kann ich unbesorgt sein.« Sie sah aber alles andere als unbesorgt aus, sie ging zwischen den Leuten hindurch, als müsse sie sich einen Weg durch Feindgebiet bahnen.

»Wieso bist du dann so nervös?« fragte ich.

»Wegen der Probe«, sagte sie. »Du hast sie gestern doch gesehen, diese Streber und Pedanten aus dem Orchester, mit ihren stumpfen und bleichen Gesichtern. Sie haben sich in die Musik eingeschlossen wie in ein Gefängnis oder ein Krankenhaus und sind auch noch stolz drauf. Sie kommen gar nicht auf die Idee, daß es sich lohnt auszubrechen. Als wären sie von klein auf von einem Virus befallen. Und sie tun nichts, um gesund zu werden.«

»Bist du nicht auch von diesem Virus befallen?« fragte ich sie. »Sogar noch schlimmer als die anderen?«

»Ja«, sagte sie, »aber ich will leben.« Sie sah mich fast wie eine Fremde an, von Gedanken bewegt, die mit mir kaum etwas zu tun hatten. »Ich kann nicht mehr. Ich mache diesen Job schon zu lange und habe zu früh damit angefangen, und er liegt mir sowieso nicht. Ich hab das ganze Leben lang geübt und gelernt und mir alle Mühe gegeben, und alle haben mich ermuntert, aber außer Streß und jeder Menge Enttäuschungen hab ich nichts davon gehabt und hab es zu nichts gebracht.«

»Aber du bist wirklich unwahrscheinlich gut«, sagte

ich. »Es gibt sicher nicht viele, die so spielen wie du. Früher oder später kommst du ganz groß raus, du wirst sehen.«

»Aber wann? Wie lang soll ich denn noch warten? Bis ich neunzig bin?« fragte sie, während sie mit ihrem raschen Schritt weiterging, überwältigt von verletzten Gefühlen und Enttäuschungen und auch von dem Bedürfnis, im Mittelpunkt von jemandes Aufmerksamkeit zu stehen, den Tatsachen trotzend und vom Gegenteil dessen überzeugt, was sie sagte. »Wenn du eine Frau bist und dich nicht prostituieren willst und keine politische Partei hinter dir hast und nicht in irgendein beruhigendes Schema paßt, dann bringst du es in der Musik zu nichts. Wenn du die Erpressermethoden der Dirigenten und Organisatoren und künstlerischen Leiter und Solisten nicht mitmachst. Eine Welt voller Scheißtypen ist das, es ist hoffnungslos.«

»Das ändert sich jetzt doch«, sagte ich. »Auch in der Musik wird sich etwas ändern. Die Schweinehunde wandern einer nach dem andern in den Knast. Die werden jetzt alle weich. Es kann doch nur besser werden, wenn diese durch und durch verkommenen alten Scheißtypen erst mal das Feld geräumt haben.« Ich war mir meiner Sache allerdings selbst nicht sicher; ich wußte gar nicht, worauf mein optimistischer Ton gründete.

Manuela sah mich kaum an. »Du hast eben keine Ahnung, was die klassische Musik ist. Eine Welt außerhalb der Welt, eine Art Zeitglocke, in die nichts von dem eindringt, was im wirklichen Leben geschieht. Sie graben immer nur das Alte aus, wie elegant gekleidete Totengräber, beziehen sich allein auf die Vergangenheit, ignorieren und verachten alle anderen Musikgattungen und rühmen sich dessen auch noch. Alles ist abgeschottet, da kommt kein frischer Wind hinein und kein natürliches Licht. Und die zeitgenössischen Komponisten sind noch toter als die, die schon seit Jahrhunderten tot sind. Kannst du mir sagen, was ich damit zu tun habe? Was soll ich in diesem Musikbetrieb, mit diesem blöden, aussichtslosen Instrument?«

Trotzdem lief sie zügig weiter, und man sah ihr an, daß sich alle ihre Sinne schärften, je mehr wir uns dem Theater näherten; ihr Blick und ihr ganzer Körper verrieten, daß sie aufgeregt war wie ein Rennpferd vor dem Parcours.

Ich dachte an ihre Worte über die erpresserischen Methoden der Dirigenten, und Wut stieg in mir auf, die bei jedem Schritt stärker wurde und sich vermischte mit der Wut auf Mimmo Cerino und auf ihren Bruder und auf alle Männer, die sie im Lauf ihres Lebens enttäuscht oder verlassen oder ausgebeutet oder erpreßt hatten. »Ist der Dirigent hier auch so?« fragte ich. »Ist das auch so ein Schleimer, der die Musikerinnen erpreßt?«

Sie verneinte, aber es klang nicht sehr entschieden.

»Ein bißchen schon, stimmt's? Ab und zu probiert er es auch.«

»Nicht direkt. Aber er weiß natürlich, daß er die Macht hat, und nutzt es aus, ganz wie die anderen. Er belauert dich ständig, verstehst du? Er macht vielleicht irgendeine Bemerkung oder läßt dich unter einem Vorwand alles noch mal spielen. Das war schon immer so, seit ich spiele. Es ist eine Männerwelt, und die meisten sind eben gemein. Am Anfang hab ich immer versucht, mich so häßlich wie möglich zu machen, damit man in mir nur die gute Musikerin und nicht das attraktive junge Mädchen sah. Ich trug unförmige Pullover und weite Hosen und bodenlange Röcke und scheußliche Brillen, um nur ja nicht sexy auszusehen.«

»Ist dir aber nicht gelungen«, sagte ich und dachte an die Fotos von ihr als jungem Mädchen, die ich gesehen hatte.

»Nicht besonders. Sie haben immer etwas Krankhaftes an sich, die Dirigenten ebenso wie die Orchestermusiker. Einmal bin ich mitten in einer Konzertprobe weggegangen, weil der alte Schleimer von Dirigent mich einfach nicht in Ruhe lassen wollte und mich ein und dieselbe Passage immer wieder spielen ließ, wie bei einer Art erotischer Folter. Am Ende hab ich ihn angeschrien, er könne mich mal, und bin gegangen. So was kannst du aber nicht oft machen, sonst verdirbst du dir die Karriere.«

Wir waren schon auf dem großen Platz vor dem Theater, und ich konnte ihr vor Wut nicht einmal mehr richtig zuhören, und meine Wut wurde noch schlimmer beim Gedanken, daß sie das alles wenigstens teilweise mitmachte und manchmal dafür wenigstens teilweise entschädigt wurde. Ich sagte: »Wenn dieser Dirigent noch einmal probiert, frech zu werden, breche ich ihm beide Arme, dann möchte ich sehen, wie er dirigiert.«

»Ach, hör auf«, sagte sie, wenn auch mit dem Anflug eines Lächelns. »Keine Angst, ich kann mich schon selber wehren, ich brauche keinen Beschützer.«

»Ich will aber nicht, daß du dich selbst verteidigst.«

»Bisher mußte ich das immer«, sagte Manuela. »Ich hatte nie jemanden, auf den ich mich verlassen konnte. Mein Vater war immer so weltfremd. Er konnte sich nicht mal selbst schützen. Viele Kollegen von ihm, die längst nicht so gut wie er waren, haben den Durchbruch geschafft, weil sie in der Politik mitgemischt haben, während er sich immer abgequält hat und sich noch gewundert hat, wie die Dinge laufen. Die Kritikermafia hat ihn immer links liegenlassen, und er hat es bis vor kurzem nicht einmal gemerkt.«

»Ist doch besser so, oder?« fragte ich. »Hättest du lieber einen Opportunisten und Ränkeschmied als Vater?«

»Nein, aber ermutigend ist so ein ehrlicher und gutmütiger Vater auch nicht gerade, in unserer beschissenen Welt. Als Reaktion darauf ist mein Bruder knallhart geworden. Ein großes Talent, aber auch ein elendes Miststück, der hat nie jemandem in die Augen gesehen.«

Wir waren unter den Arkaden vor dem Theater angelangt und gingen um das Gebäude herum zum Künstlereingang. Ich dachte, daß Mimmo Cerino, auch so ein elendes Miststück, für sie vielleicht eine Art Ausgleich gewesen war, ein Gegengewicht zu ihrem ehrlichen und nachgiebigen Vater.

Wir traten in den Hof und blieben vor der Eisentür stehen. Manuela sagte: »Reg dich doch nicht gleich so auf. Was machst du für ein Gesicht? Wen kümmert das heute noch?«

Andere Musiker kamen über den Hof, nickten ihr grüßend zu, bevor sie hineingingen. Ihre Laune hatte sich wieder aufgehellt, jetzt, da sie gleich in der Rossini-Oper, in dieser Welt außerhalb der Welt spielen würde; ich sah sie an und hatte schon das Gefühl, allein zu sein in der Altstadt von Ferrara und schon auf der Autobahn, zweihundert Kilometer von ihr und den widersprüchlichen Spannungen in ihrem sensiblen Gemüt entfernt. Und ich wollte nicht weg, ich wollte die Zeit und den Raum, die unaufhaltsam wegdrifteten, aufhalten und bei Manuela bleiben.

Statt dessen umarmte ich sie und sagte: »Ich ruf dich an. Wenn der Dirigent anzüglich wird oder sich dieser elende Cerino wieder meldet, sag es mir, und ich bin in zwei Stunden da.«

»Schon gut, mach dir keine Sorgen«, sagte sie. Ich sah sie mit den herbeiströmenden Orchestermusikern und

Choristen und Solisten im Theater verschwinden; dann war ich wirklich allein in der Altstadt von Ferrara und erinnerte mich nicht einmal, wo ich am Abend zuvor das Auto gelassen hatte.

Achtzehn

Ich traf gerade noch rechtzeitig in Mailand ein, um die Kinder abzuholen. Den Blick ständig auf die Uhr am Armaturenbrett gerichtet, quälte ich mich im stockenden Freitagnachmittagsverkehr durch die Stadt, parkte das Auto im Halteverbot auf einem Gehsteig wenige Häuserblocks von der Schule meiner Tochter entfernt und rannte das letzte Stück zu Fuß. Auf dem Bürgersteig kamen mir Dutzende von Kindern mit ihren Müttern und Vätern entgegen, wohlbehütet und in Hochstimmung, sie steigerten noch meine Angst, zu spät zu kommen. Als ich am Schultor ankam, standen meine beiden als einzige noch da, neben der Babysitterin, bereits mit Gesichtern von ausgesetzten Kindern. Ich sagte: »Tut mir leid. Ich komme gerade eben aus Ferrara.«

Ich nahm der Babysitterin den Koffer und den Hund ab; sie sah mich vorwurfsvoll an und sagte: »Ich muß los, sonst verpasse ich meinen Zug.«

Wir gingen als ein müder kleiner Troß zum Auto, ich hielt den Jungen an der Hand und den Hund an der Leine, und die Kleine schleppte sich mit ihrem bis zum Äußersten mit Büchern und Heften vollgestopften Schulranzen ab. »Wieso zum Teufel mußt du kiloweise Zeug mit dir rumtragen?« fragte ich sie.

»Das sind meine Schulsachen«, antwortete sie gekränkt. Gleichzeitig dachte ich an Manuela, fragte mich, was sie wohl gerade machte hinter den Mauern des Opernhauses in Ferrara, dachte an ihren Zustand ängstlicher Erregung und Sorge, in dem ich sie vor ein paar Stunden zurückgelassen hatte.

Ein Polizist hatte gerade einen Strafzettel für mich ausgeschrieben; den Block in der Hand, drehte er sich betont langsam um und sah mich an. Ich ließ die Kinder und den Hund einsteigen, sagte zu dem Polizisten: »Besten Dank«, und fuhr voller Zorn los, schrammte dabei mit dem Heck über die Bordsteinkante, aber es war mir egal, ich wollte nur weg von dem Verkehr, dem Motorenlärm, dem mühsamen Vorwärtskommen und dem Zeitdruck.

In einem Supermarkt in der Nähe meines Studios kaufte ich ein, was man für ein Wochenende zu dritt braucht; die Kinder warfen ihrerseits all den Mist, den sie in der Fernsehwerbung gesehen hatten, in den Einkaufswagen. Ich versuchte wenigstens teilweise die Kontrolle zu behalten, registrierte die mitleidigen Blicke der einkaufenden Damen, während der draußen vor der Tür angebundene Hund bellte; nach rechts und nach links sehend versuchte ich, den Stimmen und Gebärden die Stirn zu bieten, und bei jedem Geräusch zuckte ich innerlich zusammen.

Dann kamen wir endlich bei mir zu Hause an, stiegen wie eine schwerbeladene Beduinenschar die Treppe hinauf, und die Tür stand halb offen, sie war aufgebrochen, das Holz zersplittert. Mein Sohn lief mit dem Hund hinein, die Kleine folgte ihm langsam zusammen mit mir; gleich hinter dem Eingang blieben wir alle vier stehen; im Zimmer herrschte ein heilloses Durcheinander, noch viel schlimmer als bei Manuela.

Mit den prallvollen Plastiktüten und dem Schulranzen und dem Koffer in der Hand standen wir vielleicht eine Minute lang da und starrten ungläubig auf die am Boden liegende 13x18-Kamera, die umgeworfenen Stative und

Lampen, auf die Tausende von Diapositiven, die Filmplatten, Farbabzüge und Schwarzweißabzüge, die aus den Schubladen gezerrt und über den Boden verstreut worden waren, zusammen mit leeren Ordnern und Karteikarten und Kopien meiner Rechnungen und meinen Strümpfen und Unterhosen und Hemden und Schuhen und Seiten aus dem Telefonverzeichnis und den Unterlagen für das Auto und den Kopfkissen und den Papieren über die Trennung von meiner Frau und all den anderen Dokumenten aus den letzten Jahren, die ich immer mühsam in Ordnung zu halten versuchte.

»Wer ist das gewesen?« fragte meine Tochter, noch fassungsloser als ich über die Verwüstung in dem ihr wohlvertrauten Raum.

»Keine Ahnung, aber mach dir keine Sorgen. Ist nicht so schlimm«, versuchte ich sie zu beruhigen.

Voller Angst blieb sie dicht bei mir; der Kleine dagegen fand es lustig, er hantierte mit meinen Arbeitsgeräten herum, die ich immer außerhalb seiner Reichweite aufbewahrt hatte; der Hund umschwänzelte ihn. Ich versuchte mir in dem Verhau einen Überblick zu verschaffen, und wie es schien, war auch hier nichts entwendet worden, außer einer alten Leica, die ich nicht mehr benutzte und in einer Schublade aufbewahrt hatte. Doch derjenige, der alles derart durcheinandergeworfen hatte, hatte es mit außergewöhnlicher Wut getan, mir war nur nicht klar, ob er mich hatte einschüchtern wollen oder ob es pure Brutalität gewesen war, die ihn getrieben hatte, Fotos und Papiere zu zerfetzen und Schranktüren herauszureißen, Plastikboxen zu zertreten und Glasgefäße zu zerschlagen.

Ich war wie zu Eis erstarrt; in Gegenwart meiner Kinder erschien mir eine solche Aggression noch unerträglicher und erfüllte mich mit dumpfen und zähen Rachegelüsten.

Ich hörte Geräusche im Treppenhaus und raste zur Tür, bereit, denjenigen totzuschlagen, aber es waren die Laufburschen der Fernsehzubehörfirma mit der Ware, die ich fotografieren sollte. Sie stellten ihre Kartons ab, blickten auf das Drunter und Drüber in meinem Studio und auf meine mittendrin sitzenden Kinder und schienen sich zu fragen, ob diese bei irgendeinem wilden Spiel alles so verwüstet hatten. Ich sagte ihnen, sie sollten die Kartons einfach irgendwohin stellen, versuchte mich locker zu geben.

Dann ging ich mit den Kindern zur Hausmeisterin hinunter und fragte sie, ob sie etwas bemerkt hätte. Sie verneinte, streckte den Kopf heraus und musterte die Kinder, blickte mit distanzierter Neugier über den Hof. Ich ging mit den Kindern zu einem Schreiner und in die Eisenwarenhandlung und kaufte Holzlatten und Metallbeschläge für die Tür. Ich versuchte, ihnen die Sache von der lustigen Seite darzustellen, und erklärte: »Ab und zu ist es gut, wenn alles auf den Kopf gestellt wird. Dann merkt man erst, daß man vieles von dem Zeug gar nicht braucht, oder man entdeckt Sachen, von denen man ganz vergessen hatte, daß man sie besitzt.« Meine Kinder blickten mich an, die Ältere hatte den Kleinen mit ihrer Betroffenheit angesteckt.

Ich brachte die Tür in Ordnung, während sie im Fernsehen eine neue Tarzan-Serie ansahen, in der Tarzan Schuhe trug und ein Walkie-Talkie hatte, die Verben aber trotzdem nur im Infinitiv gebrauchte. Während ich hämmerte, nagelte und schraubte, fragte ich mich, ob Mimmo Cerino dieses Chaos ringsum höchstpersönlich veranstaltet hatte oder ob er einen seiner Handlanger geschickt hatte. Ich fragte mich, ob er oder einer seiner Handlanger

Manuela auf dem Weg zu mir gefolgt waren; ob sie sie auch jetzt in Ferrara verfolgten; ob sie schlimmere Geheimnisse wußte als die Sache mit dem Nummernkonto in der Schweiz.

Ich rief in ihrem Hotel an, aber sie war nicht da; ich rief im Theater an, der Telefonist sagte, es sei gerade Probe und er könne niemanden erreichen. Ich fühlte mich wie in einer Falle, denn ich mußte den Kindern Abendessen machen und konnte nichts unternehmen und hatte kein Ventil für die immer weiter in mir wachsende, grenzenlose Spannung, die Cerinos grenzenlose Zerstörungswut in mir ausgelöst hatte.

Ich bereitete drei Koteletts und eine Packung tiefgefrorene Bohnen zu, ließ die Kinder vor dem Fernseher essen. Dann versuchte ich, ein bißchen Ordnung zu schaffen, aber ich war zu ungeduldig, um die Sachen alle wieder an ihren ursprünglichen Platz zu räumen. Ich stopfte das Zeug, so wie es kam, in die Schubladen und Schränke, nur damit es nicht mehr herumlag. Und weil ich gerade dabei war, warf ich alles, was ich nicht mehr brauchte oder was mir nicht mehr gefiel, in einen Müllbeutel, all den unnützen Kram, der sich mit der Zeit angesammelt hatte. Als wenigstens ein Teil des Studios freigeräumt war, aß ich mein mittlerweile kalt gewordenes Kotelett, während der Hund um mich herumstrich, um auch einen Brocken zu ergattern, und die Kinder sich stritten, welches Programm angeschaut werden sollte. Ich schaltete den Fernseher aus, worauf alle beide zu schreien anfingen und ich mich noch elender fühlte.

Schließlich schaffte ich es, sie zum Schlafen zu bewegen, die Große auf der Couch, den Kleinen in meinem Klappbett. Ich freute mich, sie bei mir zu haben, ich mochte ihre Wangen und die geschlossenen Augenlider und ihren

Atem, mir gefiel es, die Bettdecke um sie herum festzustopfen. Es kam mir absurd vor, daß ich ihnen nicht mehr bieten konnte, dabei hatte ich mir immer Baumhäuser und tropische Inseln und Ferien auf dem Land für sie ausgemalt. Meine Situation kam mir alles andere als amüsant vor, ich hatte nicht das geringste Gefühl von Freiheit und Leichtigkeit, ich fühlte mich bedroht und gelähmt, voller Sorge und Wut, die ich nicht loswerden konnte, und ich brannte darauf, Manuela Duini wiederzusehen, die nicht erreichbar war.

Ich schaltete den Fernseher an, fast ohne Ton, um die Kinder nicht zu wecken, und da war Mimmo Cerino in einer Talk-Show und sprach mit dem Moderator. Er saß auf einem kleinen Sessel neben den Sesseln der anderen Gäste, in Jackett und Krawatte, nicht so braungebrannt wie auf den Fotos, die mir mein Vetter gezeigt hatte, aber mit dem gleichen Blick. Er gestikulierte mit seinen plumpen Händen, drehte seinen großen Kopf auf dem kurzen, breiten Hals hin und her, lehnte sich zurück und faßte sich an die Hose, beugte sich wieder vor. Ich ging dicht an den Bildschirm heran, drehte den Ton etwas lauter, an seine Gesten und seine Stimme gefesselt, durch etwas wie hochkonzentrierten, eiskalten Haß.

Im Hintergrund liefen Bilder von seinem Therapiezentrum bei Cuneo, mit knappen Erläuterungen des Moderators: Lagerhallen, Werkstätten, Schlafräume, kleine Blockhütten und die ehemaligen Drogenabhängigen, die vor der Fernsehkamera arbeiteten und die schmalen Wege entlangliefen und spielten. Ab und zu schaltete sich Cerino ein, nannte einen Namen oder eine Zahl, nickte, sobald die Kamera auf ihn zurückschwenkte und ihn in Großaufnahme zeigte.

Dann holte ihn die Kamera noch näher heran, und der

Ton des Moderators wurde noch ernster, auf dem Bildschirm erschien das Foto eines langhaarigen, bärtigen jungen Mannes, der im Stil der sechziger Jahre gekleidet war. Der Moderator kommentierte: »Paolo Milesi, der vor zwanzig Jahren zusammen mit Mimmo Cerino das Therapiezentrum *Neuer Weg* gegründet hat. 1968 ermordet von Drogendealern, die nicht dulden konnten, daß so viele junge Leute ihren Klauen entrissen werden.« Im Publikum brach Applaus los, die Fernsehkamera zoomte auf die Augen von Cerino, der ebenfalls klatschte und sich dann abwandte und sich mit einer seiner Schaufelhände die Tränen abwischte.

Gleich darauf folgte ein Werbeblock, aber ich blieb in meiner unbequemen Position vor dem Fernseher sitzen, erledigt und aufgewühlt, wie ich war. Dann erschienen wieder der Moderator und Cerino. Cerino erklärte, er sei dabei, eine politische Gruppierung mit dem gleichen Namen wie die Therapiegemeinschaft aufzubauen, die in ganz Italien aktiv werden und sich mit anderen Gruppen zusammenschließen sollte, um eine nationale Bewegung zu gründen. Er sprach ruhig und leise mit seiner farblosen, rauhen Stimme, wählte sorgsam die Worte und nahm sie, mit den Händen Klammern beschreibend, durch Einschränkungen immer wieder selbst zurück. Ständig sagte er Sätze wie: »Wir in unserem kleinen Bereich«, oder: »Ohne jemanden belehren zu wollen«, oder: »Mit unseren geringen Mitteln«, oder: »Verglichen mit den großen politischen Kräften sind wir natürlich nur ein Zwerg.« Er sprach immer im Plural und ging geradezu unterwürfig auf die Bemerkungen des Moderators ein, lachte, wo es von ihm erwartet wurde, mimte Bescheidenheit. Aber das war alles nur Tarnung, so wie das weiße Hemd und die gelbgestreifte Krawatte und der blaßgrüne

Pullover und der dunkelblaue Sakko, eine geschmacklose Kombination, in die er seinen plumpen Körper hineingezwängt hatte. Er schien absolut unempfindlich gegen die Hitze der Scheinwerfer, die dem Moderator und den anderen Gästen den Schweiß aus den Poren trieb. Dann äußerte einer der anderen Gäste Zweifel an Cerinos Methoden der Rehabilitierung, und schon ließ dieser die Maske fallen: Seine Stimme entglitt ihm in zornigen Ausrufen, das Blut stieg ihm ins Gesicht, die kurzen, verfärbten Zähne sahen plötzlich spitz aus wie das Gebiß eines Raubfisches.

Er panzerte sich mit den Verdiensten seines Therapiezentrums wie mit Kampfwagen, hinter denen die Fußsoldaten aufmarschieren sollten, schrie: »Wir haben Tausende von jungen Leuten von der Straße weggeholt, das ist unsere Visitenkarte!« Und: »Einer von uns, Paolo Milesi, hat sein Leben geopfert für ein besseres Italien!« Und: »Unsere Glaubwürdigkeit kann von niemandem in Frage gestellt werden!« Dann erinnerte er sich wieder an das Publikum und mäßigte seinen Ton: »Wir sind gezeichnet von unserem Kampf und haben teuer bezahlt für das, was wir zu erreichen suchen.« Er sprach über seinen ermordeten Mitarbeiter, sprach über seinen Prozeß wegen Vergewaltigung und Körperverletzung wie von einem politischen Martyrium, sagte: »Unsere Gegner haben vor nichts zurückgescheut, um uns niederzumachen und auszuschalten.« Doch als der Bruder eines ehemaligen Mitglieds der Gemeinschaft, das Selbstmord begangen hatte, aus dem Zuschauerraum Anschuldigungen zu ihm hinaufrief, ließ er sich erneut vom Zorn übermannen, fuchtelte unbeherrscht mit den Händen, riß den Mund auf und zeigte seine kleinen Zähne, schrie: »Du sei still, Leute wie du haben kein Recht zu reden!«

Der Moderator redete beschwichtigend auf Cerino ein, war aber ganz offenkundig auf seiner Seite, und das Publikum auf der des Moderators, es identifizierte sich mit ihm und applaudierte Cerino, spornte ihn durch Zurufe an, wenn ein neuer Gegner auf ihn losging. Cerino fühlte sich durch die breite Zustimmung bestätigt und kam immer mehr in Schwung. »Wir sind bereit, uns an die Spitze der Erneuerungsbewegung in diesem Land zu stellen!« brüllte er, lehnte sich im Sessel zurück und beugte sich, seine dicken Beine grätschend, gestikulierend nach vorne, kehrte ganz offen die Arroganz heraus, die unterschwellig schon auf dem von Manuela auf dem Boot geknipsten Foto zu erkennen war.

Ich fixierte den Bildschirm aus wenigen Zentimetern Entfernung und beobachtete ihn, und mir schien, als vereinige er in seiner Person die versammelte Vulgarität, Niedertracht und Gewalttätigkeit, eine unglaubliche Scheinheiligkeit und Anmaßung, die gesamten verlogenen Prinzipien, kurz alles, was ich mein Leben lang verabscheut hatte. Es schien mir undenkbar, daß eine Frau wie Manuela zwei Jahre lang mit so einem Mann zusammengewesen war, seinen Worten Glauben geschenkt hatte, sein Verhalten, seine Stimme und all das Häßliche, das in ihm steckte, hatte ertragen können. Aber je länger ich ihn beobachtete, um so klarer wurde mir, daß es gerade das Häßliche gewesen war, das sie angezogen hatte, der Ekel und das Gefühl der Kränkung und die Wut, die er schon bei der ersten Begegnung in ihr erregt haben mußte. Ich spürte es beinahe körperlich, als ich so vor dem Fernseher in meinem Studio saß, das er verwüstet hatte oder verwüsten hatte lassen; ich glaubte zu erkennen, wie sein Tonfall, seine Gebärden und Blicke Manuelas Abwehr durchbrechen und die Großzügigkeit, Aufmerksamkeit und schrankenlose Neugier erreichen konnten, die in ihr steckten. Mich überkam noch schlimmere Wut, noch stärkere Rachgier und ein noch stärkeres Gefühl der Ohnmacht; ich schaltete den Fernseher aus, versuchte etwas Ordnung in das sinnlose Durcheinander zu bringen.

Dann drosch ich mit den Fäusten und Füßen auf den Punchingball ein, aber die Schläge machten zuviel Lärm für die Kinder; ich zog mich aus, schlüpfte vorsichtig zu meinem kleinen Sohn ins Klappbett. Ich versuchte, ganz still zu liegen, um ihn nicht zu wecken, und ging im Geist noch einmal alles durch, was ich tagsüber gemacht hatte. Aber meine Beine kribbelten vor Anspannung, meine Muskeln waren verkrampft, ich sah immer wieder das häßliche Gesicht von Mimmo Cerino mit seinen kleinen spitzen Zähnen vor mir, und das Gesicht von Manuela, und was sich zwischen ihnen möglicherweise abgespielt hatte.

Neunzehn

Am Samstag fuhr ich mit den Kindern in die Berge, obwohl ich lieber in Mailand geblieben wäre, um die Verbindungswege zu Manuela möglichst kurz zu halten. Aber sie hatten die graue, durchscheinend blasse Gesichtsfarbe, wie sie Kinder in Mailand bekommen, und die aufgebrochene Tür und das verwüstete Studio waren auch nicht gerade ein beruhigender Anblick; ich wollte, daß sie an die Luft kamen und nicht in meine Geschichten hineingezogen wurden.

Ich machte ein Hotel im Aostatal ausfindig, in dem auch Hunde zugelassen waren, und fuhr zwei Stunden lang, bis wir auf tausendsechshundert Meter Höhe waren. Ich lieh Skier für mich und meine Tochter und einen Schlitten für den Kleinen, wir fuhren den ganzen Tag lang eine leicht geneigte Piste hinunter und stiegen wieder hinauf. Ich bemühte mich, nicht an Manuela und an die Entfernung und an Cerino und seine Drohungen zu denken, ich feuerte meine Tochter an, zog meinen Sohn den Berg hinauf und fuhr im Schneepflug hinter ihm hinunter, während uns der Hund in einer Pulverschneewolke nachrannte. Es machte mir Spaß, wenn ich nicht gerade abgelenkt und von Angst erfüllt war.

Abends gingen wir alle zur gleichen Zeit ins Bett, ich war so müde, daß mir keinerlei Bilder mehr nachgingen. Ich hatte in Manuelas Hotel in Ferrara angerufen und eine Nachricht hinterlassen; sie rief nicht zurück, oder ich hörte das Klingeln nicht, weil ich zu fest schlief.

Am Sonntag fuhren wir nach einem weiteren Tag auf dem Skihang nach Mailand zurück, ich brachte die Kinder zu ihrer Mutter. Sie saß mit ihrem Freund im Wohnzimmer, sie waren gerade erst nach Hause gekommen; wir begrüßten uns, und meine Tochter plapperte sofort los: »Weißt du, daß jemand das Studio von Papa kaputtgemacht hat?«

Meine Exfrau und ihr Freund schauten mich mit unterschiedlichen Graden der Bestürzung und Beunruhigung an. »Ach was«, sagte ich, »sie haben die Sachen nur ein bißchen durcheinandergebracht. Alles halb so schlimm.« Ich gab beiden die Hand, umarmte die Kinder, gab dem Hund einen Klaps und machte, daß ich wegkam. Es war eine seltsame Art von Familienleben, jedesmal, wenn ich mich gerade an die Gegenwart und die Stimmen der Kinder und an die Wärme ihrer Berührungen gewöhnt hatte, war das Wochenende wieder vorbei und mein Leben leer, bevor es sich mit Gedanken und Empfindungen ganz anderer Art füllte.

Ich fuhr in mein verwüstetes, nur zum Teil wieder in Ordnung gebrachtes Studio zurück. Auf dem Anrufbeantworter war eine Nachricht von Manuela, in der sie mir mitteilte, daß sie wieder in Mailand sei.

Ich rief sofort zurück, aber es war besetzt, also rannte ich, ohne auch nur eine Sekunde zu warten, erneut hinaus und sprang ins Auto.

»Komm rauf«, sagte sie durch die Gegensprechanlage, nachdem ich geklingelt hatte; es klang weder überrascht noch besonders herzlich.

Ich nahm immer zwei Stufen auf einmal, ohne recht zu wissen, worauf ich mich gefaßt machen sollte. Die Tür oben stand offen, Manuela saß mit angewinkelten Beinen und um die Knie geschlungenen Armen in der immer noch unordentlichen Diele; sie trug eine Brille mit transparentem Gestell, mit der sie merkwürdig unattraktiv und ernst aussah, wie eine Studentin oder eine junge Lehrerin, weit entfernt von der sinnlichen Frau, mit der ich die Nacht in Ferrara verbracht hatte, oder von der sensiblen und überspannten Musikerin, von der ich mich an der Oper verabschiedet hatte.

»Wie geht's?« fragte ich sie in unsicherem Ton.

»Gut«, antwortete sie, zu mir aufsehend.

»Was machst du denn mit dieser Brille?«

»Ich sehe sonst nichts«, erklärte sie. »Normalerweise trage ich Kontaktlinsen, aber manchmal sind sie mir lästig.« Sie stand endlich auf und gab mir einen Kuß; mir war nicht klar, ob sie eine Geste von mir erwartete oder ich eine von ihr.

»Ich freue mich, dich wiederzusehen«, sagte ich und streifte ganz leicht ihre Hüfte.

»Ich mich auch.« Sie sah mich jedoch kaum an, ging ins Wohnzimmer.

Ich folgte ihr in das große Zimmer mit den schrägen Wänden, wo alles noch genauso auf dem Boden verstreut lag wie beim letzten Mal, als ich allein hiergewesen war und aus Versehen meinen Cousin zusammengeschlagen hatte. Ich sagte: »Du hast keine Vorstellung, wie trostlos es hier ohne dich ist. So voller Spuren von dir.«

»Ja?« sagte sie. Sie ging umher, bebrillt und fast ein wenig häßlich.

»Bei mir sind sie auch gewesen. Sie haben mein ganzes Studio auf den Kopf gestellt, noch schlimmer als hier.«

Sie drehte sich um und schaute mich an: Ich sah sie sehr blaß werden, ihre Pupillen weiteten sich, bis die Augen hinter den Brillengläsern beinahe schwarz wirkten. »Wann?« fragte sie.

»Vorgestern. Es sieht ungefähr so aus wie hier, nur hatten sie keinen Schlüssel und mußten die Tür aufbrechen. Alles haben sie aus Schubladen, Schränken und so weiter rausgerissen, aber nichts mitgenommen, bis auf einen alten Fotoapparat, der nicht mal mehr funktionierte.«

Sie biß sich auf die Lippen. »Und was hast du gemacht?«

»Nichts. Ich hab die Tür repariert.« Sie schien so erschrocken, daß ich ihren Arm nahm und sie beruhigte: »Mach dir jetzt keine Sorgen. Wir müssen uns nur überlegen, was wir mit diesem Bastard machen.«

Aber ich war selbst keineswegs gelassen, inmitten der Tagebücher und der Fotos aus ihrer Vergangenheit und der Fotos von Mimmo Cerino und der Hefte, in die sie genauso über ihn geschrieben hatte wie über die anderen Menschen in ihrem Leben.

»Wieso bist du dir so sicher, daß er es war?« fragte sie und sah mich an, die Hände in den Taschen.

»Ich weiß es. Ich hab ihn vor zwei Tagen im Fernsehen gesehen. Ich bin mir ganz sicher.« Ich dachte an das abstoßende, verschlagene Gesicht von Cerino, der mit seinem grobschlächtigen Körper wie ein als Intellektueller verkleideter Schläger aussah; daran, wie er sich als Opfer ausgab und sich hinter seinem ermordeten Mitarbeiter und den Abhängigen aus seinem Zentrum verschanzte.

Manuela zuckte zusammen, als hätte ich sie mit einer Nadel gestochen: »So was wird er doch nicht wagen, bei all den politischen Ambitionen, die er hat, und all seinen Plänen, Geld zu machen.«

»Gerade deshalb tut er es«, widersprach ich. »Gerade weil er in die Politik einsteigen will. Vielleicht fürchtet er, daß du seine Schandtaten ausplauderst. Er will dir Angst einjagen. Wer weiß, was du außer der Sache mit dem Nummernkonto in der Schweiz noch alles weißt, was du nicht wissen sollst.«

Sie zuckte mit den Schultern, bückte sich und sammelte die Scherben einer zerbrochenen Tonvase auf. Schon das bloße Reden über Cerino hatte einen Schatten auf uns geworfen, ich spürte, wie die Verständigung schwieriger wurde in dem unordentlichen Zimmer. Manuela sagte: »Ich räume jetzt die Wohnung auf. Morgen muß ich nach Ferrara zurück, ich will nicht alles in diesem Zustand zurücklassen.«

»Ich helfe dir«, bot ich ihr an, aber sie sagte: »Nein, laß nur.« Ich fing trotzdem an, die leeren Schubladen in die Kommoden zu schieben und die Regalbretter in die Schränke zu legen. Ich wußte nicht einmal, ob ich es tat, um ihr zu helfen, oder um wieder eine Verbindung zu ihr herzustellen; und ob sie sich darüber freute oder ob es ihr lieber gewesen wäre, wenn ich sie allein gelassen hätte.

Sie sammelte Briefe, Zeitungsausschnitte, Partituren, Fotos und Hefte vom Boden auf und machte getrennte Stapel. Sie bewegte sich schwerfällig, seufzte ab und zu, als habe sie es mit einem kaum wiedergutzumachenden Schaden zu tun. Sie sagte: »Ich hätte gute Lust, den ganzen Krempel wegzuwerfen.«

»Mir ist es genauso gegangen, in meinem Studio. Aber bei mir haben sie fast nur Arbeitskram durcheinandergeworfen. Persönliche Sachen waren kaum dabei.«

Sie kniete auf dem Boden und sah mich an, und ich hatte das Gefühl, sie überhaupt nicht zu kennen, es kam mir sonderbar vor, daß ich bei ihr war. »Was hast du gelesen, in meinen Tagebüchern?«

Ihr Blick war ganz offen und direkt; ich sagte: »Das, was du gedacht hast. Es war schön, sehr lebendig. Du brauchst dich wirklich nicht zu ärgern.« Die Eifersucht auf ihre Vergangenheit und das Gefühl, etwas versäumt und unwiederbringlich verloren zu haben, durchpulsten mein Blut, ich spürte, wie sie sich meiner Stimme mitteilten.

Manuela spürte es; sie sagte: »Es waren doch bloß Gedanken, die mir durch den Kopf gingen, ich hab es aufgeschrieben, wie es gerade kam. Vieles stammt aus der Zeit meiner Analyse. Ich führte sogar Buch darüber, was ich träumte, jeden Morgen beim Aufwachen schrieb ich als erstes meine Träume auf.«

»Es war, als wäre ich deiner Gedanken genau in dem Augenblick teilhaftig geworden, in dem du sie gedacht hast. Es war irre. Wie wenn man gefriergetrocknetes Gemüse ins Wasser legt und zusieht, wie es wieder die Form und die Farbe von frischem Gemüse annimmt.«

Sie lachte, aber es war nur ein halbherziges Lachen. »Ich führe Tagebuch, seit ich zwölf bin. Ich habe immer alles aufgeschrieben, in meine Schulhefte oder ins Notizbuch, oder was ich eben gerade hatte.«

»Ich dagegen hab nie was geschrieben. Schon deshalb macht es mich so fertig, deine Sachen zu lesen.«

Sie sah mich mit zur Seite geneigtem Kopf an, blickte auf die Hefte in ihrer Hand. »Was ist an meinen Tagebüchern denn so schlimm?«

»Daß du eine Vergangenheit hast.« Ich betrachtete die auf dem Boden liegenden Hefte. »Daß du so viel Vergangenheit hast.«

»So wie du es sagst, komme ich mir vor wie ein altes Mädchen«, sagte sie. »Oder wie eine Art Flittchen.«

»Du hast so intensive Gefühle gehabt. Und du hast so genau und so engagiert darüber Buch geführt.« Ich sah sie vor mir, in irgendeiner weit zurückliegenden Nacht in ihrer Höhle oder in einer anderen Wohnung; sah sie aufgeregt eine ferne Straße entlang zu einem Rendezvous eilen.

»Ach was«, sagte sie. »Jahrelang habe ich in erster Linie

gearbeitet und kaum Zeit für Gefühle gehabt. Ich saß ständig an meiner Harfe, um mich auf irgendein Konzert vorzubereiten, oder ich war unterwegs und habe gespielt. Ich war immer im Streß oder am Rande der Erschöpfung, für alles andere blieb da nicht viel Raum.«

»Du weißt selbst, daß das nicht wahr ist«, sagte ich und merkte, wie unsinnig es war, auf ihre Vergangenheit eifersüchtig zu sein, aber ich wußte, daß sie schon immer so gewesen war wie jetzt, immer auf der Suche, mit der gleichen Intensität, Bewußtheit und Unbewußtheit, Unruhe und Aufrichtigkeit, die ich jetzt in ihren Augen las.

»Was soll ich erst sagen?« fragte sie. »Du lebst schon zehn Jahre länger als ich. Du hast zwei Kinder und hast wer weiß wieviel tausend andere Dinge gemacht, bevor wir uns begegnet sind.«

»Aber ich erinnere mich nicht daran«, sagte ich, und das stimmte, und auch wieder nicht: Ich schwankte hin und her zwischen flottierenden, sich immerzu verändernden Wahrheiten. »Wenn ich zurückdenke, habe ich das Gefühl, nie etwas wirklich erlebt zu haben, immer nur aus einer gewissen Distanz, so wie man einen Film sieht, ohne daß man mit dem, was sich abspielt, in Berührung kommen kann. Es ist mir nie gelungen, die Dinge festzuhalten, während sie geschahen, so wie du es machst. Mir ist alles immer erst später wieder eingefallen, und dann kam es mir seltsam vor, daß es passiert ist. Das ist jetzt das erste Mal, daß ich etwas erlebe und wirklich da bin. Du bist für mich die erste und einzige Frau, bei der es Hand in Hand geht.«

Sie hörte mir zu, als versuche sie zu erkunden, wer ich war. »Du bist schon komisch«, sagte sie, mit einem Knie auf dem Boden.

Ich ging zu ihr und küßte sie auf die Lippen, mit dem verzweifelten Verlangen, ihre Zunge, ihren Gaumen, ihre

Kehle zu spüren und bis in ihre Seele vorzudringen. Sie ließ mich wie immer gewähren, bis sie selbst mitgerissen wurde, bot mir ihren Atem und ihren unter der Kleidung bebenden Leib dar, die lebendige, von dunklen Schatten durchsetzte Erregung in ihren Augen. Wir liebten uns inmitten der Bruchstücke aus ihrer Vergangenheit; unter ihrem Ellbogen und zwischen ihren Haaren und unter ihrem Rücken lagen Papiere und Fotos und Hefte, eingefrorene und erhalten gebliebene, aber für mich nicht erreichbare Blicke und Gesten. Ich versuchte mir mit purer Lendenkraft, mit purer körperlicher Begierde darüber hinwegzuhelfen, dank den erregten, aufflackernden und sich dehnenden Empfindungen, die sie mit jedem Atemzug auf mich übertrug.

Ich wünschte, es würde nie enden, ich war so von Sehnsucht durchdrungen, daß ich mit ihr für immer in diesem Zustand hätte verweilen mögen, ich wollte nicht zulassen, daß auch nur eine unserer Empfindungen verflog und Vergangenheit wurde. Ich wollte mit ihr in der Schwebe bleiben, fern dem Druck der Tatsachen und außerhalb der davonlaufenden Zeit und der sich wandelnden Dinge, außerhalb des Bogens, dem die Gefühle folgen, von ihrem Erwachen bis zu dem Augenblick, in dem sie erlöschen. Ich löste mich aus ihren Armen und Beinen, sagte: »Wollen wir was trinken oder essen?«

Sie wunderte sich nicht, es war, als verstünden wir uns jenseits aller Worte und Erklärungen. Wir gingen nackt in die Kochnische hinüber, küßten uns lange unterwegs, rieben uns aneinander, dicht an der Wand, und jede Bewegung hatte die gleiche dunkle, warme und pulsierende Dichte wie vorher im Bett. Manuela legte Mandarinen und Kekse auf ein blaues Holztablett, nahm zwei Becher Joghurt aus dem Kühlschrank, während ich ihre Schultern und Haare streichelte und ihren Hintern und ihren Rücken, ihre Arme und Hände betrachtete und das Profil ihrer schönen Stirn aus unmittelbarer Nähe in mich aufnahm.

Dann gingen wir wieder ins Schlafzimmer, und ich schlüpfte als erster unter die Decke, um sie im Mondlicht, das durch das Fenster hereinfiel, auf mich zukommen zu sehen. Ich beobachtete, wie sie sich mit weichem Hüftschwung auf die Bettkante setzte, zog sie an mich, die Mandarinen, Kekse und Joghurtbecher fielen auf die Bettdecke und auf den Boden. Wir liebten uns weiter, aber es gab wirklich kaum einen Unterschied zwischen den Empfindungen, die diese Bewegungen hervorriefen, und denen kurz zuvor in der Küche: so als wäre es uns gelungen, eine dünne Hülle zu zerreißen, deren Inhalt sich nun bis in die unbedeutendste unserer Gesten ausbreitete. Wir schwebten in der Zeit, Gedanken nachhängend ohne zu denken, während uns immer wieder Bruchstücke und Splitter von Sorgen und Bildern und Überlegungen trafen wie kleine Stiche und ins Blut übergingen und in den Kopf stiegen, wo sie sich gleich wieder auflösten.

Zwischen den zerwühlten Laken aßen wir die Mandarinen, zogen die Decken vom Fußende des Bettes herauf und deckten uns zu, verwirrt und aufgelöst und immer noch in der Zeit schwebend, auch wenn uns die Zeit schon wieder mit sich zog in die Tiefe der Nacht. Durch die Wand waren die Stimmen einer Frau und eines Mannes zu hören, Philippiner vielleicht, die erregt diskutierten, aber ich war zu müde, um mich davon stören zu lassen. Manuela zog das Rollo am Oberlicht zu und ließ sich wieder neben mich fallen; wir versanken im Schlaf wie in einer riesigen Wolke ewig andauernder Empfindungen.

Zwanzig

Ich erwachte in Manuelas Zimmer, Licht drang an den Rändern des Rollos ins Zimmer herein. Sie schlief noch, sie war also doch nicht die Frühaufsteherin, für die ich sie gehalten hatte. Als sie spürte, daß ich mich bewegte, rollte sie sich zu mir herüber, schlug die Augen auf und sagte: »Wer bist du, in meinem Bett?«

Ich lachte mit ihr, fragte: »Wer bist du?« Wir waren wirklich ziemlich verblüfft, nebeneinander zu liegen, es gab noch keine große Vertrautheit zwischen uns.

Sie stand auf, schlüpfte in ein T-Shirt und in schwarze Leggings, die ihre Beine und ihren Po wie eine zweite Haut umschlossen. Sie ging ins Bad, um sich die Kontaktlinsen einzusetzen, und als sie herauskam, sah sie völlig anders aus als am Abend zuvor. Die Zeit lief jetzt rasch davon; wir hielten sie nur noch für Momente an, ab und zu liefen unsere Gedanken ihr voraus.

Wir tranken Milchkaffee und aßen Kekse am runden Tisch im Wohnzimmer, ohne zu sprechen, noch halb in den Empfindungen der Nacht und halb in denen des neuen Tags. Das Telefon klingelte, Manuela nahm ab, sagte: »Hallo? Hallo? Scheiße«, knallte den Hörer auf die Gabel.

Wir aßen weiter, jetzt ohne Appetit, sahen uns mißtrauisch an, verbargen uns hinter Gesten.

»War das Cerino, dieser elende Wurm?« fragte ich. Mein Herz pochte.

»Was weiß ich«, sagte Manuela und verschanzte sich hinter ihrer Kaffeetasse.

Das Telefon klingelte erneut, und diesmal sprang ich als erster auf, griff nach dem Hörer, rief: »Wer ist am Apparat?« mit heiserer, überschnappender Stimme, wie ein Wachhund, der Haus und Hof verteidigt.

Am anderen Ende antwortete niemand, ich schrie: »Du Hurensohn, ich reiße dir die Finger einzeln aus, wenn ich dich kriege.« Aber die Leitung war tot, es war niemand mehr dran.

Manuela sah mich besorgt an: »Sei doch nicht gleich so brutal.«

»Wieso? Findest du das, was dieses Schwein tut, etwa nicht brutal?« Ich kam mir allzu unbeherrscht vor, als sie mich so ansah, fühlte mich zu tief in ihr kompliziertes Gefühlsleben verstrickt und gleichzeitig ausgeschlossen. »Nimmst du ihn jetzt auch noch in Schutz?«

»Wir wissen gar nicht, ob er es ist«, sagte Manuela. »Hör doch auf, ständig deine Eifersucht ins Spiel zu bringen.«

»Was hat das mit Eifersucht zu tun?« fragte ich.

»Es hat etwas damit zu tun. Es ist wie ein Wahn, immer wenn du von Cerino sprichst, machst du ein Gesicht wie ein Mörder, als wäre Cerino der Inbegriff alles Bösen.«

»Ist er auch«, sagte ich. »Reicht es dir immer noch nicht? Reicht es nicht, daß er dir die Wohnung kaputtgemacht hat, nachdem er dir vorher beinahe dein Leben kaputtgemacht hat?«

»Was weißt du von meinem Leben«, sagte sie und begann, ohne mich anzusehen, die Essensreste abzuräumen. Ich folgte mit den Kaffeetassen, erfüllt von Verteidigungs- und Aggressionstrieben, von Verlustangst und einer Wut, die sich gegen Manuela zu richten begann.

»Dann erklär es mir doch«, sagte ich. »Erklär mir, wie du dich mit einem wie Cerino einlassen und zwei Jahre bei ihm bleiben konntest.«

»Es waren keine zwei Jahre«, antwortete sie, während sie Wasser in die Tassen laufen ließ. »Im Ganzen war es vielleicht ein Jahr. Es ging immer höchstens einen Monat lang gut, dann haben wir uns getrennt, und nach einem Monat wieder etwas miteinander angefangen.«

»Trotzdem ist das viel Zeit«, sagte ich, so wie jemand einen wertvollen Gegenstand unter der Lampe auf Kratzer und Sprünge hin dreht und wendet um festzustellen, inwieweit die anderen und die Zeit ihn beschädigt haben.

»Tja«, sagte Manuela, noch mehr in der Defensive, »so ist das Leben.«

»Was fandest du an ihm so interessant?« bohrte ich mit geradezu grausamer Beharrlichkeit weiter.

»Eigentlich nichts. Ich steckte in einer Krise, als ich ihn kennenlernte, und langweilte mich. Ich war damals seit fünf Jahren mit einem Marchese zusammen, einem ehemaligen Schauspieler, der behauptete, im Investmentbereich zu arbeiten, aber von morgens bis abends nichts tat. Dezza di Montramito hieß er. Von seiner Familie hatte er nichts als Allüren mitbekommen. Und ich übte unentwegt Harfe, mein Leben kam mir sinn- und zwecklos vor.«

»Und um aus der Krise herauszukommen, hast du einen staatlich geprüften Schweinehund wie Cerino gebraucht?« fragte ich. »Einen, der drogenabhängige Mädchen vergewaltigt und junge Männer blutig prügelt? Er hat sie im Trockenraum angekettet, weißt du das nicht? Hast du keine Zeitungen gelesen?«

»Er ist freigesprochen worden. Wer die Zeitung nicht gelesen hat, bist du.«

»Du weißt genau, weshalb er freigesprochen worden ist. Du weißt, daß er immer politische Rückendeckung gehabt hat und ein widerlicher Erpresser ist.«

Wir hatten uns in einen erbitterten Streit hineingesteigert, bei dem Cerino vermutlich nur ein Symbol war für all das, was mir von ihrem bisherigen Leben entgangen war, und für das, was ich in ihrem jetzigen Leben nicht unter Kontrolle hatte.

An die Spüle gelehnt, sah sie zu mir herüber, aber es kam mir vor, als betrachte sie nicht mich, sondern, wie in einem Spiegel, ihre inneren Überzeugungen. »Hör mal«, sagte sie, »wenn du meinen Weg nicht verstehen kannst, dann vergiß mich. Ich hab es sowieso schon schwer genug gehabt, auf deine Szenen kann ich wahrhaftig verzichten.«

»Ich versuche doch, dich zu verstehen«, verteidigte ich mich, bereits weniger aggressiv und mit der plötzlichen Befürchtung, ein hochempfindliches Gerät zu grob angefaßt zu haben.

»Dann hab doch Verständnis, verdammt«, sagte sie. »Ich steckte mitten in der Analyse, dauernd hieß es, man soll dem Unbewußten folgen und den verborgenen Ursachen auf den Grund gehen und all das. Es war für mich so was wie eine Suche oder eine Art Sühne oder was weiß ich, vielleicht hing das alles mit der Beziehung zu meinem Vater oder meinem Bruder zusammen. Ich hatte so lange ausschließlich für die Musik gelebt, von allem abgeschirmt und ausgeschlossen. Dann hab ich mich von einem Augenblick auf den anderen kopfüber ins Leben gestürzt und es nicht geschafft, aus dem Ganzen wieder rauszukommen. Es war die schlimmste Geschichte meines Lebens. Er war ein widerlicher Mensch, und unsere Beziehung war widerlich. Aber ich habe es gebraucht, ich mußte eine so häßliche Seite des Lebens kennenlernen, um mich dann davon fernhalten zu können. Es gehört zu meinem Weg.«

Ich spürte, wie aufrichtig sie war und wieviel Mühe und Schmerz es sie gekostet hatte, so offen zu sein. Ich wußte, daß sie sich diese Offenheit ganz allein und Stufe um Stufe erkämpft hatte und dabei nicht allen Fallstricken, Attacken und Zerstörungsversuchen, die ihren Weg säumten, entgangen war. Doch das linderte mein Verlustgefühl nicht, sondern machte es nur noch unerträglicher; ich sagte: »Dann müßte man also auch Mord und Inzest wenigstens einmal ausprobieren, um sich später davon fernhalten zu können. Dann müßte man sich von den niederträchtigsten Gefühlen verschlingen lassen und die abscheulichsten Dinge tun.«

»Ich hab nie irgendwas Abscheuliches getan«, sagte Manuela. »Ich wollte nur leben und nicht wie einbalsamiert herumsitzen.« Ihr Ton war eine Kampfansage, sie wollte sich und ihre Vergangenheit um jeden Preis verteidigen.

Ich hatte zwar kaum eine Ahnung, was Mimmo Cerino und sie zusammen gemacht hatten, aber mich packte eine grenzenlose Wut, wenn ich daran dachte, daß es ihm gelungen war, jede Situation für sich auszunutzen, indem er auf den Schlendrian und die Scheinheiligkeit in unserem Land setzte, auf das Fehlen fester Regeln und die mangelnde Kontrolle, auf die Laschheit und Kungelei, dank der die schlimmsten Verbrechen vertuscht werden. Ich wünschte mir nur, ich könnte stromaufwärts im Fluß der Monate und Jahre und Tage zurückschwimmen, mir Cerino schnappen, kurz bevor er Manuela begegnete, und ihm die Beine brechen.

»Wie zum Teufel bist du auf ihn gestoßen?« fragte ich sie, obwohl mein Cousin es mir schon gesagt hatte und ich keine Lust auf weitere Details hatte. »Im Branchenverzeichnis unter dem Stichwort ›Schweinehunde‹?«

»Ich habe ein Konzert in seinem Therapiezentrum bei Cuneo gegeben«, sagte Manuela. »Am Schluß hat er mir einen Blumenstrauß überreicht und mir einen Haufen

Komplimente gemacht und mich eingeladen, ein paar Tage zu bleiben.«

»Hat er dich im Sturm erobert?« fragte ich. Ich sah sie vor mir, wie sie vor dem Publikum von Drogensüchtigen im Entzug spielte, mit dem abwesenden und zugleich so wachen Blick, den sie beim Spielen hatte; ich sah Cerino aufgeplustert in seiner Funktion als Leiter des Therapiezentrums in der ersten Reihe sitzen, sie mit seinem Raubtierblick fixierend.

»Nein. Aber nach all der Schlaffheit und Scheinheiligkeit und Leere, die Dezza fünf Jahre lang mir gegenüber verströmte, schien er mir voller Tatkraft zu stecken. Nach fünf Jahren mit dem Marchese, der um halb zwölf aufstand und eine Stunde lang frühstückte und sich dann die Zeitung kaufen ging und einen Spaziergang machte und zu Mittag aß und Zeitung las und dann Siesta hielt und nachmittags vielleicht mal irgendeinen Freund anrief, um ihm eine blödsinnige Anlagemöglichkeit vorzuschlagen.«

»Und wie konnte es jemand, der so aufgeweckt und geistreich ist wie du, fünf Jahre lang mit so einem aushalten?« fragte ich sie.

»Weil ich treu bin. Und weil ich mich verändere. Weil ich vorher fünf Jahre lang mit einem jungen Komponisten zusammen gewesen bin, einem Grobian, der mich behandelt hat, als wäre ich ein Anhängsel von ihm, und Dezza mir anfangs als das Gegenteil von ihm erschien. Immer aufmerksam um mich bemüht. Er hat mir beigebracht, wie man sich bei Tisch benimmt, gab mir Tips, wie ich mich kleiden und schminken soll, ich hatte nie einen so fürsorglichen Mann gehabt. Ständig redete er von Familiensinn und wie wichtig die Familie für ihn sei, doch als ich dann schwanger wurde, brachte er mich, ohne einen Augenblick zu zögern, in eine Klinik, um mir das Kind wegmachen zu lassen. Weil es in der Wohnung ein Zimmer zu wenig gab, verstehst du? Von da an ging es mir immer schlechter. Ich fühlte mich zu einem Mord gezwungen und war zu schwach, um zu rebellieren. Ich hatte nicht den Mut dazu. Und unsere Freunde schauten mich alle an, als wollten sie sagen, was ist denn so schlimm daran? Alle hielten es für etwas völlig Normales und behandelten mich wie eine überempfindliche Spinnerin.«

»So ein mieser Kerl«, sagte ich und hätte sie am liebsten in die Arme genommen, damit sie ihren Ton und ihren Blick änderte, aber meine Eifersuchtsgefühle liefen mittlerweile in zu viele verschiedene Richtungen auseinander. »Was für ein elender Feigling.«

»Keiner kann über seinen Schatten springen«, sagte sie. »Er war eben ein Schwächling. Er wußte gar nicht, was Leben heißt, jenseits von Worten und Attitüden. Es war mein Fehler. Ich habe etwas auf ihn projiziert, was er gar nicht sein konnte.«

Daß sie ihre Vergangenheit so verteidigte, rührte mich und war mir zugleich unerträglich. »Lieber Himmel«, sagte ich, »konntest du denn nach dieser schlechten Erfahrung nicht was Besseres finden als Cerino?«

»Cerino war für mich das Gegenteil von Dezza. Er hatte dieses Therapiezentrum auf die Beine gestellt, in dem tausend Menschen leben, und die nötigen Gelder lockergemacht und Arbeitsplätze für die Drogensüchtigen beschafft und sie von der Nadel weggebracht. Er war von einer unbändigen Tatkraft, gönnte sich keine Ruhe, um sechs Uhr morgens war er bereits auf und machte bis spätnachts pausenlos durch, und seinen Kaffee schüttete er in sich hinein, wenn er noch so heiß war, daß man die Tasse kaum anfassen konnte.«

»In deinen Augen war er ein Idealist, was?« fragte ich. »Eine Art Heiliger, wenn auch ein bißchen brutal.« Die Spannung zwischen uns wuchs erneut mit jedem Satz, in einer Art Stellungskampf, bei dem sich jeder immer mehr wappnete. Ich war außerstande, mich zurückzuhalten und auch nur ein kleines Stück auf Distanz zu gehen, ich schaffte es nicht, den immer detaillierteren Vorstellungsbildern Einhalt zu gebieten, die mir durch den Kopf schossen.

»Ach, er hat alle an der Nase herumgeführt, darin war er wirklich groß«, sagte Manuela. »Er hat sich als Opfer hingestellt. Er hat den Mord an Paolo Milesi durch Drogenhändler und sein Therapiezentrum dazu benutzt, all die Schiebereien mit seinen sozialistischen Freunden, die Veruntreuung von Staatsgeldern zu vertuschen. Er ist clever, und ich war naiv, und vielleicht mußte es so sein, vielleicht mußte ich auf ihn reinfallen, weil es mir so bestimmt war, jedenfalls bin ich auf ihn reingefallen.«

Ich stand im Flur und hörte ihr zu, verkrampfte mich immer mehr bei jedem Wort, das sie sagte, bei jedem neuen Bild, das sie zu den anderen in meinem Kopf hinzufügte. Ich sah Fotos, die ich nicht gesehen hatte: sie in den Bergen an einen Baum gelehnt, ihrem Cerino melancholisch und vertrauensvoll zulächelnd; ich sah Cerino dampfendheißen Kaffee schlürfend zwischen den Werkstätten seiner Gemeinschaft hin und her eilen, sah ihn Befehle geben und die Umerziehung fördernde Ohrfeigen austeilen, brutal und doch subtil in der Art, wie er Druck ausübte und seine Machtposition ausnützte; Cerino, wie er Manuela grob packte und an sich riß; sie, wie sie sich von ihm packen ließ. Und ich wurde immer wütender auf sie bei dem Gedanken, daß sie dies zumindest eine Zeitlang mitgemacht hatte. Ich sagte: »Am meisten hat dich seine Brutalität angezogen, stimmt's? Die Aura von Roheit und animalischer Gewalttätigkeit, die ihn umgab, habe ich recht? Du hast es genossen, die Rolle des Opfers zu spielen, und dich an seiner Brutalität berauscht, als Ausgleich für die erstickende Enge der klassischen Musik und die Weichlichkeit des Marchese und die Naivität und Gutmütigkeit deines Vaters, nicht wahr?«

Angesichts meines zornigen Tons versteifte sie sich noch mehr, sagte: »Was verstehst du schon davon?«

»Ich weiß Bescheid«, sagte ich und konnte mich nicht bremsen, es war, als würde ich eine Treppe hinunterstürzen, bis in den Keller meiner bösesten Gedanken. »Du redest ständig von deinem eigenen Weg und von deiner Suche nach dem Ich und allem, und gleichzeitig machst du dich zur Sklavin des erstbesten miesen kleinen Rohlings, der sich als Opfer maskiert und sich hinter seiner Rolle verschanzt, um die Welt zu erpressen.«

»Ich bin nie die Sklavin von irgendwem gewesen«, sagte sie zitternd vor Anspannung, mit den Untertassen in der Hand.

Und plötzlich brach ihre Wut offen hervor, nahm von ihrem Blick und ihrer Stimme Besitz; sie schrie mich an: »Was für ein Scheißbild machst du dir von mir? Was zum Teufel erlaubst du dir?«

»Ich mache mir überhaupt kein Bild«, brüllte ich zurück, voller Groll auf sie, ohne daß ich wußte, warum, übermannt von außer Kontrolle geratenen Gefühlen. »So sehe ich es eben, und basta. Und ich erlaube mir, was ich will.«

»Aber nicht mit mir, du Arschloch!« schrie Manuela. »Keiner hat das Recht, mein Leben so zu verurteilen!« Sie hielt immer noch die Untertassen in ihren bebenden Händen, und ihr Blick wurde noch flammender, sie schleuderte die Untertassen auf mich, und ich konnte gerade noch ausweichen; sie schrie: »Du bist Scheiße, Leo, mach, daß du verschwindest! Du kannst mich mal!«

Ihre Wut war so stark, daß sie meine besänftigte; ich ging auf sie zu. »Jetzt sei doch nicht so, bitte. Beruhige dich«, sagte ich und versuchte sie zu berühren.

Aber die Wut stieg mit unkontrollierbarer Geschwindigkeit weiter in ihr hoch: Mit einem wütenden Ruck stieß sie meine Hand weg, und ihr Blick war so zornsprühend, daß ich erschrak, sie schrie: »Faß mich nicht an, du Schwein!«

Aber ich gab nicht auf, ich versuchte, den Kontakt wiederherzustellen, damit die Spirale der Wut sich nicht weiter hochschraubte, sagte: »Hör auf, bitte«, und drückte ihren Arm.

Sie rammte mir ihr Knie in die Leiste und brüllte: »Du bist ein Schweinehund, schlimmer als Cerino, du bist auch so ein widerlicher Feigling! Du willst mir nur mein Leben kaputtmachen, Argumente gegen mich sammeln, damit ich mir wie eine Hure vorkomme!«

»Was sagst du da?« schrie ich, so betroffen, daß ich den Schmerz kaum spürte. »Was glaubst du, mit wem du redest? Komm her, ich bitte dich!« Ich folgte ihr ins Wohnzimmer, ich konnte nicht glauben, daß sich die Dinge so rapide zum Schlimmsten gewendet hatten.

»Geh mir aus dem Weg!« brüllte sie noch lauter und trat mir gegen das Bein, nahm einen Aschenbecher von der Kommode und schmiß ihn auf mich. Ich sprang gerade noch rechtzeitig zur Seite, und der Aschenbecher landete auf dem Boden; er bestand aus einer seltsamen Glasmasse und zerbrach in tausend Scherben, die in alle Richtungen zerstoben. Ich verfolgte sie weiter, ich hatte das Gefühl, gegen einen Sturm oder eine unaufhaltsame

Naturkatastrophe zu kämpfen, die ich, ohne es zu merken, selbst entfesselt hatte. Mir war jede klare Perspektive abhanden gekommen, ich ließ mich auf die gleiche Ebene hinabreißen wie sie, ich packte sie und schlug und trat sie, bestürzt und ungläubig und außer mir vor Zorn über das, was sie tat, und das, was ich tat, was wir uns ins Gesicht schrien, und über die Wut und den Groll und die Verachtung in unseren Augen und unseren Stimmen.

Manuela schaffte es, sich mir zu entwinden, schlüpfte ins Bad und knallte die Tür so fest zu, daß sich um den Türrahmen herum Stücke vom Putz lösten, drehte schnell und rabiat den Schlüssel im Schloß um, *ratsch, ratsch*, als ob sie mich endgültig aus ihrem Leben ausschließen wollte. Von drinnen schrie sie: »Mach, daß du verschwindest, du Schweinehund!« Aber ich wollte mich auf keinen Fall so wegschicken lassen, ich hämmerte mit den flachen Händen an die Tür und brüllte: »Du bist ja völlig übergeschnappt! Du bräuchtest was ganz anderes als eine Analyse! Du widerst mich an!«

Ich hielt einen Augenblick inne und hörte sie drinnen schluchzen, so pathetisch, daß es von den Kacheln an der Wand widerhallte und verstärkt durch die Tür nach außen drang. Ich bückte mich und spähte durchs Schlüsselloch und sah sie mit fast theatralischer Verzweiflung über das Waschbecken gebeugt weinen. Und ihre Verzweiflung schwappte auf mich über wie eine Welle, die mein Herz überflutete; ich hämmerte noch lauter an die Tür, trat mit den Füßen dagegen, brüllte: »Komm raus! Komm raus, oder ich trete die Tür ein!«

Sie mußte begriffen haben, daß ich die Tür wirklich eingetreten hätte, denn sie machte einen Spaltbreit auf, blieb bebend vor Wut und Gekränktheit dahinter stehen und sah mich mit tränennassen Augen und wirrem Haar an. »Versuchen wir, uns zu beruhigen«, sagte ich. »Es ist ja nichts weiter passiert. Wir haben nur geredet.«

»Und ob was passiert ist. Du bist ein Arschloch, du brauchst jetzt gar nicht so scheißverständnisvoll zu tun. Ich hab doch deinen Blick vorhin gesehen. Verschwinde. Ich will dich nie wieder sehen.«

»Ich gehe nicht, wenn wir nicht vorher reden«, sagte ich und schob einen Fuß in den Spalt, damit sie die Tür nicht wieder zuschlagen konnte. »Laß uns wenigstens miteinander reden.« Dabei zerrte ich kräftig am Türgriff, im Widerspruch zu dem sanften Ton, um den ich mich bemühte. Manuela zog in die andere Richtung, aber als sie sah, daß sie es nicht schaffte, sprang sie heraus, und ich konnte sie an einem Handgelenk packen und dann am andern, während sie sich mit aller Kraft zu befreien suchte, es aber nicht schaffte, denn ich hielt sie so fest, als ginge es um Tod oder Leben. Schließlich ließ sie die Arme sinken und entspannte ihre Muskeln, aber ich spürte, wie sie innerlich zitterte. »Geh jetzt, Leo«, sagte sie mit so viel Kälte und Endgültigkeit in ihrem Blick und ihrem Ton, daß ich meinen Griff lockerte und sie losließ und einen Schritt zurückwich. Sie sah mir noch einen Moment lang stumm in die Augen, dann ging sie ins Bad zurück, schlug die Tür zu und sperrte mit einer doppelten Schlüsselumdrehung ab.

Ich stand da und sah mich im Wohnzimmer um, zu erschüttert, um denken zu können; dann nahm ich meine Lederjacke und ging zur Wohnungstür, durch die Tür hinaus und Stufe für Stufe die Treppe hinunter. Jetzt, wo ich meine äußere Ruhe wiedergewonnen hatte, wenn ich innerlich auch noch völlig aufgewühlt war, konnte ich nicht mehr verstehen, was passiert war: ob meine Äußerungen wirklich so niederträchtig gewesen waren, oder ob ich nur zu plump auf dem beschädigten Terrain ihrer Gefühle herumgetrampelt war; ob ich mich bemüht hatte, sie zu verstehen, oder nur von ihr Besitz ergreifen wollte, ob ich eine Seite an ihr aufgedeckt hatte, die ohnehin hervorgekommen wäre, oder ob ich mich selbst als schlimmer erwiesen hatte, als ich zu sein glaubte. Mir war nicht klar, was hinter dem wütenden Groll steckte, den Manuela mir entgegengeschleudert hatte, und was hinter meinem Groll auf sie: ob er darauf beruhte, daß wir uns nicht verstanden oder uns zu gut verstanden, ob er aus unserer Liebe entsprang oder aus dem Wunsch nach Kontrolle oder aus Unsicherheit und Verlustangst. Ich wußte nicht, welches von diesen Gefühlen stärker war, und warum jedes sein Gegenteil wie einen Schatten hinter sich herzuziehen schien; ich wußte nicht, ob ich umkehren und an Manuelas Tür klopfen oder ob ich mich so schnell ich konnte aus dem Staub machen sollte, um nie wieder etwas von mir hören zu lassen.

Das vorherrschende Gefühl in mir aber war Ungläubigkeit, jetzt, da mir die Leiste und die Beine und Arme immer mehr weh taten, von den Schlägen, mit denen Manuela mich traktiert hatte, als ich sie festhielt. Es schien mir absurd, daß alles so unvermittelt passiert war, daß die Stimmung zwischen uns innerhalb von Minuten und ohne daß viele Worte gefallen wären, so umgeschlagen war. Ich hätte gern einen unbeteiligten Zeugen gehabt, der das Geschehene rekonstruieren und ein objektives Urteil abgeben oder wenigstens eine Meinung dazu hätte äußern können.

In dieser Verfassung trat ich auf die Straße und ließ die Haustür hinter mir ins Schloß fallen. Ich überquerte die erste Fahrbahn und war immer noch unsicher, ob ich nicht umkehren sollte; ich ging über die Straßenbahnschienen zwischen den Bäumen in der Mitte der Allee und ließ mich fast von einem Lieferwagen überfahren, bevor ich auf der anderen Straßenseite ankam. Dann blickte ich zurück zu Manuelas Haus und dachte an das erste Mal, als ich mit den frisch entwickelten Fotos bei ihr gewesen war, ich dachte daran, wie ich ihren Namen auf der Gegensprechanlage gesucht hatte und wie fröhlich und mitteilsam ihre Stimme aus dem Metallkasten geklungen hatte; und während ich diesen Gedanken nachhing, merkte ich, daß mich ein Typ aus einem wenige Meter neben der Haustür geparkten BMW beobachtete.

Er hatte das Fenster heruntergekurbelt, obwohl es kalt war, und trug eine Sonnenbrille, obwohl es keineswegs sehr hell war; er verfolgte meine Bewegungen, bis sich unsere Blicke über die Allee hinweg trafen. Er wandte sofort den Kopf ab und schloß das Fenster; neben ihm am Steuer saß noch jemand, aber durch die spiegelnden Fenster und den vorüberströmenden Verkehr konnte ich nichts Genaues erkennen, ich sah nicht einmal, ob sie mich weiter beobachteten.

Mir war gleichzeitig heiß und kalt, während ich ein Stück den Bürgersteig entlangging: siedende Wut, die mich unter einer Schicht eiskalter Gefühle durchströmte. Ich hielt mich dicht an der Häuserwand, suchte mich hinter den anderen Passanten und den auf der Straße fahrenden Autos zu verbergen und trat in das erste Geschäft, das ich sah. Durch die mit Plaketten von Skiherstellern beklebte Glasscheibe der Eingangstür spähte ich nach draußen: der weiße BMW stand immer noch neben Manuelas Haustür, das Fenster war wieder offen, der Typ mit der Sonnenbrille schaute hinaus, auch wenn er mich jetzt nicht mehr sehen konnte.

Hinter mir fragte der Geschäftsinhaber: »Sie wünschen?« Ich fuhr herum, aber in diesem Augenblick gewann die Kälte in mir die Oberhand, ich schaffte es, in normalem Ton zu fragen: »Haben Sie vielleicht eine Gymnastikstange, eine, die man am Türrahmen befestigen kann?« Er nickte und ging nach hinten, um sie zu holen. Ich spähte erneut hinaus: Das weiße Auto stand immer noch am gleichen Fleck. Ich atmete langsam, der Schock von der wilden Szene mit Manuela hatte mein Denkvermögen fast auf Null reduziert; ich hielt mich an die bloßen Fakten und glaubte sie mit außergewöhnlicher Klarsicht wahrzunehmen.

Der Ladeninhaber sagte: »Hier, bitte sehr«, und hielt mir die Gymnastikstange hin, verwundert, daß ich immer noch nicht an den Ladentisch trat. Ich ging zu ihm, nahm ihm die Stange ab, sie hatte ein ordentliches Gewicht. »Gut, ich nehme sie«, sagte ich und gab ihm das Geld. Während er den Preis in die Kasse tippte, drehte ich mich immer wieder um, aus Angst, das Auto könnte wegfahren.

Ich ging hinaus, hielt mich so dicht wie möglich neben anderen Passanten; die Stange lugte aus der Plastiktüte hervor, die ich im Laden bekommen hatte. Als auf der gegenüberliegenden Fahrbahn die nächste Autowelle herankam, rannte ich bis zur Mitte der Allee und versteckte mich hinter einer der Platanen. Der Typ in dem weißen BMW hatte jedoch den Kopf aus dem Fenster gestreckt und sah mich; er drehte sich zu dem anderen um, der andere ließ den Motor an. Ich wollte auf die Fahrbahn laufen, um ihm den Weg abzuschneiden, doch genau in diesem Augenblick kam eine Straßenbahn, sie rasselte mit einem Geruch von Staub und aneinanderschabenden Metallteilen dicht an mir vorbei; als ich über die Gleise sprang, fuhr der BMW gerade davon. Ich lief wie verrückt hinterher, warf die

Plastiktüte weg und schwang die Stange, während ich wie in einem Trickfilm im Zeitraffer über die zweite Fahrbahn flitzte und auf dem Gehsteig weiterrannte, dabei nacheinander zwei oder drei Leute anrempelte, die stehenblieben und sich nach mir umdrehten. Die Ampel stand auf Rot, aber dann wurde sie grün, und die Autos, die davorstanden, fuhren langsam an, der weiße BMW raste mit quietschenden Reifen und hochtourigem Motor im Slalom zwischen ihnen hindurch und bog rechts ab. Ich schaffte es, die Kurve zu schneiden, sprang mit der hoch erhobenen Gymnastikstange vor den BMW und schlug mit aller Kraft, die ich in den Armen hatte, und mit einer die Wucht des Schlages verstärkenden Drehung des Oberkörpers auf die Windschutzscheibe. Ich traf auch noch die Strebe des Seitenfensters, hörte das Prasseln von zerspringendem Glas und das Klirren von Metall auf Metall und sah einen Augenblick lang die beiden auf die Sitze geduckten Typen, dann war das Auto an mir vorbei. Ich warf die Stange hinterher, sie prallte auf dem Kofferraum auf, der BMW geriet ins Schleudern und streifte mit einem Reifen den Gehsteig, denn durch die zersprungene Scheibe sahen die beiden wohl nicht viel, überfuhr um ein Haar eine Dame, die mit einer Tüte aus der Reinigung die Straße überquerte, rammte erneut gegen den Bordstein und blieb stehen.

Ich rannte wie besessen auf ihn zu, durch das Spalier der von den Gehsteigen und aus den Autos auf mich gerichteten Blicke, mit rasendem Herzschlag und in meinem Körper kreisendem Adrenalin und einem Rauschen in den Ohren wie von einem Wasserfall, und als ich den BMW erreichte, lag der Typ am Steuer hintenüber auf dem Sitz, aber der mit der dunklen Brille stieg aus und sah mich an, plump und gedrungen und ein bißchen verwirrt, aber mit geballten Fäusten und sprungbereiten Beinen. Ich versetzte ihm einen Fußtritt gegen das Brustbein, auf einer Woge so lupenreiner Wut, daß ich zu fliegen meinte. Ich sah, wie er nach hinten kippte und mit dem Rücken an das Auto schlug. Aber er war widerstandsfähig und kompakt wie aus Hartgummi, er schnellte gleich wieder vor, nahm meinen Arm in den Zangengriff und stieß mir seinen Kopf wohlgezielt ins Gesicht, packte mich am Nacken. Ich verlor völlig den Überblick und das Denkvermögen und begann ohne jede Technik und aus viel zu geringem Abstand auf ihn einzuschlagen und ihn zu treten. Ich hatte keineswegs mehr das Gefühl zu fliegen, sondern stieß bei jeder Bewegung auf einen gewaltigen Widerstand, mir war, als würde ich auf einen mit allen negativen Seiten des Lebens, mit aller Gewalttätigkeit und aller Schändlichkeit und Scheinheiligkeit und Falschheit und Niedertracht der Welt angefüllten Punchingball eindreschen.

Er sackte erneut gegen das Auto, die Sonnenbrille fiel ihm auf den Boden, darunter hatte er häßliche graue Augen, die mir denen von Cerino auf Manuelas Foto zu gleichen schienen, und ich packte seinen Arm und bog ihn nach hinten auf den Rücken und verdrehte ihn mit der ganzen Wut, die in mir steckte, und schrie ihn an: »Sag mir, wer euch geschickt hat, du elendes Schwein. Na los, spuck es aus.« Er stieß eine Art Grunzen hervor, wand sich hin und her und versuchte mich zu beißen und zu treten, und ich spürte, wie der Widerstand in seinem plumpen Körper immer mehr nachließ, aber seine Augen zeigten keine Regung, er schwieg beharrlich.

Jetzt stieg auch der andere aus, der am Steuer gesessen hatte, seine Nase war blutverschmiert und an der Stirn hatte er eine Wunde, er war magerer und unsicherer als der erste. Ich stieß den ersten zur Seite und gab dem Mageren einen Tritt, der ihn an der Hüfte traf, schlug ihn mit dem

Handballen gegen das Schlüsselbein, aber er wich kaum zurück. Er hatte einen viel leichteren Körperbau als der andere, aber auch er schien ungewöhnlich zäh, von seinen Augen war nichts abzulesen. Er hob die Arme und sagte mit gepreßter Stimme und gequetscht klingenden Vokalen zum anderen: »Scheiße, gib's auf. Fahren wir.«

Der andere ging wieder auf mich los, aber jetzt mehr aus Pflichtgefühl, boxte mir gegen die Schulter, aber ich packte mühelos seinen Arm und bog ihn ihm erneut auf den Rücken. »Ich reiß dir den Arm aus, wenn du es nicht ausspuckst!« schrie ich ihn an, und ich hätte ihm den Arm wirklich ausgerissen, ich verdrehte ihn und hörte die Gelenke knacken, ich kannte keine moralischen oder sonstigen Grenzen mehr, ich wollte bloß, daß er mir den Namen von Cerino nannte. Aber er blieb stumm, keuchte und leistete nur noch passiven Widerstand, und sein magerer Kumpan sagte wieder: »Scheiße, komm, wir fahren«, und rings um uns hatten sich Leute angesammelt, ihre Blicke umzingelten mich immer enger, Stimmen sagten: »Helft ihm doch«, und: »Lassen Sie ihn in Ruhe«, und: »Was hat der vor?« und: »Hat schon jemand die Polizei gerufen?«

Ich wollte auf keinen Fall, daß die Polizei kam, und im Gesicht des Typs war immer noch kein Anzeichen von Nachgiebigkeit zu erkennen, obwohl nur noch ein Millimeter fehlte, bis ich ihm den Arm ausgerenkt hätte, er war wohl eine Art Kamikaze, der sich lieber opferte, als den Namen von seinem Boß preiszugeben. Ich fühlte mich von einem derart heftigen Gefühl der Nutzlosigkeit überschwemmt, daß ich ihn, so kräftig ich konnte, von mir wegstieß; er rutschte über den Kofferraum des Autos und fiel fast zu Boden, richtete sich sehr langsam wieder auf und sah sich nach seinem Kumpan um; auch ich wandte mich ab und ging sehr langsam davon.

Ich blickte um mich, auf der Straße des mir unvertrauten Viertels, in dem Manuela wohnte, und die Leute auf den Gehsteigen und in den Autos und vor den Geschäften starrten mich mit vorwurfsvollen Mienen an. Ich trat mit dem Fuß gegen den Reifen eines geparkten Autos; jetzt, da meine Wut beinahe abgekühlt war und die eisigen Gefühle wieder Körpertemperatur annahmen, merkte ich, wie ich innerlich zitterte.

Einundzwanzig

Am Mittag saß ich mit einer Dose Bier in der Hand auf dem Fußboden in meinem Studio, als die Gegensprechanlage schnarrte. Ich hatte nicht die geringste Lust aufzustehen und zu antworten, aber ich tat es trotzdem, ohne mir irgend etwas auf der Welt zu erwarten. Es war mein Cousin; er fragte: »Bist du allein?«

»Ja, natürlich«, sagte ich. »Komm rauf.«

Er kam herauf, klopfte an die offene Tür. Er trug eine Fliegerjacke, ähnlich der meinen, nur weicher, und sein Gesicht war fast unnatürlich gebräunt. Er merkte, wie ich ihn ansah, und sagte in entschuldigendem Ton: »Ach, ich war auf den Kanarischen Inseln, wegen einem Spot für Katzenfutter. Ein tolles dänisches Model war dabei.« Er lächelte, anscheinend selbst nicht ganz überzeugt, und sah sich nach einem Sitzplatz um.

Ich hätte ihn gern gefragt, weshalb er vorbeigekommen war; es freute mich nicht, ihn zu sehen, in meinem Kopf war kein Platz, den ich ihm hätte einräumen können.

»Ich wollte nur hören, wie es dir geht. Letztes Mal waren wir ja nicht gerade nett zueinander.«

»Nun ja«, sagte ich, ohne Herzlichkeit vorzutäuschen. »Und wie geht es dir?«

»So lala. Ich bin auf Wohnungssuche, bis jetzt wohne ich noch in einem Hotelappartement. Wenn ich die Kinder sehen will, muß ich mit ihnen ins Kino oder Hamburger essen gehen, ihre Mutter will nicht, daß ich die Wohnung noch mal betrete.«

Dicht unter seiner Sonnenbräune sah er angeschlagen aus, nach beschädigten Gewißheiten; Solidarität heischend. »Willst du dich nicht setzen?« fragte ich und holte zwei Dosen Bier aus dem Kühlschrank, reichte ihm eine davon.

Er zog sich die Jacke aus, setzte sich mit dem Bier in der Hand auf einen Sessel und blickte auf das nur teilweise beseitigte Durcheinander. Nach ein paar Minuten sagte er: »Man fragt sich, ob es sich gelohnt hat, oder? Als ich noch zu Hause war, habe ich mich wie im Gefängnis gefühlt, ich wollte nur weg. Wie ein Schüler, der über die Schule jammert und dabei genau weiß, daß die Schule da ist und da bleibt, auch wenn er sich beklagt und die Lehrer austrickst und so weiter. Dann ist die Schule plötzlich zu Ende, und man steht da und weiß nicht mal, wo man schlafen soll.«

Ich nickte zustimmend, mit dem Anflug eines leicht überheblichen Lächelns, als hätte ich einen klareren und besseren Überblick als er, nur weil mir das gleiche bereits vor drei Jahren passiert war. Ich dachte, daß sich das Verlustgefühl, von dem ich derzeit erfüllt war, nicht auf frühere Gewißheiten oder einen scheinbar sicheren Ort oder scheinbar mir gehörende Dinge bezog.

Mein Cousin zuckte die Achseln. »Wir Männer machen so viel Lärm und große Worte, sind aber zu keiner einschneidenden Entscheidung fähig, selbst wenn man uns den Strick um den Hals legt. Die Frauen dagegen halten den Mund und lassen sich nie anmerken, was ihnen durch den Kopf geht, und dann stellt sich plötzlich heraus, daß nichts mehr zu machen ist, und du kannst sie durch nichts zur Umkehr bewegen.«

»Kommt drauf an. Es ist nicht immer so«, wandte ich ein und hoffte, daß ich recht hatte.

Er hielt den Kopf gesenkt, ließ die leere Bierdose einfach auf den Boden plumpsen, beobachtete, wie sie auf dem Linoleum abprallte. Auch meine war leer, ich stand auf, um zwei neue zu holen. Ich war betroffen, wie sehr sich sein innerer Rhythmus im Vergleich zum letzten Mal verlangsamt hatte; wie seine Gesten nur noch mit Mühe bis zu den Händen zu gelangen schienen.

Er sagte: »Es ist eine Art kosmische Seekrankheit. Himmel noch mal. Mir fehlen die Kinder, aber auch die Sachen, die blödsinnigsten Kleinigkeiten. Ich hab fast Angst vor dem Rasieren, in meinem Appartement. Ich gucke in den Spiegel und frage mich, wer zum Teufel ist das? Wo geht der jetzt hin? Wer kennt den überhaupt?«

»Das vergeht mit der Zeit«, beruhigte ich ihn, und je länger wir redeten, um so absurder fand ich es, daß ich mit dem bitteren Gefühlswirrwarr in mir den Tröster spielte. »Und wenn du eine findest, von der du wirklich angetan bist, geht es fast ganz weg.«

Mein Cousin ließ seinen Blick über mein Studio wandern, vielleicht um zu sehen, ob es Spuren von einer gab, von der ich wirklich angetan war. »Manuela?« fragte er.

»Hm«, sagte ich nur. Aber ich hatte das Bedürfnis, über sie zu reden, und sein Blick schien mir nicht eifersüchtig oder rivalisierend, und so fuhr ich fort: »Neulich haben wir Ordnung in ihrer Wohnung gemacht und dabei ein bißchen geredet, und von einem Moment auf den andern hat sie plötzlich getobt wie eine verwundete Tigerin. Sie war nicht zur Vernunft zu bringen, man durfte ihr nicht mal nahe kommen. Sie wollte nichts hören, sie war wie verwandelt.«

»Sie ist ziemlich eigensinnig«, sagte mein Cousin. »Nicht gerade ein sanftes Täubchen.«

Doch sein Ton schien mir dem trostlosen Trümmerhaufen meiner Gefühle nicht angemessen. »Es ist aus«, erklärte ich. »Sie hat gesagt, sie will mich nie wieder sehen, und das waren keine leeren Worte. Du hättest ihren Blick sehen sollen.«

»Lieber Gott, worüber habt ihr denn geredet?«

Ich erhob mich: »War wohl mein Fehler. Vielleicht habe ich sie zu sehr wegen ihrer Vergangenheit und wegen der Affäre mit Cerino angegriffen. Aber es macht mich einfach rasend, wenn ich dran denke, daß so ein fieses Schwein wie er, ein Erpresser und Unterdrücker, sie zwei Jahre lang schikaniert und fast zum Wahnsinn getrieben hat.«

»Er ist ein übler Typ, ohne Zweifel. Unangenehm wie kaum einer«, stimmte mein Cousin zu.

»Unangenehm ist gar kein Ausdruck«, sagte ich, und es schien mir seltsam, daß ich einen so abgründigen Haß auf jemanden hatte, dem ich nie im Leben begegnet war. »Ganz sicher ist es seine Schuld, daß Manuela jetzt so ist, immer in Abwehrhaltung und immer zur Attacke bereit, um sich zu verteidigen, und sich nie entspannen und auch nur einen Augenblick an die guten Absichten von jemandem glauben kann.«

Mein Cousin nahm einen Schluck aus der Dose. »Um das zu sagen, hättest du sie vorher kennen müssen. Wer weiß, wie sie früher war.«

»Ich weiß es«, sagte ich. »Ich weiß, wie naiv und offen und einfach sie im Grunde sein könnte, wenn sie bei diesem Schweinehund nicht so lang gezwungen gewesen wäre, sich zu wehren und ständig auf der Hut zu sein.«

Er hob die Brauen, und ich dachte, daß er nach dem mißglückten Rendezvous mit ihr in meinem Studio wohl nicht der Objektivste war, wenn es um Manuela ging, aber zugleich hatte ich den Eindruck, daß ihn die Trennung von seiner Familie auf ein von niederen Beweggründen relativ fernes Niveau emporgehoben hatte.

Ich sagte: »Und der Bastard ist immer noch hinter ihr her. Er hat ihr die Wohnung verwüsten lassen, du hast es ja gesehen, und jemanden zu mir geschickt, der hier alles durcheinandergeworfen hat. Und vor Manuelas Haustür hat er zwei seiner Schergen postiert, einen von ihnen hab ich nach Strich und Faden verprügelt, ohne ein Wort aus ihm rauszukriegen.«

»Sei vorsichtig, Leo«, sagte mein Cousin mit besorgtem Blick.

»Ich kann doch nicht zusehen, wie dieser Wurm Manuela bedroht und ihr angst macht und sie bespitzelt. Ich schlage ihn tot.«

»Signor Cerino weiß sich zu schützen«, sagte mein Cousin. »Er hat tausendzweihundert Drogenabhängige in drei Therapiezentren. Für jeden Süchtigen, den er von der Droge wegbringt, schiebt ihm der italienische Staat dreihunderttausend Lire pro Tag zu. Zusammengerechnet und mit tausendzweihundert multipliziert, gibt das dreihundertsechzig Millionen täglich, zehn Milliarden achthundert Millionen im Monat. Das ist auch der Grund, warum er sie prügelt, wenn sie ausreißen wollen. Dazu kommt noch das, was ihm von privaten Stiftungen zufließt, und was er mit dem Verkauf der Erzeugnisse der Gemeinschaft verdient. Du kannst sicher sein, daß er gut auf sich aufpaßt, bei dem Geschäft, das er macht.«

»Lieber Himmel«, sagte ich. »Bist du sicher? Zehn Milliarden im Monat?« An diesen Aspekt von Cerinos Treiben, an das materielle Ergebnis seiner Verschleierungstaktiken und Erpressermethoden hatte ich noch gar nicht gedacht.

»Nicht schlecht, was?« sagte mein Cousin. »Eine Hühnerfarm bringt selten so viel ein. Natürlich gibt es auch Verwaltungs- und Betriebskosten, aber dafür stehen ihm jede Menge Arbeitskräfte zum Nulltarif zur Verfügung. Und obendrein profiliert er sich als Wohltäter, was mit einer Hühnerfarm schwierig sein dürfte.«

»Woher weißt du das alles?« fragte ich ihn.

»Ich kenne mich aus«, sagte er. »Letztes Jahr haben sie sich wegen einem Werbespot für ihren Wein an meine Firma gewandt, und ich bin ein paarmal mit Cerino zusammengekommen. Außerdem haben wir uns auf eigene Faust Informationen beschafft. Am Ende hat er sich für eine andere Agentur entschieden.«

»Aber protestiert denn niemand dagegen?« fragte ich. »Wird da nichts kontrolliert? Lassen sie ihn machen, was er will?«

Mein Cousin hatte sein zweites Bier ausgetrunken und ließ die Dose auf den Boden fallen. »Glaub nicht, daß sich in unserem Land wirklich so viel geändert hat, Leo. Auch wenn sich der eine oder andere Gauner derzeit ein bißchen bedeckt hält oder sogar von der Bildfläche verschwinden muß. Die Räder drehen sich weiter. Es gibt zu viele Leute, die daran gewöhnt sind, allmonatlich einen dicken Batzen Geld einzustecken, du kannst sicher sein, daß sie ihn mit Zähnen und Klauen verteidigen, bevor sie ihn freigeben. Und wenn es nur darauf ankommt, die Fahne nach dem Wind zu drehen, kennen sie sowieso nichts.«

»Aber die Leute haben es satt«, sagte ich. »Keiner ist mehr bereit, das alles hinzunehmen. Die Zeiten haben sich geändert.«

Mein Cousin verzog zweifelnd das Gesicht. »Ich bin mir nicht so sicher, Leo. Diejenigen, die am meisten exponiert waren, halten sich vielleicht wenigstens für den Augenblick zurück. Craxi setzt sich vielleicht nach Paris oder

Tunesien oder Kairo ab, wo er der Auslieferung am ehesten entgeht und wo die Leibwächter am billigsten sind und man noch ganz angenehm leben kann, wenn man eine Billiarde Lire auf die Seite geschafft hat. Aber was meinst du, was all die anderen machen, die weniger im Blickpunkt stehen, obwohl auch sie fleißig ihre Betrügereien betrieben haben? Glaubst du, die gehen alle ins Exil?«

»Wenn sie sich genug Geld unter den Nagel gerissen haben, vielleicht schon«, sagte ich. »Wenn sie dicke Konten in der Schweiz haben. Warum sollten sie weiter das Risiko eingehen?«

Mein Cousin holte sich die letzte Dose Bier aus dem Kühlschrank, trank einen Schluck und reichte sie mir. Wir setzten uns wieder. »Es geht ja nicht allein ums Geld, Leo. Die Macht ist eine Droge wie kaum eine andere. Du solltest ihn mal in seinem Therapiezentrum in Cuneo sehen, den Herrn Cerino, wenn die Drogensüchtigen Spalier stehen und hinter ihm hertraben. Du solltest ihn sehen, wenn er morgens vor der versammelten Gemeinschaft seine kleine Ansprache hält. Oder seine in Öl gemalten Porträts, die er in allen Räumen aufhängen läßt. Hin und wieder hat er vielleicht ein paar Scherereien, aber es lohnt sich, das kann ich dir versichern.«

Je klarer mein Bild von Cerino wurde, desto mehr wuchs mein Abscheu; ich dachte, wie ungleich das Kräfteverhältnis zwischen Cerino und Manuela gewesen war, wie er sie mit seinen perversen Machtspielen an sich gefesselt hatte, welche Genugtuung es ihm bereitet haben mußte, eine Frau zu demütigen, die so viel begabter war als er. Ich sagte: »Jetzt hat er natürlich Angst, daß Manuela auspackt. Wer weiß, was sie alles über ihn weiß.«

»Einige sehr üble Geschichten, glaube ich«, sagte mein Cousin mit bedeutungsvoller Miene.

»Was meinst du mit übel?« fragte ich ihn, und neue Wellen von Angst und Sorge schwappten in mir hoch.

»Nun ja«, sagte mein Cousin und schien unentschlossen, ob er reden sollte oder lieber nicht. »Da ist zum Beispiel die Sache mit Milesi.«

»Was ist damit? Er hat ihn doch nicht etwa selbst ermorden lassen?« fragte ich ihn und mußte fast darüber lachen.

Mein Cousin lachte keineswegs, er lächelte nicht einmal, nickte nur leicht mit dem Kopf und biß sich auf die Unterlippe. »Damit hatte er einen wunderbaren Märtyrer, mit dem er Propaganda machen konnte. Es ist aber nur ein Gerücht.«

Wir schwiegen einige Sekunden, und ich hatte das Gefühl, mich in einem luftleeren Raum zu befinden.

Dann sagte ich: »Aber früher oder später wird man ihn in den Knast stecken, oder? Früher oder später wird die Sache ans Licht kommen.«

»Wer weiß«, sagte mein Cousin. »Vielleicht auch nicht.«

»Die Leute halten die Augen offen«, sagte ich. »Sie passen auf. Die schmutzigen Machenschaften kommen jetzt ans Licht.« Ich stand erneut auf, die Wut brachte mein Blut derart in Wallung, daß ich zu ersticken glaubte.

»Mag sein, daß die Leute die Augen offenhalten. Aber wohin schauen sie? Auf die Mattscheibe. Möglicherweise gibt es in diesem Land wirklich so was wie eine Revolution, die erste Revolution von Fernsehzuschauern in der Geschichte. Letztlich ist alles nur eine Frage der Einschaltquote. Wir haben jahrelang die gleichen Programme angeschaut, und irgendwann hat uns ein Gesicht nicht mehr gefallen oder vielleicht war uns auch eine ganze Kaste unerträglich geworden. Vielleicht haben uns auch die Spielregeln der ganzen Show angewidert. Aber was ist passiert? Hast du wirklich so viele Leute auf der Straße protestieren sehen? Hat irgend jemand etwas Konkretes getan, abgesehen von den Untersuchungsrichtern, die die Ermittlungsverfahren in Gang gesetzt haben? Wir selbst haben doch nur die Knöpfe unserer Fernbedienung gedrückt, um kundzutun, daß wir die alten Gesichter und die alten Prozeduren satt haben. Dann haben wir vor dem Bildschirm auf eine neue Show und ein paar neue Gesichter gewartet. Weißt du, wieviel Angst du einem wie Mimmo Cerino einjagst, wenn du vor deinem Sony Trinitron sitzt und denkst, was für ein widerlicher Kerl er ist?«

Ich ging in meinem Studio auf und ab, der Blick meines Cousins folgte mir, und in mir jagten sich Wut über alles, was Cerino Manuela angetan hatte, und Rachgier, beides verschärft durch die Vorstellung, mich vielleicht heillos mit Manuela zerstritten zu haben, was einen unwiederbringlichen Verlust bedeuten würde. »Ich habe nicht die geringste Lust, vor dem Fernseher zu sitzen«, sagte ich zu meinem Cousin. »Ich will was tun. Ich stelle ihn zur Rede und sage ihm zumindest, daß er Manuela in Frieden lassen soll.«

»Und wo willst du ihn stellen?« fragte mein Cousin.

»Er wird ja auch mal schlafen gehen, oder? In einem seiner Therapiezentren muß er doch ein Schlafzimmer haben.« Ich sah mich bereits nachts auf den Hügeln um Cuneo, sah mich über einen Zaun klettern, zwischen Büschen schleichen und durch das Fenster in Cerinos Wohnhaus einsteigen.

Mein Cousin sagte: »In den Zentren kommst du ohne eine Einladung nicht mal auf zweihundert Meter an ihn heran. Da fangen sie dich vorher ab. Und er ist auch nicht immer dort. Meistens ist er in Mailand. Da wohnt er. Er hat sich ein ganzes Haus gekauft und mit Hilfe von seinen ehemaligen Drogenabhängigen fast kostenlos renoviert. Dort war er auch mit Manuela.«

»Wo ist das Haus?« fragte ich und konnte an nichts anderes mehr denken. »Gib mir die Adresse.«

»Wieso, was hast du vor?« sagte mein Cousin, mit vor Wachsamkeit und Besorgnis verlangsamter Stimme.

»Nichts«, sagte ich, und es fiel mir schwer, ihm nicht zu sagen, was ich am liebsten mit Cerino gemacht hätte. »Ich schreibe ihm. Ich will ihm nur sagen, daß er aufhören soll, Manuela zu verfolgen.«

Er sah mich an, als sei er irgendwie für mich verantwortlich, beinahe so wie früher.

»Also, sag mir bitte die Adresse. Was bleibt mir anderes übrig? Soll ich zuschauen, wie dieser Hundesohn Manuela bedroht? Ich will ihm nur sagen, daß er damit aufhören soll«, bedrängte ich ihn, während ich mir neue Sorgen um Manuela machte. Ich stellte mir vor, wie sie unter den Arkaden in Ferrara von ihm verfolgt wurde; sah die aufgebrochene Tür ihres Hotelzimmers vor mir; sah sie mit dem Telefonhörer in der Hand, voller Angst, aber zu starrsinnig und gekränkt und stolz, um mich anzurufen.

Mein Cousin sah mich immer noch an, und letztlich war sein Blick doch ganz anders als früher, ich konnte keinerlei Sicherheit mehr darin erkennen. »Na schön. Aber du mußt mir schwören, daß du keinen Mist baust«, sagte er schließlich und gab mir Cerinos Mailänder Adresse.

Zweiundzwanzig

Mit wild pochendem Herzen ging ich in meinem Studio auf und ab. In den Beinen kribbelte es mir, und die Hände taten mir weh, so begierig war ich, Cerino damit die Gurgel abzudrücken. Ich vermochte keinen vernünftigen Gedanken mehr zu fassen, ich hatte immer nur sein widerliches Gesicht vor Augen, so wie ich es im Fernsehen und auf Manuelas Fotos gesehen hatte: seinen trüben Blick hinter der dunklen Brille, wenn er mir die Tür öffnen würde.

Ich sah ihn vor mir, mit seinen lässigen und selbstgefälligen Bewegungen voll latenter Aggressivität, daran gewöhnt, andere zu unterdrücken, gegen die Welt abgeschirmt und ohne Risiko. Ich hörte seine Stimme, wie sie mir aus dem Fernsehen in Erinnerung war: den rauhen, farblosen Tonfall von einem, der es fertigbringt, von genau den Zuständen zu profitieren, die er ständig kritisiert und über die er weit erhaben zu sein vorgibt. Ich spürte förmlich seinen dumpfen Zynismus und mußte an die Leber eines aufgeschnittenen Haifischs auf der Theke eines Fischhändlers denken, schwammig und schleimig und zäh, wie es jemand ist, der hinter der Fassade von scheinbarem Idealismus die übelsten Gefühle verbirgt.

Ich sah Manuela, wie sie in ihrer direkten und offenen und verletzlichen Art, mit der sie alles im Leben anpackte, auf ihn zuging und von seinen scharfen Zähnen zerfleischt wurde. Ich sah sie verletzt und gepeinigt, gefangengehalten und erpreßt, verfolgt und zu einem ungleichen Kampf gezwungen, bei dem sein Sieg von vornherein feststand. Ich sah Manuelas glatte Arme mit den geschmeidigen Handgelenken, ihre Hände, die langen Finger mit den vom vielen Zupfen der Harfensaiten breit gewordenen Kuppen. Ich dachte an die Art, wie sie dastand und wie sie ging und den Kopf wandte, wie sie lächelnd wartete; dachte an ihr einem empfindlichen Instrument gleichendes Gemüt, das zuweilen die Überhand über ihr sonst so klares Urteilsvermögen gewann; erkannte das Wechselspiel zwischen Instinkt und Vernunft, das sie trieb, sich in die Untiefen des Lebens zu stürzen. Ich sah, wie sie aus unerreichbarer Ferne meine Gesten beobachtete, ohne sie zu verstehen, und über meine Anteilnahme erschreckt die Fassung und das Gleichgewicht verlor, während sie sich dem falschen gegenüber zu verteidigen versuchte. Ich sah Cerino, wie er den Hörer abnahm, um sie erneut seine Erpresser- und Unterdrückerstimme hören zu lassen; wie er sie durch seinen Tonfall und sein Verhalten bewußt zu verletzen suchte, um sie wieder in seine Gewalt zu bringen.

Dann wurden die Bilder so schnell und so klar und deutlich, daß ich es in der Leere und Enge meines Studios nicht mehr aushielt: Ich nahm meine Jacke und rannte hinaus, mir kochte das Blut in den Adern.

Ich fuhr wie ein Irrer durch die Stadt, sah an den Kreuzungen ab und zu auf den Stadtplan, um mich zu orientieren. Ich hatte nichts Bestimmtes im Sinn, ich wußte nicht, was ich mit Cerino tun würde; ich wußte, wie unwahrscheinlich es war, daß ich ihn antraf. Aber ich wollte wenigstens sehen, wo er wohnte, mir ein Bild von seinem Bau machen, mich vergewissern, daß ich ihn früher oder später finden konnte. Mir war kaum bewußt, wie ich die Gänge schaltete, so sehr war ich von Wut und Ungeduld und anderen finsteren Gefühlen überwältigt;

ich trat das Gaspedal und die Bremse, jagte den Motor hoch.

Schließlich war ich in der Straße, die mir mein Cousin genannt hatte, in einem ehemals volkstümlichen Viertel, in dem sich in den letzten Jahren Schickeria-Bars und Restaurants und Antiquitätengeschäfte breitgemacht hatten. Ich stellte das Auto in der ersten Lücke ab, die ich am Gehsteig fand, ging zu Fuß weiter und las eine Hausnummer nach der anderen mit immer heftiger klopfendem Herzen und wie wild pulsierendem Blut. Ich versuchte, mich normal zu bewegen, aber es kam mir nicht so vor, als ob es mir gelänge: Ich ruckte mit dem Kopf, beschleunigte und verlangsamte meine Schritte ohne jede Natürlichkeit.

Vor einer sorgfältig grün lackierten Haustür mit der Nummer, die mir mein Cousin genannt hatte, blieb ich stehen; betrachtete minutenlang die in Mailänder Gelb getünchte Fassade. Ich überlegte, wie ich hineinkommen und bis zu Cerinos Wohnung gelangen sollte, aber ich vermochte meine Gedanken nicht lange genug im Zaum zu halten, mein Herz war vergiftet von der Vorstellung, daß Manuela hier zwei Jahre lang ein und aus gegangen war. Ich dachte an den dunklen Teil ihrer Gefühlswelt, an die unkontrollierbaren Emotionen tief in ihr, die sich mir mitteilten, wenn wir uns liebten; an den Raubtierinstinkt und die Besitzgier, die meine Vernunft und meinen Verstand außer Kraft setzten, wenn ich mit ihr zusammen war. Ich versuchte herauszufinden, weshalb ich an ihr so viel mehr interessiert war als an anderen Frauen, die ich kennengelernt hatte; ob es an ihrer Fähigkeit lag, auf ihr Unbewußtes zu hören, an ihrer Fähigkeit, sich ohne den Filter der Worte und fertigen Erklärungen mitzuteilen, an ihrem Wagemut, wenn es darum ging, Neues zu entdecken. Mir fiel ein, was sie über ihren Weg gesagt hatte, und ich fragte mich, warum ihr Weg sie zu dieser Haustür hatte führen müssen, warum ich ihr nicht früher begegnet war.

An der Gegensprechanlage waren etwa ein Dutzend Schilder, auf zweien stand in Druckbuchstaben »Nuova Via«, die anderen hatten nur Nummern. Ich zögerte, ob ich alle Tasten drücken und mir irgendeinen Vorwand einfallen lassen sollte; zuerst aber drückte ich gegen die Haustür; sie war offen.

Ich trat schnell ein, lief durch den Durchgang und kam in den einstmals volkstümlichen, jetzt völlig renovierten und sanierten Innenhof mit Blumenkästen auf allen Balkonen und Bambusstauden in Kübeln an allen vier Ecken und sogar einer häßlichen Bronzestatue in der Mitte. Mit angespannten Muskeln schlich ich dicht an der Wand entlang, die Ohren gespitzt und den Blick geschärft, um mir nicht die geringste Bewegung und das leiseste Geräusch entgehen zu lassen. Ich hatte das Gefühl, den Tatort eines Verbrechens zu betreten, zu spät, um etwas wirklich Nützliches zu tun, aber nicht zu spät, um Manuela zu rächen oder meine Gefühle zu rächen oder zumindest wieder ein Gleichgewicht zwischen richtig und falsch herzustellen.

Ich sah hinauf zu den an diesem nebligen Nachmittag von albernen kleinen Scheinwerfern erhellten Balkons mit Gittern für Kletterpflanzen, dort, wo früher Wäsche zum Trocknen hing, ließ meinen Blick bis zum obersten Stockwerk wandern, wo sich die Wohnung von Cerino befand, in der Manuela zwei Jahre lang eingeschlossen gewesen war. Ich dachte daran, wie er ihre Gefühle und ihren Körper mißbraucht hatte und wie ihr von ihrer Analytikerin und von der Welt eingeredet worden war, daß Cerinos Roheit und seine Quälereien ein notwendiger Teil ihrer

Identitätssuche seien. Ich ging zum Aufzug, dessen Metallgitter passend zur Haustür und zu den Fenstern grün gestrichen war, ich tat, als würde ich hineingehen, stieg statt dessen zu Fuß die grauen Steinstufen hinauf, so von Rachegelüsten erfüllt, daß ich Mimmo Cerino mit meinen Händen und ohne jede Waffe in Stücke hätte reißen können.

Ich versuchte mir vorzustellen, ob er zu Hause war und wer die Tür öffnen würde; einer seiner für ihn zum Kamikaze bereiten ehemaligen Rauschgiftsüchtigen oder eine junge Frau, die Manuelas Stelle eingenommen hatte, oder er selbst. Ich versuchte mir vorzustellen, wie er reagieren würde, wenn er selbst an die Tür kam: Ich stellte mir die Wucht des Zusammenpralls vor, die Stellen, wo ihn meine Schläge treffen würden. Unterwegs im Auto waren mir Sätze eingefallen, die ich ihm vorher sagen wollte, aber jetzt hatte ich keine Lust mehr, mit ihm zu reden, ich wollte ihm nur ins Gesicht sehen und ihm dann mit einer möglichst schnellen Oberkörperdrehung den Ellenbogen seitlich gegen den Hals rammen und ihn mit voller Wucht in den Bauch treten, damit er nach hinten flog und ich ihn am Boden festnageln konnte.

Bei jeder Stufe dachte ich an die Zeit, als Manuela mit all ihren angeschlagenen Gefühlen diese Treppe hinauf- oder hinuntergegangen war. Diese Vorstellung durchlief mich kalt und schneidend wie eine scharfe Klinge, und in dieser Klinge spiegelte sich der Gedanke, daß Mimmo Cerino bei aller Widerwärtigkeit doch etwas an sich haben mußte, was sie anzog. Dieses Bild war am unerträglichsten: die romantische, vom Leben enttäuschte junge Harfenspielerin, die sich in den minderwertigsten Lärm und Schmutz hinabziehen ließ, nachdem sie bis dahin in der von außen abgeschotteten Welt der klassischen Musik gelebt hatte. Ich erinnerte mich daran, wie sie zu mir gesagt hatte: »Ich hab mich von einem Augenblick auf den andern kopfüber ins Leben gestürzt«; ich dachte an ihr Verhältnis mit dem scheinheiligen und narzißtischen Schwächling Dezza, ich stellte mir vor, wie sehr Cerinos brutale und erpresserische Aggressivität sie fasziniert haben mußte und wie sie sich vielleicht von Anfang an hatte unterjochen lassen, was für ein Schock für eine so sensible Frau das gewesen sein mußte; welche Schäden er bei ihr angerichtet hatte. Ich dachte an die Analytikerin, die mit ihrem breiten Hintern voyeuristisch auf dem Sessel saß und ihr lüstern zuhörte und sie anstachelte bei ihrer Suche nach den dunklen Seiten in sich. Ich stellte mir die Gemeinheiten vor, die Cerino zu Manuela gesagt haben mußte, und die Gemeinheiten, in die er sie mit hineingezogen hatte; an die Genugtuung, die es ihm bereitet haben mußte, sie aus ihrem behüteten Leben zu reißen, ihr Gleichgewicht als empfindsame und phantasievolle Künstlerin zu erschüttern und zu zerstören. Ich dachte an die Kraft und die Aufmerksamkeit, die sie an ihn verschwendet hatte, während er sie von ihrer Arbeit abhielt und ihr die brüchigen Sicherheiten raubte, die sie sich mühsam zusammengebastelt hatte. Ich dachte an die dunklen Impulse, die sie getrieben hatten, in diesem Haus das Opfer zu spielen; an die frustrierenden Erfahrungen mit ihrer Familie, an die katholische Erziehung durch ihre Mutter und die mangelnde Zuwendung ihres Vaters, den Egoismus ihres älteren Bruders, der ihr Leben ausgefüllt hatte und dann plötzlich weggegangen war.

An all das dachte ich, während ich, so leise ich konnte, die Stufen hinaufstieg. Bei jedem Treppenabsatz verzehnfachte sich meine Rachgier, im dritten Stock glaubte ich, mit bloßen Händen ein Eisengitter ausreißen oder eine

Metallstange verbiegen und die stabilste Panzertür eintreten zu können, als ob sie aus Pappe wäre.

Dann war ich im obersten Stockwerk und ging ein Stück die Galerie entlang, wie mir mein Cousin gesagt hatte, und mein Herz hatte fast aufgehört zu schlagen, mir war, als ginge ich auf einem Laufband oder in einem Traum, ich spürte meine Schritte nicht, sondern glitt scheinbar ohne jede Muskelanstrengung vorwärts. Von oben fiel Licht durch die Dachfenster, genau wie es mir mein Cousin beschrieben hatte.

Ich blieb neben der Tür stehen und drückte mich an die Wand. Ich versuchte meinen Puls wieder unter Kontrolle zu bekommen, spähte nach beiden Seiten und in den Hof hinunter, ob sich auf einem der Balkone oder hinter den Fenstern etwas regte. Für jemanden, der nicht gesehen werden wollte, war diese von drei Hofseiten her den Blikken ausgesetzte Tür nicht gerade ideal, aber ich hielt mich dicht an der Wand und war dunkel gekleidet, und es war mir auch ziemlich gleich, ich brannte zu sehr darauf, zu Cerino zu kommen und meine ganze angestaute Wut an ihm auszulassen.

Also löste ich mich von der Wand, noch unentschlossen, auf welche Art ich klingeln sollte, und was ich mit demjenigen anstellen würde, der die Tür öffnete. Durch die Tür drang leise Musik; ich stellte mir Cerino auf einem Sofa oder seinem Lieblingssessel vor, neben sich sein Lieblingsopfer oder zwei, drei seiner Lieblings-Kamikaze-Jünger, bis zum Hals in Selbstgefälligkeit badend, die ihn vielleicht sogar gleichgültig machte gegen den unerwarteten Gast, der gekommen war, um ihn totzuschlagen.

Aber die Tür war offen, sie gab nach, als ich an den Messingknauf faßte. Ohne noch an irgend etwas zu denken, schlich ich leise und behende wie ein Mörder hinein, hörte kaum mein Herz klopfen. Die leise Musik kam aus einer Stereoanlage, es war Harfenmusik, die das geräumige Wohnzimmer voller Designermöbel, Metallregale und Perserteppiche erfüllte, in dem Zeitungen und Zeitschriften herumlagen. Ein scharfer, durchdringender Geruch wie in einer Hyänen- oder Schakalhöhle hing im Raum, vermischt mit dem Geruch von Farbe und Staub. Ich spürte ein Würgen in der Kehle, aber ich ging weiter und empfand eine seltsame Vertrautheit mit meinen Bewegungen und sogar mit dem, was ich in dieser Wohnung vorhatte, ich wunderte mich, wie ruhig ich jetzt war.

Ich ging so leichtfüßig ich konnte durch das Wohnzimmer, das leise Tappen auf dem Parkettboden ging in der Harfenmusik unter. In den fließenden Tönen glaubte ich Manuelas Spiel zu erkennen, es war eine sonderbare Musik aus Kreisen und Spiralen außerhalb der Grenzen einer geschriebenen Partitur, eine Musik, die nichts mit der Wohnungseinrichtung und den Teppichen und den Büchern auf den Regalen zu tun hatte, sondern im Raum gefangen schien, so wie Manuela es gewesen sein mußte.

Durch eine offene Tür am anderen Ende des Wohnzimmers betrat ich ein Zimmer, in dem eine Holztreppe nach oben führte. Ich hörte noch immer keine Geräusche oder Stimmen aus der Wohnung, aber der scharfe Raubtiergeruch wurde noch durchdringender, erfüllte mich mit neuem Ekel und neuer mörderischer Wut, und ich sah nach oben, um schnell und leise die Treppe hinaufzusteigen und über Cerino herzufallen, was immer er gerade tun mochte, und da sah ich Cerino hängen.

Ich begriff nicht sofort, daß er sich erhängt hatte, und auch nicht, daß er es war, denn das Licht war schwach und es war kein Geräusch zu hören, ich bewegte mich wie in einem Film ohne Tonspur. Ich sah nur diese Gestalt in Kordsamthosen und einem groben Wollpullover, die wie ein Sack seitlich an der Treppe baumelte, und spürte ein unaufhaltsames Würgen in der Kehle und erkannte die verzerrten Züge von Cerino und sah den mit einer doppelten Schlaufe am Treppengeländer befestigten Strick um seinen Hals; und auf dem Fußboden war Erbrochenes, nahezu unverdaute Maccaroni und Tomatenstückchen und vielleicht Wein oder irgendeine andere noch nicht geronnene rötliche Flüssigkeit.

Auch ich mußte mich erbrechen, ich kotzte wenige Zentimeter neben seine Kotze, ohne Zeit zu haben, irgend etwas zu denken. Dann ging ich näher heran, um besser zu sehen, ich hatte eine Gänsehaut, und mein Magen war in Aufruhr, und ich spürte eine Kälte in mir wie noch nie und zugleich auch wieder diese seltsame, ferne Vertrautheit. Ich betrachtete das bleiche, verzerrte Gesicht von Cerino, seine häßlichen, von Falten umgebenen Augen, die Tränensäcke darunter, die ich im Fernsehen und auf Manuelas Fotos gesehen hatte, den plumpen, gewalttätigen Körper, der schlaff an dem Strick hing und kaum merklich hin und her schaukelte; seine Hornbrille, die in das Erbrochene gefallen war. Ich konnte nicht die geringste Gefühlsregung in mir feststellen, ich war lediglich imstande, die Tatsachen zu registrieren, so wie ich sie vor mir hatte, und war mir nicht einmal ihrer wahren Natur oder ihrer Bedeutung gewiß.

Dann fühlte ich mich von einer unaufhaltsamen Energie getrieben, wie ein bis zum Zerreißen gespanntes Gummiband, das auf seine normale Länge zurückschnalzt: Ich rannte durch das Wohnzimmer und zur Tür hinaus auf die Galerie, immer vier Stufen auf einmal die Treppen hinunter, ohne mich um den Lärm zu kümmern, den ich dabei machte, oder um die Türen, die sich wie von selbst zu öffnen schienen, oder um Blicke aus den Fenstern oder von den Balkonen oder aus dem Hof, und auf die Straße hinaus, als würde ich fliegen.

Dreiundzwanzig

Gegen sieben Uhr abends kam ich in Ferrara an. Ich hatte das Gefühl, tagelang am Steuer gesessen zu haben, und konnte die Heizungsluft und die geschlossenen Fenster und die Musik aus der Stereoanlage und das mechanische Dröhnen auf der schier endlosen Fahrt durch eine Landschaft, von der so gut wie nichts zu sehen war, nicht mehr ertragen.

Zu Fuß ging ich um das Theater herum und unter dem Bogen hindurch, der zum Künstlereingang führte, überquerte den kleinen Hof. Doch die Eisentür am anderen Ende war verschlossen; ich klingelte an der Sprechanlage, eine häßlich krächzende Stimme fragte: »Wer da?«

»Leo Cernitori«, antwortete ich. »Ich muß zu Manuela Duini.«

»Sie ist in der Probe«, tönte es aus dem Lautsprecher; die Eisentür blieb verschlossen und verriegelt.

Ich ging wieder um das Theater herum und trat in eine Bar, rief im Theater an und fragte nach Manuela. Ich mußte ihre Stimme hören, auch wenn sie mich haßte und mich wirklich nie mehr sehen wollte; ich mußte mit ihr sprechen und ihr die Sache mit Cerino erzählen und wenigstens versuchen, ihr klarzumachen, was ich für sie empfand. Aber es nahm niemand ab: Ich ließ es fünf Minuten klingeln, verzweifelt wie selten in meinem Leben; die Stimmen und das Gelächter der Gäste und der Rauch ihrer Zigaretten riefen eine solch schwindelerregende Leere in mir hervor, daß mir übel wurde.

Ich ging unter den Arkaden spazieren und betrachtete die Fenster und die alten Türen der Häuser, versuchte mir vorzustellen, wie es sein mußte, in einer Stadt zu leben, die so viel ruhiger und überschaubarer war als die Städte, die ich kannte. Ich sah mir die Schaufenster der Geschäfte für Bekleidung, Möbel und Haushaltsgeräte an, die Auslagen der Lederwarengeschäfte, Apotheken und Lebensmittelläden, die hell erleuchtet und mit allem gefüllt waren, was eine ordentliche und fröhliche Familie zum Leben braucht. Ich beobachtete die jungen Mütter mit ihren Kinderwagen und die Jungen und Mädchen vor den Bars sowie die Arm in Arm schlendernden Pärchen, und obwohl ich dicht an ihnen vorbeiging, glaubte ich sie aus einer ungeheuren Entfernung zu sehen, wie ein Außerirdischer mit einem Teleskop, durch das er jedes noch so kleine Detail auf der Erde vergrößert sieht, ohne irgend etwas greifen zu können.

Dann löschten die Geschäfte eines nach dem anderen die Schaufensterbeleuchtung, und die eisernen Rolläden wurden heruntergelassen. Das Licht war jetzt spärlicher, die Leute verschwanden in ihren Häusern, die Geräusche wurden schwächer und der Nebel dichter. Ich fror im Kreuz, und die Beine taten mir weh; ich fragte mich, ob Manuela sich freuen würde, mich zu sehen, oder ob sie angeordnet hatte, mich nicht einzulassen. Mir fiel Cerino ein, so wie ich ihn gefunden hatte, und die Harfenmusik aus der Stereoanlage, als ich durch seine Wohnung ging; ich fragte mich, wie Manuela auf seinen Tod reagieren würde, ob es eine Befreiung für sie war oder unseren Bruch besiegeln würde. Ich hatte schreckliche Lust, sie zu sehen, ich glaubte mit jeder Minute, die verstrich, immer mehr Kraft zu verlieren.

Ich kehrte zur Bar am Theater zurück, aber nicht einmal in deren wohligen Wärme vermochte ich mich der Trostlosigkeit zu entziehen; dann, als ich gerade bestellen wollte, sah ich unter den Arkaden Manuela kommen, mit Priore, dem Dirigenten, und zwei, drei anderen.

Priore hielt ihr die Glastür auf, sagte dabei irgend etwas, das sie und die anderen in der kleinen Gruppe zum Lachen brachte, ganz eingenommen von seiner Rolle und seinem Lächeln und seinen Schäkereien, von den Drehungen seines langen Oberkörpers und gleitenden Schritten auf seinen kurzen Beinen. Manuela hörte ihm zu und lachte und bewegte den Kopf auf ihre elegante und natürliche Weise, sie ging neben ihm her wie eine Gazelle neben einem hohe Wertschätzung genießenden Pony.

Sie sah mich erst, als sie wenige Schritte vor mir war: ihre Augen leuchteten überrascht auf, und ich konnte nicht erkennen, was sonst noch für Gefühle in ihrem Blick lagen, aber die schreckliche Distanz wie bei unserem Streit in ihrer Wohnung glaubte ich nicht mehr darin zu sehen. Ich gab ihr die Hand, obwohl ich sie lieber umarmt und geküßt und weggezogen hätte, fragte: »Wie geht's?« obwohl ich tausend andere Fragen an sie gehabt hätte.

Sie sagte: »In einer halben Stunde ist Generalprobe.« Sie hielt sich auf gleicher Distanz zwischen mir und den anderen, lebhaft, angeregt und schön frisiert, in einem grauen Mantel über einem eleganten Hosenanzug. Sie stellte mich Priore und den anderen vor, die mir mit schwachem Druck die Hand gaben, ohne das geringste Interesse für einen Unbekannten, der nichts mit der Arbeit zu tun hatte, in der sie aufgingen. Vor allem Priore würdigte mich kaum eines Blicks, wandte sich ab und drückte den Arm einer blassen jungen Deutschen, brachte sie mit einem geflüsterten Scherz zum Lachen.

Ich hatte keine Lust, eine halbe Stunde lang mit ihnen herumzustehen; ich fragte Manuela: »Können wir beide nicht woandershin gehen?« Sie sah sich um, nickte zustimmend, wandte sich an Priore, um ihm Bescheid zu sagen. Priore machte eine gespielt zerstreute und gespielt herzliche kleine Grußgeste.

Draußen gingen wir ein Stück unter den Arkaden, und es fiel mir immer noch schwer, sie zu berühren oder etwas zu sagen. Ich legte ihr eine Hand auf die Hüfte und zog sie gleich wieder weg, ich spürte die Spannung des Gesagten und des Nichtgesagten zwischen uns wie elektrischen Strom. Stumm überquerten wir den Platz und traten in eine Konditorei mit Spiegeln und viel Messing und schön gepflegtem alten Holz.

Drinnen standen nur ein paar Einheimische, die an der Theke ohne Hast ihren Aperitif tranken und sich unterhielten, bis es Zeit zum Abendessen war; wir setzten uns an einen kleinen Ecktisch, bestellten Schnittchen und Mandarinenpunsch, um uns zu stärken. Wir saßen uns schweigend gegenüber, sahen uns in die Augen und wieder weg. Schließlich zündete sich Manuela eine Zigarette an, fragte: »Wieso hast du mich nicht angerufen?«, blies mit einem fragend-trotzigen Blick den Rauch hinaus, bewegte nervös die Beine unter dem Tisch.

»Du warst so voller Haß, als du mich aus deiner Wohnung rausgeworfen hast. Ich dachte, wir würden uns nie wiedersehen.« Der Kellner brachte die Gläser mit dem Punsch, der noch zu heiß zum Trinken war; ich hatte eine Hand auf dem Tisch liegen und wußte nicht, ob ich sie zu Manuelas Hand hinüberschieben sollte oder nicht, ich wußte nicht einmal, ob ich es gekonnt hätte, selbst wenn ich gewollt hätte.

»Hat es dir überhaupt nicht leid getan?« fragte sie, und

der Trotz in ihrem Blick wurde immer schwächer, das Fragende immer deutlicher.

»Und wie.« Ich berührte ihre Hand und rutschte zu ihr hinüber, als ließe ich mich fallen, und umarmte sie und drückte sie so fest ich konnte an mich, küßte sie auf die Haare und auf die Stirn und überallhin. »Es hat mir wahnsinnig leid getan. Ich war wie gelähmt vor Kummer, wenn du es wissen willst.«

Sie atmete mir entgegen, sagte »Mir auch« und wischte sich mit zwei Fingern ein paar Tränen aus den Augenwinkeln. »Aber du warst so gnadenlos. Du hast mich am Boden zerstört mit deinen Urteilen.«

»Du warst gnadenlos«, widersprach ich. »Ich versuche doch nur, dich zu verstehen. Ich wollte verstehen, warum du so bist wie du bist.«

Der Ober brachte die Schnittchen und ein paar kleine Hefebrötchen mit Schinken und Sardellen; wir verschlangen sie mit der Gefräßigkeit von Wölfen, jetzt wieder ohne miteinander zu reden, ganz Blicke und mahlende Kiefer.

Nach mindestens fünf Minuten fragte ich sie: »Was hast du danach vor? Wenn die Opernaufführungen zu Ende sind?« Ich wollte ihr von Cerino erzählen, aber es schien mir nicht der richtige Augenblick, ich wollte ja vor allem etwas von ihr erfahren.

»Ich will weg von hier«, sagte Manuela. »Irgendwohin ans Meer, wo es warm und hell ist und man den ganzen Tag nackt sein kann. Ich halte es nicht mehr aus in diesem Gefängnis, ich habe es satt, immer so angespannt zu sein.«

»Allein?« fragte ich, denn aus ihrem Ton ging es nicht hervor.

»Auch mit dir, wenn du willst.« Und in ihrem Blick war kein Widerstand und kein Vorbehalt mehr, sie drückte meinen Arm, rückte noch dichter zu mir und rieb ihren

Kopf an meiner Schulter, schmiegte sich an mich. »Du hast mir so gefehlt, Leo. Wo warst du bloß, verdammte Scheiße? Immer, wenn ich mich für eine Art Irre hielt, die wer weiß was vom Leben verlangt? Immer, wenn ich mich fehl am Platz fühlte und fehl in der Zeit?«

»Und wo warst du?« fragte ich, jetzt wirklich vollkommen rückhaltlos. »Als ich fast umkam vor Öde und Leere und Enge und Antriebslosigkeit?«

Wir umarmten uns in dem altmodischen Café aus Holz und Messing, glücklich, uns zu spüren, glücklich über die Wärme und Geborgenheit. Wir verstanden uns ohne alle Worte, und es schien mir unmöglich, daß ich erst vor zwei Tagen so rasend mit ihr gestritten hatte. Es schien mir unmöglich, daß sie jemals so feindselig gewesen war und ihr Groll auch mich angesteckt und einen wahren Abgrund aufgerissen hatte. Doch ich dachte nicht weiter darüber nach, es waren nur Gedankenfetzen, wie ein von jemand anders erzählter böser Traum, und ich genoß um so mehr die warme Woge von Empfindungen, die mir jetzt entgegenströmte.

Dann schaute Manuela auf meine Armbanduhr, sagte: »Ich muß weg, wir fangen in fünf Minuten an.« Ich merkte, daß die Aufregung wegen der bevorstehenden Opernaufführung sie die ganze Zeit nicht losgelassen hatte, sie war in jeder Geste, in jedem ihrer Gesichtszüge zu spüren, ließ ihre Augen funkeln, als sähe man darin Musik gespiegelt. Aber sie wollte mich nicht ausschließen, sie löste sich nicht von mir, während wir hinausgingen. »Du kommst mit hinein und hörst zu, ja? Du kannst dich in eine Loge setzen, und dann sagst du mir, ob ich nicht zu schlecht gespielt habe.«

Von Cerinos Tod hatte ich ihr immer noch nichts gesagt, ich wollte ihr so kurz vor der Generalprobe nicht noch einen zusätzlichen Grund zur Aufregung geben. Ich hatte ohnehin so wenig Kontrolle über ihr Leben; eingehakt ging ich neben ihr her und glich meine Schritte den ihren an, betont gelassen wie ein Leibwächter, der seinen Beruf verheimlichen muß.

Manuela blickte geradeaus nach vorn, sagte: »Gott im Himmel, das ist mein erster öffentlicher Auftritt seit vier Monaten.«

»Nur keine Aufregung«, sagte ich, selber aufgeregt. »Du bist die Beste von allen, sei ganz unbesorgt.«

Sie hörte mir kaum zu. »Es fällt mir immer schwerer, mich in die richtige Stimmung zu versetzen.«

Doch je näher wir zum Theater kamen, desto weniger konnte sie sich auf mich konzentrieren, obwohl sie meine Hand festhielt: Ich spürte die beiden widerstreitenden Interessen in ihr, auf der einen Seite ein ganzes Bauwerk und Dutzende von Leuten als Begleitung, auf der anderen nur ich, der ihr folgte und mit ihr Schritt zu halten suchte.

Dann waren wir beim Theater angelangt, Manuela klingelte an der Gegensprechanlage, nannte ihren Namen; von oben ließ jemand die Tür aufschnappen, die mir verschlossen geblieben war. Oben auf den Korridoren ging es doppelt so lebhaft zu wie vor ein paar Tagen: Techniker und Assistenten, Choristen und Ballerinas eilten hin und her, jeder suchte irgend etwas oder irgendwen, jeder wollte Gehör finden oder Erklärungen geben. Die Sängerinnen und Sänger kamen in ihren jetzt so gut wie fertigen Kostümen aus ihren Garderoben oder aus der Maske, zogen aufgeregte Schwärme von Kostüm- und Maskenbildnerassistenten hinter sich her; gockelten auf und ab, machten Atem- und Konzentrationsübungen, blickten zu Boden und blähten den Brustkorb.

Ich ging mit Manuela zwischen ihnen hindurch, dicht

neben ihr und doch aus dem Spiel ausgeschlossen, erstaunt, wie die Spannung der vielen einzelnen eine kollektive Spannung erzeugte, sie nährte und mit wechselnder Intensität durchströmte, und wie auch Manuela Teil der Gesamtatmosphäre war, wie sie sich herauszuhalten suchte und doch mit einer Art unwiderstehlicher Kraft hineingezogen wurde. Sie bemerkte es selbst und war verwirrt und reagierte darauf, indem sie sich distanziert gab. »Siehst du, was für eine Hysterie?« flüsterte sie mir zu. »Kannst du dir vorstellen, daß wir bald im Jahr zweitausend sind, Menschenskind?«

Sie brachte mich durch einen schräg aufwärts führenden Durchgang zu dem Korridor, an dem die Logen lagen, öffnete eine der kleinen Türen. Es war eine Seitenloge nahe der Bühne, ausgepolstert wie eine Bonbonniere, mit vergoldetem Stuck und samtbezogenen dunkelroten Sesseln und Bänken. »Setz dich«, forderte Manuela mich auf und nahm für einen Augenblick mir gegenüber Platz, um zur Bühne und zum Orchestergraben hinabzuschauen, wo bereits einzelne Geiger und Cellisten und Oboisten auf ihre Plätze gingen. »Wie schön, daß du hier bist. Ich hatte noch nie einen Mann, der an meiner Arbeit Anteil genommen hat. Das waren immer zwei so getrennte Bereiche.«

Ich spürte jedoch, wie die Spannung in ihr weiter wuchs, so sehr es sie auch freute, mich dabeizuhaben. »Vielleicht solltest du besser gehen«, schlug ich vor.

Sie hob die Schultern, wie um zu sagen: »Laß die doch warten«, doch sie spähte in immer kürzeren Abständen zu ihren Kollegen im Orchestergraben hinunter; nach wenigen Sekunden stand sie auf, sagte: »Ich gehe.«

Ich blieb still auf meinem Sessel sitzen wie ein blinder Passagier und verfolgte die letzten hektischen Handgriffe der Bühnenarbeiter und Techniker, das aufgeregte Hin und Her zwischen Regisseur und Bühnenbildner, das Eintreffen der Orchestermusiker. Manuela setzte sich an die Harfe, zog sie an sich mit der natürlichen, fließenden Bewegung, die ich genau kannte, seit ich sie fotografiert hatte, prüfte deren Stimmung. Auch die Streicher begannen ihre Instrumente zu stimmen, erzeugten dabei ein Zirpen wie von großen Insekten, das in das Rund des Opernhauses aufstieg und es in Schwingungen versetzte.

Dann kam Priore herein, einen leichten gelben Kaschmirpullover um die Schultern, schlaff, fast unartikuliert in seinen Bewegungen; er setzte sich auf den Dirigentenschemel, wechselte ein paar Worte mit den Orchesterleuten und gab das Zeichen: das gesamte Orchester setzte zusammen ein. Es war seltsam, im leeren Theater von der Loge aus zuzuhören, zu spüren, wie der große Saal den Klang aufnahm und ihm Resonanz gab und vibrierte wie eine große Spieldose aus Holz und Stuck, die vor einem Jahrhundert zu diesem Zweck entworfen und gebaut worden war. Man fühlte sich wirklich der Welt enthoben, wie Manuela sagte, aber es war auch eine komplexe und faszinierende eigene Welt aus Klängen und Farben in ständig wechselnder Dichte und Lautstärke. Ich sah in den Orchestergraben hinab zu Manuela, die von der Klangwoge mitgerissen wurde, noch bevor sie die Saiten ihrer zwischen den anderen Instrumenten kaum hörbaren Harfe berührt hatte. Ich beobachtete die Streicher, Bläser und Schlagzeuger, die sich bewegten wie gut aufeinander eingespielte Grillen, ihre Blicke, die zwischen den Notenpulten und dem Dirigenten auf dem Podium hin und her eilten. Priore spulte sein Repertoire an Dirigierbewegungen ab, fuchtelte mit den Armen und schüttelte die Haare und bäumte sich ungestüm auf, um dann plötzlich dämpfend den Finger auf die Lippen zu legen. Mir fielen Manuelas Worte ein, daß es leichter sei zu dirigieren als zu spielen, daß aber ohne den Dirigenten selbst die besten Musiker in Schwierigkeiten kämen; daß sie einen Guru oder zumindest eine künstlerische Leitfigur brauchte; daß sie immer hin und her gerissen war zwischen der Arbeitsdisziplin und dem Freiheitsdrang, den sie ständig in sich spürte.

Nach der Ouvertüre kamen mit steifen Bewegungen die Sänger herein, wie zweidimensionale Wesen, obwohl sie fast alle recht dick und rund waren, postierten sich auf der Bühne, pumpten Luft in ihre Lungen und stießen die Töne in nur teilweise verständlichen Sätzen hinaus. Sie blähten den Brustkorb zum Zuschauerraum hin, starr und aufrecht, als hätten sie einen Stock an der Stelle der Wirbelsäule, schleuderten mit Zwerchfellstößen und Bauchmuskelkontraktionen die Töne hervor, hielten sie mit den Muskeln von Brust und Hals, stets darauf bedacht, sich nie von der Seite oder von hinten zu zeigen. Untereinander hatten sie keinen echten Kontakt, existierten eher nebeneinanderher, selbst wenn sie sich aus voller Kehle Fragen oder Anwürfe zubrüllten, sie waren vor der Bühne aufgepflanzt wie Algen, Seerosen oder Purpurschnecken, mit den Scheinwerfern über ihren Köpfen und den Brettern unter ihren Füßen, nahezu unfähig, irgend etwas vor oder neben oder hinter sich zu erkennen oder wahrzunehmen oder zu berühren. Sie sangen mit ihren gepreßten oder gehauchten oder tunnelartig langgezogenen oder wie Maschinengewehre donnernden Stimmen, gekleidet wie Clowns oder bunte alte Marionetten in dem halb ernsten, halb komischen Bühnenbild, und das Orchester unterstützte sie mit seiner ständig wechselnden Klangflut, die dicht und melancholisch, süß und eindringlich, bald rasch, bald langsam war, drängend und drohend wie ein Meer, das unter Kontrolle und doch nicht ganz kontrollierbar ist.

Dann verstummte das Orchester auf ein Zeichen von Priore, und in diese jähe und seltsame akustische Leere hinein erklangen ganz allein die Töne von Manuelas Harfe. Es waren die gleichen Arpeggios, die sie mir in meinem Studio mit so viel ironischer und unduldsamer Leichtigkeit vorgespielt hatte, hier jedoch wirkten sie schwindelerregend und prekär wie ein Drahtseilakt ohne Sicherheitsnetz. Ich lauschte in meiner Loge mit angehaltenem Atem und glaubte die exakt bemessene Anstrengung zu spüren, mit der sie jede einzelne Saite anschlug, die blitzschnelle Tonabfolge in ihrem Geist, die sie eine Note um der folgenden willen sofort wieder vergessen ließ, die Mischung aus Präsenz und Abwesenheit, die ich in ihrem Blick bemerkt hatte, als ich sie fotografierte, ihre bis ins Detail gehende äußerste Exaktheit, die Musikalität, die sie im Blut hatte.

Eine üppige, kleingewachsene Sopranistin begann über diesen Arpeggios zu singen, und bald darauf fiel eine zweite, etwas größere Sängerin ein; die Töne der beiden Stimmen auf der Bühne und die der Harfe im Orchestergraben überlagerten und verwoben sich zu einem schwingenden Strom, der sie ein Jahrhundert zurückwarf und dann wieder lebendig und dreidimensional in die Spieldose des Opernhauses trug. Mir fiel ein, daß Manuela gesagt hatte, bei dieser Art von Arbeit müsse man zuweilen mit der Vergangenheit in Verbindung treten wie ein Medium, was je nachdem, welche Musik man spielte und in welcher Stimmung man sich gerade befand, düster und lästig, aber auch erhebend sein könne. Ein andermal hatte sie mir erzählt, wie wenig sie die Musik zu kontrollieren vermochte, wenn sie sie erst einmal entfesselt hatte, wie sehr sie sich von ihr in den Bann schlagen, überraschen und mitreißen ließ, wie von einer heißen Liebe oder einem ebenso starken Strom negativer Gefühle.

Dann setzte wieder das ganze Orchester ein, weitere Sängerstimmen kamen hinzu, und Manuelas Harfe verschwand nach und nach im dichten Gewirk der anderen, volltönenderen Instrumente, bis man sie kaum noch heraushörte, selbst wenn man genau achtgab.

Ich versuchte, in diesem vielfältigen und doch einheitlichen Ganzen aus Bewegungen und Schwingungen und Resonanzen mit ihr in Verbindung zu bleiben, und hatte das Gefühl, daß sie hoffnungslos von mir weggetragen wurde. Ich wußte nicht, wie ich ihr je eine ebenso reiche Welt zum Leben hätte bieten können, oder wie sie je die Musik aufgeben konnte, trotz allem, was ihr daran unerträglich war und ihrem Freiheitsdrang entgegenstand. Ich wußte nicht, ob es ein Freundschaftsakt oder eine Art Verbrechen wäre, wenn ich sie ermuntern würde, mit dem Spielen aufzuhören, so wie sie es wollte; ob sie mir dafür einmal dankbar sein oder mich hassen würde. Ich wußte nicht, inwiefern ihre Äußerungen über ihr Verhältnis zur Musik lediglich auf ihre Stimmungsschwankungen zurückzuführen waren oder auf eine Phase in ihrem Leben oder auf die Enttäuschungen und Frustrationen, die sie erlebt hatte, inwiefern sich ihre Einstellung unter anderen Bedingungen und an einem anderen Ort ändern würde. Ich konnte nicht verstehen, wie ich trotz all meiner Vorsätze in eine so verzwickte und schwierige Situation voll stillschweigender und ausdrücklicher Forderungen hatte geraten können; weshalb ich mich so tief in die Probleme und Erwartungen und Zweifel einer Frau hatte hineinziehen lassen wie nie zuvor.

So in Gedanken versunken, achtete ich nicht weiter auf

die junge Frau im Pelzmantel, die sich auf die Bank neben meinem Sessel gesetzt hatte, um mit der gleichen gewissermaßen unbefugten Anteilnahme der Musik zuzuhören wie ich. Ihre stumme Gegenwart in dem engen, geschlossenen Raum war mir unangenehm, ich spürte ihren Blick aus den geschminkten Augen und roch ihren Waschbär- oder Dachspelzmantel, den sie auf einen der samtbezogenen Hocker gelegt hatte. Ich dachte jedoch nicht weiter an sie, ich war zu sehr mit den Eindrücken der Musik und mit Manuela beschäftigt, die hingebungsvoll und für mich fast unsichtbar mit den anderen Musikern spielte und in der vielschichtigen Klangwoge weit von mir fortgetrieben wurde.

Die Musik regte meine Gedanken an, mit ihren wiederkehrenden Motiven bot sie genügend Raum für alle möglichen Überlegungen. Ich verfolgte weder den Text noch die Melodie, ich ließ mich von den Tönen und Akkorden nur inspirieren, schwamm in den Strudeln von Heiterkeit und Langeweile, Abgedroschenheit und Verspieltheit, Beklemmung und Schmachten wie ein Delphin im trüben Wasser. Ich fragte mich, ob ich wohl eine Arbeit würde finden können, die mich mehr begeisterte als meine jetzige; ob ich irgendwann schöner wohnen und eine bessere Möglichkeit haben würde, mit meinen Kindern zusammenzusein; wie lange der rauschhafte und überreizte Zustand, in dem Manuela und ich uns befanden, wohl andauern würde; ob ich von ihr und von ihrer Arbeit auf Dauer so fasziniert sein würde oder ob ich ihre Launen und Ansprüche irgendwann lästig finden könnte; ob ich mich weiterhin so aus ihrem Leben ausgeschlossen fühlen würde wie jetzt oder ob ich mich selbst zurückziehen würde, so wie ich es bisher mit den Frauen gemacht hatte.

Dann ging die Logentür auf, und Manuela stand, am ganzen Leib bebend, da; leise, aber mit vor Anspannung zitternder Stimme stieß sie hervor: »Kannst du mal kurz rauskommen?«

Ich sprang auf und stürzte im Sog ihres flammenden Blicks auf den halbkreisförmigen Korridor hinaus, und kaum war ich draußen und die Tür wieder geschlossen, fuhr sie mich an: »Was zum Teufel tust du mit der da drinnen?«

»Machst du Witze?« fragte ich mit der Betroffenheit von jemandem, den man zu Unrecht eines Mordes verdächtigt, eines Diebs, der etwas aus Versehen hat mitgehen lassen. »Ich hab nicht mal mit ihr gesprochen«, stammelte ich und fand es absurd, mich zu rechtfertigen, und gleichzeitig riefen ihr Blick und ihr Ton ein merkwürdiges Schwindelgefühl in mir hervor, das meinen Herzschlag beschleunigte. »Sie ist reingekommen und hat sich gesetzt, ich hab sie nicht mal angeschaut.«

»Und wie du sie angeschaut hast«, sagte Manuela. »Ich hab von unten ganz deutlich gesehen, wie du sie mit deinem Blick verschlungen hast.« Ihre Augen waren dunkel vor Erregung, flackerten vor Eifersucht und Leidenschaft, vor Wut und Unerbittlichkeit, maßen die geringe Entfernung zwischen uns, aufgebracht und erwartungsvoll, aggressiv, unschuldig und unbezähmbar, mit scheinbar grenzenlosem Ungestüm.

»Das hast du geträumt«, verteidigte ich mich. »Ich hab nur an dich gedacht und an die Musik, ich hab sie nicht mal bemerkt.« Aber ich wirkte hin und her gerissen, wie jemand, der einem Abgrund ausweichen will, von dem er gleichzeitig angezogen ist; mit dem ruhigsten und ehrlichsten Blick, den ich zustande brachte, stand ich vor ihr, während mir innerlich nach einem hilflosen Schulterzucken, einem feigen und verunsicherten Zurückweichen mit zitternden Knien zumute war.

»Wieso machst du dann so ein schuldbewußtes Gesicht?«

»Weil jeder Schuldgefühle kriegt, wenn er so aus heiterem Himmel verdächtigt wird«, sagte ich. »Weil es absoluter Unsinn ist. Siehst du denn nicht, daß in meinem Kopf für nichts anderes Platz ist als für dich?«

»Ich hab doch gesehen, wie dieses Flittchen mit dir geturtelt hat. Wie sie dich angeschaut und dicht neben dir gekeucht hat.« In ihr glühte ein regelrechtes Feuer, so wie ich es in Romanen gelesen, aber in der Wirklichkeit nie erlebt hatte: eine Leidenschaftlichkeit, die jeden vernünftigen Gedanken aus dem Feld schlug, ihren Körper und ihren Blick durchlief und mit unwiderstehlicher Macht auf mich übersprang.

Ich spürte das gleiche wilde Feuer auch in mir auflodern; ich fuhr sie an: »Wenn du mir nicht glaubst, dann geh zum Teufel. Geh zum Teufel, du blödes, hysterisches Miststück, und laß mich in Ruhe!«

Wir standen uns zwischen den Wänden des schmalen, von der Musik widerhallenden Korridors gegenüber, überwältigt von der unkontrollierbaren Hitze in unseren Blicken und unseren zornig flüsternden Stimmen, vom wilden Aufruhr der Gefühle dicht darunter, und ich wußte, daß zwischen uns jetzt alles passieren konnte, daß es keine Schranken mehr gab. Wir hätten uns in diesem Augenblick endgültig trennen können oder uns lieben oder uns ernsthaft weh tun, je nachdem, welches Licht auf das fallen würde, was in uns war; auf jeden Fall standen wir an einem gefährlichen Abgrund.

Manuela lächelte. »Gibt es in deinem Kopf wirklich keinen Platz für eine andere?«

»Nein«, sagte ich, obwohl ich am liebsten gesagt hätte: »Doch, jede Menge«, nur um sie zu ärgern; und sie kam mit gesenktem Kopf auf mich zu, und wir küßten uns auf den Mund, ohne uns in die Augen zu sehen, und die wütende Spannung löste sich keineswegs, sondern wurde noch stärker und unbezähmbarer. Ich packte Manuela am Arm, öffnete die erstbeste der vielen, kleinen Türen und zog sie in eine leere Loge, drückte sie zwischen meinen Armen mit dem rasenden Verlangen, sie gewaltsam in Gleichklang mit mir zu bringen.

Das Orchester spielte wie ein rauschendes Meer, und die Sänger sangen mit der vollen Kraft ihrer Lungen und ihres Zwerchfells und ihrer Stimmbänder. Ich küßte Manuela und drückte sie an die Wand der Loge und hatte das Gefühl, bis zum Grund der Musik vordringen zu können, dorthin, wo die Kontrabässe und Hörner unter dem Klangteppich der Violoncelli und Violinen ihre tiefen Frequenzen erzeugten. Ich zwängte meine Zunge in ihren Mund, um ihre Zunge und ihren Gaumen zu spüren, und versank immer tiefer in den Klangwellen, jetzt mehr Haifisch als Delphin, und meine Sehnsucht nach ihr vermischte sich mit Ratlosigkeit und Unverständnis und mit der Bestürzung über ihre Vorwürfe und der Wut wegen meiner mangelnden Kontrolle über sie und dem Grauen vor Cerinos Leiche, während Ungewißheit, Unsicherheit und das, was ich gerade tat, mein Inneres aufwühlten. Ich knöpfte ihre Hose aus weichem Wollstoff auf, zog sie mitsamt dem Höschen hinunter, so wie man eine Frucht schält; meine Finger fühlten die Konsistenz des Stoffes und ihre warmen, glatten, vollen Körperformen und die Feuchtigkeit in der Spalte zwischen ihren Schenkeln, und ich nahm sie und drückte sie rücklings auf den mit dunkelrotem Samt ausgelegten Fußboden der Loge. Mit einer

Hand hielt ich sie am Nacken, um ihr den Kopf zu stützen und ihr in die Augen und auf die halb geöffneten Lippen zu sehen, mit der anderen fuhr ich ihr über den Busen unter der Jacke und der Bluse und über die Taille und die Hüften und die Außen- und Innenseiten der Beine, und wir bewegten uns mit den Wellen der Musik, das Holzgehäuse der Loge bebte von den Schwingungen, die von außen kamen und sich vermischten und eins wurden mit dem Beben, das immer überwältigender aus unserem Inneren kam.

Dann rollten wir zur Seite und schauten uns an, rot im Gesicht und schwitzend von der heftigen Erregung und wegen der Kleider und der Hitze im Opernhaus, während die Streicher und zwei oder drei Tenorstimmen eine Art Wirbel erzeugten wie von einem großen, auf die niedrigste Stufe eingestellten Ventilator. Wir waren verwirrt und froh und belustigt wie zwei plötzlich wieder unschuldige und einfache und leicht durchschaubare Kinder. »Um Himmels willen, in fünf Minuten muß ich spielen«, sagte Manuela und sammelte ihre Hose und ihr Höschen und ihre Schuhe vom Boden auf, und ihre langen Beine waren fast weiß und so schön geformt, und ich fragte mich, ob uns jemand gesehen hatte, aber es war mir egal.

Vierundzwanzig

Als die Oper zu Ende war, kam Manuela zu mir in die Loge zurück, noch im Aufruhr von der Musik und dem, was wir gemacht hatten, und von den verschiedenen Spannungen, die sie durchströmten. Wir gingen zusammen zum Ausgang, im allgemeinen Durcheinander, während Szenen noch einmal durchgesprochen, Instrumente eingepackt, Geigenkästen geschlossen und Kostüme an- und ausgezogen wurden, im Auf und Ab auf den Treppen, im Gehämmer und Quietschen von Seilwinden, während gebrüllte und geflüsterte Urteile, Zungenschnalzen, Zurufe und Gelächter ertönten und alle auf den Korridoren, Treppenabsätzen und Stufen herumstanden. »Nichts wie weg«, sagte Manuela, in ihren grauen Mantel gehüllt, eine brave und doch von so wilden Trieben durchpulste Musikerin. Ich war glücklich, meinen Arm um ihre Taille legen zu können und mit ihr in die kalte Nachtluft hinauszugehen, und endlich fiel es uns auch nicht mehr schwer, unsere Schritte aufeinander abzustimmen.

»Du hast phantastisch gespielt«, sagte ich. »Warst den anderen haushoch überlegen.«

»Hör doch auf«, sagte sie lachend und sah mich an, um herauszufinden, ob ich es ernst meinte.

»Wirklich unglaublich«, sagte ich. »Als das Orchester schwieg und die Harfe ganz allein spielte, bist du mir wie eine Seiltänzerin vorgekommen, mir schlug das Herz bis zum Hals.«

Sie küßte mich auf den Nacken. »Ich war nie so aufgeregt wie heute, weil ich wußte, daß du da bist und mir zuhörst.« Sie hielt mir ihre feuchten Lippen entgegen, legte ihren Kopf an meine Schulter, während wir durch das Stadtzentrum gingen, durch das nur einzelne wild gewordene Autos pflügten. Schon allein die Tatsache, eng umschlungen zu gehen und uns immer wieder anzuschauen und zu drücken, machte uns froh und übermütig, aber zugleich glaubte ich in jedem Blick, den wir tauschten, einen Hauch von Ungewißheit zu bemerken, und klammerte mich an jeden meiner Gefühlseindrücke, als könne er mir im nächsten Augenblick zwischen den Fingern zerrinnen. Und ich sah mich immer wieder um, während wir zum Auto gingen, behielt die scheinbar menschenleeren Arkaden im Auge, die Lichtkreise unter den Straßenlaternen, die wenigen Autos, die im Nebel vorbeifuhren.

»Was guckst du denn?« fragte Manuela.

»Ach nichts«, sagte ich; wir waren angekommen, ich hielt ihr die Autotür auf.

»Du siehst dich so komisch um«, sagte sie. »Gestern abend vor der Probe auch.«

Aber ich brachte es immer noch nicht über mich, ihr von Cerino zu erzählen, ich hatte keine Lust, die komplizierte Balance zwischen unserer jeweiligen Seelenverfassung zu gefährden; ich sagte: »Ich sehe mir die Stadt an. Ich kenne sie kaum.« Ich startete den Motor, streifte ihr Knie.

»Wovor hast du denn Angst? Glaubst du, ich habe einen Liebhaber, der mich verfolgt?«

So berichtete ich ihr wenigstens von den zwei Typen in dem weißen BMW vor ihrem Haus und erklärte, daß sie ganz bestimmt von Cerino geschickt worden waren, um sie zu beobachten und ihr vielleicht einen weiteren Denkzettel zu verpassen. Ich erzählte ihr keine Einzelheiten, nichts von der Eisenstange und der Prügelei; ich sagte ihr nur, daß ich sie angesprochen und gefragt hätte, was sie wollten, und sie mir keine Antwort gegeben hätten.

»Das war dumm von dir«, sagte sie, von den verschiedensten Ängsten durchströmt. »Wenn sie ein Messer oder eine Pistole gehabt hätten, was dann? Oder wenn sie gar nichts mit Cerino zu tun hatten und aus irgendeinem anderen Grund da waren?«

»Die waren deinetwegen da«, sagte ich. »Und selbst wenn sie ein Maschinengewehr gehabt hätten, es wäre mir egal gewesen.«

»Bravo, spiel nur den Macho«, sagte Manuela, aber ich spürte, daß sich ein winzig kleiner Teil von ihr hinter ihrem Urteilsvermögen und ihren reifen und richtigen Empfindungen doch geschmeichelt fühlte. »Hör auf, dich so auf Cerino zu fixieren. Im Grunde ist er nur ein armer Teufel. Er spielt sich als Sadist und Mistkerl auf, weil er Angst vor den Frauen hat und weil er Schauspieler werden wollte und es nicht geschafft hat. Wenn ich daran denke, werde ich traurig und deprimiert, aber ich denke nie daran. Du jedoch projizierst alles Dunkle in dir auf ihn. Du machst ihn zum Unhold und überträgst die ganze Gewalttätigkeit und Bosheit, die in dir steckt, auf ihn.«

»Ich bin doch nicht gewalttätig und böse«, widersprach ich. »Und ich projiziere gar nichts mehr auf ihn.« Mehr sagte ich nicht, obwohl die Gelegenheit günstig gewesen wäre, ich streichelte ihr Haar und erklärte nur: »Thema endgültig abgeschlossen.« Ich stellte mir schon ihr Hotelzimmer vor und was wir darin tun würden; wie wir uns ganz einfach nahe sein und unbeschwerten Gedanken nachhängen würden.

Aber als wir vor dem Hotel ankamen, blieb sie sitzen,

die Füße an die Windschutzscheibe gestemmt, sah hinaus und machte keine Anstalten auszusteigen. »Ich hab keine Lust, hier zu übernachten«, verkündete sie.

»Dann gehen wir in das Hotel vom letzten Mal«, schlug ich vor. »Vielleicht ist noch ein Zimmer frei.«

»Ich hab keine Lust, in Ferrara zu schlafen«, sagte sie in einem launischen und kindlichen Ton, der mich zugleich bezauberte und beunruhigte.

»Dann sag mir, wo du hinfahren willst. Ich bringe dich an jeden Ort der Welt. Du brauchst mir nur zu sagen, wohin du willst, und ich fahre dich hin.« Und das stimmte: Ich wäre, ohne auch nur einen Augenblick zu überlegen, in jede Richtung losgefahren, ich wäre auf jeden Vorschlag von ihr eingegangen.

»Sag du was«, antwortete sie. »Bring mich irgendwohin. Die Premiere ist übermorgen abend, ich habe fast zwei Tage frei.«

Mir fielen zehn Orte gleichzeitig ein, wo ich gern mit ihr gewesen wäre, aber keiner schien mir unkompliziert und unbeschwert genug und leicht genug zu erreichen. »Ich habe ein Haus auf dem Land, in der Nähe der Thermen, wenn du willst, können wir hinfahren. Aber von hier aus brauchen wir ein paar Stunden.«

Sie zuckte die Achseln, meinte: »Wenn du willst«, als ob sie die Frage schon fast nichts mehr anginge.

Dann fuhr ich auf der Autobahn durch die Nacht, der Nebel löste sich streckenweise auf und verdichtete sich wieder; ich beschleunigte und verlangsamte, ohne viel zu denken, fast meine ganze Aufmerksamkeit war auf Manuela rechts neben mir gerichtet. Sie sah hinaus, summte Passagen der Oper vor sich hin, wechselte die Sitzposition, legte die Füße aufs Armaturenbrett; die Anspannung von dem

Konzert steckte noch in ihr und hielt sie wach, als ob es Tag wäre. Die Musik ging ihr nicht aus dem Kopf, sie war immer noch aufgekratzt und voll heftiger Impulse, all ihren Reden, daß sie das Spielen satt habe, zum Trotz. »Wenn man es hinter sich hat, kommt man sich vor, als schwebe man über dem Erdboden, keine Droge kann so eine Wirkung haben. Und wenn man solo spielt, ist es noch viel stärker. Man hat vorher viel mehr Angst, aber danach ist es irre.«

»Es war seltsam, dich im Orchester zu sehen, zwischen all den anderen Musikern«, sagte ich zu ihr und hatte das Gefühl, aus ihrer Erregung ausgeschlossen zu sein und doch auch ein wenig daran teilgehabt zu haben.

»Es ist, als ob man auf einem Schiff fährt«, sagte sie. »Für jeden ist die Reise anders, aber alle fahren in dieselbe Richtung.«

»Ihr habt so einheitlich gewirkt«, sagte ich, »so selbstverständlich aufeinander eingespielt, beinahe wie ein Bienenschwarm.«

»Aber wenn du dir ein Orchester einmal von innen oder ganz aus der Nähe ansiehst, dann stellst du fest, daß es verschiedene Decks und Klassen gibt.«

»Und wo sind zum Beispiel die Solisten?« fragte ich.

»Na, auf dem Oberdeck«, sagte sie. »Als Solist bist du ein Luxuspassagier, aber einer, mit dessen Gesundheit es nicht zum besten bestellt ist. Du wirst die ganze Zeit von den anderen belauert, es gibt immer Zweifel an deiner Zuverlässigkeit, denn du bist allein und stehst allzusehr im Rampenlicht, während die anderen in der Gruppe reisen und viel besser abgeschirmt sind.«

»Und die einzelnen Instrumente?« fragte ich weiter. »Was für eine Hierarchie gibt es zwischen denen?«

»Die Streicher sind die wohlhabendsten Passagiere. Sie

sind die Seele des Orchesters und könnten auch allein spielen, wenn es sein müßte.«

Sie war zu unruhig, zu lebhaft und zu beweglich, um bei dem Bild vom Schiff zu bleiben; sie zündete sich eine Zigarette an, schaute hinaus. »Die Schlagzeuger sind alle sexbesessen. Das Zimmer der Schlagzeugklasse auf dem Konservatorium hatte die Fenster zum Hof, und immer wenn ich draußen vorbeiging, sah ich sie mit ihren lüsternen Gesichtern und den Schlegeln in der Hand, sie klopften damit an die Scheiben, tam tam tam, und streckten ihre Zungen raus, widerlich war das.«

»Und die Bläser?«

»Den Bläsern löst sich das Gehirn auf», sagte sie. »Es muß an dem vielen Blasen liegen, dabei blasen sie sich wohl die Gedanken aus dem Kopf. Ich erinnere mich an einen, der spielte Baßtuba, einer der Besten, die ich je gehört habe. Er kam immer lange vor den anderen und fing an, mit trägen Bewegungen wie ein schwerfälliges Tier sein Instrument zu putzen, und man sah ihm genau an, daß er an nichts anderes dachte. Er putzte im Zeitlupentempo seine Baßtuba, polierte mit einem Lappen das Messing und die Tasten und wischte und rieb und pustete drüber, bis das ganze Ding wie Gold glänzte. Und wenn er damit fertig war und die Musik anfing, stand er dort im Hintergrund, fett und gedunsen wie ein dicker, schläfriger Frosch, und wachte nur auf, um ab und zu seine zwei, drei Töne zu spielen. Er blies diese tiefen Frequenzen heraus, eine Art Elefantenschrei, der den Geist vernichtet, jede Vernunft auslöscht. Eine Art Urton, verstehst du, weit entfernt von jedem noch so simplen artikulierten Denken. Er konnte jeden geistigen Prozeß in dir zunichte machen, wenn du in seiner Nähe warst. Er fegte dir die Gedanken weg, löste sie auf.»

Ich lachte. Es machte mir Spaß, zu fahren und ihr zuzuhören; mir gefiel die Mischung aus Intelligenz und Ursprünglichkeit in ihren Urteilen, sie nahm nichts als gegeben hin, versteckte sich nie hinter allgemein anerkannten Vorstellungen. Ich sagte: »Schön, wie du die Dinge siehst. Du verläßt dich nie auf fertige Begriffe.«

Sie sah zu mir herüber, sie konnte meine Komplimente nie sofort als Komplimente annehmen, es blieb immer eine Spur Mißtrauen in ihr, wenn sie mir zuhörte. »Du bist doch genauso«, meinte sie. »Du machst immer so ein erstauntes Gesicht, wenn man dir was erzählt. Anfangs war mir nicht klar, ob es nicht bloß eine Eigenart von dir ist. Ob du ein bißchen langsam bist oder ein bißchen kriecherisch.«

»Meistens bin ich wirklich erstaunt«, erwiderte ich und dachte daran, wie sehr sie mich erstaunte. »Kriecherisch bin ich bestimmt nicht, langsam vielleicht schon eher. Ich brauche immer eine Weile, bis ich begreife, ich hab immer das Gefühl, daß mir im Vergleich zu den anderen etwas abgeht. Ich bin nie ein Draufgänger gewesen.«

»Was meinst du damit?« fragte Manuela. Sie hörte wirklich zu, wenn man sich mit ihr unterhielt, bloße Wortgeplänkel lagen ihr nicht.

»Einer, der jede Gelegenheit beim Schopf packt«, sagte ich. »Einer, der sofort zugreift, wenn er eine Frau vorbeigehen sieht, wie ein Chamäleon, das seine Zunge rausschnellen läßt und ein Insekt im Flug schnappt.«

»Ich bin auch nie so gewesen«, sagte Manuela. »Ich hab immer lang gebraucht, bis ich etwas begriffen hatte. Ich mußte erst teuer bezahlen.«

»Du bist ja sowieso von den Männern geschnappt worden.« Ich dachte daran, wie es Mimmo Cerino und vor ihm wer weiß wie vielen geglückt war, Manuela zu schnappen, indem sie ihre Vorurteilslosigkeit und ihren Erlebnishunger ausgenützt hatten. Wieder überlegte ich, ob ich ihr sagen sollte, wie ich Cerino gefunden hatte, aber der Gedanke an ihn war weit weg, ich wußte nicht, wie ich ihn in Worte fassen sollte.

»Vielleicht«, sagte sie. »Aber wenn ich dann gemerkt habe, wie die Dinge laufen, hab ich mich befreit, keine Sorge. Es hat vielleicht ein Weilchen gedauert, aber ich habe mich befreit.«

»Aber das ist es ja gerade, was mir so zu schaffen macht«, erklärte ich. »Daß es so lang gedauert hat. Die ganze Zeit, die du mit anderen verbracht hast, als wir beide noch nicht mal wußten, daß es uns gab. Als ich in deiner Wohnung war, hab ich mir deine Schuhe im Schlafzimmer angesehen, die abgelaufenen Sohlen und all die Falten im Leder, und mir vorgestellt, was für eine weite Strecke sie an deinen Füßen schon zurückgelegt haben, wieviel sie gelaufen und gerannt und gefahren und Treppen hinauf- und hinuntergestiegen sind, um dich zu Verabredungen mit wer weiß wem zu tragen.«

»Ach, hör auf«, sagte sie. »Steigere dich nicht schon wieder in deinen Wahn hinein.«

»Du treibst mich selbst dazu«, sagte ich.

»Hör auf«, sagte sie noch einmal. »In einer Woche haben wir uns vielleicht schon satt, und es macht dir alles gar nichts mehr aus, und schon beim bloßen Gedanken an meine Schuhsohlen wird dir übel.«

Wir schwiegen eine ganze Weile, das Auto fuhr durch die Nacht, die immer klarer wurde, je weiter die Autobahn in Kurven und über Brücken und durch Tunnels ins Bergland hinaufführte. Es war kaum noch Verkehr, nur ein paar Fernlastwagen, deren Rücklichter von weitem zu sehen waren. Wir blickten nach vorn, benommen vom

Motorengeräusch und vom Wind an den Fensterscheiben und von der Wärme der Heizung, unsere Gedanken standen fast still.

Dann fragte ich Manuela: »Glaubst du, daß es eine feste Zeitspanne dafür gibt? Daß sich nach einer gewissen Zeit jede Liebe erschöpft und alles aus und vorbei ist?«

»Ob es immer gleich lang dauert, weiß ich nicht. Aber ich glaube schon, daß es nach einer gewissen Zeit aufhört. Bei mir jedenfalls war es so.«

»Aber gibt es so was wie ein physikalisches Gesetz dafür?« fragte ich, und die kalte und nackte Berglandschaft draußen wirkte im Mondlicht noch nackter und kälter. »Eine Art unausweichliches Naturgesetz? Ganz gleich, wie stark das Gefühl am Anfang ist?«

»Ich glaube nicht, daß die Gefühle Gesetzen gehorchen«, antwortete Manuela. Ich konnte spüren, wie sie sich Mühe gab, ihre Gedanken in Worte zu fassen, und wieviel dabei an Farbe verlorenging. »Es ist wie ein Bogen, weißt du. Er kann lang und flach sein oder steil und hoch wie bei einem Tor, und vielleicht bist du schon auf dem Weg zu ihm, bevor du jemanden kennenlernst, spürst etwas und weißt nur nicht, was es ist. Dann läßt du dich emportragen, und bis zu einem bestimmten Punkt meinst du, es geht immer nur aufwärts und aufwärts, und wenn du oben bist, glaubst du, daß es immer so bleibt, und merkst gar nicht, daß du schon wieder auf dem Weg abwärts zur Erde bist.«

»Aber warum ist es so?« fragte ich. »Weil zu der Zeit, als der Mensch noch in Höhlen lebte, der Mann nur so lange bei der Frau blieb, die von ihm schwanger war, bis sie das Kind geboren und ein paar Monate lang gesäugt hatte, und dann zur nächsten Frau ging und ihr ein Kind machte? Ist es ein unaufhaltsames biologisches Programm in uns?«

»Weiß ich nicht«, sagte sie. »Vielleicht ist es nur so, weil eben alles irgendwann ein Ende hat. Und was nicht zu Ende geht, wird uns langweilig.« Sie schnaubte, blickte zum Fenster hinaus. »Mußt du denn immer alles pseudowissenschaftlich erklären? Mußt du immer alles so rationalisieren?«

»Ich rationalisiere nichts«, sagte ich, genauso streitlustig wie sie. »Ich versuche nur, mir die Dinge zu erklären und nicht einfach so dahinzuleben, ohne zu verstehen, was vorgeht. Aber ich hoffe immer, daß es keine unerbittlichen Regeln gibt, oder daß man ihnen wenigstens irgendwie entrinnen kann und einen Seitenweg außerhalb der eingefahrenen Spuren findet.«

»Ich auch«, sagte Manuela, und ihr Ton war schon wieder weicher, ihre Stimme changierte wie der Schimmer in ihren Augen im Halbdunkel. »Ich habe mir schon immer einen Liebesbogen gewünscht, der nie endet.«

»Und warum kommt es dann immer anders?« fragte ich mit echter Verzweiflung, obwohl ich lachte.

»Das liegt an den Männern. Sie sind diejenigen, die stehenbleiben, sich in ihren Rollen festfahren, bis nichts als Fremdheit und Langeweile übrigbleibt.«

»Und die Frauen?« fragte ich. »Verlieren sie nicht auch Schwung und Leidenschaft, genau wie die Männer?«

»Die Frauen sind enttäuscht und verlieren schließlich das Interesse. Aber zuerst probieren sie es mal.«

»Also sind auf jeden Fall immer die Männer schuld?«

»Fast immer«, sagte sie. »Ihr Scheißkerle seid alle gleich.«

Ich sah beim Fahren immer wieder zu ihr hinüber, und mir war nicht klar, ob in ihren Worten bloß Aufrichtigkeit lag oder auch Lust zu provozieren, oder womöglich Mißtrauen oder sonst irgendwelche Gefühle. Sie rutschte auf dem Sitz hin und her, legte wieder die Füße aufs Armaturenbrett.

Ich fuhr das letzte Stück der unasphaltierten Straße hinauf, hielt vor der ehemaligen Scheune, schaltete den Motor, das mechanische Brummen ab.

Wir stiegen aus, und der Mond beleuchtete umwerfend schön das Haus und die Landschaft ringsum, in der kalten, klaren Luft konnte man meilenweit sehen. Manuela schaute sich lächelnd um, atmete tief durch. Sie zog ihre Hosen herunter und ging in die Hocke, und ich pinkelte ebenfalls, mit gleichsam animalischem Genuß. Dann lief ich zu ihr und gab ihr einen Schubs mit dem Ellbogen, und sie schubste mich und lief davon und wir rannten um das ganze Haus herum. Die Sehnsucht nach Schlaf war uns vergangen, unsere Müdigkeit hatte sich in eine bisweilen beinahe schmerzhaft gesteigerte Empfindungsfähigkeit verkehrt. Wir tobten uns auf dem unebenen Gelände aus und sahen uns an und sahen uns um wie zwei Kinder in einem nächtlichen Vergnügungspark.

Ich holte zwei dicke Holzbündel aus dem Schuppen und sagte: »Jetzt machen wir ein gewaltiges Feuer im Kamin.« Ich ging auf den Eingang zu, aber ich hatte gar keine Lust, ins Haus zu gehen, es tat mir leid, die Tür vor dem wilden und grenzenlosen Universum draußen zu verschließen.

Da erklärte auch Manuela: »Ich habe keine Lust reinzugehen. Laß uns noch draußen bleiben.« Sie boxte mich spielerisch in den Bauch, tat, als ob sie mich treten wollte; ich packte ihren Arm und verdrehte ihn, und allein der Anblick ihres Profils im Mondlicht, allein ihr Geruch und ihre lebhaften Bewegungen lösten in mir ein grenzenloses Hochgefühl aus.

Ich umarmte sie und klemmte dabei ihre Arme ein, und sie sträubte sich lachend, wir kippten um und rollten über das kurze und dürre kalte Gras. Ich küßte sie auf die Stirn und auf den Hals, sagte: »Ist das nicht irre? Einfach zusammensein? Ohne irgendwas Besonderes zu machen?«

»Ja«, sagte sie. »Einfach dazusein.«

Als ich ihre Stimme so dicht bei mir hörte, überlief mich ein Schauer; ich betrachtete ihre Lippen und ihre Augen und ihre Stirn, die zarten Ohren, die ich noch gar nicht richtig kannte.

»Und wo sind die Thermen?« fragte sie.

»Man muß mit dem Auto hinfahren«, sagte ich. »Aber hier ganz in der Nähe gibt es warme Quellen. Fünf Minuten zu Fuß, wenn du willst.«

Wir standen ohne ein weiteres Wort auf, wir verständigten uns durch bloße Blicke und Atemzüge, gingen auf dem ungeteerten Weg den Hang hinunter. Ab und zu wandten wir uns um und betrachteten den Mond hinter uns, der rund und groß und hell war, wie ich ihn noch nie gesehen hatte; er beleuchtete selbst das kleinste Steinchen und jeden Grashalm traumhaft scharf, wie es die Sonne nie vermag. Ich hatte den Arm um Manuelas Taille gelegt, wir gingen tief atmend nebeneinanderher, und ich hatte das Gefühl, die Formen und die Beschaffenheit und die Schwingungen der Landschaft und der Pflanzen ringsum unmittelbar in mich aufzunehmen, ohne die Bilder für mein Denken erst filtern oder erklären oder übersetzen zu müssen. Ich horchte auf das Geräusch unserer Schritte auf dem gestampften Lehm, das Knirschen der Steinchen unter unseren Füßen, das Rascheln der dürren Grashalme und Blätter, die Rufe der Nachtvögel im dichten Wald, das ferne Hundegebell auf den Bauernhöfen; ich spürte die kaum wahrnehmbaren Temperaturunterschiede, die trockenere Kühle der Steine und die intensivere der Felder, die beinah laue Feuchtigkeit, wenn wir am Schilfrohr in den Tümpeln vorbeigingen.

Wir kamen zu dem alten verlassenen Haus, spähten durch das zerbrochene Fenster hinein, und die Luft drinnen hatte wieder eine ganz andere Konsistenz: wir blickten in die fremde Ferne und Leere der Zeit, aber sie machte uns keine Angst, weil wir uns so nah waren und so sehr im Jetzt lebten, daß wir uns für unverwundbar hielten. Manuela machte »Huh«, ein hoher, von den alten Steinwänden widerhallender Laut, und ich erwartete, daß eine Schleiereule oder ein Käuzchen über unseren Köpfen herausfliegen würde, aber wir hörten nichts als Manuelas Ruf, wiederholten ihn bezaubert und lauschten erneut.

Dann folgten wir weiter dem Pfad, der in Kurven bergab und dann Hügeln und Senken folgend wieder bergauf führte. Streckenweise hüpften wir wie Ziegen, dann wieder glitten wir langsam vorwärts wie Schlangen, schlichen durch die Landschaft und nahmen jeden winzigen Eindruck in uns auf, warteten, bis er sich in uns ausdehnte, bis wir lachen oder stehenbleiben oder tief durchatmen mußten.

Auf dem letzten Stück wurde der Pfad schmäler, dann waren wir bei den drei Quellen unter der großen Eiche, und von der kleinen runden Lichtung aus konnten wir unter uns jede Hügelkuppe erkennen, die Erhebungen und Einschnitte in der Landschaft, nur die Tiefe und die Entfernungen waren im azurblauen Licht nicht abzuschätzen. Wir sahen uns um und faßten uns an den Händen, betrachteten den Dampf, der aus den Quellen aufstieg und sich wie ein Schleier auf die mondbeschienene Landschaft legte.

Dann zog ich meine Jacke aus und die Schuhe und alles übrige und spürte immer schneidender die Kälte, je nackter ich war, und auch Manuela zog sich aus, aber bevor sie fertig war, sprang ich bereits in den größten der Teiche.

Ich tauchte unter, ohne die Arme und die Beine zu bewegen, ließ mich ins Wasser sinken, das gegen die kalte Luft draußen um so wärmer wirkte, ließ es mir mit seinem lehmig-salzigen und schwefligen Geschmack in den Mund und in die Nasenlöcher und in die Ohren laufen und tauchte genau in dem Augenblick wieder auf, als Manuela hell und nackt einen Fuß ins Wasser streckte, um die Temperatur zu prüfen.

Sie lachte mir zu, hielt die Arme vor der Brust verschränkt und zitterte vor Kälte, vollkommen weiß im Mondlicht. »Komm rein«, rief ich ihr zu, und meine Stimme klang wie aus fernster Ferne, aber nicht fern von der Lust, Manuela dicht bei mir zu haben.

Sie sprang hinein, ließ sich untergehen, genau wie ich, tauchte wie ein Wal schnaubend wieder auf und kam zu mir, um mir einen Kuß zu geben. Wir küßten uns dicht über der Oberfläche, die Lippen halb im Wasser und halb draußen, umfaßten uns an den Hüften und lachten gurgelnd und prustend und tauchten wieder unter. Wir ließen voneinander ab und schwammen jeder in eine andere Richtung davon, drehten uns auf die Seite und auf den Rücken, ließen uns in der reglosen Stille vom Wasser tragen, das kilometerweit der einzige warme und wohlige Ort im kalten, leeren Raum ringsum war.

Ich tauchte unter und wieder auf und atmete mit völlig gelösten Muskeln den Dampf ein, es gab keinen Grund mehr, angespannt zu sein, und keinen Widerstand, und der tote Cerino und der rasende Streit mit Manuela waren wie ferne Erinnerungen an weit entfernte Personen, die Kleider trugen und sich versteckten und sich in Forderungen und Rechtfertigungen verstrickten und sich ihrer Gesichtszüge und Gesten krampfhaft bewußt waren. Es war wie die Rückkehr in einen Urzustand, in eine Dimension einfacher Lebewesen, die noch imstande sind, Eindrücke aus der Welt aufzunehmen, ohne sie zu verarbeiten oder zu interpretieren oder als Anregung oder Inspiration für anderes zu benutzen. Wir schwammen im Wasser, auf dem Rücken oder auf dem Bauch oder auf der Seite, ohne eine Spur der Sorgen und Ängste und Ambitionen, die uns in Mailand gequält und uns bis hierher getrieben hatten, als müßten wir gegen die Zeit anrennen und uns an Menschen und Umständen rächen. Jetzt schien es auch die Zeit nicht mehr zu geben, wir schwebten in einem reglosen, unbegrenzten und unbestimmten Raum, der unsere Empfindungen umfing, wie ein warmer Handschuh eine Hand umhüllt. Wir sahen uns an und lächelten und streiften uns ab und zu, und mit unendlicher Langsamkeit wurde die Helligkeit der Luft immer dichter und ihre Bläue verblaßte. Es war ein fast unmerklicher Vorgang, als begännen die Farben der Pflanzen und der Erde zu erwachen, während der Himmel allmählich verblaßte und die Einzelheiten der Landschaft deutlicher hervortraten und die Entfernungen zwischen zwei Punkten wieder das richtige Maß annahmen.

Wir lagen im Wasser und verfolgten diese Verwandlung, ohne uns zu bewegen. Wir atmeten nur, beide auf derselben großen, fast stillstehenden Woge der Zeit, bis der Mond über uns bloß noch ein dünner Schleier war und der Himmel und das Land um uns von milchigweißem Licht durchdrungen wurden und wir aus dem Gebüsch das Zwitschern der Tagvögel hörten und in der Ferne ein Hahn krähte. »Es ist Tag«, sagte Manuela, und ihre Stimme hatte einen ganz anderen Klang als die Worte, die wir vorher gesagt hatten, Staunen schwang darin und Sehnsucht und etwas wie Erschrecken, als erwachten wir aus einem monatelangen Traum.

Ich stieg aus dem warmen Tümpel und half ihr hinaus; die Luft schien noch eisiger als am Abend zuvor. Wir trockneten uns mit meinem T-Shirt ab und schlotterten vor Kälte, konnten keinen Augenblick stillstehen. Wir zogen unsere feucht und kalt gewordenen Kleider an, während das Licht heller und jede Minute weißer wurde, und rannten zurück durch die Felder und Hügel einer wie in Glas gravierten Landschaft.

Zu Hause angekommen, warf ich alles Holz, das da war, in den Kamin, zündete ein so großes Feuer an, daß die Flammen herausschlugen und über die Wand leckten. Manuela sah sich in den Zimmern nicht einmal um, ich ließ die Fensterläden geschlossen; die Müdigkeit nahm wieder von unseren Bewegungen und Gedanken Besitz und machte sie zäh und langsam, ließ uns so nahe wie möglich an den Kamin rücken. Mit letzter Anstrengung holte ich eine Decke und ein Federbett und zwei Kopfkissen; wir legten uns auf die Decke und zogen das Federbett über uns, wir merkten es nicht einmal, als wir einschliefen.

Fünfundzwanzig

Ich spürte, wie Manuela sich bewegte, und schlug die Augen auf, ich wußte nicht, ob es Tag oder Nacht war und wo wir waren. »Ich habe Hunger«, sagte Manuela, sie saß im Schneidersitz da und sah auf mich herab, zerstrubbelt und verschlafen, ihre Augen wirkten noch größer als sonst.

»Ich weiß nicht, ob etwas da ist«, sagte ich. Das Kaminfeuer war erloschen, aber unter der Asche war noch Glut, ich ging hinaus, um neues Holz zu holen. Die Sonne draußen stand schon hoch und war fast zu strahlend; als ich ins Haus zurückkam, stieß Manuela gerade die Fensterläden auf und ließ das Licht herein.

Wir gingen in die Küche und öffneten auch dort die Fenster; ich schaltete den Ofen an, sah im Schrank nach etwas Eßbarem. »Kommst du oft hierher?« fragte Manuela.

»Nein«, antwortete ich. »Seit ich mich von meiner Frau getrennt habe, bin ich ein paarmal mit den Kindern hiergewesen und ab und zu wegen der Pferde, aber es hat mich jedesmal traurig gemacht.«

»Man sieht es«, sagte Manuela. »Alles wirkt so starr, als wäre es jahrelang eingefroren gewesen.«

»War es auch«, sagte ich. Es war mir unangenehm, darüber zu sprechen, auch das Licht, das durch die Fenster hereinkam und unseren Bewegungen allzu deutliche Konturen gab, war mir unangenehm. Ich holte eine Packung Makkaroni und eine Dose Thunfisch aus dem Schrank, eine Flasche Öl, das sich in der Kälte zu einer goldgelben

Paste verdichtet hatte. Ich setzte Wasser auf und sagte: »Wenn du willst, zeige ich dir das Haus.«

Wir gingen ins Obergeschoß hinauf, und mir war, als würde ich die Zimmer, in die ich sie führte, auch nicht besser kennen als sie: so als hätte ich die Erinnerungen eines anderen vor mir, mit dem mich nicht viel verband. Ich öffnete die Türen mit einer seltsamen Mischung aus Behutsamkeit und Leichtigkeit, öffnete Fenster und Schränke, und mein Blick fiel auf einen Rock oder ein Hemd oder irgendeinen anderen Gegenstand, der mich überraschte, als wäre er irgendwo in der Zeit verborgen gewesen und ganz unvermutet aufgetaucht.

Manuela besah sich die Bücher in den Regalen, meine Landschaftsfotos an den Wänden, die Möbel, die ich selbst gebaut hatte, und die Spielsachen der Kinder, die auf dem Boden herumlagen, und eine Spur Traurigkeit erschien in ihrem Blick.

»Warum machst du so ein Gesicht?« fragte ich sie.

»Ach nichts«, sagte sie und betrachtete aus der Nähe zwei weißblaue Porzellandosen, die ich meiner Tochter von einer Reise mitgebracht hatte.

»Sag mir doch, was du hast«, bat ich sie und versuchte ihren Blick festzuhalten, aber es gelang mir nicht.

Sie schwieg, betrachtete ein Gymnastikbuch meiner Exfrau, einen kleinen ovalen Spiegel in einem Rahmen aus rissigem Holz, eine Haarspange.

Ich faßte sie an der Schulter. »Sag's mir, bitte.« Die herumliegenden Sachen und der Gedanke, daß die Stimmung der letzten Nacht, als wir im warmen Wasser schwammen, für immer verflogen sei, erfüllten mich mit Traurigkeit.

Manuela rückte von mir ab; sagte: »Du hast alles schon gemacht.«

»Aber das stimmt doch nicht«, widersprach ich, und ihr

Ton und wie sie den Kopf gesenkt hielt und sich von mir entfernte, erfüllte mich mit Verzweiflung. »Nichts habe ich gemacht. Ich hab noch nicht mal angefangen.«

Sie ging aus dem Zimmer, trat in das Studio, das ich noch nie benutzt hatte, mit all seinen nutzlosen Steckdosen. Ohne nachzudenken, öffnete ich auch hier die Fensterläden, verfolgte Manuelas Bewegungen, versuchte aber nicht mehr, sie zu berühren.

»Du hast zwei Kinder und hast dir ein Haus gebaut und alles, und ich habe nichts zuwege gebracht.« Sie setzte sich auf den Boden, den Rücken gegen die Wand gelehnt, und begann zu weinen. »Ich bin immer nur rumgerannt und hab mich mit Scheißmännern eingelassen und unentwegt Harfe gespielt, und was habe ich jetzt davon? Nichts.«

»Du hast dich selbst«, tröstete ich sie und widerstand mühsam der Versuchung, mich ihr zu nähern. »Und wenn du nicht so wärst, wie du bist, wäre es ein Verlust für die Welt.«

»Der Welt bin ich doch scheißegal«, sagte sie.

»Für mich jedenfalls wäre es ein schrecklicher Verlust«, sagte ich. Ich setzte mich neben sie, strich ihr über das Haar.

Sie versuchte nicht, sich zu entziehen, aber sie hörte auch nicht zu weinen auf; unter Schluchzen stieß sie hervor: »Ich hab immer alles falsch gemacht. Ich bin dreißig und bin weder Ehefrau noch Mutter noch Tochter, ich hab es zu nichts gebracht.«

»Und ob du es zu was gebracht hast«, widersprach ich, bestürzt über ihre hohen Erwartungen, die ihre Stimme schwanken ließen. »Natürlich hast du es zu was gebracht.«

Allmählich hörte sie auf zu weinen, trocknete sich die Augen und ging im Zimmer auf und ab, ohne mich anzusehen. »Dann stelle ich mir zwei vor, die zusammenleben und eine Wohnung und Kinder und ihre Gewohnheiten haben, einen festen Tagesablauf und Verhaltensweisen und Freunde, Urlaub und Erinnerungen und einen Kühlschrank und Kleider und die Bücher, die sie gemeinsam gelesen haben, und plötzlich verliebt sich einer in einen Menschen, den er gar nicht kennt, und verliert den Kopf, und alles, was er so sorgsam aufgebaut hat, ist ihm auf einmal nicht mehr wichtig.«

»Meinst du dich selbst?« fragte ich und konnte meinen Ton kaum kontrollieren.

»Oder dich«, entgegnete sie.

Ich lehnte an der Wand, den Kopf voller durcheinanderwirbelnder Bilder: meine Exfrau, wie sie unten in der Küche das Essen machte; Manuela in dem Wohnzimmer, das sie mit dem Marchese bewohnte; meine Tochter, die mit ihrem Bruder an der Hand auf dem Bahnhof auf mich zukam; Cerino, der Manuela in seinem Wohnzimmer ein Buch reichte; ich im Zug nach Venedig, um die Frau zu treffen, derentwegen ich meine Familie verlassen hatte; Manuela, wie sie in einer Wohnung, die ich nie gesehen hatte, die Bettlaken glattstrich; ich am Telefon mit einer Lüge auf den Lippen; meine Exfrau vor dem Spiegel, den Manuela eben betrachtet hatte. Die Bilder mit Manuela gewannen in diesem Wirrwarr die Oberhand, doch sie nahmen auch die Traurigkeit von meinen Bildern in sich auf, die beiden Traurigkeiten überlagerten sich, bis es unerträglich wurde. Ich sah Manuela in einer ihrer früheren Wohnungen Harfe spielen oder die Küche aufräumen oder nachdenklich und gelangweilt Gymnastik machen, mit einem ihrer Lebensgefährten frühstücken oder bei Freunden von ihm zu Abend essen; dann wieder sah ich sie rastlos durch die Stadt eilen, in fremde Häuser eintreten, um sich in einer Nische im Treppenhaus oder auf einem Küchentisch von einem Unbekannten nehmen zu lassen, einzig fasziniert von der Vorstellung, ihn nicht zu kennen. Ich glaubte ihr Herz zu hören, wie es zuerst langsam und dann immer wilder und unregelmäßiger schlug, ihre Gedanken zu lesen, die mit unaufhaltsamer Geschwindigkeit in zehn verschiedene Richtungen strebten; ich spürte wieder die innere Zerrissenheit, die ich schon früher gespürt hatte, fürchtete, erneut in die Abgründe unmöglicher Entscheidungen zu stürzen, in die ich schon einmal gestürzt war.

»Was hast du denn jetzt?« fragte sie.

»Nichts«, sagte ich.

Sie sah mich mit leicht schräg gestelltem Kopf an und verstand ganz genau, daß die Traurigkeit in meiner Stimme zwei sich überlagernde Gründe hatte.

»Ich denke an denjenigen der beiden, der nicht darauf gefaßt ist«, sagte ich. »Der sich in Sicherheit wiegt und sich auf das Vertraute verläßt und plötzlich feststellen muß, daß es für ihn keinerlei Sicherheit mehr gibt. Das ist, als ob man jemanden im Schlaf ermordet, oder während er gerade frühstückt, findest du nicht?«

»Mag sein. Aber hast du es nicht genau so gemacht?«

»Haben wir nicht von mir gesprochen?« fragte ich, verblüfft, wie zwischen uns, ohne daß es uns auffiel, ständig die Perspektive wechselte.

Wir sahen uns an, und ich hoffte nur, sie würde lächeln. Sie ging quer durchs Zimmer zur Tür, sagte: »Hast du nicht Wasser für die Nudeln aufgesetzt?«

Wir gingen auf die Wiese hinaus, und die Mittagssonne war beinahe heiß und die Luft leuchtend klar, wir setzten uns auf die kleine Steinbank. Manuela sagte: »Die Maulwürfe aus dem Orchester werden jetzt alle dasitzen und unentwegt ihren Part üben.«

»Hast du ein schlechtes Gewissen?«

»Ein bißchen schon«, sagte sie, streckte einen Fuß nach vorn und legte den Kopf in den Nacken, um sich die Sonne ins Gesicht scheinen zu lassen.

»Du hast es sowieso nicht nötig«, sagte ich.

»Stimmt gar nicht«, widersprach sie, bereits wieder unruhig; nicht einmal in der Sonne konnte sie still sitzen. Sie stand auf, pflückte ein Lorbeerblatt, blickte zu den Hügeln hinüber, wo man den fernen Fluß erkennen konnte.

»Wenn du willst, können wir sofort nach Ferrara zurückfahren«, sagte ich, fast aufgebracht über die Art, wie sich ihr Gemütszustand ohne jede Vorankündigung änderte, wie sich ihr Gesicht von einem Moment auf den anderen verdüsterte oder aufhellte.

Sie schüttelte den Kopf und wandte sich mit dem Anflug eines Lächelns zu mir.

»Was lächelst du?« fragte ich, obwohl ich wußte, daß ich ihren Stimmungsschwankungen lieber nicht Millimeter für Millimeter folgen sollte.

»Weil du komisch bist«, sagte sie. »Du bist immer so aufmerksam, aber dein Gleichgewicht ist dermaßen stabil, daß es durch nichts wirklich zu erschüttern ist. Du bist wie deine Arbeit. Du brauchst niemanden und verlangst von niemandem etwas.«

»Stimmt doch gar nicht«, entgegnete ich. »Ich brauche dich. Und ich bemühe mich nur deshalb so, im Gleichgewicht zu bleiben, weil ich ständig in Gefahr bin, es zu verlieren. Mit zwölf oder dreizehn hatte ich manchmal Augenblicke, da brannten mir sämtliche Kontakte zur Welt durch. Ich saß da und lernte oder machte irgend etwas anderes und stürzte plötzlich in einen Abgrund aus völlig unverständlichen Namen und Formen, mir schien, daß nichts mehr einen Sinn hat.«

Manuela lachte. »Da sieht man, daß du verrückt bist.«

Aus ihrem Mund nahm ich es als Kompliment und fand, daß ich noch nicht verrückt genug war; unsere gegenseitige Anziehung hatte immer auch etwas Herausforderndes; wir standen immer an einem gefährlichen Abgrund.

»Kannst du reiten?« fragte ich sie.

Sie sah mich verständnislos an. »Ich habe vor Jahren mal ein paar Reitstunden genommen. Wieso?«

»Komm mit«, sagte ich. Ich rannte zum Schuppen und holte einen halbleeren Hafersack, sie folgte mir, wir gingen zusammen den Pfad zur Südwiese hinunter.

Die beiden Pferde waren beim Unterstand, sie hoben den Kopf, als sie mich mit dem Hafersack kommen sahen; eins lief davon bis an den Zaun, das andere kam, wenn auch mißtrauisch, auf mich zu. Auch Manuela war mißtrauisch, sie folgte mir mit einigen Schritten Abstand.

»Läßt du sie immer allein hier draußen?«

»Ein Bauer sieht jeden zweiten Tag nach ihnen«, erklärte ich. »Inzwischen sind sie ziemlich verwildert. Auch vorher waren sie nicht besonders zahm. Sie kommen aus Argentinien, ich hab sie als Schlachtvieh gekauft. Sie taten mir leid.«

Ich bewegte mich vorsichtig, um die Tiere nicht zu erschrecken, und hielt ihnen den Hafersack hin. Das zahmere kam herbei und steckte das Maul hinein, und ich packte es sofort am Halfter, zog es zu den Heuballen, zwischen denen ich das Zaumzeug und die Sättel versteckt hatte. Ich sattelte es und legte ihm die Zügel an. Manuela sah mir aus ein paar Metern Entfernung zu, und ich genoß ihr Erstaunen, den Gedanken, daß wir uns allein durch das, was wir waren, immer wieder gegenseitig zu überraschen wußten.

Ich reichte ihr die Zügel des fertig gesattelten Pferds

und näherte mich dem anderen. Zehn Minuten lang redete ich behutsam auf das Tier ein und spürte dabei Manuelas Blick auf mir. Schließlich gelang es mir, auch das zweite Pferd zu satteln, und ich half Manuela beim Aufsitzen. Sie hielt sich sehr gerade, obwohl das Pferd immer wieder scheute, die Mähne schüttelte und ausschlug. »Bleib ruhig, nur keine Angst«, rief ich ihr zu.

»Hauptsache, es wirft mich nicht ab«, rief sie zurück; es gehörte zu ihrem Wesen, sich mutig einer Situation zu stellen; wenn sie etwas angefangen hatte, konnte nichts sie zum Aufgeben bewegen. Ich sprang auf mein Pferd, das nach dem monatelangen Leben im Freien noch schwerer zu bändigen war, und wir ritten im Schritt die abschüssige dürre Wiese hinunter.

Nach kurzer Zeit hatte ich mein Pferd unter Kontrolle, ich spürte es mit den Beinen und mit dem Becken und mit den Armen, ich spürte seine wiegende Bewegung und seinen Atem und seine natürlichen, wilden, übersensiblen Instinkte unter mir. Ich spürte seinen Blick und sein feines Gehör, das die Geräusche aus der Landschaft und das Knirschen des Leders und meinen Atem aufnahm, ich spürte den Rhythmus der vier Beine und der Hufe, die Dichte des Bodens, die sich durch seinen kraftvollen Körper hindurch dem meinen mitteilte. Manuela ritt hinter mir her, mit dem Gesicht einer ängstlichen und zugleich belustigten Wilden, sie stellte sich sehr geschickt an.

»Und wenn er mir durchgeht?« fragte sie.

»Wenn er durchgeht, laß ihn«, sagte ich und stieß meinem Pferd die Absätze in die Seiten und ließ es galoppieren, und ihres galoppierte hinterher, sie stieß einen kleinen hohen Schrei aus, aber als ich mich nach ihr umdrehte, sah ich, daß sie sich gut im Sattel hielt und amüsiert und unbefangen lächelte.

»Hast du keine Angst?« rief ich ihr zu.

»Nein!« rief sie zurück, und wir rasten den Hang hinunter, als könnten wir die Landschaft vom Rücken der Pferde aus in genau dem richtigen Tempo, dem richtigen Rhythmus, die Gangart beherrschend, in uns aufsaugen, als könnten wir in ihr schwelgen beim dumpfen Geräusch der Hufe auf der Erde – wie wir es uns als Kinder immer erträumt hatten. Es gab keine Hindernisse und keine Löcher im Boden und keinen Widerstand; wir ritten mühelos dahin, alle Muskeln im Einsatz und zugleich entspannt, Manuela und ich waren voneinander entfernt und uns doch nah, die beiden Pferde hätten sich nie getrennt bei ihrem wilden Galopp.

Wir ritten bis zum Fluß und folgten in leichtem Trab ein Stück weit seinem Lauf, durchwateten ihn an einer flachen Stelle. Wir spürten das eiskalte Wasser, aber es machte uns und auch den Pferden nichts aus; am anderen Ufer nahmen wir wieder unseren leichten Trab auf, ritten zwischen Pappeln und Hainbuchen und Eichen hindurch und einen anderen Hang hinauf, an dem Luzernen und noch kahle Weinstöcke in regelmäßigen Reihen gepflanzt waren.

»Toll, wie du reiten kannst«, sagte ich zu Manuela; obwohl ihr Pferd weiter die Mähne schüttelte, ausschlug und immer wieder scheute.

»Ich hab es vor Jahren gelernt, zusammen mit Dezza, in einem blöden Reitclub, in dem alle Jagdkleidung trugen.«

Ich mußte lachen. Es gab wieder eine neue Art der Verständigung zwischen uns, jetzt wo wir gelöst und doch wachsam auf den Pferden saßen; immer noch lachend, rief ich ihr zu: »In deiner Dezza-Phase kann ich mir dich wirklich nicht vorstellen!«

»Was gibt es da zu lachen?« rief sie. Sie hatte zwar einen ausgeprägten Sinn für Humor, konnte ihn aber innerhalb von Sekunden ganz plötzlich verlieren. Wir hatten die letzten Bäume hinter uns gelassen und folgten einer Traktorspur schräg über die Felder bis zum höchsten Punkt des Hügels. Auf einem schmalen Feldweg ritten wir im Trab auf der anderen Seite wieder hinunter. Weit weg waren die Stimmen von Bauern zu hören; von einem Haus in der Ferne stieg eine dünne Rauchsäule auf.

»In dem Buch einer Schülerin von Jung habe ich gelesen, daß man, wenn man sich in jemanden verliebt, alle Wünsche und Bilder, die man in sich hat, auf ihn überträgt«, sagte Manuela.

»Um das zu wissen, braucht man keine Schülerin von Jung«, entgegnete ich, teils, um sie zu reizen und teils, weil mir die Sache mit ihrer Analyse ein Dorn im Auge war.

»Natürlich nicht«, sagte sie. »Aber sie beschreibt sehr gut, wie man den Charakter und die Gefühle und sogar das Gesicht und den Körper von jemandem ganz anders sieht, als er ist, man formt ihn sich so um, daß er genau dem eigenen Wunschbild entspricht. Das gilt auch für sein Verhalten und für die Beweggründe, die man ihm zuschreibt. Und man glaubt wirklich daran.«

»Aber nur, wenn man den anderen kaum kennt, oder?« fragte ich. »Vielleicht gefällt dir nur irgendeine Einzelheit an ihm, die Haare oder die Augen oder die Stimme oder die Art, wie er die Hände bewegt. Du gehst von diesem Detail aus und meinst, daß dir auch alles andere an ihm gefällt. Du betäubst deine Kritikfähigkeit und deinen Sinn für Humor. So als würdest du etwas durch ein Teleobjektiv anschauen, ohne jede Tiefenschärfe. Oder durch ein Makroobjektiv, das die Einzelheiten vergrößert, aber dir keine Vorstellung von den wahren Proportionen gibt.«

»Und je weniger du jemanden kennst, um so mehr interessante Seiten scheinen dir in ihm zu stecken«, sagte Manuela. »Die Faszination des Dunklen, Unbekannten, findest du nicht?«

»Doch«, stimmte ich ihr zu, und mir fiel wieder der erhängte Mimmo Cerino ein, die Harfenmusik aus seiner Stereoanlage, und ich dachte daran, wie zynisch und mehr als bewußt er ihr gegenüber diesen Reiz des Dunklen ausgenutzt hatte. Aber es war zu schön, mit ihr zu reden, und das Schaukeln der Pferde ging durch uns hindurch wie eine Woge erdhafter Instinkte und rührte alle unsere Empfindungen auf; ich zwang mich, solche Gedanken schnell wieder zu verscheuchen.

»Und wenn du ihn allmählich besser kennenlernst und die Leidenschaft nachläßt, wird er wieder so, wie er wirklich ist. Seine Gesichtszüge und der Klang seiner Stimme und sein Verhalten und die Gründe, die dahinterstecken. Und du bist schrecklich enttäuscht und kommst dir betrogen vor.«

»Sagt das die Schülerin von Jung?« fragte ich. Ich dachte an die vielen Male, die es mir so ergangen war: Plötzlich hatten mich die Einzelheiten an einer Frau nicht mehr fasziniert, sondern waren mir immer unangenehmer und schließlich lästig geworden.

»Ja«, bestätigte Manuela. »Aber das passiert doch immer.«

»Wird es auch bei uns passieren?« fragte ich, auch wenn es mir in diesem Augenblick undenkbar schien, daß ihre Anziehung auf mich und meine Bewunderung und der Wunsch, ihr nahe zu sein, je nachlassen könnten.

»Vielleicht, ich weiß nicht. Vielleicht haben wir uns diesmal aber auch nicht betäubt, und alles ist wahr.«

»Vielleicht werden wir uns nicht betrogen fühlen«, bestätigte ich. »Vielleicht benutzen wir kein Teleobjektiv und kein Makroobjektiv, vielleicht haben wir eine 50-Millimeter-Kamera mit einer ganz realistischen Perspektive.«

Mein Pferd, das auf ebenen Strecken leicht nervös wurde, begann zu traben, und das von Manuela folgte ihm; wir ließen sie gewähren und bremsten sie nicht, bis wir bei den ersten Bäumen angelangt waren.

Sechsundzwanzig

Wir kamen zurück, als die Sonne bereits zwischen den Hügelkuppen am Horizont unterging. Ich machte wieder Feuer im Kamin und in den Öfen. Ganz hinten im Schrank fand ich eine Flasche alten Rotwein, die machte ich auf und füllte zwei Gläser, wir tranken auf dem Sofa vor dem Kamin. Ich spürte, wie mir der Wein im Blut zu kreisen begann, wie die frische Luft mich durchdrang und meine Empfindungen die unnatürliche Dumpfheit der Stadt hinter sich ließen. Ich hatte wieder einen Tastsinn und einen Geruchsinn und ein Gehör hier in der reinen Stille, in der ich jedes leise Knistern der Holzscheite im Feuer wahrnehmen konnte, und ich spürte meine angenehm schmerzenden Muskeln am Rücken und an den Beinen und am Bauch und bekam Lust auf Manuela, die mich mit vom Wein und von der Hitze des Feuers geröteten Wangen ansah.

»Schneidest du mir die Haare?« fragte sie.

»Warum?« fragte ich und betrachtete ihr kastanienbraunes Haar, in das irgendein Friseur und die Sommersonne helle Strähnen gebleicht hatten, als ich noch nicht einmal wußte, daß sie existierte; der Ton, in dem sie es gesagt hatte, brachte mein Herz aus dem Takt.

»Ich kann sie nicht mehr sehen«, sagte sie. »Hol eine Schere.«

Ich holte die Schere, als handle es sich um ein Werkzeug, mit dem sich die Vergangenheit wegschneiden ließ, holte einen Stuhl und stellte ihn vor das Feuer. Manuela setzte sich darauf und ich umkreiste sie mit der Schere in der Hand.

»Wie willst du sie haben?«

Sie zerstrubbelte sich das Haar mit der Hand, sagte: »Ganz kurz. Schneid alles ab.«

»Bist du ganz sicher?« fragte ich zögernd und mit stockendem Atem.

»Ja doch«, sagte sie. »Traust du dich etwa nicht?«

Sie nahm einen Schluck, sah mich herausfordernd an, einen Tropfen Wein an den Lippen, der wie Blut aussah.

»Natürlich traue ich mich«, sagte ich, während ich ihr mit der Hand durch das glatte, leicht nach Kräutern und Schweiß und ihrem Körpergeruch duftende Haar fuhr. Darunter spürte ich die Form ihres Kopfs, den Nacken, die Schläfen und die Stirn, ihre zarten Ohren. Behutsam machte ich die ersten Schritte, nahm eine Strähne mit den Fingern hoch und schnitt sie ab, nahm die nächste und schnitt sie ab. Die abgeschnittenen Haarbüschel in meiner Hand waren federleicht, sie fielen zu Boden wie bloße Eindrücke.

Manuela saß ganz gerade auf dem Stuhl, in der Haltung, die sie sich durch Tai-Chi und durch das Harfenspiel und die fast lebenslange Suche nach einem Gleichgewicht angeeignet hatte. Wenn sie etwas beschlossen hatte, gab es für sie kein Zurück: sie ermahnte mich nicht, aufzupassen und ihre Frisur nicht zu ruinieren, sie bat mich nicht, innezuhalten, damit sie sich ansehen konnte; sie wollte gar nicht wissen, was ich tat, verlangte keinen Spiegel. Sie saß stumm da und ließ zu, daß ich meinen Eingebungen folgte, mit ihren Haaren, die mindestens zwei Jahre gebraucht hatten, um so lang zu werden, und die ihr gut standen, so wie sie waren; sie unterbrach mich nur ab und zu, um einen Schluck Wein zu trinken.

Ich trank ebenfalls; fast zitternd vor Aufregung und erschrocken über die Verantwortung, die auf mir lag; ich machte weiter, als könnte ich mit jeder Strähne, die ich abschnitt, einen nicht wiedergutzumachenden Schaden anrichten. Vor jedem Schnitt ging ich um Manuela herum, nahm mit den Augen Maß, holte tief Luft, zog eine Strähne hoch und schnitt sie mit leise klappernder Schere ab.

Hinten ließ ich die Haare zunächst halblang, so wirkte ihr Gesicht weicher und runder, aber sie faßte sich ins Nackenhaar, sagte: »Nur zu. Sei nicht so feig.«

Also schnitt ich sie ihr wirklich ganz kurz, eine Art Lausbubenschnitt; aber sie hatte ein derart weibliches Gesicht, daß er bei ihr viel weicher wirkte, als er bei einer anderen gewirkt hätte. Ich war naßgeschwitzt und besorgt und überrascht und belustigt, das Kaminfeuer hatte die Luft im Zimmer aufgeheizt, und der Wein hatte mich von innen erhitzt.

Jetzt erst fragte Manuela: »Wie sehe ich aus?«

»Gut«, sagte ich, obwohl ich mir noch nicht ganz sicher war, aber sie gefiel mir, es war, als hätte ich wenigstens ein Stück ihrer Vergangenheit weggeschnitten, und ich machte mir deswegen Vorwürfe und fühlte mich zugleich erleichtert.

Sie stand auf, ging zum Spiegel neben dem Bücherregal. Sie betrachtete sich von beiden Seiten im Profil, dann von vorn, wie jemanden, den sie gut, aber doch nicht genau kennt. Sie zeigte kein Bedauern, weinte ihren Haaren nicht nach; sie blieb auch nicht lange vor dem Spiegel stehen. Sie schien vor allem überrascht; am Ende sagte sie: »Ja, das hast du gut gemacht«, mit kaum dünnerer Stimme als vorher. Sie lief wie eine Komödiantin durch das Zimmer, aufgekratzt wegen ihres veränderten Aussehens und vom Wein und von meinem Blick, der ihr folgte.

»Komm her«, sagte ich. Sie kam zu mir, und ich faßte sie am Handgelenk, drückte sie an mich. Ihre Haare waren jetzt von dunklerem Braun, sie schimmerten im Schein des Feuers. Wir tranken noch mehr Wein, streichelten uns, preßten uns fast wütend aneinander. Mit dem neuen Haarschnitt kam ihr Gesicht besser zur Geltung, die Augen wirkten größer, die Wangenknochen höher, die Lippen voller; man sah mehr von den Ohren, die mir jetzt noch besser gefielen. Sie wirkte moderner als vorher, unabhängiger, aber auch verletzlicher; ich freute mich, daß ich es war, der sie so verändert hatte, und zugleich überkam mich eine seltsame Verzweiflung wegen allem, was sie mit ihrer alten Frisur ohne mich erlebt hatte.

Ich packte sie und zog ihr die Hosen aus und schob sie wieder zu dem Stuhl vor dem Feuer, sie setzte sich, und ich nahm meinen Gürtel und band ihr die Hände hinter dem Rücken zusammen und schnallte sie an der Holzlehne fest. Ihre Augen hatten den gleichen Glanz wie meine, ein erwartungsvoller Schauer lief durch ihren Körper und teilte sich dem meinen mit dumpfer Heftigkeit mit. Wir tranken weiter, ich kniete vor ihr und hielt ihr das Glas an die Lippen, da sie die Hände nicht bewegen konnte, wir waren beide gleich betrunken; wir atmeten Mund an Mund und sahen uns in die Augen und registrierten jedes leichte Erbeben des anderen. Es war ein inniges und verwirrendes Oszillieren zwischen meinen Erwartungen und ihren, weit konzentrierter als alles, was wir bisher gemacht hatten, so intensiv, daß mir fast angst wurde bei jeder Hautberührung und jedem Atemzug und jedem Herzschlag. Wir trieben zwischen ausgeführten und vorgestellten Gesten dahin wie in einem Wachtraum, in dem man entscheiden kann, was man erleben möchte, und befreit ist von den Gesetzen von Raum und Zeit und von der Schwerkraft und der Notwendigkeit, alles zu erklären.

»Tut mir leid, daß du angebunden bist, aber da ist nichts zu machen«, sagte ich zu ihr mit leichter Boshaftigkeit, die von dem Gedanken herrührte, daß ich ihr ohnehin nicht nah genug kommen konnte. Und jede meiner Bewegungen, jede Empfindung, die die Berührung mit ihrem Körper und schon ihr bloßer Anblick in mir weckten, war wie von einem Lichtkranz umgeben. Wir tranken jetzt direkt aus der dicken dunklen Weinflasche, und die dünne Linie zwischen Vorstellung und Wirklichkeit löste sich immer mehr auf. Ich spreizte ihr die Beine, berührte sie leicht mit den Fingern und spürte die feuchte Wärme, die mir durch die Hände und die Arme in die Wirbelsäule stieg; ich goß Manuela Wein in den Mund und küßte sie und schmeckte den Wein und ihre Zunge in der süßen Wärme ihrer Mundhöhle. Ich neigte mich hinab und küßte ihr die Fesseln und die Waden und die Knie und die Kniekehlen, die Innenseite der Schenkel allmählich immer weiter oben, und sie bog sich zurück und stieß kleine seufzende und keuchende Laute aus, sie antwortete meinen Lippen und meinen Fingern, die sie mit großer Langsamkeit kitzelten und folterten. Ich wollte mir nicht die kleinste Einzelheit an ihr entgehen lassen; jede Kurve, jede Linie, jede Wölbung ihres Körpers kamen mir wie ein Wunder vor.

Ich machte weiter, doch nach und nach kam auf den vielfach verschlungenen Pfaden der Empfindungen und auf den kleinen Nebenflüssen der Lust mein Verlangen hervor und folgte einem geraderen Strom. Und dieser Strom wühlte wie ein Hochwasser führender Gebirgsfluß alles auf, was tief in mir war, und riß es mit sich, Sehnsucht und Erregung, Freude und Langeweile, das Bedürfnis nach Nähe und die Verlustangst, wirbelte es durcheinander, bis kein Gefühl mehr vom anderen zu unterscheiden war. »Mein Gott, was bist du für eine Frau«, sagte ich zu Manuela und löste den Gürtel, mit dem ich sie gefesselt hatte. Ich nahm sie fest in meine Arme und küßte sie überall, während mir das Blut in den Adern rauschte und Tränen mir in die Augen stiegen, weil ich mich so sehr Herr über diesen Augenblick unseres Lebens fühlte und ihn doch schon verloren zu haben und in der Zeit über ihn hinaus zu sein glaubte.

Aber er war noch nicht verloren; ich nahm Manuela am Arm und führte sie ins Schlafzimmer nebenan, wir zogen unsere Kleider aus und überließen uns widerstandslos dem wilden Strom in uns. Es war auch eine Art klingender Strom: er führte Noten und unterschiedliche Gefühlstönungen mit sich und vermischte sie, wirbelte sie auf den Grund und wieder an die Oberfläche. Manuela erwiderte jede meiner Bewegungen innerhalb so kurzer Zeit, daß meine Geste und ihre Antwort zwei Töne ein und desselben Akkords schienen; es war wie ein Eintauchen in einen Wildbach aus Klangwellen, der sekundenlang in die Tiefe stürzt und in gemächlichen Windungen durch die Ebene und sprudelnd über unebene Strecken fließt. Ich konnte keine einzelne Melodie heraushören, weil ich zu tief in der Musik war, ich nahm nur die Klangfarben und die Intensität der Töne und den ständig wechselnden Rhythmus wahr, die dicht aufeinanderfolgenden und sich ausbreitenden Wellen der Schwingungen. Manuela änderte ihre Töne, je nachdem, was ich spielte, antwortete mir und verschloß und öffnete sich, wechselte von einem Register ins andere, warm und weich, fast unbewegt und beweglich, schnell und langsam, schwer und leicht wie sie war, so daß keine meiner Bewegungen sich durchsetzen konnte, wenn sie nicht einer ergänzenden Bewegung von Manuela entsprach, keine Regung ihren Weg fand, wenn sie nicht die Temperatur von Manuelas Blick hatte.

Ich drückte sie auf das von der Feuchtigkeit in dem fast unbewohnten Haus zusammengefallene Kissen und in die Laken, die warm waren von unserer Gegenwart, die den Raum erfüllte und die Fensterscheiben anlaufen ließ. Ich war von Manuelas Augen gleichermaßen hingerissen wie von ihrem Gesäß, ihren Schenkeln und ihren kurzen Haaren, ihren Lippen und ihrer Art zu atmen, hingerissen vom Kaminfeuer im Zimmer nebenan und vom Wein, den wir getrunken hatten, und von der warmen Quelle in der Nacht zuvor und von der Gangart der Pferde und von der Musik, die sie in der Oper gespielt hatte, und von den Bewegungen, die sie machte, und von dem Blick, den sie beim Spielen hatte. Wo immer ich sie berührte, glaubte ich alle diese Dinge zu berühren, und sie schienen mir zu erwidern; ich empfand ein grenzenloses Hochgefühl und zugleich ein starkes Gefühl der Vergänglichkeit, vielleicht wie jemand, der einen Berggipfel erklimmt, um oben laut zu rufen, daß der Berg ihm gehört, obwohl er weiß, daß er gleich wieder hinuntersteigen muß.

Wir steigerten uns beide mit äußerster Kraft immer mehr hinein, das Gefühl der Vergänglichkeit rückte in immer weitere Fernen. Die Gedanken und Empfindungen wurden immer wirrer und vermischten sich mit unserem Atem und mit der sanften und feuchten und klebrigen Wärme unserer Körper unter der Wucht der näher und näher kommenden Wellen, bis diese sich in einem einzigen großen Beben auflösten, das sich ausbreitete und alles erfaßte, was man fühlen und von der Welt aufnehmen kann, für einen kurzen Augenblick fast im Stillstand verharrend, bevor es, alle Atemzüge und Lichter und Farben und

Formen und Zustände des wahrnehmbaren Universums verdichtend, erweiternd und wieder verdichtend sich brach.

Dann lagen wir still auf dem Rücken, atemlos und mit stockendem Herzschlag, hatten gerade noch die Kraft, uns auf die Seite zu drehen und uns anzusehen, aufgewühlt und von Gefühlen überflutet wie wir waren.

»Hej«, sagte Manuela mit kaum hörbarer, kehliger Stimme, die Augen halb geschlossen; ihr üppiger, glatter Körper war mit weichen Linien ins Halbdunkel gezeichnet.

»Heej«, erwiderte ich im gleichen Ton und wußte genau, daß es kein Wort zu suchen oder zu finden, keinen Zweck und keinen Grund gab.

Siebenundzwanzig

Durch das Ostfenster schien der Mond herein: Wenn ich den Kopf ein wenig hob, sah ich ihn, fast so rund und weiß wie in der vergangenen Nacht. Ich versuchte an Manuelas Atemzügen zu erkennen, ob sie schlief oder wach war wie ich. Ich horchte dicht an ihrem Mund; sie sagte: »Bist du wach?«

»Ja«, antwortete ich. »Ich kann nicht mehr einschlafen.«

»Versuch es«, flüsterte sie.

»Du auch«, erwiderte ich noch leiser als sie. Ich streckte eine Hand aus und strich ihr über das kurze Haar, ich hatte fast vergessen, daß ich es abgeschnitten hatte.

Ein paar Minuten blieben wir stumm, aber keiner von beiden konnte wieder einschlafen. Wir drehten und wälzten uns zwischen den Laken, sonst war im Zimmer und im ganzen Haus kein Geräusch zu hören.

Schließlich setzte sie sich mit einem Seufzer auf und fragte: »Was hast du?«

»Ich dachte an das, was du gestern gesagt hast, oder vielleicht war es vorgestern, ich weiß nicht mehr. Mir schwirren so viele Sätze und Fragen durch den Kopf.«

»Was meinst du genau?« fragte sie. Ihre Stimme klang genauso nervös und brüchig wie meine, es war die Stimme von jemandem, der sich auf gefährliches Terrain begibt.

»Das vom Liebesbogen«, sagte ich. »Daß jede Liebesgeschichte einer Kurve folgt, die aufsteigt und dann wieder nach unten führt und endet, so wie eine von weitem sichtbare farbige Neonröhre.«

»Ja«, bestätigte Manuela und klopfte ihr Kopfkissen zurecht, ich konnte ihren Blick in dem kargen, kalten Mondlicht nicht erkennen.

»Und an welcher Stelle des Bogens sind wir gerade, deiner Meinung nach?« fragte ich sie.

Sie überlegte; der Raum ringsum war maßlos und leer.

»Sehr weit oben, glaube ich.«

»Jetzt, in diesem Augenblick?« fragte ich weiter. »Oder vorhin, als wir uns geliebt haben?«

»Auch als wir geritten sind oder in der warmen Quelle gebadet haben oder in der Küche waren. Auch als wir nur miteinander geredet oder uns angeschaut haben.«

»Wieso sagst du das schon in so nostalgischem Ton?« fragte ich und wußte nicht, ob ich ihr damit das überstülpte, was ich selbst empfand, oder ob es umgekehrt war. Meine Gefühle flatterten gegen die Wände meiner Gedanken wie wilde Vögel in einem Käfig.

»Ich sage es nicht in nostalgischem Ton. Es ist Nacht, und ich habe bis vor zehn Minuten geschlafen.«

»Du glaubst aber nicht, daß es noch weiter hinaufgeht?« fragte ich. »Daß wir einen noch höheren Punkt erreichen können?«

»Vielleicht, ich weiß nicht«, antwortete sie. »Wohin möchtest du denn gelangen? Genügt es dir so nicht?«

»Doch, natürlich«, sagte ich. »Aber wenn wir schon am höchsten Punkt sind, heißt das, daß wir von jetzt an nur noch absteigen können, und das will ich nicht. Ich will diesen blöden Bogen nicht. Ich will eine Linie, die nur aufsteigt, oder wenigstens eine, die gerade verläuft und unendlich ist.«

Sie lachte, aber es war ein gezwungenes Lachen, das eher wie ein Seufzer klang. »Ich auch«, sagte sie.

»Und was meinst du, wie lange ein Liebesbogen dauert?

Der eigentliche Teil, nicht das, was dann vielleicht unterirdisch weiterläuft wie ein Maulwurfsgang.«

»Kommt drauf an«, meinte sie.

»Im Durchschnitt, meine ich? Wie lange hat es bei dir durchschnittlich gedauert? Was war dein Maximum? Wie lange hast du es geschafft, wirklich verliebt und hingerissen und leidenschaftlich zu sein?«

»Ich weiß nicht«, sagte sie wieder, aber sie überlegte; ich konnte ihre Augen nicht sehen. »Zwei Jahre, vielleicht«, sagte sie.

»Oder vielleicht anderthalb?« bohrte ich weiter. »Oder ein Jahr? Vielleicht auch nur sechs Monate, wenn man wirklich nur die pure Leidenschaft rechnet, wenn man sich vor Sehnsucht nach dem anderen verzehrt und alles, was man tut, einen anderen Sinn erhält? Bevor alles wieder realistischer wird und sich setzt und verfestigt? Bevor man anfängt, Fotos anzuschauen statt Bilder in ständiger Bewegung?«

»Vielleicht«, gab sie zu. Sie lehnte sich gegen die Wand, wo der Schatten dichter und dunkler war. »Aber ich hoffte immer, daß es endlich einmal anders sein würde und ewig dauert.«

»Das hoffen doch alle«, sagte ich und hätte sie gern berührt und das Thema abgeschlossen und nie wieder angeschnitten. Doch mir war das Blut in den Adern erstarrt; ich sagte: »Alle hoffen, daß es ewig dauert, und dann dauert es doch nur sechs Monate oder ein Jahr oder höchstens zwei. Irgendwann ist es immer aus, da ist nichts zu machen. Ganz gleich, wie stark es war und wie sehr du am Anfang daran geglaubt hast.«

Sie streckte die Beine aus und starrte nach oben ins Halbdunkel. »Vielleicht kann man etwas tun, damit es länger dauert. Aufpassen, daß man sich nicht gegenseitig erstickt und ständig bedrängt, nicht alles verschleißt, was es zu verschleißen gibt.«

»Das schaffe ich nicht«, rief ich in heftigem Ton, wie ein Wilder, der sich gegen die Gesetze eines zivileren Landes auflehnt. »Wenn es mich gepackt hat, dann will ich dich eben ständig sehen und dich berühren, ich kann nicht Maß halten. Ich bin nicht klug und vernünftig.«

»Ich doch auch nicht«, beruhigte sie mich lachend. »Aber eine Beziehung kann sich vielleicht auch weiterentwickeln und reifer und dauerhafter werden. Zwei können sich etwas aufbauen und Kinder machen und sie aufziehen und sich weiterhin liebhaben, vielleicht auf einer anderen Ebene.«

»Und was ist mit der Leidenschaft?« fragte ich, und mit der Kälte in mir kam ich mir so scharfsichtig vor, daß ich die Dinge bis an ihre fernsten Grenzen zu sehen glaubte, und was ich sah, erfüllte mich mit neuem Schrecken.

»Sie wandelt sich vielleicht und wird etwas anderes, tiefe Zuneigung, Verständnis, was weiß ich«, meinte Manuela. »Vielleicht gibt es einen asymmetrischen Bogen, der ansteigt und dann in einer langgezogenen Linie langsamer wieder absteigt.«

»Tiefe Zuneigung interessiert mich nicht«, sagte ich trotzig. »Die empfinde ich schon für meine Kinder und für die Frauen, die ich gehabt habe, und für meine Familie und meine Freunde. Wir beide werden ohnehin nie so weise und ruhig und ausgeglichen sein, selbst wenn wir es versuchen würden. Das zwischen uns ist nicht die Art Beziehung, die sich entwickelt und vernünftig und reif wird.«

Sie drehte sich auf die Seite, und jetzt konnte ich beinahe ihren Blick lesen, obwohl ich ihn nicht sah. Ich hoffte, sie würde wenigstens versuchen, mich zu widerlegen, mir irgendwo eine kleine Lücke nachweisen. Statt dessen sagte sie nur: »Weiß ich.«

Ich lag da und atmete langsam, auf mir spürte ich das Gewicht des Federbetts, unter mir die Federkernmatratze, ich blickte dorthin, wo sich das bläuliche Licht in der Dunkelheit auflöste. Schließlich sagte ich: »Und was soll man machen, wenn man nicht zusehen will, wie es abwärts geht? Den Bogen abbrechen, wenn es am schönsten ist? Ohne lang zu warten? Hinunterspringen, so wie man aus einem Fenster springt?«

Manuela sagte: »Was weiß ich. Ich bin schläfrig.«

Und ich war auch schläfrig und war es doch nicht, das Haus war in die wunderbarste Stille getaucht, mitten in der kilometerweit unbewohnten Landschaft. Ich schaffte es, meine Lage zu verändern, und rollte mich zu ihr hinüber, legte einen Arm und ein Bein über sie.

Dann war ich wieder wach oder war gar nicht eingeschlafen oder hatte nur mit Unterbrechungen geschlafen, Bilder zuckten mir durch den Kopf und die Beine zuckten mir vor Anspannung. Ich glaubte zu sterben: Mir war, als hätten sich die Gefühle in mir zu einem so verfilzten und dichten Knäuel zusammengeballt, daß ich keine Luft mehr bekam und mein Herz stehenblieb. Bruchstücke der Sätze, die Manuela und ich uns vorhin gesagt hatten, kamen mir wieder in den Sinn, und ich war mir nicht einmal sicher, ob ich sie richtig in Erinnerung hatte und ob ich das tatsächlich Gesagte vom nur Gedachten und ihre Worte von meinen unterscheiden konnte, aber vielleicht waren sie deshalb um so bedeutungsschwerer.

Manuela bewegte sich nicht, aber an ihrem Atem oder an etwas in der Luft spürte ich, daß sie genauso wach sein mußte wie ich. »Schläfst du?« flüsterte ich kaum hörbar.

»Nein«, antwortete sie. Sie wendete sich zu mir, und das Rascheln der Laken erschien mir so laut, daß es das ganze Zimmer ausfüllte.

Ich sah im Dämmerlicht zu ihr hinüber; faßte wie von einem Dachsims aus einen möglichen Satz ins Auge, sagte schließlich: »Vorgestern in Mailand ist etwas ziemlich Schlimmes passiert. Nach dieser Sache mit den zwei Typen im Auto vor deinem Haus.« Ich konnte mich für keinen Tonfall entscheiden, meine Stimme schwankte und wechselte von einem Register ins andere.

Sie fuhr hoch. »Du bist bei Cerino gewesen.«

»Ja, aber er war tot.«

Manuela knipste die Nachttischlampe an, und der Raum zwischen uns veränderte sich schlagartig, wir belauerten uns gegenseitig im gelben Licht und atmeten langsam wie zwei Tiere in der Falle.

»Es stimmt«, sagte ich mit unnatürlich gespanntem Gesicht. »Ich bin zu ihm gefahren, weil ich ihm sagen wollte, daß er aufhören soll, dich zu verfolgen. Ich hätte ihm auch die Fresse eingeschlagen, aber er war tot. Die Tür stand offen, und ich bin hineingegangen, und da sah ich ihn.«

»Wie tot?« fragte sie und sah mich schief an, und je länger sie mich so ansah, um so unbehaglicher wurde mir zumute.

»Tot. Erhängt. An einer Treppe, gleich neben dem Wohnzimmer. Überall war Erbrochenes. Ein fürchterlicher Gestank.« Ich wußte nicht, warum ich diese Einzelheiten hinzufügte und warum ich diesen Augenblick gewählt hatte, um es ihr zu sagen, und welche Folgen es für uns haben würde. »Er hat sich umgebracht oder ist umgebracht worden, ich weiß nicht. Er hing eben da.«

Ich mußte so verstört ausgesehen haben, daß sie mir glaubte, doch das vermochte den Verdacht, den ich in ihrem Blick aufkeimen sah, nicht aufzuhalten. Ich streckte die Hand aus und berührte ihren Arm, und sie wich zurück, aber ich konnte noch das Zittern spüren, das sie durchlief.

»Du glaubst doch nicht etwa, daß ich es gewesen bin?« fragte ich.

Sie schwieg und sah mich weiter an, sie saß so angespannt da, daß sich sogar die Luft in dem lautlosen, geschlossenen Zimmer aufzuladen schien.

»Was zum Teufel geht in dir vor? Du glaubst doch nicht wirklich, daß ich ihn umgebracht habe?«

Und da sie keine Antwort gab, packte ich sie erneut am Arm und schüttelte sie; sie stieß mit ihrer hohen Stimme einen Schrei aus, als hätte sie Angst, daß ich sie auch umbringen würde.

»Laß uns vernünftig sein, bitte. Versuchen wir, einen klaren Kopf zu behalten und uns nicht wie Idioten aufzuführen. Laß uns wie reife Menschen miteinander reden.«

»Unreif bist nur du«, fuhr sie mich an und zog sich an den äußersten Rand des Bettes zurück. Ihr Blick flackerte, sie verlor die Fassung und schrie: »Du bist ein Monstrum! Du hast selbst gesagt, daß du ihn umbringst!«

»Das war doch nur so dahingesagt, Manuela«, sagte ich, in immer gefährlicherer Schwebe zwischen einem friedlichen und einem außer Kontrolle geratenen Ton. »Findest du, daß ich wie ein Mörder aussehe?« Ich schrie fast. »Glaubst du, ich würde wirklich einfach jemanden umbringen?«

»Ja«, schrie sie. »Du wärst dazu imstande. Du bist der gewalttätigste Mensch, den ich kenne, du bist böse und total gestört.«

Sie weinte noch viel theatralischer, als ich es damals bei ihr zu Hause erlebt hatte, sie war erschüttert und völlig außer sich. Ich rückte erneut zu ihr hinüber, versuchte sie zu beruhigen: »Hör auf mit diesem Blödsinn, Manuela. Versuchen wir, uns wieder nah zu kommen, verdammt.«

Sie rückte wütend von mir ab. »Laß mich in Ruhe, du Monstrum. Du lächelst auch noch!«

Ich lächelte keineswegs, auch wenn mein Gesicht vor Anspannung unnatürlich verzerrt war; ich packte sie am Arm, aber sie riß sich los, ich hatte nicht genug Kraft, sie festzuhalten.

»Ein Schwein bist du, ein Scheißtyp!« schrie sie mich weiter an. Sie wollte aufspringen, und ich versuchte sie im Bett festzuhalten, ich packte sie an beiden Armen, und sie biß mich ins Handgelenk und stieß mit den Füßen um sich wie ein in die Enge getriebenes Pferd. Die Gewalt, mit der sie sich wehrte, prallte mir so heftig und grenzenlos entgegen, daß sie in mir ein auf derselben Frequenz schwingendes Gefühl auslöste; ich brüllte: »Schluß jetzt, du Miststück, komm endlich zur Vernunft!« Und: »Hör mir doch zu!« Und: »Schau mir in die Augen!« Und währenddessen mußte ich Schläge gegen die Brust und auf Arme und Beine und auf den Kopf einstecken, aber ich ließ nicht locker, ich schüttelte sie und hielt sie fest und versuchte wenigstens wieder einen Blickkontakt herzustellen. Wir keuchten einander ins Gesicht, machten Grunz- und Stöhnlaute vor Anstrengung und Frustration, alle Muskeln aufs äußerste angespannt. Unsere Gefühle waren mittlerweile zu spitzen Splittern zerbrochen, die sich in unsere Wahrnehmungen spießten und sie zerrissen wie dünne, verschiedenfarbige Stoffe. Dabei fühlte ich mich teils befreit, teils von den Abgründen angezogen, an denen wir uns entlangbewegt hatten, seitdem wir zusammen waren; unsere Vertrautheit hatte sich in Fremdheit verkehrt wie ein Gesicht in einem Spiegel, so daß ich ihren

Blick nicht wiedererkannte und sie wohl auch den meinen nicht, wir erkannten unsere Stimmen und die Gedanken hinter den Stimmen nicht wieder.

Eine schreckliche Wut auf sie stieg in mir hoch, so wie trübes Wasser vom Grund eines Brunnens emporsteigt; eine Wut voll von Unverständnis und Mißverständnissen und unerfüllten Wünschen und zurückgewiesenen Forderungen und auf halbem Wege abgeblockten Nachforschungen und Interpretationen von Gesten und Tonfällen, größter Nähe und größter Ferne. Manuelas Irrationalität, ihre Unabhängigkeit, ihr wechselhaftes Wesen und ihre dunklen Seiten, die mich an ihr so angezogen hatten, erschienen mir jetzt wie eine dumpfe Bedrohung, ein Anschlag auf mein inneres Gleichgewicht und auf alles, was ich bisher mühsam zusammengehalten hatte. Ich schrie: »Du bist selbst gestört! Deine widerliche Vergangenheit steckt so tief in dir drin, daß du dir nicht mal vorstellen kannst, daß jemand auch anders sein kann!« Meine Stimme klang unangenehm und krächzend, und ihr Widerhall zwischen den Wänden schmerzte mir in den Ohren, so viele Wahrheiten und Gegenteile von Wahrheit schwangen darin, so viele Eindrücke und Tatsachen, Gedanken und Worte und Gefühle, von denen ich nicht einmal geahnt hatte, daß sie in mir steckten.

Manuela spuckte mir ins Gesicht, sauren Speichel vergifteter und aufs äußerste verbitterter Seelenzustände; sie brüllte: »LASS MICH, DU MISTKERL, ICH WILL DICH NIE IM LEBEN WIEDER SEHEN! DU BIST DER WIDERLICHSTE MENSCH DER WELT! ICH HASSE DICH!«

Und ich schrie zurück: »ICH HASSE DICH AUCH! DU BIST EIN SCHEUSAL! NIEDERTRÄCHTIG UND INFANTIL UND EGOZENTRISCH!« Dabei versuchte ich sie immer noch festzuhalten, und das steigerte noch die Wut in unseren Stimmen und Bewegungen und Gefühlen, trieb uns immer weiter auf unbekanntes Terrain. Der tote Cerino spielte keine Rolle mehr, Wut und Groll und Argwohn und Kränkung und Verachtung und Fremdheit entsprangen so tiefen und so vagen Gründen, daß sie alle Schranken des Bewußtseins hinwegrissen. Wir schrien uns an und stießen uns und zerrten aneinander für das, was wir voneinander gewollt hätten und was wir einander gegeben hatten, für alle unausgesprochenen Erwartungen und Versprechungen, für das, was wir zu sein glaubten und was wir sein wollten, für das, was wir vorher waren und was aus uns werden würde. Alles vermischte sich und verquickte sich in uns auf die häßlichste Weise, und wir wurden selbst häßlich, wir keuchten krampfhaft wie zwei erbittert ringende primitive Lebewesen.

Mit einem Tritt ihrer kräftigen Beine befreite sie sich, sprang vom Bett, und ich sprang ihr nach und versuchte sie wieder zu packen, und die Situation war so außer Kontrolle geraten, daß ich gar nicht mehr wußte, warum ich es tat. Wir zerrten und stießen uns noch heftiger und wütender, und Manuela griff nach einer antiken Terrakottavase auf einem Wandbrett und schleuderte sie auf mich und verfehlte mich, die Vase zerschellte an der Wand. Ich packte Manuelas Arm und bog ihn ihr hinter den Rücken, und sie zog mich mit der freien Hand an den Haaren, befreite sich halb und warf Bücher und eine Schachtel Farbstifte auf den Boden, bevor ich sie erneut packen konnte. Wir rangen ohne Sinn, nackt und in blinder Wut, man hörte nur das Geräusch unserer Füße und Knie auf dem Holzfußboden, unser Keuchen und Ächzen und das Reiben von Haut an Haut, und ab und zu glaubte ich hinter der Wut und dem Groll und der Kränkung und allem anderen ein zur Liebe symmetrisches Gefühl zu erkennen, das kein Haß war, sondern etwas Heftigeres, Heißeres und Unaufhaltsameres.

Dann stand ich vor Manuela und versuchte gar nicht mehr, sie zu berühren, wir starrten uns an, und alle Gefühle in uns erkalteten zur gleichen Zeit, ohne deshalb an Intensität zu verlieren. Sie sammelte ihre Kleider vom Boden auf, und ich meine; wir bewegten uns wortlos zwischen den Spuren der Liebe in der Nacht zuvor, wir verstanden noch immer nicht, wie alles eine so dramatische Wendung hatte nehmen können und weshalb.

Als wir fertig angezogen waren, sagte Manuela: »Fährst du mich bitte nach Ferrara oder zu irgendeinem Zug?« Sie stand aufrecht da, eine Hand in die Seite gestemmt, als wende sie sich an jemanden weit unter ihr, nachdem sie mit großer Würde eine Katastrophe überlebt hatte.

»Selbstverständlich«, sagte ich. »Wir fahren sofort. Ich will dich nicht mehr sehen.«

Ich war so voller kalter Gefühle, daß ich die Lippen kaum bewegen konnte; ich schloß die Fensterläden, und draußen und im Zimmer war schon bleiches Morgenlicht, wir hatten es nicht einmal bemerkt.

Achtundzwanzig

Ich brachte Manuela mit dem Auto nach Ferrara zurück. Wir schwiegen beide; ich fuhr, und sie schaute zum Fenster hinaus, bald zündete sie sich eine Zigarette an, bald döste sie vor sich hin. Die Verbindung war abgebrochen, keiner unternahm einen Versuch, sie wiederherzustellen. Ich sah Manuela nur mit langen Pausen von der Seite an, und sie mich vermutlich auch; ansonsten war es, als würden wir in zwei voneinander getrennten Behältern fahren. Ich hätte sie gern gehaßt, aber ich brachte es nicht lang genug fertig; ich konnte nicht einmal das dem Haß sehr nahe Gefühl wieder aufspüren, das ich bei unserer wilden Szene empfunden hatte. Ich empfand höchstens Fremdheit und Groll und Kränkung und eine kalte, bleiche Genugtuung bei dem Gedanken, daß alles an einem so hohen Punkt unseres Bogens zu Ende gegangen war, so wie einer Genugtuung darüber empfinden könnte, jung zu ertrinken oder vor seinen Augen ein Haus abbrennen zu sehen, in das er eben erst eingezogen ist.

An einer Raststätte in den Apenninen machten wir halt, um etwas zu essen und zu trinken, wie zwei Fremde gingen wir zwischen den Regalen voller Keks- und Bonbon- und Wurst- und Käsepackungen hindurch, miteinander verbunden durch den dünnen Faden einer kurzen Reise, die fast beendet war. Manuela nahm eine Zeitung, blätterte darin, bis sie einen Artikel über Cerino fand. Ich nahm mir ebenfalls ein Exemplar, und wir lasen mit einem Meter Abstand beide die gleichen Zeilen. Die Meldung über seinen Tod mußte schon tags zuvor als Schlagzeile erschienen sein; in dem Artikel stand nur, daß die Polizei den Fall untersuche, daß aber alles auf Selbstmord hindeute; wahrscheinlich habe sich Cerino umgebracht, weil seine Geldschiebereien und neue Fälle von Gewalttätigkeit in seinem Therapiezentrum ans Licht gekommen seien. Zudem habe ihn ein ehemaliges Mitglied im Mordfall Milesi belastet, und in Kürze wäre ihm ein Ermittlungsbescheid zugestellt worden. Es war der achte Selbstmord seit den ersten Ermittlungsverfahren, die unser Land erschüttert hatten; niemand fand sonderlich bewegende Worte über seinen Tod.

Wir wußten nun, daß Cerino Selbstmord begangen hatte, aber zwischen Manuela und mir änderte das nichts; wir falteten die Zeitungen wieder zusammen und legten sie an ihren Platz im Regal zurück, verließen die Raststätte, ohne ein Wort und ohne einen direkten Blick zu wechseln. Eine maßlose Distanz lag zwischen uns und wuchs mit jedem Kilometer, den wir nebeneinandersitzend zurücklegten. Ich sah immer noch dann und wann zu ihr hinüber, aber ihr Profil mit der eigensinnigen Stirn sagte mir nichts mehr, ihr kurzes Haar weckte keine Zärtlichkeit mehr in mir, ihre flegelhafte Art, die Füße auf das Armaturenbrett zu legen, störte mich nur. Ich wußte, daß es so hatte kommen müssen: daß wir einen Vorwand unter tausend möglichen gefunden hätten, unwiderruflich Schluß zu machen, unsere Gefühle mittendrin abzuschneiden.

Ferrara war so grau und neblig, wie wir es verlassen hatten; ich fuhr zu Manuelas Hotel am Bahnhofsplatz und empfand nichts als Erleichterung bei dem Gedanken, sie dort abzusetzen und nie wiederzusehen. Ich hielt an, stieg aus, um ihr die Tür aufzuhalten, aber sie war schneller als ich. Wir standen auf dem Gehsteig unter den häßlichen Betonarkaden und sahen uns zum ersten Mal seit Stunden wieder in die Augen, und ich wollte ihr eigentlich die Hand geben oder sie vielleicht umarmen oder wenigstens irgend etwas zum Abschied sagen. Statt dessen sagte ich nur »Ciao« und senkte den Blick und ging davon, und sie sagte in genau demselben Ton »Ciao« und wandte sich ab, ich sah sie genau in dem Augenblick hinter der automatischen Tür des Hotels verschwinden, als ich die Wagentür zuschlug.

Ich fuhr durch die Straßen der Randbezirke, die voller Autos und LKWs und Busse und Leute waren, und jedes Gebäude und jede Haustür und jede Fensterreihe vermittelten mir die gleiche absolute Fremdheit. Die Landschaft erschien mir vollkommen unverständlich, in keiner der tausenderlei Bewegungen kreuz und quer um mich herum vermochte ich einen Sinn zu erkennen; Ferrara war nicht meine Stadt, aber ich hatte das Gefühl, daß es für mich auch keine andere gab, in die ich hätte zurückkehren können, ich wollte nicht einmal daran denken. Ich ließ mich von dieser schwindelerregenden Sinnlosigkeit überwältigen und fuhr ohne Richtung und ohne Ziel durch die Straßen, betätigte ganz mechanisch das Lenkrad und die Gangschaltung und die Pedale unter meinen Füßen.

Hin und wieder dachte ich an die letzte Nacht mit Manuela oder an den Morgen oder an den Augenblick, als ich mich vor dem Hotel von ihr getrennt hatte: an ihr Gesicht und ihre Stimme, ihre Blicke und ihre Worte, und sie erschienen mir genauso unverständlich wie die Häuser und die Autos um mich herum. Ich konnte nicht verstehen, wie sich zwischen einem Mann und einer Frau, die sich kaum kennen, unbeschwerte, heitere Neugierde innerhalb kurzer Zeit in finsteren Besitzanspruch verwandeln konnte und enttäuschter Besitzanspruch in Wut und frustrierte Wut in Groll und der Groll in dumpfen und unergründlichen Haß. Ich wußte nicht, was diese Veränderungen ausgelöst hatte und was für Spuren sie hinterließen, so wenig wie ich die Farbe und die Umrisse der Gefühle erkannte, die mich jetzt durchströmten.

Dann glaubte ich für Augenblicke die Dinge aus Manuelas Sicht zu sehen, und seltsamerweise sah ich mich selbst aufmerksam und neugierig und warmherzig und freundlich, aber immer bereit, notfalls eine Tür zuzuschlagen. Ich sah mich mit noch viel mehr Ansprüchen als sie, noch viel begieriger auf Bestätigungen und Erklärungen und Gesten und Begründungen, bereit, ihr Leben bis in den letzten Winkel zu erforschen, aber nicht willens, ihr dafür auch Eingang in mein Leben zu gewähren. Doch das währte nur kurz; gleich darauf sah ich sie wieder so, wie sie am frühen Morgen gewesen war, ausgerastet und gewalttätig und unausstehlich, von ihren Impulsen zurückgerissen in eine Vergangenheit, zu der ich nicht gehörte.

Einzelne Bilder tauchten wie Fotos in meinem Kopf auf: Manuela nackt in ihrer Wohnung, wie sie mir Joghurt und Mandarinen auf einem blauen Holztablett brachte; wie sie in meinem Studio auf der Harfe spielte; wie sie mit gemischten Gefühlen lächelte; wie sie Tai-Chi-Bewegungen machte und mich dabei ansah; sie ganz nahe, während wir uns liebten. Diese Bilder kamen und gingen, und mit ihnen die Gedanken, die sie nach sich zogen, aber keins davon war so dauerhaft, daß ich es als die Wahrheit oder auch nur als Indiz für eine mögliche Wahrheit hätte betrachten können.

Mir kamen auch Gedanken, die weit mehr auf meiner Seite standen, Gedanken, die Freunde oder gar Diener waren und mir recht gaben und zur Bekräftigung weitere

Bilder herbeiriefen: Manuela, wie sie mir ins Gesicht spuckte und Sachen nach mir warf, wie sie mich boxte und trat und biß, wie sie mich voll Zorn und blindem Groll ansah und mich mit geschwollenen Adern anbrüllte, den ganzen Körper in besinnungslosem Zorn verkrampft. Mit dieser zweiten Art von Bildern versuchte ich Mauern zu errichten, schichtete Geste auf Geste und Blick auf Blick, um eine dauerhafte Barriere zwischen ihr und meinen Gedanken aufzubauen. Trotzdem war in den Blicken, an die ich mich erinnerte, immer eine Spur Verletzlichkeit und noch in der rasendsten Wut ein Anflug von Unsicherheit, der die Bedeutung jeder Geste und jeden Worts ins Gegenteil verkehrte, so daß sie immer wieder zu mir zurückkamen und die Mauern untergruben, die ich errichtet hatte.

Und während ich so ziellos durch die Außenbezirke der Stadt fuhr, wurde es allmählich dunkel, die Fremdheit zog sich aus der Landschaft ringsum zurück wie ein ausgetrockneter See und kondensierte sich in meinem Herzen zu einem so starken Gefühl der Leere, daß ich anhalten mußte. Mir war, als sei ich in einem falschen Traum gefangen, der ganz von selbst Form angenommen hatte und fest und unverrückbar und unversöhnlich geworden war wie ein Wohnblock aus Zement, und ich war mir nicht einmal mehr sicher, wie er eigentlich angefangen hatte. Es war mir unbegreiflich, wie ich bei dem Gedanken, Manuela nie wiederzusehen, Erleichterung hatte empfinden können; wie ich letzte Nacht wie ein dekadenter Romantiker über den Liebesbogen hatte reden können und über die schöne Möglichkeit, sich vom höchsten Punkt hinabzustürzen. Es war mir unbegreiflich, wie ein unbedeutender Gedanke, wenn er einmal in Worte gefaßt ist, die Wirklichkeit genauso stark wie eine Tatsache beeinflussen und sie mit seinem Gewicht so entscheidend verändern kann. Ich verstand nicht, wie bloße aneinandergereihte Laute ganze Reihen von Gesten auslöschen und die Bedeutung einer Geschichte vom Ende bis zum Anfang verändern und Abgründe aufreißen können, die anscheinend durch keine Hängebrücke aus aneinandergereihten Lauten zu überwinden sind.

Ich ließ den Motor wieder an und versuchte, die Straße zu Manuelas Hotel wiederzufinden. Ich wollte sie nur noch einmal sehen, auch wenn ich keine Ahnung hatte, was ich zu ihr sagen oder was ich tun sollte, wenn ich vor ihr stand, mir war, als hätte ich völlig aufgehört zu denken, ein Strom unartikulierter und mir unverständlicher Empfindungen trieb mich vorwärts, wurde alle zehn Meter stärker und ließ mich bei Rot über die Ampel fahren und von einer Spur auf die andere wechseln und auf die wildeste Art Kreuzungen schneiden. Ich war mir sicher, daß es zu spät sein würde, wenn ich sie nicht gleich fand, aber auch das fühlte ich mehr, als daß ich es dachte, ich hatte kein Urteilsvermögen und keine rationalen Bezugspunkte mehr, um zu erkennen, wie begründet meine Empfindungen waren und was sie ausgelöst hatte. Ich fuhr wie ein Verrückter mit immer schneller pochendem Herzen.

Ich kam zum Bahnhofsplatz, bremste vor dem Hotel und rannte hinein. Die über ein Verzeichnis gebeugte Angestellte an der Rezeption hob mit abgründiger Langsamkeit den Kopf.

»Würden Sie mir bitte Manuela Duini rufen?« sagte ich, ohne auch nur zu versuchen, die Lautstärke meiner Stimme richtig einzustellen.

Träge wie unter Wasser drehte sie sich zum Schlüsselbrett und sagte: »Sie ist nicht da.«

»Seit wann ist sie weg?« fragte ich und wußte, daß ich niemals zu ihr ins Theater gehen und nicht nach der Oper am Ausgang auf sie warten und sie auch nicht anrufen würde, auch wenn ich den Grund dafür nicht wußte und gar nicht daran denken konnte.

»Weiß ich nicht«, antwortete die Angestellte, kaum merklich mit den Achseln zuckend, und es klang, als kämen ihre Stimme und ihr Blick wirklich aus irgendeiner transparenten Tiefe.

Ich rannte hinaus und sprang ins Auto und verließ den Platz, und mittlerweile war es ganz dunkel und der Nebel war, ohne daß ich es gemerkt hatte, noch dichter geworden. Mein Herz schlug ruckweise, ich spürte nicht mehr, an welcher Stelle meines Körpers es sich befand, während ich durch die breite Allee in Richtung Zentrum fuhr und dabei nach rechts und links sah und die ganze Zeit hoffte, Manuela auf dem Bürgersteig zu sehen. Aber es gab keine Fußgänger, es gab nur Autos und Lastwagen mit eingeschalteten Scheinwerfern und ein paar Fahrräder am Straßenrand; ich fuhr immer langsamer durch den dicken Nebel, und auch der Strom unartikulierter Empfindungen in mir hatte sich verlangsamt, auch wenn er mich weiter vorwärts trieb. Ich wußte nicht, wie lange er das noch tun würde: Ich hatte das Gefühl, einem endgültigen Stillstand nahe zu sein, dann wieder glaubte ich, noch ein kleines Stück weiterzukommen, dann auch das nicht mehr.

Ich hielt an und stieg aus und sah nur kümmerliche kahle Bäume im Nebel und fühlte mich so verloren, daß alle Verlorenheitsgefühle in meinem bisherigen Leben dagegen zum Lachen waren. Meine Empfindungen waren verschwommen und ohne Konturen wie meine Gedanken; mir war nur eine Art optischer Aufnahmefähigkeit geblieben, ähnlich der empfindlichen Gelatine auf der Oberfläche eines Films. Und auf dieser empfindlichen Gelatine begann sich eine Gestalt abzuzeichnen, und die sich aus dem Nebel lösende Gestalt nahm vertraute Formen an, und als sie vier Meter vor mir war, hatten meine Gedanken und Empfindungen genau die gleichen klaren Konturen wie ihre Gesichtszüge, mein Herz schlug noch langsamer, bis es fast stehenblieb.

Wir sahen uns aus nächster Nähe an, wir sagten nichts. Manuela Duini senkte leicht den Kopf und schenkte mir ein so verhaltenes, so unsicheres und strahlendes Lächeln, wie es mir nie im Leben begegnet war.

Andrea De Carlo im Diogenes Verlag

Creamtrain

Roman. Aus dem Italienischen von Burkhart Kroeber

»Kritisch äußert sich Andrea De Carlo über seine Erfahrungen in Amerika, die er sich in seinem ersten Roman *Creamtrain* vom Leibe geschrieben hat. Mit diesem Buch, dessen Manuskript sein Sponsor und Lektor Italo Calvino betreute, wurde Andrea De Carlo auf Anhieb zum meistversprechenden literarischen Debütanten.« *Sender Freies Berlin*

Vögel in Käfigen und Volieren

Roman. Deutsch von Burkhart Kroeber

»Eines Tages wird Fjodor Barna, der Held des Romans, aus seiner Ich-Befangenheit herausgerissen, in seinem scheinbaren Stoizismus irritiert durch die Liebe zu dem ebenso schönen wie unberechenbaren Mädchen Malaidina, dessen Anblick ihm das ›Blut verkehrt herum kreisen‹ läßt; und wenn man in Fjodor einen späten Nachfahren von J. D. Salingers Holden Caulfield sehen zu können meint, könnte Malaidina eine Nachfahrin von Holly Golightly aus Truman Capotes *Frühstück bei Tiffany* sein.« *Frankfurter Allgemeine Zeitung*

Macno

Roman. Deutsch von Renate Heimbucher

»Macno, einst Talkmaster im staatlichen Fernsehen, hat sich über Einschaltquoten zum Diktator befördert. Ausgehend von einer konventionellen Kritik an der Allmacht des Fernsehens nimmt der Autor die Idee auf und überdreht sie ohne Hemmungen, bis am Ende eine schrille Geschichte steht, die dennoch verblüffend wirklich klingt. Die gedankliche Abenteuerlust De Carlos hat eine Geschichte hervorgebracht, an die sich deutsche Autoren selbst in zehn Jahren noch nicht herangetraut hätten.« *Tempo, Hamburg*

Yucatan

Roman. Deutsch von Jürgen Bauer

»Der Roman spielt auf mehreren Ebenen: der topographischen Ebene einer Reise nach Mexiko, der psychologischen einer Selbstfindung des Helden, der ideologischen einer Gegenüberstellung verschiedener Lebenshaltungen. Obwohl das Magische immer wieder in die Geschichte hineinspielt, dominiert es sie nicht. Man kann *Yucatan* auch als Reisebericht lesen. Bemerkenswert ist nicht nur die Präzision, sondern auch die Wertfreiheit seiner Beschreibungen. De Carlo registriert ohne Zorn und Eifer bestimmte zeitgenössische Phänomene, die ihren Ursprung auf der anderen Seite des Atlantik gehabt haben mögen, aber nicht auf Amerika beschränkt geblieben sind. Dank seiner Fähigkeit zur Nuancierung erkennt man jedenfalls in *Yucatan* überall die Wirklichkeit wieder, in der wir leben.« *Frankfurter Allgemeine Zeitung*

Zwei von zwei

Roman. Deutsch von Renate Heimbucher

Ich dachte, wie verschieden und zugleich wie ähnlich doch im Grunde unsere beiden Lebensläufe in diesen Jahren gewesen waren, zwei von zwei möglichen Wegen, die an der gleichen Gabelung begonnen hatten.

Mario und Guido, beide aus mehr oder weniger kleinbürgerlichen Verhältnissen, lernen sich in der Schule kennen, 1968 in Mailand. Guido ist der aggressivere, frühreif, voller Ideen und Utopien. Mario ist von ihm fasziniert, hängt sich an ihn an. Sie erleben zusammen die politische Revolte jener Jahre, aber auch die erste Liebe. Dann trennen sich ihre Wege…

»Der ironische Blick, der den Kern einer Situation erfaßt, ist De Carlos herausragende Qualität, und war es seit je. Ohne tiefschürfende Introspektion rückt er psychologisch äußerst komplexe Zusammenhänge ins Licht, indem er sie an ihren sichtbaren Zeichen erkennt.« *Neue Zürcher Zeitung*

Techniken der Verführung

Roman. Deutsch von Renate Heimbucher

Ein junger Autor zwischen einer Frau, die er liebt, und einem Literaten, den er bewundert und der ihn fördert: In diesem modernen Künstlerroman wird das Schriftstellerdasein zum Abenteuer. Unter De Carlos Feder entsteht ein ebenso spannendes wie scharfes Bild des heutigen – korrupten – Italiens: Der Leser blickt hinter die Kulissen und erfährt nicht zuletzt Aufschlußreiches über das Innenleben von Redaktionsstuben und Literaturbetrieb...

»Ein hervorragendes Buch.« *Der Spiegel, Hamburg*

»Eine zeitgenössische Version von Balzacs *Verlorene Illusionen* oder Heinrich Manns *Schlaraffenland.*« *Frankfurter Allgemeine Zeitung*

Uto

Roman. Deutsch von Renate Heimbucher

Peaceville im ländlichen Connecticut: ein Paradies des Friedens, der Freude und der Nächstenliebe. So will es zumindest die Kommune, die dort ihre Zelte aufgeschlagen hat. Doch um den Frieden von Peaceville ist es geschehen, als ein junger Italiener namens Uto dort auftaucht ...

»Vom kühlen Beobachter wird Andrea De Carlo zum indirekten Kommentator religiösen Wahns und heutiger Neurosen.« *Panorama, Mailand*